W0205985

Les Quatre Coins de la nuit

Craig Holden

Les Quatre Coins de la nuit

Traduit de l'anglais (États-Unis) par
Stéphane Carn et Catherine Cheval

Collection dirigée par
François Guérif

Rivages/noir

Titre original : *Four Corners of Night*

© 1999, Craig Holden
© 2000, Éditions Payot & Rivages
pour la traduction française
© 2002, Éditions Payot & Rivages
pour l'édition de poche
106, boulevard Saint-Germain – 75006 Paris

ISBN : 2-7436-1013-1
ISSN : 0764-7786

Pour Emma,
ce livre sur l'art d'être père,
et pour Tom Barden,
qui m'en a soufflé l'idée
et le nom

Le lé de la nuit est à toi tout entier,
Ce soi où toutes les lisières se confondent

WALLACE STEVENS

LIVRE UN

1

L'appel tombe un dimanche matin. Nous sommes descendus au Denny's, un snack à la limite des quartiers ouest – l'un de nos vieux points de chute, qui accuse une très nette perte de vitesse. Quelques-unes des vitres ont été réparées avec du contreplaqué. Nous avons commandé deux « assiettes du chef ».

« Même pas deux dollars... fait Bank. Qui pourrait se permettre de ne pas la bouffer, leur merde, à ce prix-là ? » Il a dû me sortir ça cent fois depuis qu'on vient manger dans ce boui-boui.

La salle commence à voir affluer les paroissiens qui sortent de la messe, et ça me revient. C'est le dimanche des Rameaux.

Nous ne sommes pas d'humeur très loquace, Bank et moi. Depuis trente ans qu'on se cause, il ne nous reste plus grand-chose à ajouter. Nous avons donc tout loisir d'écouter l'émetteur-récepteur qu'il a posé près de lui, sur la table. Même ici, en dehors de ses heures de service et après une rude nuit de patrouille, c'est plus fort que lui : il est incapable de se mettre sur la touche et de s'abstraire de ce déferlement de merde et de misère. Dès que retentit cet « Appel à toutes les unités », sur la bande 4, nous nous figeons tous deux, l'oreille dressée, bien que ça ne nous concerne en rien, ni lui ni moi. Chez nous, c'est un réflexe conditionné.

Je ne saurais dire ce qui m'a si fortement marqué, en cet instant où le message est tombé. A priori, rien ne distinguait particulièrement cet appel. Une sorte de pressentiment, peut-être, ou alors mon instinct de flic – auquel j'ai souvent intérêt à me fier, comme j'ai fini par l'apprendre. Mais parmi le flot des secondes qui s'écoulent chaque jour, c'est apparemment celle-là que ma mémoire a choisi de conserver. La chaleur, sur mon bras, du rayon de soleil oblique qui traverse la vitre et tombe sur notre table. Les volutes de fumée bleutée qui dérivent vers nous depuis le box d'à côté, flottant comme en apesanteur dans la lumière. Les cicatrices rose caoutchouc qui marbrent le front, les joues et le cou de Bank, et les gants de rallye sans doigts qu'il porte, aujourd'hui encore, pour cacher celles de ses mains. L'angle de sa tête inclinée et ce regard concentré que j'ai dû lui voir pour la première fois en 67, alors que nous n'avions tous deux que le quart de notre âge actuel.

En soi, cet instant n'a rien que de très banal, mais je le reconnais néanmoins pour ce qu'il est : une seconde trompeuse, qui essaie de passer pour anodine, comme un simple battement parmi tant d'autres, dans le continuum du temps – alors qu'il n'en est rien. C'est bien davantage. Quoi, au juste, je serais incapable de le dire...

Nous avons patrouillé toute la nuit, de onze heures du soir à sept heures, ce matin : dans le North End, juste au-dessus du centre-ville, cet ancien fief des immigrés polonais et hongrois, qui se transforme peu à peu en un grand terrain vague ; dans Central-North, un peu plus à l'ouest, qui reste un quartier populaire, avec ses bungalows et ses immeubles bas, typiques de l'architecture industrielle des années 40, et tient le coup grâce aux infirmières, aux chauffeurs-livreurs et aux employés des postes qui y vivent encore ; et enfin dans l'East End, qui est un univers à lui seul.

Je n'étais pas de service, à proprement parler. Je tenais simplement compagnie à Bank, comme j'essaie de le faire quand je suis de garde. Le jour, je bosse au service des infractions contre les personnes, une sous-section de la toute récente division des enquêtes. Mais j'aime bien patrouiller avec Bank. Ça me permet de garder un pied dans les eaux troubles de la vie nocturne de cette ville, de prendre le pouls de ces activités qui plient boutique aux premières lueurs du jour. Depuis la restructuration de la police, voilà un an, et l'abolition par notre nouvelle direction de l'ancien système des brigades, mes heures de permanence ont fondu. Je ne suis plus d'astreinte qu'une ou deux nuits par mois.

Mais ce vieux Bank, qui a été mon meilleur copain depuis l'année de nos neuf ans, avant de devenir mon coéquipier attitré, travaille uniquement de nuit, et ce, depuis toujours. À minuit tapantes, il part patrouiller au volant de sa voiture banalisée, seul – sauf quand je l'accompagne.

Bank a du métier, et sa réputation n'est plus à faire. Il est estimé de ses pairs et admiré de toute la ville. Nous savons tous qu'il décrocherait sans peine son examen de sergent. C'est une vraie star, et pas seulement à l'échelle locale : les grandes chaînes régionales lui ont consacré des documentaires et plusieurs journaux, des articles. Sa photo a même paru dans de grands hebdos. Il a participé à deux émissions sur des chaînes nationales. Il a conquis la presse, tout comme le public. De temps à autre, il est encore invité à intervenir dans les écoles ou au cours de manifestations officielles, où il se rend vêtu d'un pull à col roulé, pour dissimuler du mieux qu'il peut ses cicatrices. Mais il revient toujours à ses rondes de nuit, et refuse de décrocher. C'est un irréductible – le mot semble avoir été inventé pour lui. Un individualiste forcené, un vieux cow-boy solitaire, qui écume « Crackville » à longueur de nuit, sur les traces des bêtes égarées, faisant la tournée de ses indics et de ses « potes » ou volant dans les plumes des tapineuses abonnées au crack, qu'il effarouche en braquant sur elles son projecteur de douze volts, branché sur l'allume-cigare. Elles lèvent la main en visière et, caquetant comme une volière : « Hein... quoi ? Qu'esse tu veux, toi ? Et t'es qui, d'abord ? » Cot, cot, cot... !

« Salut, les filles. C'est la po-lice... ! répond-il invariablement, comme il n'a pas manqué de le faire, cette nuit même.

– Meeerde ! C'est toi, Bank ? Merde, c'est Bank...

– Pas chaud, ce soir – hein, les petites ? Enfin, plus que deux jours... » Parce que le premier du mois, elles touchent les allocs, qui leur assurent leur consommation de crack pour la quinzaine – deux semaines pendant lesquelles elles pourront se dispenser de turbiner. La seconde quinzaine du mois les voit refleurir sur les trottoirs.

« Mm-hmm... » répond celle-ci – une grande carcasse, plutôt moche, dont les grosses cuisses, boudinées dans un caleçon douteux, émergent d'une veste en fourrure acrylique. « Moi, toute façon, c'est mon jules qui me pique tout, alors, pour ce que ça change !

– T'as qu'à t'en dégotter un autre.

– Non ? T'as trouvé ça tout seul, Mister Pou-la-ga ? !

– En tout cas, que je vous revoie pas tapiner dans le coin quand je repasserai, dans une heure – pigé ?

– Tapiner, nous ? On est juste sorties prendre l'air ! réplique la fille, goguenarde, dans un chœur de caquètements.

– Dans une heure, répète-t-il.
– Hé, Bank... ! lui fait la grosse. Tu sais quoi ?
– Quoi ?
– T'es mon héros ! »

Les filles se gondolent, et Bank aussi, tout comme moi. Puis il éteint son projecteur et la ronde reprend.

La nuit, les rues sont quadrillées par des voitures de patrouille, avec des flics en tenue. En cas d'arrestation, la municipalité exige, en plus, la présence d'un inspecteur. La ville reste de dimensions raisonnables – notre population *intra muros* ne doit guère dépasser les quatre cent mille âmes, le double avec la banlieue. Les rondes de nuit sont donc confiées à un petit contingent de voitures. Les flics en uniforme se coltinent le tout-venant des infractions mais, pour les choses plus graves, qui sortent un peu de l'ordinaire ou qui nécessitent une enquête plus poussée – homicides, incendies criminels, vols à main armée en réunion, ils font appel à l'inspecteur de permanence. Mais sinon, la nuit, ils assurent seuls. C'est leur boulot. Être là. Veiller au grain.

Les autres inspecteurs de ma connaissance se contentent pour la plupart d'attendre les appels derrière leur bureau, tranquilles, jusqu'à ce qu'ils ne puissent vraiment plus faire autrement que de s'agiter un peu, parce que le téléphone sonne et qu'ils doivent se rendre sur les lieux d'un crime. Mais ensuite, ils reviennent dare-dare au poste, remplissent le procès-verbal, procèdent à l'inculpation, appellent le fourgon, s'offrent une pause-café et se replongent dans leurs paperasses. Jusqu'au prochain appel.

Bank, non. Il est toujours sur le terrain. Il rôde, il sillonne les rues, il surveille les dealers, les bars, les putes, la ville. Il trimballe en permanence quatre émetteurs-récepteurs radio, pour pouvoir écouter simultanément toutes les fréquences. Il capte tous les appels qui tombent et, le plus souvent, il est le premier à arriver sur les lieux. Même en l'absence de tout appel, il se met en chasse et rentre rarement bredouille.

Imaginez par exemple un adolescent – blanc, noir ou latino – descendant la rue à une heure du matin, les mains dans les poches. Bank l'éblouit d'un coup de projo. Si le gamin s'arrête, ferme les yeux et détourne la tête en sortant les mains de ses poches, il ne risque rien. Bank éteint son projecteur et continue sa ronde. Mais si son suspect prend la fuite, Bank passe à l'action. Il saute de sa bagnole et le course, au besoin à travers tout le ghetto – même si un non-initié n'aurait vu en ce jeune fuyard qu'un môme innocent, pris de panique.

Mais, comme par hasard, ça n'est jamais le cas. Ils ont toujours quelque chose à se reprocher. Toujours. Ils ont, ou savent, quelque chose qui permet à Bank de les épingler et de les ramener au poste. Pour détention d'une pipe à crack ou d'un caillou, d'un pistolet à air comprimé – quand ce n'est pas d'un vrai – ou d'une somme dont ils ne peuvent justifier la provenance... Même si le seul tort du suspect est de porter des lacets rouges ou verts – signe d'appartenance à un gang –, Bank le coince pour trouble de l'ordre public ou violation du couvre-feu. Il déniche toujours un motif d'inculpation là où n'importe quel collègue ne verrait pas de quoi fouetter un chat – ou à peine. Se balader avec un pistolet en plastique, par exemple, pour lui, c'est de la « détention d'objet destiné à commettre un délit ». Parce que dans une ruelle sombre, ce jouet aurait vraiment tout d'un vrai flingue. Il emballe donc le fautif et monte le dossier, quitte à se rendre personnellement au tribunal pour suivre l'affaire. Le plus souvent, ses dossiers sont rejetés, soit par les services du procureur, soit par les juges eux-mêmes, mais ça n'a jamais découragé Bank : il inculpe à tour de bras – compliquant ainsi la tâche à tout le monde.

Je n'ai jamais vu un flic se taper autant de paperasses que lui – et j'aurais tendance à y voir, en dernier ressort, le secret de sa popularité. Il est prêt à s'appuyer une quantité colossale de corvées, administratives et autres, à seule fin que le système, tel qu'il le conçoit, puisse fonctionner comme il estime qu'il devrait le faire.

Cette nuit, ses quatre radios ont déversé leur friture mêlée de messages en code flic. Il en a deux sur la banquette arrière, une autre sur le tableau de bord, et la dernière, réglée sur la Bande 4 – la fréquence réservée aux quartiers Nord et à l'East Side –, calée entre les cuisses, pour pouvoir réagir au quart de tour, sans tâtonner dans le noir.

Un samedi soir relativement tranquille. Quelques délits mineurs : vols à l'arraché, braquages, deals, un casse avec effraction qui s'est soldé par un flagrant délit, grâce à un appel sur lequel on a coiffé tous les collègues au poteau – un môme qui sortait d'un immeuble, une télé sous le bras, dans la cité Lloyd DuShane –, etc., etc. Que cinq de nos délinquants de la soirée aient à peine quinze ans – l'âge critique, apparemment – semble laisser Bank de marbre. Moi qui ai fait mes premières armes à la brigade des mineurs, je ne peux pas m'empêcher de m'interroger, mais lui, ça n'a pas l'air de l'émouvoir plus que ça.

Il aime que je vienne lui filer un coup de main, de temps en temps. Pas seulement pour ma compagnie, mais parce que je l'aide à procéder aux arrestations, à taper les rapports, à organiser le transfert des mineurs – voire, à l'occasion, à déférer tout ce petit monde devant le juge pour enfants ou les tribunaux du comté, selon les cas. Ce qui fait qu'en dépit des horaires de son service, qui s'achève officiellement à sept heures du matin, il était neuf heures bien sonnées quand nous avons atterri dans ce Denny's, où nous avons commandé nos deux « assiettes du chef ».

Et voilà que nous recevons ce message : « Appel à toutes les unités. Toutes les équipes disponibles doivent se rendre au 230, King's Court. On signale une fillette disparue. » C'est Carla qui est au standard, ce matin. J'ai reconnu sa voix posée, dénuée d'inflexions. Bank me lance un regard et hausse ce qui lui reste de sourcils. Nous écoutons les commentaires des équipes qui répondent à l'appel sur leur radio de bord, ce qui nous permet d'apprendre les premiers détails. Je suis curieux de voir sa réaction...

« Ici 3-06. De quoi s'agit-il ?

– 3-06. Une femme nous a signalé la disparition de sa fille. Douze ans. »

Une mineure, une préadolescente, qui n'est pas rentrée le dimanche matin – sans doute une fugue ou, presque à coup sûr, une fête qui s'est indûment prolongée. Certaines filles, en particulier, s'y entendent pour improviser des histoires d'enlèvement et de viols à répétition, quand elles finissent par revenir au bercail, des suçons plein le cou et les vêtements en bataille. Il se passe rarement un week-end...

Nous échangeons un sourire entendu, Bank et moi, quand la radio se remet à grésiller : « 3-20 à 3-06... On vient d'arriver sur les euh... lieux. La mère est plutôt hystérique. La petite était partie faire un tour à bicyclette et, quelques minutes plus tard, la mère a retrouvé la euh... bécane, mais pas sa fille. Apparemment, euh... quelques minutes avant, des témoins auraient vu passer un véhicule, avec deux Noirs à l'avant. Ils roulaient derrière la petite quand elle a tourné au coin de la rue. »

Voilà qui change tout... Je regarde Bank à nouveau, guettant sa réaction.

Le standard : « 3-20. Code 73. Le service central des enquêtes est alerté... » (73 signifie « appel prioritaire ». La seule chose qu'il y ait au-dessus, c'est le 71 – flic en difficulté, demande de renforts – et le 71 rouge – flic à terre.)

« Ici 3-06. Code 73. Reçu. »

La fréquence explose d'un brouhaha de conversations entremêlées : les équipes et les premiers enquêteurs arrivés sur les lieux vérifient les faits... Il semble bien qu'une fillette ait été kidnappée par deux suspects au volant d'une voiture. Un cas plutôt rare, et potentiellement grave. Mais il y a pire. C'est exactement le genre de chose qui réveille aussitôt chez moi – et surtout chez Bank –, outre le souvenir des pires moments que nous ayons eus à affronter ensemble, la voix d'une autre petite disparue, d'autant plus poignante qu'elle est toujours demeurée silencieuse.

Je reconnais néanmoins sur son visage ce curieux cocktail de délectation et d'horreur. Il a empoigné son émetteur, prêt à foncer.

« On y va, mon pote ! » me lance-t-il.

Si ce n'est que moi, je ne suis plus de permanence – et que Bank n'est plus en service. Qu'est-ce qu'on irait faire là-bas ? Et pour être tout à fait franc, j'ai quelques sérieuses appréhensions : je ne tiens pas à replonger dans ce genre de situation. À me retrouver piégé, réduit à un sombre constat d'impuissance devant l'inévitable, pataugeant lamentablement en face d'une mère malade d'angoisse.

Nos commandes arrivent : deux œufs frits, toasts, bacon, crêpes et café. Ma nuit m'a laissé sur les genoux et affamé. Avec quel plaisir j'irais me glisser entre deux draps frais, anesthésié par ce copieux petit déjeuner, pour ne me réveiller que dans l'après-midi, dans le grand jour. Je ne vois vraiment pas comment nous pourrions faire un sort à ces énormes portions en trois bouchées... Mais Bank semble au bord de l'accident cardiaque. Comme toujours, il se doit de répondre « présent », et sur-le-champ.

Je fais « non » de la tête.

Il fait « oui ».

« Mack... » articule-t-il, de ce ton qu'il prend depuis vingt-neuf ans pour m'embobiner.

Un instant, j'ai été saisi d'un doute : aurait-il encore la force de faire face ? Serait-il de taille... ? Mais rien de ce que je peux dire ou faire ne l'empêchera d'y aller.

Et je finis par céder, comme toujours. Parce qu'il ne me laisse pas le choix. Comme toujours.

À la réflexion, et avec le temps, peut-être finirai-je un jour par comprendre le sens véritable de cet instant, et de ce qui l'a fait résonner si profondément en moi – ce qui l'a ainsi « gelé », intact, dans les profondeurs de ma mémoire, où il pourra désormais se reproduire à l'infini. Mais peut-être pas... Comment pourrais-je prévoir ce qui m'attend ? Je sens vaguement que quelque chose se prépare, quelque chose qui m'effraie.

Une fillette portée disparue. Une vieille histoire, qui est le cœur même de la nôtre, la mienne comme celle de Bank – et « cœur » est bien le mot... Et voici qu'une autre petite nous appelle à l'aide, d'une voix qui doit parler à Bank encore mieux qu'à moi.

Peut-être ne faisons-nous que ressasser nos vies, *ad nauseam*, en de lointaines vagues qui se succèdent, comme les échos d'instants déjà vécus, déjà éprouvés. Peut-être ne vivons-nous qu'une succession d'instants, d'heures, de jours, de mois, qui ne sont à leur tour que les fidèles répliques de situations et de schémas que nous avons établis bien avant de pouvoir en prendre conscience...

Je roule ma tranche de bacon entre deux crêpes, je les recouvre d'un toast, j'emballe le tout dans une serviette en papier et j'avale une lampée de café qui me brûle le gosier. Bank en fait autant. Bah ! Nous venons de gagner plusieurs semaines d'espérance de vie, en renonçant à nos œufs... Bank pointe l'index sur la serveuse, pour lui signaler que nous reviendrons régler l'addition, et nous voilà partis, dans ce soleil à la fois dominical et printanier.

2

C'est en 1985 que nous avons décroché nos plaques d'inspecteur, Bank et moi. J'avais vingt-six ans et lui, vingt-sept (nous sommes de la même année, mais lui, du début, et moi, de la fin). Bank était dans la police depuis déjà plus de cinq ans – depuis son retour de Guantanamo, où il avait fait un bref passage dans les marines. Quant à moi, je n'y étais que depuis quatre ans à peine – je m'étais engagé aussitôt après avoir plaqué le droit à Libbey, l'université locale où j'avais fait toutes mes études. En fait, l'idée venait moins de moi que de Bank – c'était à la fois la solution qu'il avait trouvée à la double crise existentielle que je traversais à l'époque et un prétexte pour m'entraîner dans une voie pour laquelle je ne me sentais pas spécialement de vocation.

Pour lui, grimper les échelons et accéder à ce qu'on appelait alors le Bureau d'investigation était une évolution normale, dans le droit fil d'une carrière qu'il avait toujours envisagée, depuis le début – et même bien avant ça, à l'époque où nous étions tout gosses. Mais dans mon cas, cette promotion n'était qu'un pis-aller, voire une planche de salut. À commencer pour nos chefs qui, sachant pertinemment que j'étais quasi nul comme flic de terrain et que c'était d'avoir fait équipe avec Bank qui m'avait sauvé jusque-là, espéraient que je m'en tirerais mieux comme inspecteur. (Mes diplômes et mes dispositions pour les études leur avaient permis de me faire franchir les échelons de façon anticipée.) J'éprouvais pour ma part un certain malaise à patrouiller dans les rues de la ville, à y symboliser la loi et à l'y faire respecter. J'avais tendance à couper les cheveux en quatre. À trop penser. Or, « *qui trop ressasse, mal éteint* » comme disait Bank – une vieille blague d'initié... Lui, il n'avait jamais vraiment compris mes états d'âme. Il ne se posait jamais la moindre question sur le « Métier », sur la vie, ou sur l'action elle-même. Pour lui, tout ça coulait de source, de façon quasi automatique, alors que pour moi, c'était loin d'être le cas. Ça ne l'avait jamais été.

Bank était un solide gaillard d'un mètre quatre-vingt-dix pour cent deux kilos – et pratiquement que du muscle. Il s'entraînait régulièrement dans son sous-sol, sur un superbe engin CalGym saisi chez un dealer, et qu'il avait racheté à une vente aux enchères de la police. Ses cheveux blond pâle, coupés façon marines, avaient foncé et repoussé depuis son retour à la vie civile, mais à peine. Il les coiffait en arrière, dégageant son visage épanoui où brillaient ses yeux bleus.

Bref, notre vie était devenue un poil plus facile, depuis que nous avions été promus inspecteurs. Nous avions tous deux demandé notre affectation aux Homicides, mais sans succès. Nous nous étions retrouvés dans deux brigades différentes – moi, dans un premier temps et pour six mois, aux Portés disparus, un boulot qui m'allait comme un gant : répondre au téléphone, passer des coups de fil, aller interroger des gens chez eux, collaborer avec le FBI, assurer le suivi... Ça me convenait, mais ça n'était pas palpitant. Au bout de six mois, comme j'en avais ma dose, je me suis porté candidat à un poste qui venait d'être créé, à la brigade des mineurs, et ma demande a été acceptée. Là, c'était nettement mieux. Mon poste ne se bornait pas à rechercher des fugueurs et à les écouter ressasser leurs récriminations. J'avais à traiter toutes sortes de dossiers, relevant de toutes les formes de délinquance. Les adolescents commettent une proportion impressionnante de délits, dans une ville. Souvent plus que ne l'imagine le citoyen lambda. Bref, j'avais du pain sur la planche. Interventions dans les lycées en concertation avec les chefs d'établissement, fouille des casiers à la recherche de drogue ou d'armes. Interrogatoires de mômes de quatorze ans. Surveillance des quartiers et des bandes, qui sont l'instabilité même, pour garder un œil sur ces gamins privés de toute attache sociale, ces ados qui traînent dans les rues, pas nécessairement à la recherche d'ennuis, mais toujours sûrs de tomber dessus.

Bank, lui, avait atterri aux Stups, où il s'éclatait. Il travaillait en collaboration avec les collègues de la brigade d'Intervention tactique en jean, T-shirt et perfecto et ils faisaient ensemble des descentes dans les squats et les fumeries de crack, jouaient les junkies dans les rues pour faire tomber les dealers, se lançaient dans de folles courses-poursuites en bagnole, avec ou sans fusillades à la clé. Cette année-là, Bank s'était même pris une balle dans la cuisse. Rien de grave : au cours d'une rafle, alors que son groupe investissait un rez-de-chaussée par une fenêtre cassée, un collègue avait trébuché et le coup était parti accidentellement. C'était néanmoins une blessure de guerre... À la première occasion, il n'hésitait pas à baisser son pantalon pour faire admirer sa cicatrice, qui lui faisait sur la cuisse une petite balafre violacée – « de la même couleur qu'un putain de Purple Heart [1] ! », disait-il à qui voulait l'entendre.

Par la suite, il a été affecté à la brigade antigang, où ses talents de flic (et son réseau d'informateurs) n'ont pas tardé à porter leurs fruits. Il a toujours su parler d'égal à égal avec n'importe qui, que ce soit un officier supérieur ou le dernier des dealers de l'une des bandes de la ville, en jouant à la fois de la crainte et de la sympathie qu'il inspirait à son interlocuteur. La carotte et le bâton : infaillible, pour se faire des confidents sûrs... et j'en savais quelque chose.

« Yo, Bank ! Tu le sors d'où, ce nom, mec ? » lui lance un type. Et un autre membre du gang lui balance aussitôt la réponse, qui est devenue une vraie scie, dans les rues de notre belle ville : « Putain ! C'est qu'il est plus costaud que la chambre forte d'une banque – sauf que c'est toi qu'il va coller sous les verrous ! »

Et toute la bande de hurler de rire – Bank le premier. Ça n'est qu'une légende. Il traîne ce surnom depuis qu'il est tout môme, mais l'histoire s'est répandue dans toute la ville, et nous nous sommes bien gardés de la démentir.

Mon nom, incidemment, c'est Max. Maxie Steiner. Mais depuis mes neuf ans, on ne m'a jamais appelé autrement que Mack – en public comme en privé. Et, comme je rends quinze bons centimètres et une trentaine de kilos à Bank, ça m'a valu de me retrouver avec l'étiquette « Big Mack ».

Bank bossant à l'Antigang et moi à la brigade des mineurs, nos chemins n'arrêtaient pas de se croiser. Nous avions souvent affaire aux mêmes clients.

---

1. Le Cœur pourpré (Military Order of the Purple Heart), décoration américaine décernée aux blessés de guerre et, à titre posthume, aux soldats morts au combat. (*N.d.T.*)

Une autre phrase qui a fait florès, dans le genre, c'est : « Hé Bank ! Tu sais que t'es mon héros ? » Dans la bouche d'un dealer-indic qu'il vient de convaincre, en partie au charme, en partie à l'intimidation, de lui balancer un mec, ou dans celle d'un petit fumeur de crack, à qui il écrase le nez sur son capot en lui tordant les bras dans le dos pour lui passer les bracelets, c'est une insulte, évidemment. Ça, Bank le sait, mais il laisse pisser et se contente de lever les yeux au ciel.

Ce n'est que dans le sillage des événements de l'été 1989 que les gens ont commencé à lui dire ce genre de truc – et à le penser. Enfin, plus ou moins...

À l'époque, je vivais avec Gloria Harris, une fille que j'avais mise enceinte au printemps 1981, à la fin de mon deuxième semestre à la fac de droit. Entre nous, ça n'était déjà plus le grand amour, à supposer que ça l'ait jamais été... La nouvelle de sa grossesse m'avait complètement déboussolé, mais je n'étais pas du genre à la laisser tomber. Son refus catégorique de tout projet d'avortement (Gloria était catholique, comme Bank) me mettait en rogne, même si je savais pertinemment, en regardant les choses en face, que je ne voulais pas qu'elle avorte et que, tout en m'efforçant de la faire changer d'avis, quelque chose en moi approuvait secrètement son obstination. En un sens, je n'étais pas mécontent de tenir un bon prétexte pour renoncer, temporairement au moins, à mes études de droit. Mes velléités de carrière juridique s'étaient considérablement essoufflées depuis que mon dossier d'inscription avait été accepté et, en toute honnêteté, je n'attendais qu'une occasion pour tout plaquer.

En 1989, Gloria, Naomi – notre fille de sept ans – et moi habitions dans un lotissement déjà vétuste, quoique ne datant que des années 60, une véritable tour de Babel où l'on trouvait de tout, des familles d'ouvriers catholiques blancs jusqu'aux immigrés de toutes provenances – les « minorités exotiques », comme je les appelais : Arabes musulmans, Asiatiques bouddhistes, Indiens hindouistes, et, au milieu de tout ça, moi, à la fois juif, luthérien et agnostique, et ma concubine, catholique non pratiquante. Le genre d'environnement qui vous porte à vous intégrer dans une communauté clairement structurée et organisée, quoi... Avec ses trois modèles standard de maisons préfabriquées trois chambres-cuisine-salle de bains, ses pelouses et ses rues bétonnées, le coin ne ressemblait en rien au quartier où nous avions grandi, Bank et moi, même s'il n'était situé qu'à quelques kilomètres au nord.

J'avais bien failli me prendre un appartement, après une vague de disputes particulièrement virulentes avec Gloria. Elle ne m'avait jamais demandé de l'épouser, et ne s'attendait pas à ce que je le fasse – je ne crois d'ailleurs pas qu'elle le souhaitait... Mais si ça avait été le cas, je ne me serais sans doute pas défilé. C'était une fille très pragmatique, qui n'avait que faire des convenances. Elle comptait sur moi pour payer ma part du prêt de la maison, de nos frais de fonctionnement et de l'entretien de la petite. Dès lors que je passais suffisamment de temps à la maison pour offrir à Naomi une image paternelle acceptable, ça lui suffisait.

Par-dessus le marché, comme deux jeunes adultes normalement constitués, nous avions de temps à autre des poussées de désir et Gloria ne voyait aucun inconvénient à ce que nous nous entraidions, là aussi. Il n'était pas question d'amour, entre nous. Pas au sens romantique du terme, et sûrement pas comme je concevais la chose. Mais nous étions néanmoins liés par ce que nous partagions : la maison, nos besoins physiques, cet enfant que nous avions ensemble. Et, même si notre couple battait parfois de l'aile, même si nous nous permettions quelques écarts occasionnels, j'avais du moins le sentiment d'avoir une famille, au sens strict du terme.

Le jour où tout a changé pour nous, un lundi de juillet, lourd et moite, j'avais quitté la maison aux aurores et j'avais pris Bentcroft Road, une grande artère, en direction de l'est. Dans les faubourgs de la ville, au niveau de la fac, je bifurquai à droite vers Heron Hills, un quartier agréable, cossu et verdoyant, où Bank vivait avec Sarah, sa femme, et leur fille Jamie, une gamine de onze ans qui tenait son malabar de père solidement entortillé autour de son petit doigt.

Je me suis garé le long du trottoir, devant chez eux, et j'ai donné un petit coup de klaxon. Bank et Jamie ont aussitôt déboulé de derrière la maison. La chemise de Bank avait déjà des auréoles sous les manches, et la petite était toute rouge. Bank m'a fait signe de monter jusqu'à la maison.

« Salut, tonton Mack ! s'exclama Jamie.

– Entraînement à la réception, expliqua Bank, le souffle un peu court. On se fait des balles rasantes.

– À sept heures du mat' ?

– Eh ! On va pas attendre qu'il fasse quarante, rétorqua Bank. Pas vrai, Jamie ? » La fillette se passionnait pour le softball [1]. Elle rêvait de devenir pro, quand elle serait grande. Bank avait beau lui répéter qu'il n'y avait jamais eu des masses de filles dans les équipes du championnat, mais ça n'atténuait en rien son enthousiasme. Si c'était ça, répliquait-elle, elle se reconvertirait dans le base-ball et jouerait dans la cour des grands !

1. Forme de base-ball qui se pratique à dix joueurs, avec une balle souple, sur un terrain réduit. (*N.d.T.*)

« Ouais ! » a approuvé Jamie. Sous sa casquette bleu marine à visière rouge surmontée d'un petit cardinal rouge, elle portait un maillot bleu et un short en nylon rouge avec des étoiles blanches. « Faudrait aussi qu'on travaille la batte mais là, j'ai entraînement à neuf heures, avec mon équipe. » Jamie était aussi brune que sa mère, mais ses yeux gris ressemblaient davantage à ceux de Bank, ce qui était assez curieux, puisqu'il n'était pas son père biologique. Jamie avait un an lorsque Bank avait rencontré Sarah. Un an après leur mariage, il l'avait officiellement adoptée.

« La batte, c'est pas du gâteau ! lui ai-je fait remarquer.

– Tu parles ! » a répondu la gamine, en tiraillant son maillot. Des petites gouttes de sueur s'étaient formées sur son nez. Elle me regarda avec un grand sourire qui dévoila son appareil dentaire. Je n'arrivais toujours pas à m'y faire bien qu'elle le portât depuis maintenant un an.

Bank attrapa au passage sa veste en seersucker sur le dossier d'une chaise de la véranda.

« OK, on y va ! »

Sarah nous avait rejoints sous la véranda, en robe de chambre, pas maquillée, les cheveux tirés en arrière. Ça n'en faisait que mieux ressortir ses yeux noirs et la douceur de son expression. Il m'arrivait parfois, l'espace d'un instant fulgurant, comme celui-ci, de rester sidéré par sa beauté – et j'avais du mal à comprendre qu'ils puissent vivre ensemble, Bank et elle. Elle était issue d'une famille qui avait ses aises, dans un milieu où « avoir ses aises » dépassait tout ce que je pouvais imaginer, même dans mes rêves les plus fous.

Pour moi, ce n'était qu'un paradoxe de plus dans l'amitié qui nous liait, Bank et moi, que ce soit lui qui se retrouve à la tête d'un petit capital. Qu'il l'ait acquis par son mariage n'entrait pas en ligne de compte et, même si Gloria y fait régulièrement allusion, ce n'était pas une cause de friction entre lui et moi. En toute sincérité, je trouvais ça plutôt drôle et, bien qu'il m'arrivât encore de m'en étonner, je savais que ça n'avait rien de vraiment surprenant. Bank avait reçu son surnom bien avant notre rencontre, qui ne datait déjà pas d'hier...

Jamie grimpa les marches du porche pour rejoindre sa mère, qui lui posa les mains sur les épaules. Elles nous regardèrent partir. C'était mon tour de prendre le volant, ce jour-là. Nous leur avons fait signe de la main, avant de démarrer.

« Fonce, professeur ! » m'a lancé Bank. J'avais une licence de psycho et d'anglais, et un diplôme de premier cycle de droit. Mon droit, je ne le finirais sans doute jamais, comme je m'y étais résigné à l'approche de la trentaine. Je n'avais absolument pas l'étoffe d'un flic et Bank, qui était totalement responsable de ma présence dans cette voiture pie, à son côté, le savait aussi bien que moi. Mais j'avais fini par m'y faire, et même, à ma façon un peu tordue, par y trouver plaisir.

Nous étions partis tôt, pour avoir le temps de prendre le petit déjeuner au Denny's d'Alcore Road, juste avant la bretelle d'accès à la voie express qui nous mènerait vers le centre. Alcore était un secteur commerçant en plein développement, implanté au cœur de ce qu'on appelait alors le « nouveau West End », qui s'étendait aux portes de la ville, coincé entre le vieux West End, en grande partie réhabilité et embourgeoisé, et cette étroite bande de terrain, plus à l'ouest, où l'agglomération continuait de s'étendre – et où nous avions grandi, Bank et moi. Comme pas mal de collègues, nous nous arrêtions souvent dans ce Denny's.

Lorsque nous avons regagné le parking, à huit heures moins vingt, la chaleur nous a assommés. Le mercure flirtait avec les 32° et il n'y avait pas un souffle de vent. L'air stagnait, lourd et moite. Le genre de journée où les cadavres étaient déjà en pleine décomposition avant même que nous ayons eu le temps d'arriver sur les lieux, et propre à mettre en ébullition toutes les folies latentes qui mijotaient dans la tête de nos concitoyens les plus instables.

Nous avons mis le cap à l'est vers le centre-ville, droit dans le soleil qu'obscurcissait déjà un épais couvercle de smog, de brume de chaleur et de nuages d'altitude.

*

Au troisième étage de l'immeuble de la Police municipale, les ascenseurs débouchaient sur un couloir long et étroit, formellement déconseillé aux claustrophobes. Les murs étaient de ce vert bilieux qui a les faveurs de l'administration, à la fois assez foncé pour être hideux et assez clair pour garder la trace des milliers de visiteurs crasseux qui s'y sont frottés. Dans la partie centrale de ce couloir qui partait de part et d'autre des ascenseurs, s'alignait une série de portes en bois plein, portant chacune une plaque de plastique : SERVICE D'INVESTIGATION SCIENTIFIQUE – HOMICIDES – CAMBRIOLAGES/VOLS DE VOITURE – VOLS À MAIN ARMÉE – BRIGADE DES STUPÉFIANTS, etc. Tout le « Bureau d'investigation » se trouvait au même étage, desservi par ce long couloir vert.

Au fond à droite, à l'extrémité nord du couloir, s'ouvrait une porte du même modèle, dont la plaque indiquait : BRIGADE DES MINEURS – PERSONNES PORTÉES DISPARUES. La pièce sur laquelle elle donnait, la plus grande du commissariat, était envahie de bureaux, avec, dans un coin, le petit box vitré du lieutenant et, à l'opposé, une minuscule salle d'interrogatoire, qu'on avait surnommée « la Crypte », et qui, à l'occasion, était utilisée par les autres services. Elle jouissait d'une réputation bien établie dans la saga de la ville. Certains récidivistes, parmi les plus coriaces, en parlaient comme de l'endroit le plus sinistre où ils aient jamais mis le pied. Avec les collègues, nous poussions des exclamations enthousiastes chaque fois qu'un des avocats les plus inspirés de notre bonne ville demandait la relaxe d'un client, arguant qu'un passage à « la Crypte » équivalait à arracher des aveux sous la torture. Nous, cette salle d'interrogatoire, on l'adorait. Aujourd'hui encore, quand j'entre dans un hôtel borgne ou dans une maison d'arrêt, il me suffit de sentir ce mélange savamment dosé de moisi, de vieille sueur, de flatulences et de tabac froid, pour me retrouver transporté dans la Crypte, penché sur un pauvre môme menotté à sa chaise.

Ce matin-là, j'ai laissé Bank devant les ascenseurs et nous sommes partis chacun de notre côté vers nos services respectifs, lui la brigade des stups, dont les locaux, situé près des ascenseurs, hébergeaient aussi l'Antigang, et moi, la brigade des mineurs, au fond du couloir.

À l'époque, les inspecteurs de l'équipe de jour assistaient au dispatching du matin, puis s'appuyaient une heure ou deux de paperasse, avant de partir sur le terrain. Ce jour-là, sans doute parce que c'était un lundi, ça a traîné un peu en longueur. Je me rappelle avoir levé le nez, pour une raison ou une autre, et m'être dit que ça faisait exactement deux heures et quart que j'étais à mon bureau, lorsque j'ai entendu Bank hurler mon nom. Il y avait dans sa voix une note de panique que je n'y avais jamais entendue.

« Mack ! *Mack !* »

Tout appel signalant un crime ou un délit grave transitait par le bureau du capitaine, avant d'être transmis au lieutenant ou au sergent du service concerné, puis à toute personne à la fois compétente et disponible – ou, en cas d'urgence absolue, là où le plus haut gradé responsable le jugeait bon. Celui-là avait été directement passé sur le poste de Bank mais, cette fois, il ne s'agissait ni d'un tuyau, ni d'un appel signalant une fusillade entre gangs rivaux. C'était Sarah. Elle lui parla quelques instants, et, comme il devait me le raconter plus tard, tout lui parut sombrer dans le flou. Les souvenirs qu'il garda de cet instant précis s'effilochèrent, comme s'ils n'avaient pas vraiment laissé de trace dans sa mémoire. Son esprit avait été instantanément envahi d'une sorte de friture. Il ne se rappelait pas exactement les paroles qu'avait prononcées Sarah. Il n'en avait gardé qu'une sorte de brouillard sonore, incandescent. Mais il en avait saisi la teneur, au passage. Une série de mots, anodins en soi, mais qui, alignés en un certain ordre, prenaient des allures de cauchemar. *Ce matin, Jamie est partie à pied à son entraînement. Elle avait rendez-vous avec son copain Roger, en chemin. Mais en rentrant chez lui, Roger est passé à la maison pour demander pourquoi elle n'était pas venue.*

J'imaginais très bien la voix de Sarah. Précise et contenue, vibrant d'une angoisse maîtrisée. Et je voyais sa tête : ses lèvres étirées, crispées aux commissures comme par un sourire, ses yeux agrandis de panique, tandis que ses belles mains virevoltaient dans l'air, frémissantes – la seule partie d'elle-même qui la trahissait, quand elle était stressée.

J'avais croisé Roger trois ou quatre fois chez eux. C'était le meilleur copain de Jamie.

Bank était debout quand il avait pris le coup de fil. Sa main s'était agrippée si fort au bord de son bureau qu'il s'était coupé sur un angle du métal. Une blessure providentielle, me confia-t-il par la suite, car cette douleur cuisante avait un instant dissipé le nuage qui lui grésillait dans la tête, et lui avait permis de reprendre pied dans la réalité.

« Du calme, Sarah... répliqua-t-il. Il n'est que dix heures et demie ! » La fillette avait quitté la maison à neuf heures moins le quart.

« Je sais, répondit Sarah. Mais toujours est-il qu'elle n'est pas allée à l'entraînement. Ça ne lui ressemble pas.

– Et ses autres copains... ?

– Je les ai tous appelés. Et puis, pourquoi aurait-elle fait ce genre de chose ? Ce n'est pas dans ses habitudes. Bank ? » Sa voix s'était fêlée, sous la pression de cette peur atroce. Elle avait raison, bien sûr. Jamie les prévenait toujours, avant d'aller jouer quelque part. Sans compter que rien au monde ne lui aurait fait manquer l'entraînement.

Bank s'était senti replonger dans ce bruit blanc, dans ce vide qui le submergeait. Il avait beau se dire qu'il s'affolait sûrement pour rien, il avait senti ses compétences, son savoir-faire et ses neuf années d'expérience l'abandonner et le laisser totalement démuni en ce moment critique. Le règlement, la procédure à appliquer, il avait tout oublié. Des années plus tard, il se rappelait n'avoir pu faire qu'une chose, une seule : appeler à l'aide son vieux pote, Big Mack, le petit Maxie Steiner, qui se trouvait à la brigade des mineurs, au fond du couloir. Il avait donc hurlé : « Mack ! Mack ! »

À l'autre bout de la salle, un collègue des Stups – Bank n'aurait pas su dire lequel – avait levé la tête et lui avait demandé ce qui se passait.

« File chercher Mack », avait répondu Bank.

Je le trouvai à son bureau, encore cramponné à son téléphone. Je lui pris le combiné des mains. « Allô ? fis-je. Qui est à l'appareil ?

– Sarah.

– Sarah ! Ici Max. »

Bank s'en souvenait, de ma réponse. Il se rappelait aussi m'avoir entendu, dans le coton, demander à Sarah de patienter puis, enfoncer une touche de son poste et parler à quelqu'un – le lieutenant Stu Marek, mon chef, qui chapeautait à la fois la brigade des mineurs et les Portés disparus, un type formidable en qui j'avais toute confiance. Soudain, la pièce s'était mise à grouiller de monde. Des inspecteurs, des collègues, qui venaient aux nouvelles et disparaissaient presque aussitôt. La disparition de l'enfant d'un collègue, ça n'est pas rien. La machine s'était instantanément enclenchée. Le message avait été relayé aux Portés disparus et à l'officier responsable, qui avait immédiatement envoyé une voiture de patrouille chez Bank.

Il se souvenait aussi de mes paroles de réconfort : « Tu connais ça aussi bien que moi, Bank ! Tu sais ce que c'est... Une belle matinée d'été, un ruisseau, des grenouilles, une barque, ou va-t'en savoir... Une gamine de onze ans – je sais bien qu'elle est sage et raisonnable, mais c'est encore une gamine. Et aucun môme ne résiste à l'appel de l'aventure. On ne s'en est pas privés, toi et moi, à son âge ! Tu te rappelles, toutes ces crises cardiaques qu'on a failli filer à mes parents ? Ça n'est qu'un juste retour des choses, mon pote ! Le bon vieux retour de bâton !

– Faut que j'y aille », répondit-il.

C'est moi qui ai pris le volant – ça, il s'en souvient. Mais, ensuite, il y a un laps de temps d'un quart d'heure, une demi-heure, dont il semble n'avoir conservé aucun souvenir.

3

Ce 31 mars 1996, dimanche des Rameaux, après avoir traversé la ville en un temps record, nous nous retrouvons, Bank et moi, à King's Court, sur la rive est, devant la maison d'une famille qui ne doit survivre qu'à coups d'allocs. Une vingtaine de collègues est déjà sur place. Sous une façade de quartier populaire modèle courant – vieux immeubles de logements ouvriers entassés les uns sur les autres, population bigarrée, débine et grisaille –, il règne pourtant dans l'East Side une atmosphère caractéristique. Ce n'est pas par hasard que les raffineries de pétrole se sont implantées dans le coin, à l'écart du centre-ville. Cette odeur d'hydrocarbure qui imprègne tout et cette torchère surréaliste qui s'élève nuit et jour dans le ciel de l'Ohio, c'est plus que n'en pourrait supporter le reste de la population. Ceux qui habitent l'East Side, c'est qu'ils n'ont vraiment pas le choix.

Six voitures de patrouille et quatre véhicules banalisés sont garés pêle-mêle dans la rue, bloquant toute circulation. Pour une raison qui m'échappe, les collègues sont même venus avec un panier à salade. Mais une enfant – car pour moi, c'est encore ce qu'on est, à douze ans – a disparu, et ça justifie certaines choses...

Les disparitions de mineurs sont des affaires particulièrement sensibles, car presque toujours liées à un conflit familial – fugue, enlèvement par le parent qui n'a pas la garde de l'enfant... – ou à un accident. Il arrive que des gamins tombent dans l'Ojibwa River, qui traverse la ville, ou dans un collecteur d'eau de pluie désaffecté – quand ils ne se font pas faucher par un chauffard et balancer dans des fourrés, où on retrouve leur corps, deux jours plus tard, mutilé, défiguré. Toujours, ou presque – à 99 %. Dans le cas d'une fillette de douze ans, la procédure standard consiste à envoyer sur les lieux un enquêteur qui pose quelques questions. Avait-elle un petit ami ? Avait-elle l'autorisation de sortir avec lui ? Ont-ils eu une dispute, ces jours derniers ? Et vous, avez-vous eu un problème quelconque avec elle ?

Mais cette affaire-ci, nous avons senti dès les premiers rapports que c'était autre chose. Tamara Shipley prend sa vieille bicyclette rouillée et part faire un tour dans sa rue pourrie. Elle tourne au coin du pâté de maisons, s'engage dans un chemin de terre désert, qu'on ne pourrait honorer du nom de ruelle, puisqu'il ne sert qu'à relier entre elles deux rues parallèles – une venelle, tout au plus. Aucune maison à proximité immédiate. Juste quelques conteneurs à ordures. Et une haute palissade de bois, qui ferme le fond d'une cour. Pratiquement pas de circulation.

Une voiture descend la rue. Une grosse bagnole sombre. Noire. (Ou alors marron foncé. Ou grise. Ou même « violette », selon un autre témoin, chacun ayant tendance à voir sa couleur préférée...) À l'avant, deux hommes, un conducteur et un passager. (Trois des témoins ont vu des Noirs. Celui qui a vu une voiture violette maintient qu'ils étaient blancs.) Les pneus projettent quelques gravillons, en tournant dans la venelle, au bout de la rue. Personne n'y prête attention. Mais la fillette ne revient pas. Elle n'allait nulle part en particulier. Elle était juste partie faire le tour du pâté de maisons pour s'assurer que la chaîne que sa mère et un voisin l'avaient aidée à réparer était assez tendue. Dix minutes s'écoulent. La mère va voir au coin de la rue et découvre la bicyclette couchée dans une flaque d'eau sale. Et plus trace de sa fille.

Imaginons... le chauffeur donne un coup de frein, la portière passager s'ouvre, un type surgit et attrape la petite par les cheveux, au moment où elle passe à sa hauteur. Il la soulève de sa selle. Elle n'a même pas le temps de crier. La mère est là, à deux pas, juste au coin. Elle va faire quelque chose – il le faut... Mais quoi ? Le type pousse la fillette dans la voiture. Les pneus chassent dans le gravillon, le chauffeur écrase l'accélérateur. Pas plus compliqué. Disparue...

Ça n'est qu'une hypothèse, bien sûr. À notre connaissance, il n'y a pas eu de témoin direct. Rien ne prouve que la petite n'y est pas montée de son plein gré, dans cette voiture. Si ça se trouve, elle connaissait les deux types. Ils lui ont peut-être tout simplement proposé de l'emmener faire un tour. D'ailleurs, ils n'ont peut-être carrément rien à voir dans l'affaire. Elle a pu être prise d'une subite envie d'aller se balader à pied et on va la voir réapparaître, saine et sauve, en demandant à quoi rime toute cette agitation. Mais ça, j'en doute. Je sais, comme nous tous, statistiques à l'appui, que nous la retrouverons, au mieux, traumatisée ou blessée. Et que tous ceux qui se rongent d'inquiétude pour elle risquent fort de ne jamais la revoir vivante.

Quoi qu'il en soit, l'affaire Tamara Shipley se présente d'emblée comme un crime hors du commun : l'enlèvement en plein jour d'une mineure par un inconnu. À peine a-t-on signalé sa disparition, que les renforts sont sur les lieux. Une démonstration de force – à supposer que « force » veuille dire nombre, vitesse et détermination. Rick Simms, un fédéral de ma connaissance, est déjà là et, au milieu d'une cour voisine, sous les feux des projecteurs de la télé – car les médias ont réagi au quart de tour, eux aussi –, je repère notre responsable des relations publiques, spécialement délégué par le patron, qui y va de sa petite déclaration en notre nom à tous, condamnant l'enlèvement et clamant sa ferme résolution de retrouver la petite disparue.

Par la suite, inévitablement, la mère éplorée sera invitée à lancer un appel pathétique, dans son anglais hésitant. Elle dira que c'est vraiment pas juste, que sa petite n'avait jamais eu le moindre problème. Elle suppliera les ravisseurs, s'ils l'entendent, de la lui rendre sur-le-champ... Elle aussi, je la vois d'ici : le cheveu gras et maigre, couleur souris malade, des yeux cernés, un double menton. Je brode – je ne l'ai même pas entrevue.

J'ai découvert qu'à la différence de Bank je n'arrivais pas à éprouver de la sympathie pour les gens comme ça. Je n'ai pas dû recevoir la dose standard de compassion, à ma naissance. Mon intérêt pour ce genre d'affaire procède de l'image intolérable que je me fais de ce que doit affronter cette petite et, pour être tout à fait franc, de l'envie toute bête d'élucider le mystère.

Mais Bank, lui, est dans la maison, avec la famille. Il s'y est précipité dès notre arrivée sur les lieux. Ce qui m'étonne et me fascine en lui, depuis toujours, mais surtout depuis l'été 1989, c'est cette sympathie que lui inspirent les victimes. C'est cette qualité qui vient en tête, et de très loin, dans la longue liste de ses compétences professionnelles, qui ont toujours dépassé les miennes de plusieurs coudées.

Il s'est donc précipité dans cette baraque branlante – ou qui en a tout l'air –, dont la peinture blanche s'écaille, tout comme son toit de bardeaux verts décrépit, et il tente de consoler la mère, folle d'angoisse. Il pleure avec elle. Je n'ai pas besoin de le voir : je le connais trop bien... Et s'il y a une chose dont je suis sûr, c'est qu'il ne se force pas. Il partage vraiment leur chagrin, à ces malheureux parents, et ils le sentent – ce qui fait qu'ils l'aiment et qu'ils lui font des confidences qu'ils ne feraient à personne d'autre.

Je préfère pour ma part rester à l'air libre, là où je peux respirer. Je me sens mal à l'aise, dans cette rue, comme si je n'avais rien à faire ici. Je ne suis en rien responsable de l'enquête. Et je redoute certains échos du passé.

Je préfère ne pas savoir ce que cette famille a à dire.

Les deux dernières années ont vu des changements radicaux s'opérer dans cette ville – à commencer par l'élection d'un nouveau maire, suivie de peu par le parachutage d'un nouveau chef de la police municipale. Ces changements sont en partie positifs, en partie moins. Notre nouveau maire, un homme d'affaires républicain bombardé à la tête d'une municipalité en perte de vitesse, de vieille tradition démocrate, a réussi, à l'énergie, au piston ou à coups de renvois d'ascenseur, à séduire des foules d'investisseurs extérieurs. Il a attiré de nouvelles entreprises par le biais des conventions et des foires commerciales, en les arrosant généreusement de subventions de l'État ou du gouvernement fédéral. Il n'est ni très charismatique, ni très subtil – ni même, je le crains, particulièrement compétent –, mais il a un sixième sens infaillible pour flairer la piste du fric, ce qui parle en sa faveur dans les milieux les plus divers.

De l'avis de nombre de mes collègues, ses réformes de la police municipale laissent beaucoup à désirer, même si elles ont débouché sur d'indéniables économies. Le département a été fractionné en sections implantées dans les quartiers et en majeure partie disséminées dans des postes de police annexes. La nouvelle direction a remplacé notre Bureau d'investigation d'antan et son système de brigades par un service unique, centralisé et homogénéisé : la division des enquêtes. À l'exception de la petite unité (mandatée par l'État) des portés disparus, et de la brigade antigang, le gros des inspecteurs a été regroupé en trois superservices, chargés des infractions commises contre les biens, les mœurs ou les personnes. Sauf cas exceptionnel – lorsqu'ils se voient confier une affaire spéciale ou qu'il doivent intervenir en tant qu'agents infiltrés –, ils sont tenus de prendre en charge tous les appels qu'on leur refile, quel que soit le type d'infraction concerné, et que ce soit dans leurs cordes ou pas. N'étant pas une richissime mégapole, notre ville ne peut apparemment plus s'offrir le luxe de la spécialisation.

Ce qui découle en pratique de tout cela, c'est que les flics qui se retrouvent à pied d'œuvre pour enquêter sur la disparition de Tamara Shipley constituent une sorte de coupe transversale du défunt Bureau d'investigation : je reconnais parmi eux d'anciens collègues des Vols à main armée ou de la brigade des mineurs, dont certains n'ont jamais vu passer un kidnapping de toute leur carrière.

Si la victime de celui-ci, cette fillette de douze ans, ne réapparaît pas, le dossier atterrira au service des portés disparus. Mais si l'affaire se révèle être une agression, sexuelle ou non, un homicide ou une prise d'otage, elle sera confiée à la division des infractions contre les personnes. Et si elle sort des limites de l'État ou qu'il y a demande de rançon, ce seront les fédéraux qui interviendront – scénario qui semble peu plausible, dans ce cas précis.

La première chose à faire est de ratisser aussi large que possible, en interrogeant un maximum de gens, ce qui nécessite une grande puissance d'intervention, plutôt que des compétences très pointues. C'est ce qui explique qu'en plus des six enquêteurs directement concernés – outre Bank et moi –, six voitures de patrouille aient répondu à l'appel. À la différence d'un homicide où l'on peut examiner le corps de la victime, ainsi que certains indices matériels, chimiques ou biologiques, une personne disparue ne laisse derrière elle que du vent.

Le sergent Googie Kozlowski, chef des Portés disparus, marque une pause au sommet des marches en parpaings de chez Tamara Shipley. Il prend une profonde inspiration puis expire à fond, plusieurs fois d'affilée. En exagérant, comme s'il tournait une pub pour un spray nasal.

« On étouffe, là-dedans, Mack... ! me lance-t-il. Une étuve ! »

Je suis posté, le calepin à la main, au beau milieu du petit carré de terre battue qui tient lieu de cour. « Ah, bon ?

– Y a un monde fou et ça pue le graillon... »

Googie est un malabar, plutôt enrobé, dont les yeux, jadis bleus, virent à présent au gris délavé. Ça fait des années qu'il essaie de me convaincre de passer le concours interne, pour prendre du galon. Il prétend que j'ai l'étoffe d'un cadre et que je ferais ça les doigts dans le nez. Mais je n'ai toujours pas réussi à me décider.

« Qu'est-ce que t'en penses ? » lui dis-je.

Il hausse les épaules. « Ça fait pas un pli, bordel... C'est un enlèvement. Tu vois ça d'ici... » Il se remplit les poumons une dernière fois, comme pour s'imprégner de l'air pur des hauteurs, et descend les marches du perron. « J'ai vu une émission, l'autre jour, sur le câble... tu sais, *Le Monde Sauvage* ou ce genre de connerie. C'était sur les hyènes... T'as déjà vu une hyène ?

– Ni en chair, ni en os...

– Elles ont les pattes arrière plus courtes que celles de devant, tu vois. Une bande de tire-au-cul, toutes autant qu'elles sont. Ça passe son temps à chaparder. Plus puant et plus rameur que ça, tu meurs. Elles rôdent en bande, sautent sur tout ce qui les fait saliver et se tirent avec. N'importe quoi. Y compris les petits... Ça te rappelle rien ?

– Et Bank, ça gaze ?

– On en est carrément envahis, de cette engeance de merde. Bank ? Il est là-dedans, avec la famille. À compatir, pour qu'ils se déboutonnent, comme d'hab'... »

Je hoche la tête.

« Mais il perd son temps, poursuit Googie. Ils savent rien de plus... » Là-dessus, il rejoint sa bagnole en balançant au passage un glaviot sur le macadam, histoire de se débarrasser du sale goût qui lui reste dans la bouche.

D'où je me trouve, je vois un voisin, un familier de la petite, se faire interviewer par la télé, sous les yeux de notre responsable des relations publiques et du sergent Katherine Biasotti. Au bout d'un moment, Katherine les plante là pour revenir vers la maison. Je l'accoste sur le trottoir défoncé, dont les dalles se fissurent.

« Alors ? » lui fais-je.

La suppression de la brigade de protection des mineurs, qu'elle avait contribué à créer dans les années 80, a été la plus grosse bourde du nouveau système. Un flic de l'ex-service des agressions peut, au besoin, enquêter sur un homicide, mais confier à n'importe qui une affaire de crime sexuel, surtout quand il s'agit d'un gosse, c'est non seulement inefficace mais dangereux. Stu Marek, qui est notre capitaine aux Infractions contre les personnes, envoie donc systématiquement à Katherine tous les dossiers concernant un mineur, ne serait-ce que pour avoir son avis.

« Alors quoi ? réplique-t-elle.

– Si cette affaire est bien ce dont elle a l'air, c'est toi la grande spécialiste, ici... »

Elle secoue la tête. « Plutôt frustrant, hein, Mack ? Pas le moindre indice à retourner et à examiner. Personne à interroger. Ça doit te porter sur les nerfs...

– Ça n'a jamais été ma tasse de thé, les disparitions. Et j'ai horreur de rester là, comme ça...

– Je comprends.

– Qu'est-ce qu'ils racontent, là-bas ? » D'un coup de menton, j'indique les spots et les fourgonnettes de télévision. « Qu'est-ce qu'ils ont trouvé à se mettre sous la dent ?

– Pas grand-chose. On aurait vu une conduite intérieure de couleur sombre, d'un modèle tout récent, avec au moins deux types à bord. Des Noirs. On a déjà réquisitionné une ligne d'appel d'urgence. Ils diffusent le numéro à appeler. Bank est avec la famille ? »

Je hoche la tête.

« Bien, fait-elle. C'est une bonne chose. »

Sur ce, elle tourne les talons pour rejoindre le groupe des témoins – un couple de retraités, une jolie fille typée, genre portoricaine, et un handicapé en fauteuil électrique, dont le corps décrit des angles plutôt inhabituels. C'est lui qui a déclaré avoir vu passer deux Blancs à bord d'une voiture « violette ». Ils poireautent tous les quatre, dans le jardin d'à côté, alignés comme des danseuses de revue.

Je vais jeter un œil derrière la maison. Mes semelles s'enfoncent dans les plaques de glaise qui émergent entre les touffes clairsemées du gazon jauni. Les averses de printemps... Ça fait un bail que je convoite une paire de ces pompes étanches, doublées de Gore-Tex. Ça ressemble à s'y méprendre à des chaussures de ville ordinaires, mais ça coûte dans les cent vingts dollars. Peggy, ma chère et tendre, me fusille du regard dès que j'y fais la moindre allusion.

Curieusement, j'en suis là de mes pensées lorsque j'en avise une, de chaussure. Le bout d'une, pour être exact. Elle dépasse d'un buisson. C'est le genre de truc qui m'étonne régulièrement. Une culotte qui se balance à un piquet de clôture, un manteau d'enfant qui traîne au milieu de la rue, une godasse pointant sous un buisson... Par quel hasard ces trucs ont-ils atterri là ?

Au milieu d'une plate-bande envahie de chiendent, je repère une grosse pierre, sur laquelle je grimpe pour passer le nez par-dessus le rebord de la fenêtre. Sur le châssis, les derniers atomes de peinture blanche finissent de s'écailler. Ailleurs, le bois mis à nu par la pluie est d'un gris sale. Depuis mon perchoir, j'ai une vue imprenable sur le living, minuscule, où trônent un fauteuil La-Z-Boy flambant neuf – comme l'attestent les étiquettes qui s'y trouvent encore – et une grosse télé Panasonic à écran géant. À eux seuls, ces deux trucs doivent valoir dans les deux mille dollars. Qu'est-ce que les Shipley peuvent avoir, comme revenus annuels ? Dix, onze mille dollars, peut-être. Et encore... Ils vont sans doute passer des années à jongler pour couvrir les prélèvements mensuels de leur carte Visa.

Bank est penché en avant, les coudes sur les genoux. La famille a l'air angoissé et complètement sonné – le contraire serait étonnant... Je tente d'imaginer le choc, sans pour autant parvenir à vraiment me mettre à leur place. Il m'est pourtant arrivé de côtoyer de très près des événements analogues. Mais c'est Bank qui est passé par là. C'est lui qui sait trouver les mots qui consolent. Toute la famille a déjà longuement répondu aux questions des autres enquêteurs, et ils ne sont pas au bout de leurs peines. On va encore leur en poser des centaines, sur les familiers de la maison – parents, amis, relations ou simples connaissances rencontrées récemment –, sur les camarades de classe de Tamara, sur ses profs. Les enquêteurs vont tout passer au peigne fin, à la recherche de la moindre aspérité, du plus petit accroc, dans le tissu de leur existence, pour y glisser le doigt et farfouiller dans tous les trucs saumâtres qui peuvent s'y planquer. Bank, lui, se garde bien de les pousser dans ce genre de retranchement. Il laisse ça aux autres.

Au-delà du living, au bout d'un couloir, une équipe du labo relève les empreintes digitales que les occupants de la maison ont semées un peu partout, en se concentrant surtout sur les objets appartenant à Tamara. Lorsqu'ils auront pris les empreintes de toute la famille, ils pourront, par simple élimination, isoler un jeu complet de celles de Tamara. Ils prélèveront sur sa brosse des cheveux et des pellicules, qui pourront, le cas échéant, prouver sa présence à tel ou tel endroit – dans un coffre de voiture, un lit ou une pièce. Ou servir à identifier son corps.

Les Shipley ont fini par me remarquer et Bank, qui a suivi le regard de la mère, se retourne et m'aperçoit. Il me fait signe de venir le rejoindre. Je secoue la tête et, à mon tour, je gesticule pour lui demander de sortir. Je n'ai pas la moindre envie d'entrer là-dedans. Ni de parler à la famille. Cette affaire, c'est pas mes oignons.

Je secoue à nouveau la tête, imperceptiblement cette fois, dans l'espoir que Bank seul saisisse le message. Mais il ne veut rien entendre. Il pointe un index impérieux sur moi, puis en direction du plancher du living, style « Amène tes fesses et plus vite que ça ! » Je dois me faire attendre une seconde de trop, parce que je n'ai pas le temps de lever le petit doigt que je le vois débouler au coin de la maison. Il me fixe jusqu'à ce que je me résigne à le rejoindre sous la véranda branlante, avant de le suivre dans la cuisine – qui est raisonnablement propre, mais qui, comme l'avait dit Googie, empeste le graillon – et de là, dans ce living, où je n'ai aucune envie d'entrer.

Un gosse de quinze ans, maigre comme un coucou, le teint noisette, les yeux noirs, les cheveux plantés selon un large *V* qui lui descend bas sur le front, et répondant au nom d'Emiliano Salano, est assis à un bout du canapé, en face de Rochelle – la mère – et de la benjamine de la famille – Geena Shipley, neuf ans –, qui a le teint et les yeux clairs de sa mère. Le père des deux filles, qui n'était pas marié avec Rochelle, est mort. Emiliano est le fruit d'une autre liaison, d'où la différence de nom. Dans le quartier, sa curieuse implantation de cheveux lui a valu le surnom d'« Eddie Munster » et, à la longue, sa propre famille en est venue à l'appeler Eddie.

On m'offre le La-Z-Boy – la place d'honneur. Bank va chercher une chaise de cuisine et s'y installe à califourchon. Comme je m'en doutais, il n'a pas encore commencé à leur poser la moindre question. Il s'est surtout employé à écouter, à compatir. De toute évidence, la mère sait parfaitement qui il est et ce qu'il a vécu.

Et je subodore que ce n'est pas davantage pour les interroger qu'il m'a fait venir.

« Qu'est-ce que vous disiez, déjà ? » demande Bank, et la mère, pâle à faire peur, lui répond : « Ça n'était pas une gamine à problèmes, je vous assure...

– Ça *n'est* pas... » rectifie Bank.

Les flics, surtout ceux qui s'occupent des disparitions, apprennent vite à surveiller ce genre de détail. Je m'attends à voir la mère se plaquer une main sur la bouche, horrifiée d'avoir lâché une chose pareille, ou s'effondrer, comme si ce lapsus avait pu compromettre irrémédiablement les chances de survie de sa fille. Mais elle ne fait ni l'un ni l'autre. Elle se contente de crisper les mâchoires, narines dilatées, réaction que j'interprète comme un signe de sang-froid et de détermination. Je me surprends tout à coup à lui jeter un coup d'œil admiratif.

Rochelle Shipley ne correspond en rien à l'image que je m'en étais faite. Je sens en elle une certaine dureté, une résolution qui transparaît dans son regard. Elle n'a rien d'une paumée sans ressources. Elle a le cou maigre et les joues creuses, presque décharnées. Toutes choses qui confortent encore l'impression de détermination qui émane d'elle. Ses yeux plongent dans les miens et elle me cloue de son regard bleu, comme si elle m'implorait. C'est l'effet que ça me fait, en tout cas.

Comme si elle me disait : « Retrouvez-la. Faites ce qu'il faudra, débrouillez-vous, mais ramenez-la-moi ! »

4

Dans les années 60, le coin où nous avons grandi, Bank et moi, était encore une petite commune semi-rurale, à la périphérie ouest de la ville. S'y côtoyaient, en vrac, des maisons style ranch, plantées au milieu de leur lopin de terre, et des baraques en parpaings qui avaient poussé entre les anciennes exploitations agricoles. La plus modeste bicoque était toutefois dotée d'un petit bout de jardin, et tout le secteur était entrelardé de friches, mi-terrains vagues, mi-dépotoirs, regorgeant de pièges et de dangers, mais qui étaient pour nous les plus fascinants des terrains d'aventures. Le tracé des rues ne suivait aucun plan d'urbanisation préétabli, et les lignes droites y étaient aussi rares que les intersections à angle droit. En fait, le quartier avait proliféré dans tous les sens, au hasard, comme une toile d'araignée ou les ramifications d'une tumeur, entre les grands axes qui desservaient l'ouest de la ville.

À l'époque où mes parents vinrent s'y installer, en août 67, quatre mois avant mon huitième anniversaire, le secteur venait tout juste d'être administrativement rattaché à la ville, et la vieille école communale était désormais soumise au même régime que les autres établissements scolaires. Je revois mon père, certains soirs d'été, une boîte de bière embuée à la main, tenant chapitre avec ceux de nos voisins que ça ne défrisait pas de fréquenter un individu aussi exotique que pouvait l'être pour eux un juif de pure souche. Il se contentait généralement d'écouter en opinant du bonnet, quand les autres exhalaient leur bile contre « ces salopards du conseil municipal » et « ces couilles molles de l'administration du comté » qui avaient magouillé l'annexion de la commune.

Nous étions venus dans la région parce que mon père s'était trouvé un poste de responsable de chaîne de production, dans une des verreries industrielles automatisées de la ville. Il était de Brooklyn, New York, mais les nécessités de sa profession l'avaient amené à migrer progressivement vers l'ouest, pour suivre la demande. À son retour de la guerre de Corée, à vingt-deux ans, il avait été embauché par une compagnie de chemins de fer, et avait longtemps travaillé à un poste d'aiguillage dans le Bronx. Peut-être cette première expérience ferroviaire lui avait-elle inspiré l'envie de prendre la route, vers le nord, d'abord, jusqu'à Poughkeepsie, puis vers Albany et enfin, plein ouest, au-delà de l'État de New York. En chemin, il avait largué le rail pour l'industrie du verre et avait atterri à Corning. C'était au début des années 50. Il n'avait passé à Corning que deux années, mais il en avait profité pour épouser ma mère, une descendante de Hollandais luthériens de Pennsylvanie, et lui faire une fille, avant de trouver de l'embauche dans une usine de Buffalo. Il y était resté douze ans, au terme desquels il était devenu un expert chevronné de la fabrication du verre laminé. Ma mère se plaisait à raconter la façon dont certains ingénieurs bardés de diplômes venaient le consulter avant de mettre en œuvre telle ou telle innovation qu'ils envisageaient. Et un beau jour, le directeur d'une des plus grosses verreries de l'Ohio lui proposa ce poste de responsable de la production, assorti d'un salaire attractif et tous frais de déménagement payés. L'idée de quitter Buffalo ne séduisait qu'à moitié mon père, mais la proposition l'avait flatté, et même honoré, je crois – sans compter qu'il avait toujours eu la conviction qu'un homme qui laisse passer une occasion de s'élever dans la société lance un dangereux défi à son destin. Mon père croyait dur comme fer au destin.

Quant à ce qui l'avait aiguillé vers ce quartier-là, il me semble que ça tenait en grande partie à la perspective de pouvoir acheter un peu de terrain. Mon père avait grandi sur le pavé de Brooklyn, où il suffisait de régner sur quelques dizaines de mètres carrés pour faire figure de gros propriétaire terrien. À Corning, mes parents habitaient un appartement, et, à Buffalo, un petit bungalow de bardeaux, entouré d'un minuscule jardinet, dans un quartier ouvrier surpeuplé. Dans notre nouvelle ville, ce n'étaient évidemment pas les bungalows qui manquaient, ni les quartiers ouvriers, mais lorsque mon père eut découvert la commune de Liam, et calculé qu'il pourrait s'y offrir un immense corps de ferme balayé par les courants d'air, un verger de quatre arpents planté de pommiers et de poiriers et flanqué d'un potager de cent mètres carrés, et un garage assez grand pour y installer trois voitures et son atelier, il comprit qu'il tenait là son Rêve américain.

Et tant pis si certains de nos voisins nous traitaient de youpins et refusaient de lui adresser la parole.

Ma sœur Judy, qui était mon aînée de trois ans, s'était vite acclimatée à ce nouveau quartier et à sa nouvelle école. Elle prenait le bus de ramassage scolaire pour se rendre au collège, tout proche, qui drainait des adolescents de toutes origines des quartiers sud-ouest de la ville : quelques Noirs, quelques latinos, des catholiques, des protestants, des musiciens et des sportifs, des cracks et des cancres, et même une poignée de « gogols », comme on les appelait. Ils étaient le plus souvent parqués dans des classes de rattrapage, au bout d'une aile du bâtiment, mais il arrivait qu'ils se mêlent au reste des élèves, le tout formant un cocktail d'une telle diversité qu'il était presque impossible de ne pas y trouver sa place.

Mais pour moi qui entrais cette année-là en CM1 à l'école primaire locale, l'intégration fut lente et difficile.

J'en accusai – à tort – une forme rampante mais virulente d'antisémitisme. C'était d'autant plus perturbant que je n'étais même pas sûr de pouvoir légitimement me considérer comme victime de ces préjugés, puisque que je n'étais juif qu'à moitié par le sang, et autant dire pas du tout pour ce qui était de mon éducation ou de ma culture. (Les sentiments religieux de mon père et ceux de ma mère, également inébranlables, se neutralisant mutuellement, je n'ai pas souvenir d'avoir beaucoup pratiqué dans mon enfance.) J'entendais bien quelques murmures dans mon dos, et je sentais quelques index pointés sur moi – je garderai toujours la sensation cuisante de ces regards, entre mes omoplates –, mais mes camarades étaient trop incultes pour verser dans l'antisémitisme. Il y avait bien eu quelques accrochages sur ce thème au cours de mon premier mois d'école, mais, comme je l'ai vite compris, c'était moins le fait d'une haine délibérée que celui de la curiosité et de l'ignorance, voire d'un simple mimétisme qui les poussait à ressortir ce qu'ils entendaient dire chez eux. Pour la plupart, j'étais tout simplement le premier juif, ou demi-juif, qu'ils voyaient. D'ailleurs, au bout de quelques semaines, rares étaient ceux qui s'en souvenaient encore.

En fait, le problème était plus compliqué. L'une des composantes en était mon étrangeté foncière. J'étais un élève brillant et je ne perdais pas une occasion de le prouver. Je dévorais les bouquins. Je préférais la lecture à toute autre activité. Je n'aimais pas jouer avec les enfants de mon âge. À ceux qui tentaient de me parler, je répondais d'un ton sec, surtout destiné à masquer ma timidité et ma peur, mais qui ne pouvait que corroborer ma réputation de bêcheur. La seule personne aux yeux de qui je trouvai grâce, en ce mois de septembre 67, fut mon institutrice, miss Marquette, Marcia de son prénom – une jeune femme au visage chevalin, dont c'était le premier poste –, et encore, uniquement grâce à mes bons résultats. Mais être le chouchou de la maîtresse n'a jamais été un moyen de se rallier ses condisciples... Les copains de la classe chuchotaient dans mon dos, se moquaient de moi et m'adressaient à peine la parole.

Dans la cour, c'était la catastrophe. Car j'étais non seulement moins grand et plus jeune que la moyenne de ma classe, mais en plus, je détestais le sport. J'avais fait de l'asthme dans ma petite enfance, et j'étais encore affligé d'une impressionnante liste d'allergies. Or, dans ce drôle de nouveau monde où je débarquais, tous les jeux sans exception, même ceux des filles, étaient des variantes « musclées » de ceux que je connaissais. La moindre ronde n'était qu'une tentative délibérée de vous tordre le poignet et les parties de chat perché dégénéraient en courses-poursuites forcenées, s'achevant par des collisions qui vous laissaient le nez en sang, un œil au beurre noir ou une bosse sur le crâne. J'ai même souvenir d'un gosse qu'on a relevé, un jour, avec plusieurs côtes cassées. Le but, quand on jouait aux gendarmes et aux voleurs était moins de rattraper l'un des joueurs que de le faire s'étaler – sinon, ça comptait « pour du beurre ». Lorsque le choc avait été assez violent pour que la victime s'arrache la peau de la figure en dérapant sur un bon mètre, un chœur d'acclamations saluait ce tour de force. Mais le pire, c'était encore ces parties de « tohu-bohu » qui était moins un jeu à part entière qu'une sorte de happening spontané et qui se déclenchait inopinément au beau milieu de toute autre activité. Quelqu'un décidait tout à coup de hurler « Tohu-bohu ! » et, dès que ce cri retentissait, par un mystérieux consensus, une victime était désignée et encerclée, et tous les autres venaient s'affaler dessus. Inutile de préciser que je me retrouvais plus souvent qu'à mon tour sous ces amas de corps et que, dès ma première semaine d'école, je fus assailli d'abominables cauchemars où je me sentais suffoquer.

Au cours de ces premières semaines, j'ai souvent adressé d'ardentes prières à un dieu aussi vague qu'œcuménique pour que mon père se fasse virer et que je retrouve mon ancien quartier à Buffalo, où j'avais du moins l'avantage d'être connu...

Un gamin maigrichon, poireautant au coin de Liam Road et de Pawtucket Street. Les gros bus jaunes attendaient les enfants, alignés devant la sortie de l'école, mais lui, il restait là, planté sous le crachin glacé, surveillant tantôt Liam Road, tantôt l'autre rue. Ce petit gosse à lunettes, c'était moi. Maxie Steiner.

Nous étions en octobre. Un lundi, premier jour de ma cinquième semaine d'école. Mon sort ne s'était pas amélioré. J'étais mal dans ma peau, en général, et ce jour-là, tout particulièrement, puisque j'étais transi jusqu'aux os. Je sentais plus que jamais sur moi le regard de mes camarades qui m'observaient depuis les bus chauffés – moi, le Nouveau, qui poireautais, seul sous la pluie.

Seul, jusqu'à l'arrivée d'un certain Gary Urbanowski, un grand de CM2, qui vint se planter en face de moi, flanqué de deux filles. Il avait le sourire cruel et sournois, malgré ses grands yeux et ses cheveux qui lui battaient les épaules – la mode en était arrivée jusqu'ici.

« C'est toi qui viens d'emménager, à Rutherford Street », m'annonça-t-il, comme s'il avait été mieux placé que moi pour le savoir.

Je lui répondis d'un hochement de tête.

« Dans la grande maison.

– Mmm-mmm.

– Il est riche, ton père ?

– Non.

– Vachement grande, votre baraque.

– Bof...

– Qu'est-ce tu fous ? T'attends quelqu'un ? s'enquit-il.

– Ma mère. Elle doit venir me chercher.

– Pourquoi tu prends pas le bus, comme tout le monde, pour aller à Rutherford Street ?

– Ma mère préfère venir me chercher. » Je plissai les paupières derrière mes lunettes. Des gouttes de pluie me dégoulinaient dans les yeux. « Tant que je ne connais pas bien le quartier... » ajoutai-je. Nous en avions abondamment discuté, ma mère et moi, et pas plus tard que la veille au soir. Sauf que c'est moi qui l'avais suppliée, les larmes aux yeux, de continuer à venir me déposer et me chercher à l'école. Je commençais à trouver mes marques en classe et même dans la cour, mais j'étais toujours pris de panique à l'idée de me risquer dans un de ces cars de ramassage.

« Dis donc, toi ! me lança Gary. T'es une vraie chochotte ! »

Je gardai le silence.

« Mon père, il dit que c'est les juifs qui ont tué Jésus », reprit-il.

Je baissai les yeux, hésitant sur le sens à donner à ce petit préambule, et sur la façon dont il fallait le prendre. Mais je n'avais pas, et je n'ai d'ailleurs jamais eu, ce qui s'appelle un don pour la rhétorique. Sous la pression de mes émotions, je perdais toute ma présence d'esprit et tout sens de la repartie. J'opposai donc à Gary une stratégie que j'avais déjà mise au point à l'époque, et qu'aujourd'hui encore, je persiste à appliquer en pareilles circonstances : je lui assenai des faits, comme s'ils avaient le pouvoir de désamorcer l'effet délétère des passions.

« Non ! C'étaient les Romains. »

Gary Urbanowski n'avait aucune idée de ce dont je lui parlais – sans doute pas plus que de l'affirmation qu'il avait lui-même lancée –, mais ma déclaration, en arrachant un petit gloussement à l'une des deux filles qui l'accompagnaient, acheva de le mettre hors de lui.

« Quoi ? »

Et moi d'aggraver mon cas en étalant ma science : « Oui, les Romains ! répétai-je, en les regardant bien en face, lui et ses deux copines. La croix, les clous... C'est eux qui l'ont fait. Et d'abord, Jésus aussi, il était juif – tu savais pas ? »

Le bras de Gary se détendit. Sa main venait juste d'atterrir à plat sur mon sternum, quand j'entendis : « Hey ! Qu'est-ce qui vous prend, les mecs ? »

Je connaissais cette voix. C'était Charles Arbaugh. Il était dans ma classe. Il avait à peu près ma taille, mais en nettement plus râblé. « Un vrai petit taureau, ce gamin ! » comme devait plus tard dire mon père, qui l'avait pris en affection.

Je l'avais déjà vu une ou deux fois, l'été précédent, avant la rentrée. Il passait devant chez nous sur sa Banana Bike trafiquée, avec sa fourche et son guidon surdimensionnés – une vraie petite Harley pour enfant... Je n'aurais rien pu imaginer de plus cool. C'était le genre de bécane que je n'aurais même pas rêvé pouvoir posséder un jour. Arbaugh était passé sans un regard pour moi.

À la récré, il ne se laissait pas faire. Il cognait vite et fort. Il savait se battre et n'essayait jamais d'éviter toutes ces occasions que je fuyais. Une fois, je l'avais même vu se laisser tomber, en entraînant un copain dans sa chute et en hurlant « Tohu-bohu ! », pour le plaisir.

« Ce crétin attend sa mère », répliqua Gary.

Bank ne releva pas et, s'adressant à moi : « Elle a pas l'air d'arriver... fit-il.

– Si, elle va venir !

– Vise-moi cette chochotte, reprit Gary. Il attend sa man-man !

– Toi, tu la boucles ! » lui lança Bank.

Et, se tournant vers Gary, qui mesurait douze ou quinze bons centimètres de plus que lui, il lui vrilla l'index dans le sternum. Je n'avais pas la moindre idée de ce qui avait pu le pousser à descendre du bus et à s'en mêler. Je le côtoyais depuis un bon mois, et il n'avait jamais daigné m'adresser ne fût-ce qu'un signe de tête. Une réaction de solidarité, peut-être. Qu'on s'asticote entre nous, c'était une chose, mais qu'un grand de CM2 s'en prenne à un de ses condisciples, pour lui, ça passait les limites du supportable. C'était une violation du code de l'honneur de Charles Arbaugh.

Urbanowski avait levé un poing menaçant, mais Bank fit front, sans sourciller, totalement relax, sans un geste pour se protéger. Un vrai défi. « Vas-y, semblait-il lui dire. T'as droit à un coup gratuit, après, tu verras... » Un rictus tordit la bouche d'Urbanowski, puis toute agressivité parut l'abandonner et il battit en retraite. Je n'en revenais pas. Comment pouvait-il avaler une telle humiliation ?

Puis, je compris. Ils ne devaient pas en être à leur première bagarre et, jusque-là, les hostilités n'avaient pas dû tourner à l'avantage d'Urbanowski.

« Tu crois peut-être que je vous ai pas vu venir ! » fit Bank, en me tirant par le bras. « Tiens, regarde ! » me dit-il.

Là où je me trouvais une seconde plus tôt, je vis un type, à quatre pattes sur le trottoir, qui levait vers nous une bouille rigolarde. Urbanowski m'avait préparé un coup fourré : me pousser pour que je trébuche sur son acolyte et que je m'étale sur le dos. Pas plus tard que la veille, je m'y étais déjà fait prendre, et j'étais resté par terre, sonné, le souffle coupé, les yeux perdus dans le bleu du ciel qui virait au noir.

« Pourquoi tu rentres pas te mettre à l'abri ? » me demanda Bank. J'étais non seulement trempé, mais bleu de froid. Après un dernier coup d'œil dans Liam Road, je me décidai à embarquer dans le bus, dans le sillage de Bank et je remontai l'allée centrale, sous le regard de tous les gamins, jusqu'à la banquette du fond – la place la plus convoitée, dans tout bus de ramassage scolaire – que Chadwick, un autre garçon de la classe, avait gardée pour Bank. Je n'avais pas à me forcer beaucoup pour imaginer la scène, en cas de tentative d'usurpation : « Dégage de là ! » aurait intimé mon sauveur au téméraire, en lui brandissant le poing sous le nez. Bank n'avait pourtant rien d'une brute, comme j'eus tôt fait de m'en rendre compte. Il était simplement plus fort et plus rapide que la plupart des copains, y compris ceux des classes supérieures – et, en cas de besoin, il n'hésitait pas à faire valoir cet avantage.

Dès qu'il vit revenir Bank, Chadwick sauta sur ses pieds et attendit qu'il se fût installé, espérant se rasseoir près de lui, mais Bank le chassa et m'offrit la place d'à côté. Chadwick lui jeta un regard boudeur et partit vers l'avant du bus, en quête d'un siège libre.

Je me laissai choir près de Bank et me vautrai dans tout ce confort – l'air tiède que déversait la bouche de chaleur, au-dessus de nos têtes, le joyeux chahut de ces cinquante écoliers retrouvant la liberté et cet étrange sentiment de sécurité, d'acceptation, mêlé de culpabilité. Les portes se refermèrent. Le bus prit le large. Quelque part derrière nous, ma mère devait passer devant l'école au ralenti, en me cherchant des yeux. L'idée me vint tout à coup qu'elle allait paniquer, lorsqu'elle aurait trouvé une place où se garer et qu'elle aurait fouillé l'école de fond en comble... Je me sentis submergé par le remords. Comment mon père accueillerait-il la nouvelle ? Car ma mère ne manquerait pas de tout lui raconter. Sauf qu'il venait de m'arriver quelque chose de bien plus important. De vital.

« On est quand même mieux ici que dehors, hein ? » s'esclaffa Bank.

Je hochai la tête – c'était l'évidence même.

« Alors, c'est quoi, ton nom, déjà... ?

– Max Steiner.

– Mack », répéta-t-il. C'était sans doute ce qu'il avait compris, et je me gardai bien de le détromper. Sans m'en douter, je venais de recevoir mon prénom définitif, celui sous lequel je serais désormais connu.

5

Nous partons vadrouiller à pied, Bank et moi, en sortant de chez Tamara Shipley. Nous longeons des rues sinistres, des maisons dont les porches délabrés n'ont pas dû voir l'ombre d'un pinceau depuis des lustres, et dont les contre-portes grincent sur un seul gond, des bagnoles hors d'âge et d'usage, garées sur un coin de gazon anémique, où s'entassent papiers gras, sacs plastiques et vieux journaux, des trottoirs défoncés, des flaques d'eau bourbeuses qui envahissent la chaussée et les cours. Ça n'est pas encore tout à fait le ghetto, mais c'est bien parti pour le devenir. Autrefois, c'était pourtant un quartier sympa, sûr et bien entretenu, comme le North End. Nous marchons ainsi un bon bout de temps, à travers une zone plus ou moins pavillonnaire, en frappant aux portes, au hasard, dans l'espoir de tomber sur quelqu'un qui veuille bien répondre à nos questions.

« Po-lice ! » rugit Bank, mais toutes les portes semblent solidement barricadées contre le monde extérieur. Tout a l'air désert. Nous essayons les artères plus importantes, y compris Moon Street, où tous les commerces sont fermés, certains parce que c'est dimanche, la plupart pour cause de faillite. Moon Street est orientée nord-sud, parallèlement à la rivière, dont ne la sépare qu'un no man's land où se déploient quatre ou cinq faisceaux de voies ferrées désaffectées. Depuis la rue, elles sont masquées par un haut talus qui longe l'arrière des immeubles, de ce côté-là. Le ciel est si bas qu'on le croirait directement posé sur la crête de terre battue. Il me suffirait de traverser la rue, de me faufiler entre ces immeubles vides et de grimper le raidillon, pour me retrouver la tête dans les nuages – ce qu'on me reproche plus souvent qu'à mon tour, et Bank le premier...

Nous arrêtons les quelques rares passants, nous sondons les usagers qui font la queue à un arrêt de bus, mais personne n'a rien vu ou n'est au courant de quoi que ce soit. Le bus arrive, expire bruyamment, ouvre ses portes et avale tout le monde. Nous nous retrouvons seuls. Comme tant d'autres quartiers de cette ville, celui-ci se désertifie peu à peu. Ses habitants fuient vers la banlieue et ces villes nouvelles qui ne cessent de croître et de multiplier.

À quelques pâtés de maisons de là, sur Moon Street, sept ou huit mômes surgissent d'entre deux immeubles. La bande se recompose sous nos yeux, comme des billes de mercure s'aimantant les unes les autres, avant de s'amalgamer en une seule masse fluide, ondulante, imprévisible. Ils glissent vers nous – visages café au lait, chemises d'écossais rouge boutonnées sous le menton, grosses baskets, jeans délavés trop grands de trois tailles (et, pour quelques-uns, teints en rouge), casquettes de base-ball rouges, la visière vissée à quarante-cinq degrés en direction de l'oreille gauche.

Dès qu'il les repère, Bank s'assied sur le banc de l'abribus et se plonge dans un vieux journal qui traînait par terre. Je me plante là, absorbé dans la contemplation de la rue déserte, balayée par le courant d'air. Les ados flânent tranquillement le long de Moon Street. Ils ont dépassé un autre pâté de maisons, lorsqu'ils s'avisent de la présence de ces deux connards de Blancs qui sont venus se perdre par ici – un dimanche, qui plus est... Ils fondent sur nous. De grands sourires carnassiers illuminent leurs bouilles enfantines. Nous ne sommes ni en uniforme, ni en pardessus-cravate, Bank et moi. Ne soupçonnant pas une seconde devant qui ils se trouvent, les mômes se délectent déjà des vannes dont ils s'apprêtent à nous gratifier – sans compter les avantages plus concrets qu'ils espèrent peut-être tirer de la confrontation... Qui sait ?

Ils mettent le cap sur le banc, puis la bande se sépare pour se couler autour de nous, avec force dandinements, hochement de têtes, ricanements et gestes entendus du menton, des sourcils et des mains. Je me garde bien de tourner la tête vers eux, des fois qu'ils me reconnaîtraient.

Tout à coup, Bank laisse tomber son journal, se hisse sur ses pieds et, les mains aux hanches, leur lance : « Salut, les mecs ! » Une bonne moitié de la troupe le remet instantanément, ayant déjà eu les honneurs du *Bank Arbaugh Show*, en nocturne, dans les locaux de la police municipale. Certains m'ont reconnu, moi aussi. Deux ou trois d'entre eux glapissent un « Five-0 ! » strident et ils s'égaillent instantanément, telle une bande de cafards brutalement exposés à la lumière. En quelques secondes, ils s'évaporent dans le paysage. Les taches rouges de leurs vêtements flashent une dernière fois avant de se perdre entre les immeubles ou les bagnoles, dans les brèches des murs, ou au fond des égouts. Tous ont disparu, sauf celui que Bank tient au collet et dont les pieds battent l'air à dix centimètres du sol.

« On se connaît ? s'enquiert Bank.

– Non, mec ! » articule le gosse. Ses joues ont viré au rose soutenu. Il se débat et rue dans le vide, étranglé par son col, que serre une poigne d'acier.

« T'habiterais pas la cité Lloyd DuShane ? »

Le gosse tente un vague hochement de tête.

« Tu serais pas, Mario, toi ? demande Bank. Mario Esc-o-bar ?

– Non, mec, hoquette sa victime.

– Son frère, alors ? »

Nouveau signe affirmatif.

« C'est quoi, ton nom ? »

Le môme émet un gargouillis qui me demeure incompréhensible, et Bank enchaîne : « Benny... Mais oui ! C'est ça, ce petit enculé de Benny Esc-o-bar ! » Bank jette un œil vers moi, le sourcil interrogatif, mais je n'ai jamais vu ce gamin. Son frère Mario, en revanche...

« Eh bien, poursuit Bank, figure-toi que ce petit branleur est un des nouveaux rois de la coke de l'East Side. Une vraie célébrité, que j'ai l'honneur de te présenter...

– Enchanté ! » répliqué-je. Le visage du gamin commence à virer au violacé. Il ne doit pas peser beaucoup plus de cinquante kilos. Un vrai chat écorché. Bank le maintient à dix centimètres du sol sans effort apparent.

« On s'assied et tu discutes gentiment avec nous, ou je vais devoir te tenir encore longtemps comme ça ? s'informe Bank.

– On parle ! fait le gosse. On parle !

– Tu sais ce qui va t'arriver, si t'essaies de te défiler ? »

Je n'en ai pour ma part aucune idée, mais le môme a l'air au courant.

« OK ! » fait Bank. Il le palpe rapidement, pour voir s'il est armé, le laisse choir sans ménagements sur le banc et se penche sur lui. Benny Escobar se masse le cou des deux mains, en se raclant la gorge.

« Tu sais que tu devrais pas boutonner ton col aussi serré... lui conseille Bank. Y a une petite qui s'est fait enlever, ce matin, dans le quartier. T'as entendu parler ?

– Non, mec. Que dalle. » Il reluit, ce môme. Ses cheveux aile de corbeau, coupés courts, sont enduits d'une espèce de lotion qui répand un parfum tenace. Il a une peau de bébé. À peine quelques cicatrices d'acné sur le front, autour du nez et de la bouche. Une ligne de duvet noir, presque imperceptible, court le long de sa lèvre supérieure. Il s'est rasé le sourcil gauche et arbore une étoile rouge à cinq branches, tatouée à droite, sur le cou.

« Tamara Shipley... » fait Bank.

Le gosse hausse les épaules.

« Alors... ça roule, le bizness ?

– Quoi ? Quel bizness ?

– Quel bizness ? T'es dans le bizness, non ? C'est bien toi qu'on va voir, quand on veut de la poudre ou des cailloux – toi ou ton frère...

– N'importe quoi !

– Pour qui tu bosses ces temps-ci, Benny ? »

Benny secoue la tête avec une lenteur étudiée.

« Qu'est-ce que vous zoniez dans le coin, ce matin ?

– On se baladait.

– Histoire de quadriller le quartier, c'est ça ? De défendre votre territoire. Au nom de qui vous le revendiquez ? De ces fumiers de l'Amicale des latinos, ou d'autres racailles du même tonneau ? »

Benny détourne le regard sans cesser de secouer la tête.

« Je sens que je vais t'embarquer, Benny...

– Quoi ? s'insurge le gamin. Pour quel motif ? J'ai rien fait ! Que dalle, mec !

– La ramener dans le coin, en affichant vos couleurs, je vais te dire une chose, mec, pour moi, c'est de la provocation, ni plus ni moins. De la provocation ! Tu sais ce que ça veut dire ? Chercher la bagarre, en s'arrangeant pour faire casquer les autres. Et ça, c'est puni par la loi. Je peux te ramasser tout de suite, si je veux, comme fauteur de trouble. » Bank me regarde.

« Et pour incitation à la sédition... ajouté-je.

– Tout juste ! T'es mal barré, là, Benny... fait Bank. Lui, c'est Big Mack. Tu le remets ?

– Non...

– Ben, tu vas faire sa connaissance. Debout ! » Bank tire de sa poche une paire de menottes qu'il lui agite sous le nez.

« Non, mec ! plaide Benny. Non, m'sieur – s'te plaît ! » Des larmes brillent dans ses yeux.

« Alors, parlons un peu, mon vieux Benny ! fait Bank. Y a pas des masses de passage, par ici. Quelqu'un l'a forcément vue, cette bagnole qui rôdait dans le secteur, ce matin, genre grands méchants loups sur les traces du Petit Chaperon rouge...

– On venait juste d'arriver. On n'a rien vu du tout. Ma parole, m'sieur !

– Benny...

– Et à son frangin, vous lui avez demandé ? lance soudain Benny. Tamara, c'est la sœur à Eddie Munster, non ? »

Bank s'accroupit. « Eddie ? Qu'est-ce qu'il a à voir là-dedans ? T'as eu vent de quelque chose ? »

L'idée heurte Bank, tout autant que moi. Nous n'espérions pas tirer grand-chose de ce môme, sinon, au mieux, une vague description de cette voiture qu'il aurait pu repérer, par un fabuleux coup de pot.

« Parce qu'il traîne dans le coin, Eddie ?

– Pfff ! C'est qu'un petit con, fait Benny. Toujours à nous coller, pour venir avec nous. Il porte nos couleurs, alors qu'il a même pas le droit.

– Et alors ? Faut passer une épreuve initiatique, pour ça ? Faut que sa sœur baise avec tout le monde, s'il veut entrer dans la bande ?

– Non, fait Benny. Tout ce que je sais, c'est qu'il se balade fringué comme nous.

– Il deale du crack ? »

Benny hausse les épaules.

« Ouais, fait Bank. Ça m'en a tout l'air. »

Benny reste sans réaction.

« Putain de merde ! » Bank se relève et détourne le regard, bouche bée, visiblement estomaqué. « Allez, casse-toi ! » lance-t-il à Benny, qui ne se le fait pas redire. Le temps de tourner la tête, il a disparu et, quand mes yeux reviennent vers Bank, c'est pour le voir, lui, filer dans la direction opposée, vers chez Tamara Shipley.

J'arrive à bout de souffle, avec plusieurs longueurs de retard. Bank est déjà dans la maison. En traversant la cour, je croise Googie, Katherine et deux autres flics. Tous fixent la porte d'entrée d'où fusent des éclats de voix.

« Tes pompes, putain ! Je veux les voir ! Pas celles-là ! Tes baskets ! »

Et, d'un coup, ça me revient. Je fonce derrière la maison. La chaussure est toujours sous le buisson, et elle n'est pas seule... J'en sors une seconde, qui était planquée là, sous le sac plastique qui les protège. Et à y regarder de plus près, ça n'a rien d'une vieille paire de pompes éculées. Des Ponies. Le haut de gamme absolu. Elles sont blanches, immaculées, superbes, flambant neuves. Il les a planquées là pour pouvoir les récupérer discrètement, en cas de besoin. Seul le pied gauche porte des lacets rouges.

Je reviens sur mes pas et je les brandis depuis l'allée, pour Bank. Il entraîne Eddie vers moi, m'arrache les baskets des mains et, dans la foulée, propulse le môme jusqu'à une voiture de patrouille dont il ouvre la portière arrière, avant de l'asseoir sur la banquette, pieds à l'extérieur. Il lui agite les chaussures sous le nez.

« C'est quoi, ça ? » lui demande-t-il.

Eddie retient son souffle.

« Je viens discuter avec ta mère, et toi, tu restes là, bien sage, avec tes beaux petits souliers noirs aux pieds... Tu te fous de ma gueule, ou quoi ? C'est quoi, ce cinéma ? »

Eddie ne moufte pas.

« Tu deales ?

– Non.

– Écoute, Eddie. Peut-être que tu kiffes ça, de zoner avec les autres en portant les couleurs du gang. Peut-être que tu te fais un peu d'argent de poche, avec tes potes. J'en sais rien et je m'en tape, pour l'instant. Mais il y a une chose que je veux savoir : est-ce qu'il s'est passé quoi que ce soit qui pourrait expliquer la disparition de ta sœur ? T'as grugé un mec ? T'as été initié ? T'as des dettes à rembourser ? Qu'est-ce qu'il y a eu ? »

Eddie lève vers lui un regard figé, sans expression. Nous nous sommes rassemblés autour de Bank, à distance raisonnable, mais assez près pour ne pas perdre un mot de ce qui se dit.

« C'est pas des mecs de chez nous, souffle Eddie.

– Qui c'est, alors ? demande Bank.

– 'Chais pas. Des Blacks. Pourquoi, j'en sais rien.

– Ils ont des raisons de t'en vouloir ?

– Certains. Y m'ont vu taguer le pont, l'autre jour.

– Parce que t'as tagué le pont... ? »

Eddie fait « oui » de la tête.

« Et ces Blacks t'ont vu.

– Ils se sont arrêtés et ils nous ont traités : “ Cassez-vous, bande d'enculés ! ” Nous, on a calté.

– Ils ont tiré ?

– Pas là...

– Mais c'est déjà arrivé ? »

Eddie hoche la tête.

« Ils vous ont tiré dessus ?
– Ouais.
– Vous étiez en rouge ? »
Nouveau signe affirmatif.
« C'était quand ?
– Qu'ils ont tiré ?
– Non, le pont...
– Y a deux jours.
– Et la fusillade ? »
Le gosse hausse les épaules. « Une semaine, genre... Ils étaient venus zoner dans le coin. Je les ai vus. »
Bank se relève et se tourne vers moi. Il est livide de rage et, bien qu'aucun son ne franchisse ses lèvres, je les vois frémir. Comme s'il marmonnait une prière, en ce dimanche des Rameaux, pour la petite Tamara Shipley.

Abrutis de fatigue, nous revenons au Denny's d'Alcore Road dans l'après-midi, pour régler nos petits déj' et récupérer ma voiture. Bank ne desserre pratiquement pas les dents de tout le trajet. Il a ce masque que je lui connais, ce mélange de fureur consternée, de dureté et de calcul. Son masque de pouvoir. Quand il bout intérieurement, les cicatrices de son cou et de ses joues semblent entrer en incandescence.
La disparition de la petite Shipley le met hors de lui, évidemment, et il va remuer ciel et terre pour la retrouver. Mais je sais que ses pensées sont ailleurs. Du côté d'une autre petite disparue.

6

La maison qu'habitaient Bank et Sarah, en 1989, était située dans le quartier de Heron Hills, au-delà de la Heron River – « sur les coteaux », selon l'expression consacrée. La Heron River, dont le lit étroit et encaissé se tord comme un serpent blessé parmi les collines, a creusé ces vallées et sculpté ces plateaux en un paysage vallonné qui contraste avec les environs, plats comme le dos de la main.

Le hameau de Heron Hills s'était constitué en municipalité autonome à l'époque où les faubourgs de la ville s'arrêtaient à ce qu'on appelle aujourd'hui « le vieux West End » (le quartier chic, à l'origine), lorsque les industriels de la deuxième vague, flanqués de leurs avocats, de leurs ingénieurs et de leur brevets d'invention, s'étaient mis en quête d'un autre coin cossu où s'installer, à la fois proche de la ville et extérieur à elle. Mais depuis plusieurs dizaines d'années, l'agglomération s'était étendue vers l'ouest, bien au-delà de Heron Hills, et avait progressivement encerclé les coteaux qu'elle avait fini par englober, ce qui n'empêchait pas le quartier de rester des plus agréables. Dans le cadre d'un accord de rattachement négocié dans les années 70, ses habitants avaient obtenu de la municipalité divers privilèges, dont celui de garder une organisation scolaire indépendante – autrement dit, qui ne risquerait pas d'être intégrée au système général, en proie à une désintégration proliférante. Pas question, entre autres, de faire venir des écoliers extérieurs par cars de ramassage, ou de détourner vers d'autres secteurs l'argent des contribuables locaux. Moyennant quoi, le marché immobilier de Heron Hills s'était toujours maintenu à son meilleur niveau, malgré la proximité des quartiers vétustes qui cernaient ce petit Éden sur trois fronts.

Les salaires des fonctionnaires de la police municipale étant ce qu'ils sont, Bank était, à ma connaissance, le seul flic à avoir les moyens d'y vivre. Deux ans après leur mariage, Sarah avait reçu de son grand-père maternel, en fidéicommis, une somme peut-être pas astronomique, mais rondelette, qui lui avait permis de se constituer un petit capital et qui leur rapportait une rente annuelle de trente ou quarante mille dollars, laquelle, venant s'ajouter à leurs salaires (Sarah enseignait à temps partiel à Libbey University, où elle avait décroché son doctorat d'histoire de l'art), leur assurait un train de vie confortable, dans ce quartier qui subsistait, telle une bulle de verdure, au milieu du béton de l'agglomération qui l'avait phagocyté.

Les « coteaux » ne battaient pas des records d'altitude, mais le paysage, le long de la rivière, moutonnait de façon pittoresque. Les Arbaugh habitaient au fond d'un joli petit vallon, qu'arrosait un affluent de la Heron. Certains terrains situés à proximité immédiate de la rivière avaient été laissés à l'abandon par les urbanistes qui avaient conçu le plan originel d'occupation des sols. Des bouquets d'arbres sillonnés de sentiers parsemaient les prairies où les familles venaient se balader au bord de l'eau.

Pour aller de la maison des Arbaugh – une belle bâtisse en brique de style colonial, qui donnait sur

Detwiler Place et ses chênes centenaires – à l'école, située sur l'autre rive de la rivière, on avait le choix entre emprunter le pont de béton, au bout de leur rue, ou passer par la promenade aménagée et prendre le pont de bois couvert réservé aux piétons. Les deux itinéraires débouchaient sur Tecumseh Boulevard, de l'autre côté duquel s'étendaient les terrains de sport que se partageaient l'école primaire, le collège et le lycée de Heron Hills. Tecumseh Boulevard était l'une des artères les plus passantes du quartier et sa traversée constituait, aux yeux de Bank et de Sarah, le point noir du trajet, mais le passage clouté était protégé par des feux à commande manuelle parfaitement entretenus. C'était là, au feu rouge, à trois rues de chez eux, que Jamie avait donné rendez-vous à son copain Roger.

Ce matin-là, à peine débarqué chez lui, Bank se lança, à l'intention des collègues venus en voiture pie, dans un monologue aussi fébrile que confus, leur énumérant tout ce qu'il fallait faire, où, quand et comment. Personne n'y prêta réellement attention. Au bout de trente secondes, je mis fin à sa logorrhée en l'entraînant vers la porte d'entrée, derrière laquelle Sarah restait prostrée, à se ronger les ongles. Ce spectacle lui cloua net le bec. Je le poussai vers elle, un peu comme un potache pousserait un copain timide vers une fille qu'il n'ose pas inviter à sortir. Mais Bank n'avait pas la moindre idée de ce qu'il pouvait lui dire.

Il finit par se décider à la prendre dans ses bras, ce qui déclencha chez Sarah une violente crise de larmes, la première depuis le début de ce cauchemar. Ils restèrent un long moment à s'étreindre sans un mot, ce dont nous profitâmes, moi et les autres, pour nous mettre au boulot.

Nous espérions tous que ce ne serait qu'une question de temps : quadriller le quartier, interroger les voisins, mettre la main sur quelqu'un qui aurait vu la petite, interroger tous les camarades de Jamie auxquels Sarah, Bank et le jeune Roger – qui avait bravement déclaré qu'il ne décollerait pas de la maison tant que Jamie ne serait pas rentrée – pouvaient penser, fouiller tous les coins où une gamine de onze ans aurait pu s'attarder, sans se rendre compte que le temps passait. C'est donc à ça que nous nous sommes attelés.

Bien que ce ne fût pas un cas de disparition à proprement parler, le dossier avait été confié à un inspecteur du nom de Googie Koslowski, affecté depuis peu aux Portés disparus. Il avait la quarantaine bien sonnée et ses cols de chemises commençaient juste à l'étrangler un peu.

Googie avait longtemps exercé ses talents à la brigade des vols à main armée, dépendant des Crimes avec violence, avant d'être nommé, l'année précédente, au service des portés disparus, peu après la mort de sa femme – disparue, elle, des suites d'une longue maladie. « Un cancer de bonne femme », comme il disait. Ils avaient fêté leurs vingt-trois ans de mariage juste avant sa mort et cette disparition avait dû émousser quelque peu son tranchant de spécialiste des braquages. Personne ne lui avait fait le moindre reproche. La direction l'avait simplement réorienté vers des eaux plus calmes. Mais Googie avait du mal à s'y faire. Il exhalait son mécontentement à jet continu. Ce qui ne signifie pas qu'il bâclait le boulot. Non. Il mettait même un point d'honneur à ne laisser aucune piste inexplorée, retournant scrupuleusement la moindre petite pierre. Mais il ne rêvait que du jour où il pourrait réintégrer son ex-poste. « Pas question de moisir jusqu'à la retraite aux Portés disparus ! » comme il se plaisait à le répéter.

Ce jour-là, il commença aussitôt par organiser un quadrillage serré de tout le secteur. Le plus urgent était de ratisser le maximum de terrain en un minimum de temps, en interrogeant tous les témoins potentiels. Les patrouilles qui avaient répondu à l'appel radio et qui s'étaient chargées des premières recherches dans le quartier participèrent toutes à l'opération, avec le renfort d'autres collègues qui n'étaient pas de service ou que l'on tira de derrière leurs bureaux pour les amener à pied d'œuvre dans le panier à salade, réservé d'ordinaire au transport des prévenus. Trois autres inspecteurs des Portés disparus, plus un quatrième des Homicides, avaient été détachés pour la circonstance. Stu Marek, notre lieutenant, à moi et à Googie, devait venir nous prêter main forte, lui aussi, une ou deux heures plus tard.

Le sergent Katherine Biasotti, chef de la section fraîchement créée des crimes sexuels sur mineurs, arriva immédiatement après sur les lieux. Katherine était un flic chevronné. Elle était titulaire d'au moins deux diplômes universitaires et avait suivi d'innombrables stages, tant auprès des spécialistes du Chicago PD qu'au centre de formation du FBI, à Quantico. Jour après jour, elle s'appuyait un boulot que la plupart de mes collègues n'auraient pas supporté longtemps. Les homicides, les accidents mortels, les agressions, c'est une chose. Mais les viols d'enfant, c'en est une autre. J'ai vu des flics expérimentés, qui avaient pourtant été confrontés à pas mal d'horreurs au cours de leur carrière, craquer face à un père incestueux ou à un pédophile récidiviste, au point de lui tomber dessus à bras raccourcis et de le tabasser jusqu'à ce qu'on le ceinture et qu'on les sépare. Katherine, non. Elle gardait son sang-froid en toutes circonstances – ou presque. Révoltée, parfois, mais toujours maîtresse d'elle-même.

Qu'elle soit venue n'impliquait nullement qu'il y ait la moindre présomption de crime sexuel, ou même d'enlèvement, mais Katherine était une amie de longue date, pour moi comme pour Bank, et elle tenait à être là, au cas où sa présence aurait pu se révéler utile. Au fur et à mesure que la nouvelle du drame se répandait dans le quartier, d'autres personnes – voisins, amis ou sympathisants anonymes – vinrent nous offrir leurs services. On répartit les tâches et les zones à passer au crible, en quête du moindre indice qui puisse nous éclairer un peu. Tous ces bénévoles, si bienvenus fussent-ils, furent d'ailleurs discrètement surveillés et fichés. Même si rien ne permettait encore de songer à un enlèvement, nous savions que certains kidnappeurs reviennent sur les lieux de leur forfait sous couvert d'aider les enquêteurs. Bank était évidemment conscient du fait, comme nous tous, mais personne ne se risqua à évoquer cette sombre éventualité.

Dans un premier temps, Bank resta dans la maison, près de Sarah. Il devait me dire, bien plus tard, qu'il l'avait longtemps contemplée, et s'était creusé la tête pour dénicher quelque chose – un sujet de colère, un reproche à lui faire... N'avoir pas accompagné Jamie à son entraînement, par exemple. Mais la petite avait onze ans. Depuis plusieurs années déjà, elle allait toute seule à l'école, à pied ou à bicyclette. Et Bank savait que Sarah était bien la dernière personne à blâmer.

Elle descendait d'une famille très modeste de la région minière du sud de l'Ohio, pas très loin de Wheeling, en Virginie-Occidentale. Sa voix et son phrasé en avaient gardé une savoureuse pointe d'accent du Sud. Dans les années 30, pendant la Dépression, son grand-père maternel avait créé une petite entreprise de récupération de métaux et, au bout de quarante ans de boulot acharné, il s'était retrouvé à la tête d'une chaîne d'usines de recyclage de l'acier. Dix ans auparavant, Sarah et ses parents étaient venus s'installer dans la région, où son père devait superviser le démarrage de trois nouvelles unités de production, dans l'ouest de l'État.

La Sarah que Bank avait épousée était une jeune femme avenante, mince, au teint frais, forte de cette tranquille assurance que confère la sécurité matérielle. Mais comme elle approchait de la trentaine, j'ai commencé à soupçonner qu'elle serait de ces femmes qui embellissent avec le temps. À trente ans passés, elle avait gardé une élégance innée, une silhouette et une allure que Bank n'aurait jamais et, dans les magasins et les restaurants, les têtes se retournaient toujours sur son passage.

C'est à cette époque que j'ai pris conscience de la distance qui s'était installée entre eux. Ayant mes entrées chez les Arbaugh, j'étais bien placé pour faire ce genre de constat. Mais en ce petit matin suintant d'une moiteur malsaine, leur angoisse avait effacé tout cela. Bank se sentait douloureusement proche d'elle. Leur désespoir avait comblé ce fossé qui s'était insensiblement creusé entre eux.

« Je me rappelle maintenant... Il y a une fille, dans sa classe, une gamine délurée, genre “ pom-pom girl ”, qui ne l'aime pas, lui dit Sarah. Michelle quelque chose... Elle m'a dit que cette Michelle l'avait traitée de “ mectonne ”... » Elle s'essuya les yeux du pouce et du majeur, se pinçant l'arête du nez. « Le genre de qualificatifs que peuvent se balancer les gamines... ! » ajouta-t-elle.

Bank se laissa tomber à genoux devant elle et enfouit son visage dans son giron. Elle se mit à lui caresser les cheveux en fredonnant un air qu'il reconnut sans pouvoir en retrouver le titre.

Au bout d'un certain temps, il lui dit qu'il allait partir à sa recherche, lui aussi. Il fallait prêter main forte à tous ces gens qui se mettaient en quatre pour les aider. C'était bien la moindre des choses... Il la laissa là, assise devant la fenêtre, à chantonner cet air sans paroles. De son poste, elle pouvait surveiller l'allée de briques qui montait vers la maison.

Vers midi, tous les environs avaient été passés au peigne fin. Devant cette absence totale de résultats, l'hypothèse d'une visite chez une camarade ou d'une balade prolongée dans les bois devenait de moins en moins plausible. Deux autres inspecteurs des Portés disparus, ainsi que des renforts de flics en uniforme, vinrent se joindre à nous. Dès quatorze heures, tous les lieux où Jamie aurait pu s'être rendue avaient été inspectés : son repaire secret sous le pont de bois – révélé par Roger –, la cour d'une copine, qui était l'heureuse propriétaire d'un trampoline et d'une cabane (dûment meublée) dans un arbre. Sur le trajet qu'aurait dû emprunter Jamie et dans les rues adjacentes, tous les riverains avaient été interrogés. Googie décida donc de passer à la vitesse supérieure. Sans aller jusqu'à envisager le pire, la fillette pouvait être blessée, voire évanouie, et se trouver incapable de signaler sa présence ou de répondre à des appels. La rivière et ses berges étaient un paradis pour une gamine aventureuse, mais elles recelaient de nombreux dangers. Bank et Sarah en avaient longuement discuté, six ans plus tôt, la première fois qu'ils avaient visité la maison : Jamie allait devoir se familiariser avec l'eau. Ils en avaient donc fait une bonne nageuse, consciente des risques de la rivière. Mais comment écarter totalement la possibilité d'un accident ?

Devant l'insistance de Bank, qui offrit de prendre tous les frais à sa charge – proposition que Googie repoussa aussitôt, tout comme le lieutenant Marek, arrivé entre-temps sur les lieux –, une équipe de chiens de recherche fut appelée à la rescousse. Nous avions déjà maintes fois eu recours à leurs talents, pour retrouver un corps ou une personne disparue, ou encore, plus exceptionnellement, pour remonter la piste d'un évadé. Le maître-chien était un professionnel chevronné et ses limiers avaient fait leurs preuves à de multiples reprises.

À trois heures et demie, les chiens arrivèrent sur place. On leur fit flairer des vêtements appartenant à Jamie et ils filèrent droit vers les bords de la Heron River, avec des aboiements rauques à vous faire froid dans le dos.

Les journées de juillet sont longues, par définition, mais celle-ci semblait vouloir s'éterniser. Le soleil se répandit dans le ciel en grandes traînées sanguinolentes et ne se décida à glisser sous l'horizon qu'après neuf heures et demie. Sarah vint apporter à Bank un sandwich au rosbif qu'il mastiqua, planté au milieu de sa pelouse, sans quitter de l'œil les véhicules de la police municipale, qui avaient investi la rue. Elle en profita pour lui signaler qu'une annonce concernant la disparition de Jamie était passée sur les chaînes locales. La télé avait diffusé sa photo, accompagnée d'un numéro de téléphone et de la promesse d'une récompense pour toute information utile, une somme assez substantielle pour être motivante. (D'emblée, Don et Carol Lyell, les grands-parents de Jamie, avaient offert un montant initial de dix mille dollars cash contre tout renseignement permettant de retrouver la petite saine et sauve et avaient promis une rallonge de cinquante mille, au cas où elle ne serait pas revenue le lendemain ou le surlendemain.)

À l'approche du soir, Bank avait commencé à se dire que s'il n'avait pas récupéré sa fille avant la nuit, nous serions confrontés à une situation autrement plus grave. Les flics savent ça d'expérience, à force de côtoyer ce genre de drames, et de comparer leurs caractéristiques communes. Au cours de la journée, tous les policiers présents avaient déjà évoqué entre eux cette éventualité. D'autres inspecteurs, des copains de Bank, avaient débarqué après leur service pour nous aider à quadriller le secteur. Tous s'étonnaient de ce que la petite n'ait pas été retrouvée, d'une manière ou d'une autre, et je les avais plusieurs fois entendus prononcer le mot « incompréhensible ». Ils s'interrogeaient désormais sur les chances, hélas croissantes, pour qu'il s'agisse d'un enlèvement. Le capitaine Draves, chef du bureau local du FBI, était arrivé vers les cinq heures et avait demandé à parler à Bank. Il lui avait promis de mettre en œuvre tous les moyens qui pourraient faciliter les recherches. Les chiens eux-mêmes semblaient avoir pris conscience de l'urgence de la situation, avec la tombée de la nuit. Après la pause que leur maître leur avait accordée, à six heures, pour les faire manger et boire, leurs aboiements avaient radicalement changé. Ils avaient soudain gagné en hauteur et en intensité, tandis que les chiens étendaient leur champ d'action, le long de la rivière, vers les limites de Heron Hills, jusqu'aux abords de la ville et du campus de Libbey University.

Bank dut se résigner à admettre son impuissance. Il ne pouvait rien faire qui puisse changer le cours des événements et n'avait aucun moyen de localiser Jamie. Autant essayer d'empêcher la nuit de tomber...

Il renonça à participer aux recherches. Posté au milieu de sa pelouse, il se contentait de surveiller les allées et venues des inspecteurs et des flics qui venaient périodiquement au rapport avant de poursuivre le quadrillage dans un autre secteur, en appliquant les consignes de routine. Je voyais toute volonté, toute énergie et tout sens pratique l'abandonner peu à peu. Il n'était plus animé que de cet unique désir, qui irradiait de toute sa personne : voir accoster la voiture de patrouille dont sortirait sa fille. Il resta planté devant la maison jusqu'à neuf heures et quart.

Don et Carol étaient arrivés un peu plus tôt. En découvrant l'armada des véhicules parqués devant leur porte, Carol avait immédiatement fondu en larmes. Depuis, Don et elle s'étaient claquemurés dans la maison avec Sarah. Bank avait bien songé à les rejoindre. Il savait que sa place était à leurs côtés, mais il savait aussi qu'il ne leur aurait pas été d'un grand secours.

Avec le crépuscule, comme il devait me le dire plus tard, il sentit s'amorcer un changement. Cette friture mentale qui, toute la journée, lui avait embrouillé l'esprit et l'avait transformé en zombie disparut tout à coup, comme si l'angoisse avait libéré son cerveau pour aller se loger dans ses tripes. De « préoccupante », la situation devenait désespérée. Il sentit soudain ses facultés lui revenir, comme si la peur qui le paralysait s'était évanouie avec ce qui lui restait d'espoir.

Et il se l'expliquait : il commençait à se cuirasser contre ses pires craintes. Il se passait quelque chose d'atroce, et, presque inéluctablement, il devait s'attendre à de mauvaises nouvelles. Peut-être éviterait-on le pire. Peut-être Jamie serait-elle retrouvée vivante. Mal en point, mais en vie. Violée, mais pas tuée. Blessée, mais pas mortellement. Mais peut-être pas... Il était plus que temps d'envisager cette possibilité, qui devenait d'instant en instant plus probable. Et, se résignant à cette idée, Bank découvrit qu'il avait du même coup retrouvé toute son efficacité.

Sa Cherokee était restée en ville, au garage du poste. Il sauta au volant du monospace flambant neuf de Sarah et descendit l'allée en marche arrière. Arrivé à ma hauteur, il stoppa et me fit signe de monter. Je m'installai près de lui, sans un mot. Les quelques flics présents nous regardèrent faire, mais aucun ne tenta d'arrêter Bank, ni même de lui demander où il allait. D'ailleurs, que leur aurait-il répondu ? Pied au plancher, il fonça dans la nuit qui s'épaississait.

Nous ne nous arrêtâmes qu'une seule fois, à une station service ouverte vingt-quatre heures sur vingt-quatre, le temps de faire le plein. À minuit, la voiture avait cent kilomètres de plus au compteur, couverts pour la plupart à moins de quarante à l'heure. Pour avoir une chance de repérer quoi que ce fût, il fallait rouler lentement. Bank avait commencé par les rues de Heron Hills, qu'il avait sillonnées de long en large, puis il avait fait celles des quartiers avoisinants et du campus, avant de pousser plus loin, le long des grandes artères. Là, il bifurquait, au hasard, dans une transversale, pour s'enfoncer dans un quartier glauque, ou un coin désert. Le monospace cahotait dans les ornières. Nous avions longé le chemin de terre qui passe sous le viaduc de Burns Road, où un faisceau de sept voies ferrées aboutit à une gare de triage désaffectée. Sombre et isolée à souhait. Le coin idéal pour se débarrasser d'une victime. Mais nous ne vîmes rien de suspect. Bank ne desserrait pas les dents, et j'avais vite renoncé à alimenter la conversation.

Il ne se faisait guère d'illusions sur nos chances de tomber sur la moindre piste. De toute façon, me confia-t-il, il n'aurait pas fermé l'œil et la seule idée de se retrouver chez lui, à écouter les reniflements de Sarah et de Carol, lui filait la nausée. Il avait baissé sa vitre, pour tâcher de respirer un peu. La nuit baignait dans une touffeur moite. Si Jamie gisait quelque part, blessée, au moins ne risquait-elle pas l'hypothermie.

À minuit et demi, comme nous passions pour la énième fois sur le pont de Detwiler Place, Bank fut pris d'une brusque certitude qui le fit se garer en catastrophe. Les mains crispées sur le ventre, il se recroquevilla sur lui-même, laissant rouler sa tête sur le volant. Il ne la reverrait jamais. Rien ne lui permettait de l'affirmer ou de le prouver, mais cette horrible prémonition s'était imposée à lui brutalement, comme une révélation divine – une évidence absolue. Et je partageais cette conviction.

Il s'extirpa de la voiture et se laissa glisser le long du talus escarpé qui plongeait jusqu'au bord de l'eau. Là, il fut pris de violents haut-le-cœur, puis se mit à sangloter, secoué de vagues de désespoir.

Je l'avais rejoint à travers les hautes herbes. Je me mis à genoux près de lui et je le pris par l'épaule. Il se laissa aller contre moi. Je serrai sa tête contre ma poitrine et, toujours sanglotant, il enfouit son visage au creux de mon coude. En contrebas, au fond de la ravine, la rivière babillait dans le noir.

Il pleurait toujours dans mes bras quand un jeune flic, qui avait repéré la voiture abandonnée sur le pont, portières ouvertes, nous découvrit. « Inspecteur Arbaugh ? fit-il. Ne bougez pas. On va vous donner un coup de main... »

Bank avait réussi à surmonter ce premier accès de désespoir, comme on évacue un calcul rénal particulièrement douloureux. Il semblait vaguement soulagé, libéré. Il se laissa remonter jusqu'à la route et prit le mouchoir que je lui tendais, pour s'essuyer la figure.

Puis je rentrai chez moi prendre une douche, me changer et tâcher de fermer l'œil quelques heures. J'avais à peine franchi le seuil que j'entendis la télé, qui marchait encore dans le living. Je jetai un regard à ma montre. Une heure du matin. Naomi, ma fille de sept ans, était en petite culotte et en T-shirt, devant la télé qui passait des reconstitutions de faits divers sanglants. La pièce était sens dessus dessous. Jouets, vêtements, reliefs de nourriture jonchaient le sol. Je vins me poster derrière Naomi, qui ne m'accorda pas un regard, et je regardai par-dessus son épaule une séquence consacrée, me sembla-t-il, aux criminels en herbe. Je n'eus même pas le temps de comprendre ce qui m'attendait que nous encaissâmes, la petite et moi, une vidéo amateur – aussi ténébreuse que brève, Dieu merci. C'était un jeune Noir, flottant dans un pantalon de jogging et un T-shirt XXL à l'effigie des Lakers. Il s'approche d'un gamin, noir lui aussi, qui attend à un arrêt de bus, et lui tire dessus à bout portant, avec ce qui m'a tout l'air d'être un calibre .38. Comme ça, sans sommation. Pof ! Une balle dans le crâne. La victime s'effondre, le tueur prend la fuite. Il fait quelques pas, semble se raviser, et se retourne, comme pour admirer le travail. Cela fait, il se tourne face à la caméra, en dressant un majeur sarcastique. Ma fille regarda la séquence, apparemment sans s'émouvoir. Je la pris dans mes bras et, m'interposant entre elle et l'écran, j'éteignis la télé.

Je découvris Gloria assise sous la véranda, dans le noir, une cigarette à la main, une Bud entamée sur la table. À ses pieds, le sol était semé de boîtes de bière vides. Elle pleurait, et manifestement depuis un certain temps. Depuis le matin, peut-être.

« Alors ? Rude journée ! ? » lui lançai-je et, soudain, toute la colère que j'avais emmagasinée depuis le matin explosa. C'était totalement injuste – elle n'avait rien fait pour mériter ça –, mais c'était plus fort que moi.

« Quoi ?

– Tu as vu ce bordel ? T'aurais pas pu te remuer un peu, non ? »

J'aurais pu me contenter de reconnaître que nous étions l'un et l'autre assommés par le chagrin, et que, vu mon état de stress, je ne fonctionnais plus qu'au radar, mais non...

« Je t'emmerde, Mack ! » fit-elle, à raison.

Je l'ignorais encore, mais je n'allais pas tarder à perdre ma fille, à mon tour – ce n'était qu'une question de mois. Non pas à la suite d'une mort violente ou d'une disparition, mais tout bêtement à cause d'une proposition de job alléchante que sa mère devait décrocher, quelques semaines plus tard, à Columbus, la capitale de l'État. À l'automne de cette même année, je me suis donc retrouvé seul. J'ai racheté à Gloria sa part de la maison et j'ai pris les échéances à mon compte. Je ne parlais plus à ma fille que par téléphone, une fois par semaine. Avec le temps, nos contacts se sont espacés et, d'hebdomadaires, nos conversations téléphoniques sont devenues mensuelles, puis de plus en plus épisodiques.

7

Après avoir déposé Bank au Denny's, je file plein ouest sur Brentcroft Road, en direction du lotissement et de ce pavillon F3 préfabriqué où j'ai vécu avec Gloria et que, pour une raison qui m'échappe, je n'ai jamais pu me résoudre à vendre.

À peine ai-je mis le pied dans la maison que je dresse l'oreille. Quelque chose ne colle pas. Tout est beaucoup trop calme. Le living est à droite en entrant, quand on vient du garage, et, en face, après la minuscule salle de bains, se trouve la cuisine-salle à manger. Toutes les pièces ont l'air d'avoir vu passer M. Propre et sa tornade blanche. Pas un jouet par terre, pas une assiette sur le plan de travail – tout est nickel, impeccable, parfaitement rangé. Les moquettes ont été aspirées, le plancher balayé. Jusqu'au comptoir qui sépare la cuisine du coin repas qui est exempt, tout comme la table, du bazar habituel. Je ne vois trace ni du journal du dimanche, ni de ses suppléments. Pas un bruit. Ni télé, ni musique. Rien. J'ai dû me tromper de maison... Je sens les muscles de ma nuque se contracter.

C'est alors que je repère cette odeur. Il flotte dans la maison une atmosphère lourde, un mélange de tristesse, de rancœur et de colère, un peu comme des relents de brûlé, après un court-jus. Sur les peintures et le papier des murs s'attardent les échos des éclats de voix et des noms d'oiseaux qui ont volé dans ces pièces.

Ma première pensée est pour les garçons, qui n'ont pas à supporter cette angoisse et cette souffrance. Ils sont peut-être en haut, dans leur chambre... J'espère que non. Je préférerais les voir d'abord et passer un moment avec eux, bien sûr, mais, si je monte, je vais me retrouver *de facto* au cœur du problème. Du living, une baie coulissante donne sur les quelques mètres carrés de béton blanc qui nous tiennent lieu de terrasse. Je reste un instant aux aguets, et je finis par repérer le bruit que j'espérais : des coups sourds et réguliers, qui viennent de la petite cabane sur pilotis. C'est moi qui l'ai montée, avec mon père et Bank, à l'une des extrémités du portique de bois, au fond de la cour. J'ai acheté le tout en kit, mode d'emploi et fournitures inclus : boulons, écrous, rondelles, chevilles, sans oublier le bac en plastique moulé jaune du toboggan et l'auvent de Nylon qui constitue le toit de la cabane. En principe, il fallait acheter séparément les poutres et les montants, mais mon père avait un tel stock de bois dans son atelier que j'y ai trouvé amplement de quoi faire. Avec lui et Bank comme chefs de chantier, ce portique a été construit pour résister à tout et, malgré le gauchissement normal du bois, il est d'une stabilité parfaite, même quand les deux gosses se balancent ensemble de toutes leurs forces.

Le toboggan descend de la « cabane », une petite plate-forme couverte d'un mètre sur un, dont les garçons ont immédiatement fait un bastion interdit. Je passe la tête par la porte. Ils sont là tous les deux, assis épaule contre épaule, les genoux repliés sous le menton. Ils rigolent en martelant du talon le plancher de bois.

Dès qu'ils m'aperçoivent, ils s'arrêtent net.

« P'pa... » fait Jack, un petit brun à la peau laiteuse, et aux incisives écartées. Il a huit ans. C'est le fils de Peggy, mon épouse, et de son premier mari. C'est un gamin agité qui a besoin, de temps à autre, de dépenser son surcroît d'énergie en courant, en gesticulant ou en hurlant comme un possédé. J'ai mis un certain temps à m'y habituer, mais j'ai fini par m'apercevoir que pour le faire tenir tranquille pendant la fin de la soirée, le mieux était de lui accorder un peu de mon temps après dîner. Je l'emmène donc jouer au ballon ou faire une petite balade dans le quartier. J'ai appris à apprécier ces moments privilégiés que je passe avec lui, et j'en suis venu à les attendre avec impatience.

Ben, qui a tout juste quatre ans et qui a le teint plus mat que son demi-frère – il tient de moi –, me fixe droit dans les yeux, sourcils froncés, jusqu'à ce que je lui retourne sa mimique, puis il se décide à sourire. Ben est plus calme que Jack, plus posé aussi, bien qu'il adore la rigolade. En ce moment, il est dans sa période devinettes. Passant mes deux bras par l'ouverture qui fait office de porte, je les empoigne chacun par une cheville.

« Je vous tiens ! » lancé-je. Et j'attends.

« T'as vu m'man ? fait Jack. Elle est en haut.

– Ça a bardé ? »

Ils hochent la tête avec un bel ensemble.

« Beaucoup ?

– Un max !

– Le max du max ?

– Le max du max du max !

– Pire que ça, même ! surenchérit Ben.

– Impossible, répliqué-je. Y a pas pire. »

Le sourire de Jack s'est évanoui. « Tu peux pas savoir, p'pa... Ce qu'elles ont pu crier ! Nous, on était en haut. On a cru qu'elles arrêteraient jamais. La vache !

– Même que maman, elle a cassé la cafetière, ajoute Ben.

– Et vous, les gars? Ça va? »

Hochement de tête unanime.

« Il y a une chose que je veux que vous sachiez. Vous n'êtes pour rien dans tout ça. C'est pas de votre faute. Ce qui m'embête le plus, c'est que vous soyez obligés d'entendre ça. Ça, je le regrette vraiment.

– T'inquiète, p'pa », fait Jack, en levant son pied, que je n'ai pas lâché, et en donnant un grand coup de talon sur le plancher de la cabane, qui en vibre. « C'est pas si grave, tu sais... » ajoute-t-il – un louable effort de consolation, qui me ragaillardit un peu.

« Vous venez? On rentre? »

Nouveau hochement de tête synchronisé, mais aucun des deux ne bouge.

« Dis donc, Ben... Tu sais pourquoi les coqs traversent la route? »

Il me lance un bref coup d'œil.

« Les coqs?

– Ouais.

– Je donne ma langue au chat.

– Pour aller de l'autre côté! »

Grognements. Explosion de rires. À peine ai-je tourné les talons que le martèlement reprend, dans mon dos.

Peggy est sur notre lit, tous stores baissés, dans une pénombre fraîche. Elle a un bras replié sur les yeux. Ses cheveux sont relevés en chignon. Elle est en pantalon de jogging et a enfilé un de mes T-shirts à col en *V* – qui lui va plutôt bien.

J'entre et je mets le cap sur la penderie. J'ai hâte d'ôter ma chemise qui me colle à la peau et qui sent la sueur, depuis bientôt vingt-quatre heures que je l'ai sur le dos. « Quelle heure est-il? me demande Peggy.

– Bientôt trois heures.

– Pourquoi tu rentres si tard ? Tu aurais pu appeler.

– J'ai essayé plusieurs fois, mais c'était occupé.

– Je n'ai tout de même pas passé ma journée au... » commence-t-elle, mais sa bouche se referme. J'attends le reste, qui ne vient pas. Elle gît sur le lit, immobile.

« Au téléphone, tu veux dire ? achevé-je.

– Non, réplique-t-elle. Si tu me laissais terminer mes phrases ?

– Désolé.

– Excuse-moi, Mack. Je suis claquée. Je n'ai pas fermé l'œil de la nuit.

– Ne t'excuse pas.

– Elle est encore sortie, hier soir, et elle est rentrée à pas d'heure. Elle est allée au centre commercial, avec des copains. Je lui avais dit que je lui laissais une dernière chance, mais qu'elle avait la permission de dix heures – pas une minute de plus. » Peggy s'interrompt, le temps de se moucher dans un Kleenex, puis reprend : « À deux heures, elle n'était toujours pas là. J'ai commencé à me faire un sang d'encre. J'ai failli te téléphoner, mais c'est exactement ce qu'elle cherche... Qu'on se fasse du mouron. D'ailleurs, à quoi ça nous aurait avancé, d'être deux à s'angoisser ? N'empêche, j'étais morte d'inquiétude. Imagine qu'il lui soit arrivé quelque chose...

– Tu aurais dû m'appeler. Deux heures, tu dis ?

– Au bas mot... Ce matin, j'ai carrément évité le sujet. Je lui ai dit de régler ça avec toi. Et puis il y a eu cette histoire de téléphone. Elle est restée près de deux heures pendue au bout du fil. Je lui ai demandé trois ou quatre fois de raccrocher, au cas où tu aurais essayé de nous joindre. Tout juste si elle a daigné m'accorder un regard, Mack. J'avais l'impression d'être transparente ! » Sa voix s'est envolée dans les aigus. Je sens revenir cette barre, qui me martyrise la base du crâne.

« Je vais m'en occuper, du téléphone, dis-je. On va prendre un signal d'appel.

– Ça n'est pas le problème ! » Elle s'est dressée sur le lit et sa main claque sa cuisse, comme si elle avait subitement replongé en plein cœur de sa colère.

« Peut-être, mais c'est un début de solution...

– On en a amplement discuté, Mack, et nous étions bien d'accord, là-dessus. C'est une dépense supplémentaire, qu'elle n'a pas à nous imposer. Non, le problème, ce n'est pas le signal d'appel, ni même qu'elle monopolise ce bon Dieu de téléphone... C'est qu'elle se comporte comme si je n'existais pas. »

Hochant la tête, je décroche d'un cintre une chemise en jean que j'enfile avant de troquer mon pantalon contre un vieux Levi's, plus confortable.

« Je descends, fais-je.

– Eh bien, descends... Mais je me demande ce que tu vas pouvoir lui dire, Mack. Et surtout, ce qu'on va pouvoir faire. Je ne sais vraiment pas... »

Elle s'est rallongée dans la position où je l'ai trouvée, le bras sur les yeux. « Ça ne peut pas durer. Je n'en peux plus. C'est au-dessus de mes forces. »

Elle se remet à pleurer.

Le sous-sol est nettement plus sombre que notre chambre, et encore plus frais. Il y flotte une légère odeur de moisi, souvenir d'une fuite de plomberie, au printemps dernier. C'était d'ailleurs en réparant les dégâts qu'on avait commencé, mon père, Bank et moi, à tirer des plans pour aménager une chambre pour ma fille, dont j'attendais l'arrivée. Fin août, pile poil pour le début de l'année scolaire, nous avions terminé l'isolation et le montage du faux plafond. Il ne restait plus qu'à poser la moquette. La pièce fait à peine trois mètres sur quatre, mais la fenêtre qui s'ouvre au ras de la pelouse y laisse pénétrer la lumière du jour et le chauffage par le sol assure une température agréable. Il y a mieux, c'est sûr, mais pour une chambre d'ado, c'est plus que correct. Une chambre en sous-sol, d'accord, mais plutôt cosy. Sympa.

Nos estimations se sont révélées fausses, mais dans un sens inattendu. Cette chambre était *trop* sympa : isolée du reste de la maison, bien chauffée, insonorisée, pas trop claire malgré la fenêtre, fraîche au plus fort de l'été indien et douillette, même en plein hiver – bref, un repaire de rêve, pour une adolescente. Une retraite, dont plus personne ne peut la faire sortir. La grotte idéale où hiberner, le cocon où se retirer, au calme, pour accomplir sa métamorphose. Dès qu'on entend s'ouvrir la porte du sous-sol, nous levons parfois la tête, Peggy, les garçons et moi, avec le fol espoir de l'en voir soudain émerger transformée en une personne normalement conviviale, capable de sourire de temps à autre, de tenir compte de son prochain et de se balader autrement qu'affublée de haillons. Mais depuis sept mois qu'elle vit sous notre toit, nous n'avons encore constaté aucun changement en ce sens.

Je frappe à la porte en Isorel, que j'ai aidé Bank à installer. Je refrappe et j'insiste mais, à en juger par les pulsations sourdes qui fusent du casque de son walkman à travers le panneau, je doute qu'elle puisse m'entendre. Je me décide à entrouvrir la porte de quelques centimètres (dans sa sagesse, mon père m'avait déconseillé d'y poser une serrure) et j'agite le bras dans l'entrebâillement pour lui signaler ma présence. Les bruits de percussion cessent et la porte s'ouvre à la volée.

« Salut, p'pa ! » me lance Naomi. En dépit de ma nuque douloureuse et de la petite explication que j'appréhende, j'ai toujours plaisir à voir sa frimousse.

Je m'allonge par terre, la tête posée sur le bord d'un fauteuil en mousse, qui me soutient confortablement la nuque et m'aide à relâcher mes muscles noués. Toute la fatigue de la journée me tombe dessus d'un bloc, dans la fraîcheur du sous-sol. Mes paupières se ferment sans me demander mon avis et mon esprit chavire, dans la lutte qu'il se livre à lui-même pour résister au sommeil.

« Pas mal, cette chambre... » fais-je, d'une voix un tantinet pâteuse.

Ma fille est tout sauf bête. Elle sait parfaitement jauger votre état et donner le change, en faisant semblant de compatir – ce qui ne veut pas dire qu'elle ne le fait pas, en partie au moins. Mais, à mon avis, il faut toujours compter avec une certaine part de camouflage. C'est sa méthode favorite pour se tirer d'affaire. Bref, Naomi manie de main de maître l'écran de fumée et la noyade de poisson. Mais, de mon côté, je suis équipé d'un détecteur de bobards hypersensible – c'est bien le moins, puisque c'est pour ça qu'on me paie. J'ai fait mes premières armes à la brigade des mineurs et il ne se passe pas de jour que je n'aie affaire à des gamins de son âge. Elle est bien placée pour le savoir. Et comme je sais qu'elle le sait, ça donne parfois lieu à des scènes pas piquées des vers, entre nous : des dialogues à triple ou quadruple sens, émaillés de métaphores et de quiproquos à tiroirs.

Je force mes yeux à s'ouvrir. Je sens littéralement le sable crisser sous mes paupières.

« Ouais, fait Naomi. C'est super.

– Alors, tu te sens bien, ici ? »

Elle avale ses lèvres et balance la tête, d'un côté puis de l'autre.

« Allez ! Il y a quand même des bons côtés... ? »

Elle confirme d'un mouvement de tête. Ma fille a une allure bizarre, mais guère plus que la moyenne des ados. Son physique est pratiquement celui d'une adulte, si ce n'est qu'il s'en écarte radicalement par certains côtés. Avec le temps, tout cela rentrera dans l'ordre et elle deviendra aussi jolie que sa mère – c'est-à-dire, selon mes critères personnels, très... Pour le moment, son atout majeur est son regard. Elle a de grands yeux en amande, vifs et expressifs, avec de longs cils noirs. Des yeux de biche, comme on disait de mon temps.

Mais pour l'instant, ces yeux de velours disparaissent dans une bouille un tantinet trop joufflue. Dès que Naomi prend quelques kilos, et c'est le cas ces temps-ci, ils semblent mettre un point d'honneur à se loger dans ses joues – ce qui lui donne un visage enfantin, voire poupin – et dans ses seins, qu'elle a pigeonnants. Ma fille se trimballe une poitrine de femme mûre sur un corps d'adolescente. Elle fait déjà du 95B, limite C, m'a confié Peggy, qui s'est chargée de lui commander deux nouveaux soutiens-gorge sur catalogue.

« À son âge, moi, le 80B me suffisait amplement ! » m'a fait remarquer mon épouse.

Le postérieur de Naomi n'est pas le dernier à profiter de ses kilos superflus. Elle est donc dotée, m'a-t-il semblé comprendre, de ce que ses contemporains appellent un « sacré pétard ». La métaphore n'est pas de moi et je me sens tout à fait incompétent pour en juger. Pour moi, elle sera toujours – c'est du moins ainsi que je veux la voir – l'adorable bébé potelé qu'elle était à trois ans. Elle a beau avoir grandi, je la trouve toujours aussi délicieusement tendre et dodue.

Pour couronner le tout, elle vient de se teindre les cheveux, qu'elle a auburn, au naturel. Un noir encre de Chine, avec une coupe anarchique, dont les mèches dégradées lui retombent sur la nuque, le front et les oreilles. On dirait qu'elle porte en permanence un bonnet aux bords effrangés. Je trouve ça d'une laideur achevée, mais cette opinion n'engage que moi...

Je puise dans mes dernières réserves pour me relever et m'asseoir en tailleur – c'est ça ou sombrer dans le sommeil – et j'attaque.

« Tu vois, Naomi... OK, on en a déjà parlé cent fois, je sais, et je sais que tu sais tout ça – d'ailleurs, entre nous, ça me pompe l'air tout autant qu'à toi... –, mais le problème, c'est que tu n'as nulle part où aller, à part ici. Ta famille, maintenant, c'est nous – je dis bien " nous ", et pas seulement " moi ". » Et ça, c'est un fait. « Or, il se trouve que j'ai une femme, à présent – même si elle songe sérieusement à déménager avec mes fils.

– Pfff ! ricane Naomi. Elle aura plus tôt fait de me virer !

– Ah, oui ? Et pour t'envoyer où ?

– À Colombus, tiens ! »

J'éclate de rire. Elle veut parler des parents de Gloria, ses grands-parents maternels, qui l'avaient recueillie à la suite de l'accident de la route qui a coûté la vie à sa mère. Elle a habité six mois chez eux (quand elle n'était pas en fugue), avant de venir s'installer ici.

« Ben, quoi ? » fait-elle, en lâchant à son tour un petit gloussement. Au bout de trois mois, sa grand-mère avait été prise de douleurs thoraciques si alarmantes qu'on avait dû l'hospitaliser huit jours en soins intensifs, dans un service de cardiologie. Le grand-père avait alerté la police non moins de sept fois au cours des six mois que Naomi avait passés sous leur toit. Un beau jour, j'ai fini par sauter dans ma voiture pour faire les quatre-vingt-quinze bornes qui me séparaient de Colombus et aller discuter de son cas avec mes homologues locaux. Ils m'ont dit qu'ils n'avaient rien de bien précis à reprocher à la petite – à part ce joint d'herbe que son grand-père avait confisqué, suite à une perquisition en règle dans sa chambre. Ça et les deux fugues qu'elle avait faites, à ce qu'en disait son grand-père... Mes collègues de Columbus voulaient bien la placer quelques heures en garde à vue pour le pétard, si j'y tenais vraiment, à titre dissuasif. Mais sinon, ils étaient plutôt pour laisser tomber. Leur seule crainte, c'était que tôt ou tard, quelqu'un ne finisse par péter sérieusement les plombs, dans cette maison.

En fait, le tout me rappelait étrangement les problèmes que Gloria avait eus avec ses parents, vingt-cinq ans plus tôt. Commença alors une série d'interminables discussions entre Peggy et moi sur le thème : faut-il prendre la petite avec nous ?

« Où, j'en sais rien, moi... me dit Naomi. Dans un foyer, genre...

– C'est vraiment ce que tu veux ?

– Ben, non ! C'est pas ce que je veux. Mais je m'y attends plus ou moins, disons...

– En ce cas, pourquoi tu ne fais pas ce qu'il faut pour l'éviter ? »

Haussement d'épaules de ma fille. Et j'ai tout à coup la détestable impression d'avoir entendu mes parents parler par ma propre bouche. Mot pour mot.

« Je crois que la moindre des choses, ce serait d'aller lui présenter tes excuses. Elle s'est fait un sang d'encre, à cause de toi. Et je la comprends... »

Naomi pousse un soupir et lève au plafond des yeux excédés.

« À mon avis, tu devrais plutôt lui en savoir gré, ajouté-je. J'ai vu défiler des foules de parents – je dis bien " des foules " –, qui se contrefichent de l'heure à laquelle leur gosse rentre. Ou même de savoir où il passe la nuit. C'est ça que tu veux ? »

Elle secoue la tête.

« Alors, on peut savoir où tu étais, cette nuit, jusqu'à deux heures du matin ? »

Elle hausse les épaules en évitant mon regard.

« Naomi ?

– Nulle part... Je me suis baladée un peu, réplique-t-elle. Et toi ? Pourquoi t'étais pas là, hier soir ?

– Une urgence, mais c'est pas le problème... Tu étais chez quelqu'un ?

– Ouais, mais pas longtemps. Après, on a surtout traîné en ville, tu vois. J'ai rien fait de mal, ni quoi que ce soit, si c'est ce que tu veux savoir.

– Vrai ?

– Ouais.

– Je vais quand même devoir te serrer la vis, ma vieille. Plus de visites aux copines, jusqu'à nouvel ordre. Et fini, les virées au centre commercial. Va falloir faire une croix là-dessus. Tu sais qu'il se passe toutes sortes de choses, là-bas, la nuit. Surtout pour les filles de ton âge. Tu sais tout ça mieux que moi. »

Elle hoche la tête.

« Quant au téléphone, dis-toi bien qu'il est à tout le monde, ici. Tu n'as pas à te l'accaparer. Il sert à toute la famille.

– C'était quoi, l'urgence ?

– Quelle urgence ?

– Celle qui t'a occupé toute la journée.

– Une gamine qui a disparu. Une fille de ton âge, à peu près.

– Sans déc' ? La vache ! C'est justement de ça qu'on causait, au téléphone. C'est passé aux infos. Mais je t'ai pas vu, à la télé.

– J'étais pourtant sur les lieux.

– Tu sais, ma copine Zelda... ben, elle m'a dit qu'elle la connaissait, cette fille. Elle a un peu zoné, genre, et elle l'a rencontrée par hasard, dans la rue.

– Naomi...

– N'empêche, j'aurais voulu que tu entendes ce que Peggy m'a balancé, quand j'ai raccroché. C'était pas triste !

– Peut-être que des excuses mutuelles s'imposent, en ce cas... »

Nouveau haussement d'épaules.

Je me hisse laborieusement sur mes pieds.

« L'idéal, ce serait que j'aie un téléphone à moi, dit Naomi, en se levant à son tour. Ça, ça résoudrait pas mal de problèmes.

– On ne te verrait carrément plus, là-haut. Déjà que tu as tendance à t'enfermer ici... Tu as décidé qu'on ne réussirait jamais à s'entendre et, du coup, tu enterres le problème au lieu de chercher une solution. »

À ça, elle ne trouve rien à répondre. Elle se laisse choir sur son lit.

« C'est qui, cette Zelda ?

– Une copine... À un moment, elle a pas mal squatté, à droite, à gauche, si tu vois ce que je veux dire...

– Je vois très bien, Naomi.

– C'est comme ça qu'elle l'a rencontrée, cette... Tamara. Elle zonait en ville, il y a un an ou quelque chose comme ça.

– Tamara n'a jamais “ zoné ”.

– Ah... Tu crois ?

– Ils sortent d'où, ces copains avec qui tu traînes ?

– 'Chais pas.

– Ça serait peut-être pas une mauvaise idée, de m'en présenter quelques-uns... »

Elle hausse les épaules. « Pas de problème, si t'y tiens.

– OK !
– Dis, p'pa ?
– Oui ?
– Je pourrai m'en offrir un, tu sais.
– Un quoi ?
– Un portable.
– Trente à trente-cinq dollars par mois ?
– J'ai de l'argent », fait-elle. Elle se penche et sort d'un tiroir de son bureau – une antiquité dénichée dans un vide-grenier et retapée par Peggy – un journal intime à fermoir qu'elle ouvre et dont elle tire une liasse de billets. « Deux cents dollars ! m'annonce-t-elle fièrement.
– D'où tu sors ça ?
– Le baby-sitting...
– Tu fais du baby-sitting, toi ?
– Comme si t'étais pas au courant ! Même que j'étais chez les Vollmer, le week-end dernier.
– D'accord, mais ça te rapporte quoi ? Dix dollars par semaine ?
– Je le fais depuis mes onze ans, et je ne dépense jamais tous mes sous. Chaque fois, j'en mets un peu de côté. Pour quand j'en ai besoin. Comme là. Tu l'as dit toi-même, que je n'ai nulle part où aller, à part ici. Et un portable, ça simplifierait pas mal de choses, dans la maison. Au moins, je ne taperai plus sur les nerfs de Peggy, avec le téléphone.
– Ça n'est qu'une partie du problème...
– Mais une partie qui a son importance... me fait remarquer Naomi, fine mouche. Peut-être plus que tu le penses. C'est un truc de nana, ça. Une question de territoire. C'est *son* téléphone. Je ne lui en veux pas, de râler. J'en ferais autant, à sa place. »

Je cherche vainement une réponse. J'approuve d'un hochement de tête cette surprenante lucidité, ce début de terrain d'entente entre les deux femmes de ma vie, et même, j'ose l'espérer – mais là, je pèche peut-être par excès d'optimisme –, ce premier pas vers une certaine complicité féminine.

À moins qu'il ne s'agisse d'une nouvelle embrouille signée Naomi. Jamais elle ne me tient tête ou ne me répond, comme elle le fait avec Peggy. D'abord parce que je suis son père et, ensuite, parce que, comme je me plais à le croire, nous avons tout de même une relation affective. Naomi a compris de longue date que je n'accepterais pas si facilement de m'engager dans un bras de fer émotionnel. D'une part parce que je ne veux ni ne peux le tolérer ; et, d'autre part, parce qu'en m'attaquant de front, elle me forcerait à prendre des mesures. Lesquelles ? Mystère... Mais ni elle ni moi ne tenons vraiment à le savoir. Alors elle se couche par terre, le ventre en l'air, tel un chiot soumis, et attend que j'aie le dos tourné pour sortir les crocs.

Je réussis à garder les yeux ouverts jusqu'à l'heure du dîner. Naomi nous rejoint à table. Elle et Peggy se murmurent des excuses du bout des lèvres et tentent de se sourire. Les garçons vident leur assiette en silence, regardant alternativement leur sœur puis leur mère, avant d'échanger des coups d'œil inquiets, mais je suis trop épuisé pour m'en faire. Mon dîner expédié, je me traîne jusqu'à la chambre. Je sais que je devrais résister encore un peu, pour garder un semblant de rythme de sommeil, mais je capitule. Je ne tiens plus debout.

Écroulé sur le lit, j'allume la petite télé posée sur la commode de Peggy. C'est l'heure des infos. Je ne suis qu'à moitié surpris de constater que la disparition de Tamara Shipley fait les grands titres du JT. Ce qui me surprend, en revanche, c'est le ton enflammé du reportage. Je zappe sur une autre chaîne, puis sur une troisième. Partout, le même refrain. Les trois chaînes font défiler en continu des bandeaux indiquant le numéro de notre ligne d'appel d'urgence et le montant de la récompense promise pour tout renseignement utile. Sur chacune, de fréquents gros plans de la dernière photo de classe de Tamara ponctuent les reportages. Les journalistes rappellent que, peu avant sa disparition, des témoins ont vu passer dans le quartier deux Noirs, au volant d'une voiture de couleur sombre, d'un modèle récent – véhicule qui pourrait être celui des kidnappeurs.

Les reporters ont écumé l'East Side pour dénicher qui un ami, qui un professeur, qui une vague tante de la petite, et jusqu'au chauffeur de son car de ramassage scolaire. Tous implorent les ravisseurs de relâcher Tamara, de la rendre saine et sauve à sa famille. Comme prévu, Rochelle, la mère, apparaît à son tour à l'écran, mais son anglais est tout ce qu'il y a de correct. Elle parle d'une voix calme, sans forcer la note, et son plaidoyer en faveur de sa fille me va droit au cœur.

« Ce n'est qu'une enfant, dit-elle en regardant l'objectif bien en face. Une petite fille, pas un animal. Elle a le droit de vivre, et de vivre libre. Vous qui l'avez enlevée, qui que vous soyez, ne l'oubliez pas. Et surtout, dites-vous bien que, s'il venait à lui arriver quoi que ce soit, je passerais le reste de mon existence à tenter de vous retrouver. Je le jure devant Dieu. »

J'éteins la télé. À peine ai-je fermé les yeux que le téléphone sonne. Un instant plus tard, Peggy passe la tête par la porte entrouverte.

« Mack ?

– Mmmm ?

– Désolée. C'est Stu Marek... »

Sans ouvrir les yeux, j'empoigne le combiné sur la table de nuit. « Ouais ?

– Rude nuit ! me fait-il. T'étais pas censé rentrer chez toi, ce matin ?

– Bank... dis-je, laconique.
– Écoute, Mack. Je sais que tu es crevé, mais les choses se précipitent, pour l'affaire. Je viens d'avoir un coup de fil du patron.
– Ah ?
– Des voyous kidnappent une gamine de treize ans, la violent, et tout le tremblement. Tu imagines l'avalanche de coups de fil ! Des centaines de braves contribuables indignés. Résultat, on nous donne carte blanche. Mettez-moi le paquet, qu'il me dit. Retrouvez-moi ces salopards et que ça saute !
– Bien dit, fais-je.
– T'étais là-bas, ce matin, toi... Qu'est-ce que t'en penses ?
– Ce que j'en pense ? Qu'elle a dû se faire enlever.
– Génial. À se demander pourquoi t'es pas encore à la direction... »
Tout comme Googie, ça fait des années que Stu me tanne pour que je passe l'examen de sergent, histoire de monter un peu en grade.
« Que veux-tu que je te dise, Stu ? Si c'est un enlèvement, ils ont fait vite et sans bavures. Imparable.
– Merde ! » Un temps, puis : « On va constituer une cellule de crise.
– Mmm-mmm.
– Tu veux en être, Mack ?
– Moi ? » J'ouvre de grands yeux.
« Tu étais sur place, aux aurores. Tu as déjà un pied dans l'affaire. Autant continuer à assurer le suivi, non ? Ta présence nous sera utile.
– Stu... »
Je m'apprête à lui dire que ma présence sur les lieux était purement fortuite, et que je n'ai aucune envie de m'embarquer là-dedans, mais il m'interrompt : « Katherine a déjà accepté. Googie va prendre la tête des opérations, avec Simms, du FBI, et deux ou trois autres.

– Stu...

– C'est les ordres, vieux, et ils viennent d'en haut. Si tu es sur quelque chose d'autre, si tu as des urgences ou des dossiers en cours, je veux les voir demain matin sur mon bureau.

– Je ne sais pas... dis-je. Sans blague, je me demande...

– Eh bien, quelle que soit ta décision, sois ici demain à la première heure. Sept heures, disons. Avant le dispatching. Tu me donneras ta réponse. Et pense à apporter toutes tes notes, ça peut toujours servir. Sur ce, bonne nuit, les petits ! » dit-il, avant de raccrocher.

Je me réveille en pleine nuit, dans cet état d'hébétude où vous laisse un sommeil haché, l'esprit encore occupé de Tamara Shipley. Elle guettait mon retour à la conscience, dans ce monde où je ne tiens pas à la retrouver. Je ne me rappelle pas l'avoir croisée dans mes rêves – mes cauchemars ? –, mais ce qui est sûr, c'est qu'elle m'attendait ici, dans cette nuit bien réelle, exactement où je l'avais laissée. Elle ne m'aura pas accordé une seconde de répit avant de revenir me hanter.

Où peut-elle bien être, en ce moment ? me demandé-je, dans la tiédeur de notre couette. Quelque part, au fond d'un terrain vague, morte, aussi froide, déjà, que la nuit qui l'entoure, le visage blême, la peau marbrée de tâches livides ? Dans une caisse, enterrée vive ? (Et en un flash terrifiant, un demi-soupir à peine, je plonge à mon tour dans ce noir absolu, cette peur panique, cette lente suffocation.) Ou ficelée sur un matelas, dans la cave d'une fumerie de crack, ses cuisses maigrelettes ouvertes et maculées de sang, les yeux mi-clos, hébétée de douleur, tandis que des petites crapules se succèdent dans la pièce pour assister à son énième viol... ?

Je m'assieds et j'attrape le verre d'eau, sur ma table de nuit. Un rayon de lune tombe en travers du lit. Autour de moi, la maison grouille de bruits familiers : le cliquetis de la chaudière, la contre-porte de l'entrée qui bat, secouée par le vent d'ouest – probablement ce qui m'a réveillé. Près de moi, Peggy respire lourdement. Elle dort sur le côté, le dos tourné vers moi, dans cette position qui facilite l'accostage. Un peu moins noué, je me rallonge et je glisse vers elle, pour venir me lover dans ses courbes tièdes.

Parfois, quand je tente ce genre de manœuvre, son souffle marque une pause, puis se fait plus rapide, plus léger, signe qu'elle aussi émerge du sommeil.

Peggy est ce qu'on appelle une belle plante. Pas grosse, non, mais dotée de formes généreuses, comme je me plais à le lui répéter, avant d'ajouter, en toute sincérité, que j'aurais mauvaise grâce à m'en plaindre. Elle a le bassin large et accueillant, une croupe rebondie, de bonnes jambes bien musclées. Son ventre et ses seins ont la blancheur et la douceur du lait. Elle est plutôt grande – un mètre soixante-dix.

Allongé contre elle, dans le noir, je sens ce changement dans sa respiration. Elle bouge et vient s'emboîter plus étroitement contre moi, provoquant l'habituelle décharge électrique.

« C'est tôt... fait-elle. C'est l'heure, déjà ?

– Pas encore. »

Le cadran digital vert fluo de mon réveil indique 4:30.

« Ça va être coton... De la retrouver, cette gosse. »

Curieux, qu'elle me parle de ça. En général, elle a tendance à éviter tout ce qui concerne le boulot. Mais cette disparition a secoué les gens. Surtout ceux qui ont des enfants.

« Je me demande si on y arrivera. Avant qu'il soit trop tard, je veux dire...

– C'est affreux. Atroce. Cette pauvre mère...

– Chhht ! fais-je, en repoussant les cheveux qui lui balaient les joues, avant de laisser ma main glisser le long de son dos.

– Mmmm », ronronne-t-elle.

Peggy est d'un naturel prudent et réfléchi, pointilleuse à l'extrême sur certaines choses, d'une façon qui n'a toujours pas fini de m'étonner. Mais elle a aussi les pieds bien sur terre. Elle possède cette capacité de jouir des plaisirs terrestres comme ils doivent être goûtés : avec abandon, dans une attitude d'ouverture et de disponibilité totales.

Nous nous débarrassons mutuellement de nos vêtements de nuit et elle m'attire à elle. Un souvenir me revient, une image qui remonte à quelques jours : elle, allongée sur le ventre, un oreiller sous les hanches, les fesses pointant vers le ciel. Rien qu'à l'évoquer, je sens mon pouls s'accélérer.

« Si on remettait ça, avec l'oreiller ? lui murmuré-je dans le cou.

– Pourquoi pas... » fait-elle, avec un petit rire de gorge, avant d'envoyer balader la couette.

Je flotte au-dessus d'elle, comme porté par le halo tiède qui l'entoure, et je me soulève sur mes deux bras tendus pour mieux la voir onduler sous moi. Son adorable derrière, rond et pâle comme la lune, monte et descend...

« Oooh, gémit-elle. Oui... »

Je ne crois pas que ce soit le côté charnel de l'acte, mais le bouillonnement d'énergie qu'il a suscité, qui engendre soudain cette apparition... Sur le fauteuil, dans un coin de la chambre, Tamara Shipley nous fixe, à la lumière de la lune. Je l'ai immédiatement reconnue, grâce à la photo de classe qui a été diffusée. Sauf que ses yeux ont perdu tout éclat.

Ce sont deux trous d'ombre sans fond, cerclés de rouge. Des traces de sang séché encroûtent ses lèvres fendillées. Ses cheveux dégoulinent en mèches visqueuses. Elle ne dit rien, ne fait pas un geste. Elle se contente de rester là, assise, attendant que nous ayons fini. J'ai le sentiment qu'elle nous juge, comme si nous commettions un péché mortel, mais elle nous absout. Parce que nous ne sommes jamais que des humains et, qui plus est, des adultes, depuis longtemps exclus du royaume de pureté où elle vivait, hier encore, et à des années-lumière de cet état de grâce qui est peut-être déjà le sien.

LIVRE DEUX

8

Lorsqu'on émerge des ascenseurs, le quatrième étage de l'immeuble de la Police municipale a, en cette année 1996, pratiquement le même aspect qu'à l'époque où j'ai reçu ma plaque d'officier de police, il y a onze ans. Si ce n'est qu'aujourd'hui, les anciens locaux de la brigade des mineurs, à l'extrémité sud du couloir, sont déserts. Le lino du sol part en lambeaux et se soulève par plaques, ici et là, et la peinture défraîchie s'écaille sur les murs, mais l'air a gardé l'odeur des générations successives de flics et de voyous en tous genres qui ont fréquenté les lieux, des décennies durant. La même atmosphère désolée prévaut dans toutes les pièces qu'occupaient autrefois les défuntes brigades.

À l'étage, la seule porte qui soit encore en service, à présent, est celle qui se trouve à l'opposé, tout au fond de cet interminable couloir, un machin ultramoderne, en verre, muni d'un système hydraulique qui la referme avec un petit « pchtt » aussi discret qu'efficace. Elle donne sur un comptoir d'accueil modulaire, avec plan de travail et étagères intégrées, derrière lequel officie le réceptionniste, aux commandes de son terminal d'ordinateur et de son standard téléphonique. Au-delà du comptoir, sur la droite, on débouche sur le nouveau service, une pièce immense, très claire, aménagée dans le meilleur style ergonomique administratif, déclinant élégamment toute la gamme des beiges, des bleus et des jaune paille. Chaque inspecteur dispose d'un box individuel, délimité par des cloisons à mi-hauteur et équipé d'un bureau avec téléphone, PC, machine à écrire, et tableau d'affichage en liège. Les box sont disposés en quinconce, pour que leurs occupants puissent compter sur une relative intimité, malgré la configuration ouverte des locaux.

Difficile de trouver preuve plus manifeste de la mort clinique du bon vieux système des brigades. Nous ne sommes désormais plus que des flics interchangeables, et rares sont ceux qui jouissent encore d'un statut de spécialiste. Ça, ça nous reste un peu en travers du gosier, et nous avons beau savoir que c'est totalement irrationnel, nous en imputons la responsabilité à nos nouveaux locaux, au moins autant qu'à notre nouvel état-major.

En débarquant de l'ascenseur, ce lundi matin, je suis confronté à un spectacle inattendu. À l'accueil, entre la porte vitrée et l'entrée du service, se trouve une longue banquette où il n'est pas rare de voir trois ou quatre prévenus, attendant, menottés aux lattes de bois, qu'on finisse de remplir toute la paperasse. On a même prévu quelques chaises supplémentaires, à l'extérieur, pour absorber un éventuel surplus d'affluence. Mais aujourd'hui, ce ne sont pas seulement la banquette et les chaises qui sont prises d'assaut, mais tout le couloir, jusqu'aux ascenseurs. Il doit y avoir là vingt-cinq personnes, au bas mot – des mineurs, pour la plupart, assis à même le sol, menottes aux poignets, genoux repliés, tête ballante, à demi assoupis. Bon nombre d'entre eux arborent l'« uniforme » : baskets agrémentées de lacets rouges, verts ou dorés – au pied droit ou gauche, c'est selon –, casquette de base-ball vissée sur la tête à l'inclinaison voulue, chemise de flanelle écossaise ou T-shirt et blouson, et, invariablement, jean délavé trop grand de trois tailles.

Certains pissent le sang. Un gamin se tamponne l'œil avec un chiffon tellement détrempé que des gouttes de sang s'écrasent sur le lino, entre ses jambes. Un autre est allongé sur le flanc, exhibant l'entaille béante qui lui entame le cuir chevelu. Je m'arrête et, avec un signe de tête en direction des deux flics qui montent la garde sur tout ce beau monde, je m'apprête à examiner sa blessure, quand deux infirmiers débarquent du deuxième ascenseur, avec leur attirail. Je poursuis mon chemin, rassuré.

Un peu plus loin, j'avise un Blanc nettement plus âgé, vêtu en tout et pour tout d'un short et d'une veste qu'il porte à même la peau. Il a le genou droit à vif. Le sang commence à sécher sur le lino. Comme je passe devant lui, je me prends une bonne bouffée de 12° ordinaire.

Je repère aussi quelques représentantes du beau sexe, dans le tas. Des gamines en jeans, défoncées au crack, et des prostituées, moulées dans des shorts ou des petites robes de jersey à deux sous, assises les jambes allongées sur le sol froid, et tirant la gueule à la perspective de se retrouver au ballon, une fois de plus – et sans leur pipe à crack. Je reconnais une veste en fausse fourrure. Celle de la fille avec qui on a échangé quelques vannes, samedi soir, Bank et moi.

« Il m'a encore possédée jusqu'à l'os, ce fils de pute... » jette-t-elle à sa voisine, juste assez fort pour m'en faire profiter.

Certaines têtes se lèvent sur mon passage. Quelques mômes me reconnaissent et me font signe ou m'appellent pour me demander d'intercéder en leur faveur, d'accélérer la procédure, de faire desserrer leurs menottes. Dans le hall se mêlent les effluves d'une bonne demi-douzaine d'après-rasages, d'eaux de toilette et de gels capillaires, le tout assaisonné de relents d'alcool mal digéré, de dégueulis et de vieille crasse.

Près de la porte vitrée, trois gamins d'un âge particulièrement tendre sont menottés les uns aux autres. Celui du milieu ronfle, la tête renversée en arrière, contre le mur. Ses deux compagnons d'infortune dorment, eux aussi, à poings fermés, calés sur ses épaules. Dans le sommeil, ils redeviennent ce qu'ils sont tous : des enfants.

Dès que je passe la porte, j'aperçois Stu Marek – le responsable du service homicides, récemment élevé au grade de capitaine –, penché sur le comptoir. En m'apercevant, Jeremiah, le flic de permanence à la réception, que j'ai toujours vu à cette place depuis que je suis dans la maison, lève les yeux au ciel. Tous les voyants lumineux de son standard clignotent au rouge et il balance des rafales de mots dans son micro-casque, ignorant ostensiblement la note que Stu persiste à lui coller sous le nez.

« Salut, ma poule ! » lancé-je.

Stu me répond d'un grognement. Sa bedaine a tendance à tirer sur sa ceinture et ses boutons de chemise, ces temps-ci – il a arrêté de fumer –, et sa cravate a du mal à rejoindre son fute, mais abstraction faite de quelques poils gris et de ses lunettes, qu'il porte désormais à plein temps, il reste le lieutenant sous les ordres duquel j'ai bossé des années et de qui je tiens pratiquement tout ce que je sais du métier.

« Qu'est-ce qui t'arrive ? demandé-je.

– Bank Arbaugh, marmonne-t-il, voilà ce qui m'arrive...

– Des clients à lui ?

– Sans exception. Record pulvérisé. Trente-sept interpellations en huit heures de service... Il a écumé la ville *non stop*, avec quatre voitures pie et un panier à salade, pendant toute la nuit. Le centre de détention des mineurs m'appelle tous les quarts d'heure pour demander où on veut qu'ils les mettent. Et la prison du comté affiche déjà complet. »

Je m'accoude au comptoir. « Il est où, là ?

– Je lui ai dit de me torcher son rapport et de filer se mettre au pieu », fait Stu. Il s'est redressé mais garde une oreille tendue vers ce que dit Jeremiah. « Le temps que je fasse un peu le ménage, dans ce boxon. »

Je hoche la tête, sans piper mot.

« Il se figure qu'il va régler ça à lui tout seul, à coups de pompes dans le cul », grommelle Stu. Il attrape sur le comptoir son gobelet de café dont il lampe bruyamment une gorgée. « Cela dit, il en serait bien capable, si on le laissait faire... ajoute-t-il, avec un petit sourire en coin.

– Tu parles de la petite, c'est ça ?

– Évidemment, bordel ! fait-il en reposant son gobelet. Qui veux-tu que ce soit ? Et ça n'est qu'un début ! Mais moi, j'ai déjà eu droit à cinquante putains de coups de fil, à cause de ses conneries, à Bank – brutalités policières, arrestations arbitraires, violations des droits civiques – et, voilà que je me retrouve avec tout ce merdier sur les bras, dans mon propre service... »

Je mets le cap sur mon box, mais Stu me retient par la manche. « Écoute, Mack... Va falloir que je m'occupe de la constituer, cette cellule de crise, et ce, dès la fin du dispatching.

– Tu sais, je ne suis pas sûr de... commencé-je, mais il ne me laisse pas le temps d'achever.

– Écoute, je te dis ! On a du nouveau. J'ai besoin de quelqu'un qui puisse s'en occuper. Quelqu'un qui sache se servir de sa cervelle. Un point, c'est tout. Ça ne t'engage à rien. Une objection ?

– Non, fais-je.

– Y a une petite heure, des gars de chez nous qui patrouillaient dans les quartiers sud sont tombés sur une bagnole abandonnée, une LHS, du côté de Weikert's Corner, juste derrière le Food King de Southtown. Tu vois où c'est ?

– Je vois.

– Renseignements pris, elle a été volée dimanche matin, avant huit heures, mais quand exactement... ? Ça, c'est juste l'heure à laquelle le propriétaire s'est levé et a remarqué sa disparition. Et la bagnole est nickel, Mack. Pas une égratignure. Aucune dégradation, rien.

– Quelle couleur ?

– Je ne sais pas trop. Une teinte foncée. Tu files là-bas et, si ça te paraît coller, tu m'avertis dare-dare. Je bats le rappel des troupes et on organise le quadrillage. Je te rassure tout de suite : t'auras rien d'autre à faire. Tout ce que je veux, c'est quelqu'un de fiable sur les lieux, et illico. OK ? »

J'acquiesce d'un signe de tête.

« Le boss s'est annoncé pour la réunion de dispatching. Il a des recommandations à nous faire, pour les recherches. Je lui transmettrai tes regrets de ne pouvoir assister à son topo...

– C'est ça, merci ! »

Southtown se situe *grosso modo* à la frontière entre ce qu'on appelle le Near-South End (la proche banlieue sud), les vieux faubourgs de cette partie de la ville, à l'est, et les lotissements de Weikert's Corner, qui ne cessent de pousser de nouvelles ramifications vers le sud et l'ouest, en direction des centres commerciaux qui se sont récemment ouverts à la périphérie de la ville. Les bâtiments neufs de la fac de médecine de Western Ohio et le Centre hospitalier universitaire attenant – une structure de béton blanc, d'acier et de verre bleu – se dressent à la limite est de Southtown.

La vaste dalle de béton qui longe l'arrière du Food King est une vraie ruche, en ce lundi matin. Il s'y presse une file de semi-remorques et de camions de toutes tailles, qui attendent de venir accoster aux quais de déchargement, tandis que des manutentionnaires, poussant des diables qui croulent sous des montagnes de cartons ou de casiers de plastique, vont et viennent entre les grandes portes métalliques des entrepôts. Mais, hier matin, dimanche des Rameaux, l'endroit devait être un vrai désert où ne traînaient que des conteneurs puants débordant d'ordures, des tas de palettes souillées et des papiers gras chassés par le vent en direction de la haute clôture grillagée qui ferme le campus et le CHU. Des bandes de plastique rouge et blanc, passées dans les mailles du grillage, font office de cache-misère. Il aurait fallu se trouver quelque part dans les étages supérieurs d'un des bâtiments, pour avoir vue sur les lieux.

La LHS – une tentative de Chrysler pour percer sur le marché des voitures de luxe – ne manque pas d'allure : sièges inclinables à l'horizontale, vitres teintées, coussins en cuir pleine peau, lecteur de CD, six haut-parleurs. La totale... Elle a été abandonnée portières ouvertes. Un genou à terre, ses mains gantées de latex posées sur les cuisses, Bill Biner, de l'unité d'investigation de la scène du crime, scrute l'intérieur de l'habitacle sans toucher à quoi que ce soit.

« Ils ont pété la colonne de direction et l'ont manœuvrée avec un tournevis, m'explique-t-il, lorsque je me penche par-dessus son épaule. On va sortir toute la pièce et la démonter... Si jamais on met la main sur le tournevis, le labo pourra comparer sa tête avec les éraflures qu'il a laissées dans le métal... »

Biner, le numéro deux de son unité, est un vrai pro. Maisons incendiées, véhicules ou cadavres, il passe tout au crible avec la même méticulosité. Lui et ses collègues ne voient jamais l'ombre d'une victime ou d'un coupable, si ce n'est à l'état de macchabée. Leur truc, c'est les indices. Fibres textiles, empreintes, débris organiques ou substances chimiques, tout leur est bon. Ils les récupèrent, les étiquettent et les envoient au labo. Et, le cas échéant, ils vont témoigner au tribunal. Certains d'entre eux doivent passer une bonne moitié de leur existence au palais de justice...

Ils ont une vision du monde froidement rationnelle et hyper-logique. Ni les déclarations d'un témoin, ni les dénégations, les protestations ou les lamentations d'un suspect, ne font le poids face aux faits : voilà ce que disent les indices matériels, et un indice matériel ne ment pas. Il est là, point. Ils évoluent dans un univers d'une pureté que j'avoue leur avoir maintes fois enviée...

« Y a autre chose, Mack... Viens voir ça », me lance Bill. Il se relève et m'entraîne de l'autre côté de la voiture, garée si près du bâtiment que ses portières, encore ouvertes, touchent presque le mur. Il pointe l'index sur la banquette arrière. Je me penche, clignant les yeux pour tâcher d'y voir quelque chose. Le ciel est couvert et le jour se lève à peine, ce qui n'aide pas, à l'ombre du bâtiment. Il me faut un moment pour discerner la traînée brunâtre qui macule le cuir beige du dossier.

« Du sang ?

– Ça m'en a tout l'air », fait Bill. La tache se trouve à la bonne hauteur, comme si quelqu'un avait tourné la tête pour essuyer un nez ou une bouche en sang.

« Tu ne l'analyses pas tout de suite ?

– Pas question. La remorqueuse ne va pas tarder », explique-t-il. Une fois le véhicule mis en lieu sûr dans un atelier *ad hoc*, dans le parking souterrain du poste central, ils le démonteront, au besoin jusqu'au dernier boulon, pour trouver ce qu'ils cherchent. Mais en attendant, personne ne touche à rien.

Je recule de quelques pas pour avoir une vue d'ensemble. « C'est quoi, cette couleur ? demandé-je.

– Ils appellent ça " bois de rose foncé ", chez Chrysler, dit-il. Ma femme adore... Le Grand Caravan qu'ils viennent de sortir, c'est son rêve.

– Bois de rose, tu dis ?

– Bois de rose *foncé* ! insiste-t-il. Ils le font depuis deux ou trois ans, déjà.

– Ça serait pas du marron, tout bêtement ? »

Moi, je la vois plutôt marron, cette carrosserie – ou noire, voire bleu marine, sous certains angles, en fonction de la lumière. Mais dès que Bill sort une petite lampe torche de sa poche et la braque sur le capot, je constate qu'il s'agit en effet d'un brun profond métallisé, tirant sur le bordeaux.

« Prune, quoi... » marmonné-je à part moi – et je sens tout à coup ce petit picotement particulier qui accompagne les prémices d'une intuition.

« Genre... » fait Bill.

Mission accomplie. Je pourrais rentrer immédiatement faire mon rapport à Stu, mais je préfère emboîter le pas à Bill, qui a une Thermos de café dans sa bagnole. Il nous en sert un à chacun et nous nous plantons entre les deux voitures, le gobelet à la main.

« À ton avis, lui demandé-je, qu'est-ce qui pourrait inciter deux types à kidnapper une gamine à neuf plombes du mat', un dimanche ? Bizarre, comme heure, non... ? »

Biner se dandine d'un pied sur l'autre. « Vas-y, dis-le-moi.

– Une nouba du samedi soir un peu trop prolongée.

– Et alors ? Ils ont pu passer la nuit à picoler.

– À picoler. Avec ou sans nanas. À s'emmerder. À s'envoyer des pilules. À fumer des joints. Va savoir... Un samedi soir, on sait quand ça commence, mais plus rarement quand et comment ça se termine. Sinon, pourquoi ils auraient choisi une heure pareille ? Pour moi, c'est un facteur clé, dans cette affaire. Le *timing*.

– Bof ! Je pourrais pas dire, réplique Bill.

– La question, c'est : en supposant que ces mecs aient agi sur un coup de tête, est-ce qu'ils se sont vraiment lancés dans cette entreprise sans la moindre préparation ?

– En tout cas, ils se sont au moins donné la peine de piquer une bagnole à l'avance...

– Selon moi, ils ont laissé la leur garée ici, derrière l'entrepôt, le temps d'aller enlever la petite, et ils sont revenus la récupérer après. Plausible, non ? »

Bill hoche la tête.

Je jette un coup d'œil à la façade du CHU, là-bas, de l'autre côté de la clôture, avec ses dizaines de fenêtres qui donnent sur l'arrière du magasin. Avec un peu de chance, il y avait peut-être quelqu'un derrière l'une d'elles, hier matin, au moment où un type a garé sa voiture ici, pour repartir au volant d'une autre. Ou alors, un peu plus tard, quand ils sont revenus à deux, traînant une gamine qu'ils ont forcée à monter dans l'autre voiture – celle qu'ils avaient laissée sur le parking. Quoique... ils ont aussi bien pu changer de véhicule ailleurs et se contenter d'abandonner ici la voiture compromettante... Ce qui est sûr, c'est qu'ils avaient prévu le coup. Je ne donne pas cher des chances qu'ont Bill et ses hommes d'y dégoter la moindre empreinte utilisable, dans cette Chrysler.

Je poursuis néanmoins sur ma lancée : « En ce cas, ils ont tout aussi bien pu peaufiner quelques autres détails, tu crois pas ?

– Probable », fait Bill.

Le Food King occupe l'angle du grand *L* que forme une longue galerie marchande où voisinent boutiques et petits magasins. Je roule au pas le long d'une des deux ailes, puis je coupe à travers le parking pour revenir à mon point de départ en longeant l'autre. Hier, la plupart des commerces, sinon tous, devaient être fermés. Et dans ce secteur où on ne trouve pratiquement que des quartiers résidentiels et des centres commerciaux, je ne vois pas où il pourrait y avoir une quincaillerie ou quelque chose d'approchant, qui reste ouvert toute la nuit. Ce qui nous laisse le Food King lui-même. « OUVERT 24H/24 ! » proclame son enseigne, en grandes lettres rouges.

Je trouve le responsable du week-end dans son bureau, en train de préparer ses tiroirs-caisses. C'est un petit bonhomme à la bouche dure, avec des lunettes à monture métallique, rafistolées au chatterton. Je bavarde un moment avec lui, avant d'entrer dans le vif du sujet : y a-t-il moyen de savoir quels articles ont été vendus hier matin, en dehors de l'alimentation, avant neuf heures ? Et qui était la caissière de service ?

Il opine vigoureusement du chef. Je tombe bien : c'est son dada. « On a une gestion informatique qui fait tout, maintenant, m'explique-t-il. Les codes-barres. Vous n'avez jamais jeté un œil aux tickets de caisse de votre femme, quand elle revient des courses ? Tous les articles y sont détaillés. Avant, on se contentait d'indiquer " Épicerie " ou " Crèmerie ", etc... Mais maintenant, tout est imprimé en clair : dentifrice, fromage blanc à zéro pour cent, tout ce que vous voulez... Y a même la marque ! » Ce miracle de la technologie lui tire un grand éclat de rire.

« Vous ne devez pas avoir grand monde, le dimanche matin, aux aurores ?

– Vous rigolez ! Dès six heures, c'est la ruée sur la viennoiserie et les journaux du dimanche... On ne chôme pas, c'est moi qui vous le dis !

– Ah, oui ? Écoutez... est-ce que vous pourriez charger deux ou trois de vos employés d'éplucher les achats qui ont été faits dimanche matin ? Si je vous rappelle d'ici quelques heures, vous pourrez m'en fournir la liste ? »

Il me dévisage d'un œil perplexe, calculant à toute vitesse le temps de travail et le coût que ça représente, en termes de salaire horaire.

Je passe au ton de la confidence et je m'explique : « C'est au sujet de la petite qu'on a kidnappée, hier matin. Vous n'avez pas vu ça, aux infos ?

– Si, bien sûr ! fait-il, en ouvrant de grands yeux.

– Alors, c'est l'occasion ou jamais de devenir un héros, mon vieux... »

Il se redresse sur son fauteuil, bouche bée.

« Mais motus, hein ! Pas un mot à qui que ce soit », ajouté-je dans un murmure. Je jette un regard de conspirateur dans la pièce, comme si les murs avaient des oreilles. « C'est ultraconfidentiel. Ça doit rester strictement entre nous, vu ? »

Il hoche la tête et je sens qu'il est ferré. Auxiliaire de la Loi. Grâce à moi, sa journée – que dis-je ? sa semaine – sera à marquer d'une pierre blanche. Tout le monde rêve de devenir un héros. Le hic, c'est qu'en général, personne ne sait comment s'y prendre. Jusqu'au jour où quelqu'un nous indique la voie...

Quand j'appelle Jeremiah sur ma radio de bord, Stu Marek est en réunion !

« Toujours au dispatching ? demandé-je.

– Non. Là, c'est la cellule de crise... répond Jeremiah.

– Va me le chercher.

– Eh, c'est que le patron y est, à cette réunion.

– Rien à secouer. Passe-moi Stu. » J'ai mis le cap au nord-nord-ouest et je roule en direction du centre-ville, mais ce n'est pas au poste de police principal que je vais.

« Ouais ? aboie Stu, une minute plus tard, en prenant mon appel.

– La bagnole a tout l'air d'être la bonne, fais-je. Traces de sang sur la banquette arrière... » Et de lui expliquer ma théorie, pour le supermarché. Je l'entends claquer des doigts à l'autre bout du fil – un de ses gestes familiers, signe, chez lui, d'une poussée d'adrénaline ou d'une intense concentration. « Ce n'est pas tout... Il y a peut-être un autre truc, mais je dois faire un saut quelque part. Je te rappelle dès que possible.

– C'est quoi, cet autre truc ? T'as décidé de bosser sur l'affaire ?

– Cette bagnole... elle est bois de rose foncé. Prune, si tu préfères.

– Qu'est-ce que ça veut dire, bordel ?

– Voilà... Exactement ! » dis-je, avant d'éteindre ma radio.

À la limite sud du centre ville, j'emprunte la rampe d'accès au pont Martin Luther King, tendu comme un arc au-dessus de l'eau, et je file vers l'East Side, direction King's Court.

9

Le lendemain de la disparition de Jamie, au petit matin, quelqu'un vint livrer six douzaines de Dunkin' Donuts et plusieurs plateaux de gobelets de café chaud, dans le garage des Arbaugh – notre QG improvisé. D'après Googie, ce « quelqu'un » était un tandem de jeunes serveuses, sanglées dans leur uniforme de Nylon marron, les bras chargés de boîtes et de plateaux. Elle ont demandé où elles pouvaient les poser et, cela fait, sont reparties comme elles étaient venues. Nous nous sommes restaurés sans nous poser de questions, et je n'ai découvert la clé de ce mystère que plusieurs mois plus tard. Cette initiative émanait du gérant d'un fast-food local – sa façon à lui de contribuer à notre cause. Le jour où je fis un saut jusqu'à son magasin pour le remercier, il m'interrompit d'un geste, déclarant qu'un type qui passait sa vie à vendre des beignets pouvait bien se permettre d'en offrir quelques-uns à une bande de flics exténués.

Je buvais mon gobelet de café noir quand le regard de Stu Marek, qui était dans la cour, accrocha le mien. D'un signe de tête, il m'invita à le rejoindre, ce que je fis.

« Alors... ça piétine ? » fit-il.

J'acquiesçai en silence. Avec le jour, les recherches allaient pouvoir reprendre, mais une sorte d'inertie semblait s'appesantir sur nous. Des dizaines d'appels étaient tombés sur le numéro vert que diffusait la télé, mais c'étaient pour la plupart des canulars ou des signalements fantaisistes, qui ne menaient nulle part. Les fédéraux avaient longuement interrogé Bank sur ses enquêtes en cours, pour étayer l'hypothèse d'un kidnapping. Ils avaient passé en revue les dossiers des délinquants qu'il avait coffrés et qui étaient entre-temps sortis de taule. Mais Bank ne voyait rien, de ce côté-là. Personne – pas plus eux que nous – n'aurait pu faire grand-chose, tant que nous n'avions pas un début d'idée de ce qui avait pu arriver à Jamie.

Or, que pouvions nous tenter qui n'eût déjà été tenté la veille, sinon élargir encore notre champ d'investigation, pour l'étendre à la ville entière ? Et, même en ce cas, quelles étaient nos chances d'aboutir ? Elles n'étaient plus proportionnelles aux moyens mis en œuvre, et nous arrivions en vue de notre point de rendement décroissant. Les médias étaient désormais notre seul espoir – affichage de photos de Jamie, reportages à la télé et dans les journaux, avis de recherche sur tous les réseaux de la police, à l'échelle nationale. Nous pouvions aussi attendre, en croisant les doigts, qu'un témoin se manifeste. Au cas où ça ne donnerait rien, il faudrait envisager de contacter les fichiers nationaux. Mais pour enclencher ce processus, nous devrions commencer, Bank et Sarah les premiers, par accepter d'entrer de plain-pied dans une nouvelle réalité. Non plus celle d'une crise ponctuelle qu'il s'agissait de régler, mais la réalité d'une absence à long terme. Celle du vide que laisse derrière lui un enfant qui disparaît et qu'on ne retrouve pas. Une « mort vivante », comme l'avait un jour dit en ma présence l'un des parents d'un petit disparu. En un sens, c'était plus difficile à encaisser qu'une mort pure et simple, parce que ça n'en avait pas le côté définitif, irrévocable. Il n'y avait que cette absence qui se prolongeait, de façon indéterminée. Minante.

« Si on allait patrouiller dans le coin ? proposa Stu. Y a pas grand-chose qu'on puisse faire, ici. »

Je hochai la tête, soulagé de pouvoir m'atteler à quelque chose de concret. Je n'avais pas encore vu Bank. Il n'avait pas mis le nez dehors, en partie à cause de la cohorte de voitures de presse garées le long de Detwiler, juste derrière le cordon sanitaire que formaient les véhicules de la brigade et du FBI autour de la maison. Le journal local avait dépêché sur les lieux un reporter et un photographe, et les trois chaînes de télé régionales avaient envoyé leurs équipes de tournage. Déjà, les médias commençaient à se manifester : les stations télé de Cleveland et de Colombus, les journaux de Toledo, Dayton et Cincinatti, entre autres. La disparition d'un gosse de flic. Un fait divers mineur, sans doute, mais au cas où ça virerait au drame, ça risquait de faire les gros titres... Ils allaient tous accourir, comme pour une veillée mortuaire.

« C'est juste histoire de jeter un œil, me dit Stu. Ça va bientôt faire vingt-quatre heures... » Il était huit heures et demie. Jamie était partie à son entraînement à neuf heures moins le quart. Les choses se répètent de façon cyclique, c'est ce que voulait dire Stu. Le facteur passe. Les gens partent au boulot. Le voisin sort son chien... Tous les jours, à la même heure. Le simple bon sens de cette suggestion me rendit courage. Il fallait qu'on soit sur les lieux, l'œil aux aguets, lorsque les aiguilles de l'horloge repasseraient au même point.

Le lieutenant, qui avait gardé, à quarante-cinq ans, la coupe réglementaire qu'on lui avait imposée à l'armée, se glissa derrière le volant de sa Chrysler-K beige de service et tendit le bras pour m'ouvrir la portière. Ça faisait déjà plusieurs années qu'il était à la tête de notre section et je commençais à bien le connaître. Comme Googie, il avait exercé avec le grade de sergent à la brigade des agressions sexuelles sur adultes – à « l'Antiviol », comme on disait. Il avait fini par en être muté, suite à un certain nombre de réclamations émanant des victimes, qui se plaignaient de ses interrogatoires un tantinet trop musclés. Marek aggravait leur état de choc, au lieu de les aider à s'en sortir. Ça n'a rien d'exceptionnel, dans le métier. Tant va la cruche à l'eau...

N'empêche, Stu était un oiseau rare. Il avait beau avoir pris du galon, il tenait toujours à bosser sur le terrain, à se rendre sur les lieux des crimes, à assurer le suivi des enquêtes. Outre ces grosses valises qui se creusaient sous ses yeux, il affichait une trogne grisâtre, marbrée de taches de mélanine. Sa bouche esquissait en permanence un rictus de dégoût, sans doute inspiré par tout ce qu'il avait appris de la vie – bref, il avait à peu près la tête que je finirai par me faire, si je reste dans le métier.

À neuf heures moins le quart – l'heure exacte du départ de Jamie, selon Sarah –, nous étions postés, Stu et moi, sur Detwiler Street, au point où elle bifurque à droite, en direction de la rivière et du pont, formant une patte d'oie avec un sentier qui part à gauche. Près de nous, et sur la gauche elle aussi, débouchait la côte de Riverview, qui grimpe vers les collines. Le coin était désert : la configuration du terrain, des arbres et des rues était telle qu'une seule maison, donnant sur Detwiler, mais assez loin derrière nous, avait vue sur le carrefour. Stu se rangea sur le bas-côté et alluma une cigarette.

Nous avons laissé s'écouler quelques minutes sans mot dire, le temps que Stu finisse sa clope. De temps à autre, il se mettait à claquer des doigts – une manie qu'il avait, quand il était sous pression –, mais, au bout de quelques claquements, il me jetait un coup d'œil et s'arrêtait. Pas très animé, le secteur. Deux gamins jouaient devant l'unique maison en vue, mais leur mère ne tarda pas à passer la tête par la porte d'entrée et à les appeler, après un regard insistant en direction de cette voiture qu'elle ne connaissait pas, garée au bord de la route. Elle expliqua quelque chose à ses gosses, le doigt pointé vers le bout de la rue – et vers la maison de Bank, cachée par le tournant que décrivait la route, un peu plus haut. Les petits hochèrent la tête et s'engouffrèrent dans la maison, pour réapparaître, moins d'une minute plus tard, derrière la maison, à l'abri de la clôture de la cour.

La veille, nous avions interrogé cette femme à plusieurs reprises. Elle ne se trouvait pas chez elle à l'heure de la disparition de Jamie. Elle était sortie faire ses courses, avec ses enfants.

Une voiture de patrouille passa devant nous au ralenti. Le collègue qui conduisait répondit au signe de tête de Stu en levant la main.

Je suivis des yeux une Jamie fantôme, qui descendait la rue en direction du pont. Elle marchait, sa batte de base-ball sur l'épaule. Une batte d'aluminium doré, qu'ils étaient allés acheter ensemble, Bank et elle, dans un K-mart du fin fond de l'East Side. Ça n'avait pas été une mince affaire, si j'ai bonne mémoire, d'en dégoter une à sa taille et pas trop lourde pour elle. Son équipe aurait pu lui en prêter une, mais elle en voulait une à elle, pour pouvoir s'entraîner à la maison. Elle avait fini par obtenir la permission de s'en servir à l'entraînement. Elle prétendait qu'elle lui portait chance. Elle marchait, son gant enfilé au bout de la batte, comme le lui avait montré Bank. Elle était jolie comme un cœur. Je la regardai passer devant moi, tout comme elle l'avait fait la veille, mais arrivée à l'embranchement de la route et du sentier, au moment de choisir une direction, elle disparut.

« On pourrait aller faire un tour à pinces de l'autre côté, dit Stu. Va savoir... Ça a pu se passer ici. Comme ça a pu se passer en face... »

Les flancs de la ravine où coulait la rivière étaient tapissés d'arbres séculaires, qui poussaient dru et serré. Nous avions déjà quadrillé tout ce secteur une bonne dizaine de fois, hommes et chiens piétinant, reniflant et donnant de la voix. D'où nous étions, Stu et moi, impossible de voir quoi que ce soit sur la rive opposée, bien qu'elle ne fût qu'à une petite soixantaine de mètres.

« J'y vais, fis-je. Je marche jusqu'à la passerelle, j'attends cinq minutes et je reviens. »

Stu hocha la tête et s'alluma une autre cigarette.

La journée s'annonçait caniculaire. Pas le moindre souffle de vent, comme la veille. J'avais changé de chemise mais, pour une raison qui m'échappe – je devais avoir la tête ailleurs –, j'avais bêtement remis le même costume. Mes activités matinales m'avaient mis en nage et ma veste commençait à dégager une petite odeur de transpiration. Je l'expédiai sur la banquette arrière.

La passerelle de bois résonna sous mes semelles. J'avançai lentement le long du parapet, tâchant de percer le feuillage des arbres, en contrebas. Seuls de brefs éclats de lumière, çà et là, trahissaient la présence de la rivière, sur laquelle scintillait le soleil matinal. Au loin, sur la rive d'en face, s'élevait la rumeur de Tecumseh Boulevard.

Arrivé à l'aplomb de la rivière, je fis halte, penché par-dessus la grosse balustrade de bois. Le lit, particulièrement encaissé à cet endroit, formait une sorte de petite chute où l'eau tourbillonnait en écumant.

En aval, la gorge s'élargissait et l'eau redevenait presque calme. La décision avait été prise de concentrer les recherches de la journée sur ce secteur, et d'explorer les fonds, au besoin avec le concours d'un plongeur. Même à l'endroit où la rivière retrouvait un cours normal, elle aurait été assez profonde pour engloutir et dissimuler le corps d'une fillette.

J'étais là, accoudé au parapet, quand je me sentis basculer dans le vide. La rambarde avait fléchi sous mon poids. Instinctivement, je me rejetai en arrière, en m'accroupissant, pour abaisser mon centre de gravité. Le garde-fou n'avait joué que de quelques centimètres. L'un des rivets avait complètement cédé, comme je m'en rendis compte en l'examinant. Pas de quoi faire s'écrouler l'ensemble, mais une réparation s'imposait.

Je donnai quelques bonnes secousses à la balustrade, histoire de tester sa solidité, puis, évitant de m'appuyer dessus, je me penchai à nouveau au-dessus de l'eau. Cette fois, ma perspective avait légèrement changé, et mon regard fut attiré par les arbres de la rive, dont la cime m'arrivait à hauteur d'yeux. Et là, comme si je m'étais éveillé à une réalité subtilement différente, ou comme si c'était précisément ma volonté de la voir qui l'y avait fait apparaître, je me surpris à fixer une tache incongrue, qui luisait parmi les feuilles. Une tache dorée avec, juste à côté, du noir mat. Quoi que ce fût, le feuillage le masquait presque entièrement et rien ne devait en être visible depuis les berges de la rivière.

Un coup de klaxon de Stu m'arracha à ma contemplation. Debout près de la voiture, il me fit signe de revenir.

À notre retour, nous trouvâmes Bank dans le QG du garage, en compagnie du capitaine Draves, de Googie et de deux autres enquêteurs.

« Il y a du nouveau. Au City Med », m'avait expliqué Stu.

Avec l'hôpital Saint-Jérôme, dans le centre-ville, et le CHU de South End, le City Medical Center compte parmi les trois principaux établissements hospitaliers de la ville. Il se trouve pratiquement à la limite entre le nouveau et le vieux West End, en lisière de Heron Park, un immense espace vert qui a toujours existé dans ce quartier, l'un des plus agréables de l'agglomération, encore que de plus en plus cerné par le béton.

« On était en train d'éplucher les fiches des messages tombés sur la ligne d'appel d'urgence, nous informa le capitaine Draves, du FBI. Pas grand-chose dans le tas, sauf une, qui a fait tilt. Un appel datant d'hier soir. Un technicien de maintenance. Il travaille de nuit au City Med. Un fana du jogging. Hier matin, après son service, il est allé courir dans Heron Park, juste en face de l'hôpital. On a envoyé quelqu'un l'interroger, voilà une heure. »

La veille, vers neuf heures et demie, avait déclaré le jogger, il avait emprunté un sentier qui longe à cet endroit une espèce de terre-plein circulaire entouré d'arbres, non goudronné mais assez grand pour y garer une voiture. On ne peut y accéder que par une allée à peine praticable qui part de Morton Parkway. L'endroit idéal, pour des jeunes qui voudraient picoler ou se peloter tranquilles, car totalement masqué, depuis la route, par la végétation. Comme il débouchait du sentier, près de cette espèce de clairière, sur la fin de son parcours, il avait entendu une portière claquer, et avait aperçu une voiture, garée là. Un homme se tenait devant. Et, à l'intérieur, un enfant était assis sur le siège passager. Le jogger s'était suffisamment approché pour les voir très nettement, et il les avait bien observés, pendant les quelques secondes qu'il lui avait fallu pour les dépasser. L'enfant portant une casquette de base-ball, il en avait déduit que c'était un garçon. Il s'était demandé ce que pouvait fabriquer cette voiture dans ce coin, un dimanche matin et à une heure pareille, et, bien qu'il n'ait eu aucune raison de soupçonner quoi que ce fût, ça lui avait semblé bizarre. Ensuite, il était rentré chez lui, avait pris une douche et dormi tout l'après-midi. À son réveil, il avait dîné, etc., et, le soir, il avait repris son service, comme d'habitude. Il n'avait ni ouvert un journal ni allumé la télé de la journée. Ce n'était que vers minuit, à l'hôpital, qu'il avait entendu des collègues faire allusion à l'affaire – la gamine d'un flic qui avait disparu. Le signalement de la petite – la casquette de base-ball, surtout – lui avait fait dresser l'oreille. Il s'était rappelé cette bagnole qu'il avait vue dans le parc mais s'était demandé s'il devait en parler et à qui. Bien plus tard, dans la salle de repos, alors que le sujet revenait sur le tapis, il en avait enfin touché mot à son supérieur, qui avait appelé un des agents de sécurité de l'hôpital. Aucun policier n'était présent sur les lieux à ce moment-là. L'agent de sécurité avait donc appelé le numéro vert qui était affiché dans le poste de garde.

Bank écouta en silence les questions qui se mirent à pleuvoir sur Gene.

Le témoin avait-il pu donner le signalement du conducteur ?

Quelqu'un l'interrogeait en ce moment même, pour tenter d'établir un portrait-robot, et le graphiste allait venir travailler avec lui dans l'après-midi, mais le témoin ne semblait pas pouvoir donner beaucoup plus de détails.

La voiture ?

Bleue, s'il se rappelait bien. Bleu clair. Une grosse bagnole, d'un modèle ancien. Américaine, selon lui.

Et l'enfant ?

Ce qui avait frappé le témoin, c'était surtout cette casquette. Foncée, avait-il dit. Avec une visière rouge.

À ces mots, je vis le visage de Bank s'affaisser. Ses yeux s'étaient remplis de larmes. Tournant les talons, il sortit du garage par la porte de derrière qui donnait sur la cour. Il resta planté là, les mains aux hanches, le regard perdu dans les arbres. En l'observant, je compris tout à coup. Je savais ce que j'avais aperçu depuis le pont. J'attendis qu'il soit rentré raconter à Sarah cette histoire de voiture, pour m'exclamer : « Écoutez ! »

Gene, Googie, Stu et les autres s'interrompirent. Toutes les têtes pivotèrent vers moi. « Sa batte... ! » fis-je, l'index pointé vers le bout de la rue et le ravin boisé où coulait la rivière. Ils me regardaient sans comprendre, mais moi, je savais. Ce truc que j'avais vu luire parmi les feuilles, coincé dans les branches de cet arbre, là où quelqu'un l'avait balancé – c'était la poignée d'une batte en aluminium doré, gainée de sparadrap noir. Celle de Jamie.

10

Jeff Gramza vit à deux maisons de chez Tamara Shipley. Il a le corps recroquevillé et contrefait de quelqu'un qui souffre de paralysie déformante évolutive. Au bout de son cou tordu, son visage reste perpétuellement levé vers le ciel et ses lèvres épaisses, figées en un rictus chronique, découvrent de grandes dents longues et jaunes. Son crâne, trop gros pour son corps malingre et son cou de poulet, n'a que la peau sur les os. Une paralysie cérébrale, sans doute, mais il doit y avoir quelque chose d'autre. Son bras reste replié contre sa poitrine, et, au creux de son aisselle, sa main atrophiée ressemble à une pince de homard rose. Jeff a un gros problème de salivation – d'où le mouchoir imprimé que serre sa main valide. Nous sommes face à face dans le living maternel, moi sur le canapé, lui maintenu par un harnais dans son fauteuil roulant électrique. Après avoir tenté de s'opposer à ma visite – toute l'agitation de la veille a déjà suffisamment perturbé « le petit », comme elle dit (il a trente-deux ans), sans compter qu'il est à peine capable de parler, alors comment pourrait-il me décrire ce qu'il a vu hier, à supposer qu'il ait vu quelque chose –, sa mère a fini par accepter de nous laisser quelques instants en tête à tête.

Perché au bord du canapé, je me penche vers lui : « Félicitations, Jeff ! C'est toi qui as décroché la médaille, pour la couleur de la voiture. Elle était bien " violette ". Tous les autres se sont plantés en beauté, avec leur " marron " et leur " noir ". Alors... qu'est-ce que t'en dis ? »

Il se cabre dans son fauteuil et sa tête se met à ballotter d'avant en arrière, ce que j'interprète comme un signe de satisfaction.

« D'après les notes de ma collègue, tu étais dehors, devant la maison. Tu regardais passer les voitures ? » C'est au rapport de Katherine que je fais allusion. Qu'elle ait pris la peine d'interroger Jeff nous a été d'un grand secours. Je la vois d'ici, agenouillée près de lui, écoutant patiemment ses borborygmes, apprenant à les interpréter. Elle n'a pas tardé à comprendre que le fonctionnement mental de Jeff était pratiquement normal. Sous-développé, sans doute, car laissé en friche. Bien qu'illettré et traité depuis sa naissance comme un légume, ce garçon a toute sa lucidité. Il entend, voit et comprend. Elle a donc obtenu de lui quelques indications. Mais, toujours selon ses notes, la mère a mis fin à l'entretien en décrétant que ça suffisait comme ça, et a ramené Jeff dans son fauteuil roulant jusqu'à la rampe de contreplaqué qui permet d'accéder à la porte d'entrée de la maison.

« Euaihhh... fait Jeff.

– Tu aimes ça, toi, regarder les voitures ?

– Euaihhh...

– Et Katherine, tu l'aimes bien... ? Tu sais, l'inspecteur Biasotti ?

– Euaihhh... ! s'exclame Jeff, qui se cabre à nouveau avec tant d'enthousiasme qu'il en lâche une salve de postillons.

– Elle est sympa, hein ?

– Euaihhh !

– Dis-moi, Jeffrey... Est-ce que tu as repensé à ce que tu as vu hier ?
– Naaanhhh.
– Non ? Tu ne crois pas que tu pourrais te souvenir d'autre chose, à propos de cette voiture ? »

Sa tête se balance comme un gros tournesol sur sa tige.

« Katherine a noté que quelque chose t'avait empêché de voir clairement leurs visages. Qu'est-ce que c'était ?
– Chheu pas.
– Tu ne te rappelles pas ? »

Il cligne les paupières en se dévissant le cou – sa version d'un haussement d'épaules.

« Les trois autres témoins disent avoir vu des Noirs. Et toi ? Tu penses toujours que c'étaient des Blancs ?
– Euaihh.
– Alors, quoi, Jeff ? Tâche de te rappeler. La voiture passe devant chez toi. Tu es assis dehors, dans le jardin. Au soleil. C'est dimanche matin. Tout est calme. Il y a peut-être des gens qui vont à l'église... »

Il s'agite dans son fauteuil, sans parvenir à articuler un son. Sa respiration laborieuse remplit le minuscule living. Soudain, son souffle rauque s'arrête net, comme s'il avait suffoqué ou qu'il venait de pousser le dernier soupir. Au bout d'un long moment d'apnée, il finit par reprendre haleine. Une sorte de gémissement s'échappe de temps à autre de ses lèvres, une réaction incontrôlée due à des contractions musculaires spasmodiques...

Puis, très clairement, il articule : « Mmmune-sique.
– Mune-sique ?
– Euaihh. Mmmune-sique.
– Musique ! De la musique.
– Euaihh. »

Je survole en diagonale les notes de Katherine. Pas la moindre mention de musique. « Ils avaient branché la stéréo ?

– Euaihh.

– Ça non plus, tu ne t'en souvenais pas hier, Jeff.

– Naaanhh. » Sa tête dodeline.

Les portes de son cerveau ne sont pas murées. Il suffit d'insister un peu, d'y revenir trois, quatre, cinq fois, pour que le déclic se produise. Je laisse mon regard errer de l'autre côté de la fenêtre, sur le ciel, les maisons du voisinage. « Dis-moi, Jeff... dis-je, elle devait être sacrément forte, cette musique, pour que t'aies pu l'entendre, malgré les vitres de la voiture... Ou alors, c'est qu'ils roulaient toutes vitres ouvertes ? »

Il se cabre et ses yeux roulent en direction du plafond. « Oou-veertes, fait-il.

– Tu en es sûr ?

– Euaihh... »

On le croirait secoué d'un éclat de rire – enfin, c'est l'impression que j'en ai... Son visage se contorsionne et il est pris d'une espèce de quinte de toux, une succession de jappements rauques qui lui déchirent la gorge, comme s'il était à l'article de la mort. La tête de sa mère s'encadre dans l'entrebâillement de la porte de la cuisine, mais je la fixe sans broncher jusqu'à ce qu'elle batte en retraite en direction de ses fourneaux.

« Leu gars... ssoorti, son braaas... dit Jeff, dès qu'il a repris haleine.

– Comment ça, sorti ? Il avait le bras à la portière, tu veux dire ?

– Euaihh.

– Tu parles du passager, là, c'est bien ça ?

– Euaihh.

– Si tu as vu son bras, tu as vu sa main. C'est à cause de ça que tu sais que c'étaient des Blancs ?

– Nnnh-aanh. » Il dodeline de la tête. « Gghh... gghhant. L'avv-vait hin gggh-ghant.

– Il portait des gants ?

– Euaihh.

– Jeff ! » lui dis-je, d'un ton plus ferme, en m'approchant encore de lui. « Qu'est-ce que tu as vu, au juste ? Fais un effort. Rappelle-toi. Qu'est-ce qu'ils avaient de spécial, leurs visages ? Pourquoi es-tu si sûr que c'étaient des Blancs ? »

Il s'agite de plus belle, la tête renversée sur l'épaule. Un gros filet de salive, qu'il ne se soucie plus d'essuyer avec son mouchoir, lui dégouline des lèvres.

« Et un truc comme ça... ? fais-je, indiquant de l'index le carré de tissu imprimé rouge qu'il tient à la main. Est-ce qu'ils portaient... ?

– Euaihhh ! m'interrompt-il. Maaansk ! Maaansk !

– Mansk ?

– Maaansk !

– Ah ! Des masques ! Ils avaient des masques, c'est ça ? Des masques comment ? Un foulard noué, comme ça ? » Je me pose une main sur la bouche.

« Nnaaanh... 'Vec trou pour zieux... T'vois ? »

Je vois très bien. « Avec un trou pour les yeux, traduis-je. Comme des cagoules de skieur ? » Je fais un rond avec mes doigts et je me le colle sur l'œil, comme une lorgnette.

« Euaihh ! fait-il, en se cabrant d'excitation.

– Des cagoules noires...

– Euaihh.

– Mais tu as vu que, derrière, ils avaient la peau blanche.

– Euaihhh.

– Les autres témoins, ils étaient trop loin pour s'en rendre compte, hein, Jeff ? »

Mais Jeff ne répond pas. Il semble s'être à nouveau retiré dans sa coquille, comme épuisé par tant d'efforts.

Je me lève et je me penche sur lui. Sa peau exhale une odeur bizarre, un mélange d'antiseptiques et de moisi. « Tu as fait du bon travail, Jeff... lui murmuré-je à l'oreille. Je le dirai à Katherine. »

À peine revenu à ma voiture, que j'ai laissée sur King's Court, en face de la maison des Shipley, j'empoigne ma radio de bord pour relayer mes infos toutes fraîches à Stu. Devant moi, dans une voiture pie, deux flics en uniforme surveillent le secteur. Mais, d'un coup, à la vue de ce porche tout de guingois et de ces murs dont la peinture s'écaille, je repose mon émetteur sur le siège passager.

C'est pas ton enquête ! proteste une petite voix intérieure. J'ouvre ma portière et, saluant les collègues d'un signe de tête, je mets le cap sur la porte d'entrée. En m'apercevant, planté sous sa véranda, Rochelle Shipley éclate en sanglots. Elle a dû croire que j'apportais de mauvaises nouvelles.

« Non... non, lui dis-je, en secouant la tête, ne vous inquiétez pas. Je suis juste venu parler un peu avec vous... »

Elle acquiesce en silence. Elle ravale ses larmes, m'invite à entrer, me propose une tasse de café, que j'accepte. La maison est silencieuse, aujourd'hui. L'énorme télé est allumée, mais le son est coupé. Ses deux autres enfants, Eddie et Geena, sont à l'école, sans doute... ? « Pourquoi ils n'y seraient pas ? riposte-t-elle. Qu'est-ce qu'ils feraient ici, à part tourner en rond et me regarder me ronger les sangs ? En classe, au moins, ils pensent à autre chose. Sans compter qu'ils entendront peut-être quelque chose par un de leurs camarades, voyez... »

Je hoche la tête. C'est une possibilité, en effet. Et j'ai soudain une pensée pour ma fille et sa mystérieuse copine Zelda, qui sont en classe, elles aussi, mais de l'autre côté de la ville.

« Qu'est-ce qui vous amène, alors ? » s'enquiert Rochelle Shipley, en me sondant d'un œil acéré. Elle semble avoir surmonté le choc de mon arrivée. Elle a retrouvé tout son aplomb, comme si elle savait que je ne m'occupe de cette enquête qu'incidemment et qu'il y a certaines choses que je préfère garder pour moi.

« Nous avons peut-être retrouvé la voiture », attaqué-je, plongé dans la contemplation du sol, entre mes pieds. Je ne peux pas voir quelle est sa réaction, mais son haut-le-corps ne m'échappe pas. « Et je viens d'avoir un petit entretien avec Jeff Gramza.

– Lui... ?

– Il est loin d'être bête, vous savez...

– Je sais, dit-elle. Ça, je l'ai toujours su.

– Mrs Shipley...

– Rochelle, rectifie-t-elle.

– Je ne crois pas que ce soient des Noirs qui l'ont enlevée. »

Son regard n'a pas vacillé, mais j'y sens moins de dureté, cette fois. Le pli de sa mâchoire se fait moins agressif.

« Ils devaient plutôt être blancs, ou hispaniques.

– Et alors ?

– J'ai quelques questions à poser à Eddie. »

Elle secoue la tête.

« Je pourrais très bien me dispenser de votre autorisation, mais je préfère vous la demander. Je vais passer le prendre à son école et l'emmener au poste, le temps d'avoir une petite discussion. Amicale, bien sûr.

– Amicale... répète-t-elle. Eh bien, que voulez-vous que je vous dise, inspecteur ? Vous pensez qu'Eddie vous aurait caché quelque chose ?

– Tout ce que je veux, c'est parler avec lui. Savoir ce qu'il sait exactement. Qui il connaît. Il doit être mort de peur. »

Elle me gratifie d'un regard qui a retrouvé toute son aspérité. Elle sait encaisser. Elle s'est blindée à force de se frotter à la vie, aux coups durs, aux mecs incapables de tenir parole, au quotidien des quartiers pourris, au perpétuel manque d'argent qui vous mine. Sans mot dire, elle me tourne le dos et son regard s'échappe par la fenêtre.

Je compose un numéro sur son téléphone. « Stu ? Mack... » Comme par hasard, un flash vient s'afficher sur le grand écran silencieux. Un point d'information sur l'affaire Tamara – un de plus. Cette fois, la caméra montre des flics en pleine rafle dans le quartier noir, quelque part dans le North End. Une véritable marée d'uniformes bleus a déferlé sur le quartier et le ratisse. Des flics frappent aux portes, tandis que d'autres poussent des ados – membres de gangs avérés, ou soupçonnés de l'être – vers les paniers à salade qui attendent, portières ouvertes.

« Putain de merde, Mack ! » lâche Stu, lorsque je lui fais part de ma version des faits. En bruit de fond, j'entends passer, entrecoupé de claquements de doigts, le commentaire du reportage que j'ai sous les yeux.

« Il a bien vu, pour la couleur, Stu. Et pour les masques aussi. Il a eu tout le temps de les voir. On peut lui faire confiance. J'en suis sûr.

– Putain de merde ! répète Stu. Amène-moi ce gosse ici, fissa ! – Eddie, veut-il dire. Et toi, ajoute-t-il pour Jeremiah, le standardiste, tu m'appelles le patron. Et que ça saute ! » précise-t-il, en ponctuant ses ordres de claquements de doigts frénétiques.

11

Si Bank fut l'artisan de mon intégration au sein de la tribu de ma classe, c'est le foot qui en fut l'instrument. Tous les week-ends, lorsque le temps le permettait, et au moins deux fois par semaine, après les cours, on s'affrontait par équipes de trois ou quatre – cinq, quand nous parvenions à rassembler suffisamment d'amateurs –, dans une arrière-cour à l'abandon ou sur les terrains de sport, derrière l'école. Au début, mon jeu laissait pourtant à désirer.

Bank commença par m'apprendre à rattraper un ballon. Il était scié que j'aie pu arriver en CM1 sans savoir réceptionner correctement une balle – et ne parlons pas du lancer. J'avais décidé une fois pour toutes que je n'étais pas doué pour le sport et je n'avais jamais pris la peine de m'exercer. Pourtant, à force d'échanger des passes, Bank décréta que mon cas n'était pas désespéré. Mes problèmes de coordination n'étaient pas catastrophiques. Selon lui, j'avais un bon toucher de balle et la main sûre – et à l'épreuve, mes poumons d'ex-asthmatique ne m'empêchaient pas de courir vite et longtemps...

Au bout de deux semaines d'entraînement intensif, il diagnostiqua que je pourrais me joindre sans problème à l'équipe, à condition de me cantonner au poste de réceptionneur. En attaque, j'avais pour mission de déborder la défense adverse, de trouver l'ouverture et de récupérer la balle. En défense, mon rôle consistait à marquer le receveur adverse en lui agitant sans cesse mes mains devant les yeux. Les seules choses qui m'étaient interdites, c'était de venir me placer en première ligne, face à des joueurs dont certains pesaient deux fois mon poids, et de jouer *quarterback*, parce que mon lancer était franchement pitoyable. Selon Bank, même les filles s'en sortaient mieux que moi, de ce point de vue.

Et si j'étais amené à plaquer un adversaire, je devais le choper le plus bas possible, parce qu'avec mon poids plume mes chances de déstabiliser quiconque au-dessus du centre de gravité étaient quasi nulles. « Mais en visant les chevilles, m'expliqua Bank, n'importe qui peut plaquer pratiquement n'importe qui ! »

Et de fait, instruit par ses conseils et entraîné dans son sillage, j'ai appris à jouer (ou, du moins, à tenter de le faire) avec une fougue et une audace dont je ne me serais jamais cru capable. Au début, lorsque j'encaissais un mauvais coup – un pied en pleine figure ou un coude au creux de l'estomac –, je ne pouvais pas m'empêcher de pleurer, jusqu'au jour où, me voyant sur le carreau, roulé en boule, Bank se pencha sur moi : « Allez, Mack ! Un peu de cran, merde ! Prends sur toi ! » J'ai serré les dents et les paupières jusqu'à ce que la douleur lâche prise.

« Ben, voilà ! Super ! » fit-il simplement, en me voyant à nouveau sur pied. Un jour qu'il était en veine de confidences, il me raconta qu'il ne devait pas avoir plus de six ans, la dernière fois qu'il avait pleuré.

Ce qu'il préférait, lui, c'était jouer arrière. Bloquer le ballon et foncer droit dans le mur de la défense adverse, c'était son truc. À longueur de partie, je le voyais charger la tête la première, le menton agressif – quitte à y laisser un morceau de dent, à l'occasion. Il encaissait placage sur placage sans broncher et se relevait régulièrement avec le sourire. Il semblait trouver au moins autant de plaisir dans cette violence que dans le jeu lui-même.

Il lui arrivait quand même d'accuser le coup. S'il subissait un tacle trop brutal ou qu'un adversaire lui envoyait son coude dans la figure pour échapper à un de ses placages, il replongeait dans la mêlée, cramoisi, mâchoires crispées et narines palpitantes, mais il s'enfermait dans un silence buté, refusant même de nous donner la moindre consigne de jeu – un signe infaillible qu'il y avait de l'orage dans l'air, car les remises en jeu comptaient parmi ses moments préférés. Il adorait décider de la tactique de l'équipe, ou, au moins, y aller de son petit commentaire quand c'était à un autre joueur de s'en charger. Mais quand il était en rogne, il restait agenouillé dans l'herbe à ruminer sa colère et, sitôt que la partie reprenait, semblait n'avoir plus qu'une idée en tête : rendre la monnaie de sa pièce au coupable, sans se soucier de ce que nous pouvions faire, nous, sur le terrain. Quant à le raisonner, personne ne s'y risquait. Dans ces cas-là, on préférait unanimement le laisser digérer sa rage et attendre qu'il se décide de lui-même à reprendre la partie. Je fus le premier à oser m'en mêler.

« Vas-y, boude ! On se passera de toi ! » lui lançai-je un jour, sans lui accorder un regard. Et je remis la balle en jeu à sa place. Autour de nous, les copains gardaient un silence prudent, redoutant sa réaction, mais il ne répondit pas. Il ne se rebiffait pas quand je lui balançais ce genre de vanne. Il supportait de ma part des trucs qu'il n'aurait jamais encaissés venant de quelqu'un d'autre. Au contraire, si je m'avisais dans ces moments-là de lancer des consignes de tactique, il m'interrompait et reprenait les choses en main. Son agacement devant mon ignorance crasse des subtilités du foot l'emportait sur sa colère.

Car Bank avait le jeu dans le sang. Il avait horreur de perdre. Ce qui l'intéressait, c'était de marquer. Si au bout de trois tentatives infructueuses nous n'avions toujours pas réussi à gagner suffisamment de terrain, il rassemblait autour de lui sa garde personnelle, au sein de laquelle mes progrès m'avaient valu d'être rapidement admis, et nous nous disposions le long de la ligne, comme si nous avions l'intention de jouer au pied. C'était une de nos combinaisons préférées. Nos adversaires avaient beau s'attendre à ce qu'on la place, il n'y avait pas grand-chose à faire pour nous en empêcher. Bank passait en position de *quarterback* et réceptionnait la balle, tandis que je remontais le terrain à fond de train. Il ne me restait plus qu'à distancer l'adversaire qui me marquait et à jeter un coup d'œil par-dessus mon épaule gauche. Là, catapulté par le bras infaillible de Bank, le ballon se matérialisait comme par miracle, descendant en spirale vers le point précis où sa trajectoire rejoignait la mienne – quand tout se passait comme prévu, évidemment... –, à la seconde même où je franchissais la ligne de but.

Je me demande si nous avons vraiment réussi ce coup fumant aussi souvent que dans mon souvenir, mais il demeure que, cet automne-là, nous avons dû marquer quelques jolis points, Bank et moi. Et je ne crois pas avoir jamais ressenti, depuis, une aussi grande exaltation qu'après avoir réceptionné une de ces longues passes, lorsque j'aplatissais la balle dans les buts adverses, les mains crispées sur la boule de cuir rugueux, les poumons explosant sous la pression de l'air froid, porté par les hurlements de Bank et de toute l'équipe.

Ma mère n'a jamais tout à fait accepté cette amitié qui nous liait. La première expérience qu'elle avait eue de Bank – la façon dont il m'avait fait grimper dans ce car de ramassage, à la sortie de l'école, alors qu'on savait pertinemment, lui et moi, qu'elle allait venir me chercher – avait assombri leurs relations une fois pour toutes et, par la suite, elle l'a toujours soupçonné de m'entraîner sur une pente qui n'était pas la mienne. « C'est bien le genre à aller se jeter dans la gueule du loup, ce Bank, disait-elle. Et toi, tu ne demandes qu'à le suivre ! » Bien entendu, les faits ne manquèrent pas de la conforter dans cette opinion...

Pourtant, lorsqu'elle apprit que la mère de Bank avait succombé à une tumeur au cerveau, trois ans avant notre arrivée en ville, que son père était mort d'une crise cardiaque, l'année d'après, et que mon ami vivait depuis dans une famille d'accueil – ce qui expliquait qu'il eût atterri dans ce quartier paumé –, elle ne put s'empêcher de le gratifier, à l'occasion, de ces petites attentions dont elle avait le secret : une part de tarte maison, un vêtement qui lui semblait pouvoir encore faire de l'usage, un sermon bien senti... Je riais sous cape à la voir faire, parce que c'était manifestement à son corps défendant qu'elle lui versait un verre de lait ou qu'elle vérifiait que le sweat-shirt qu'elle lui destinait était bien à sa taille. Ses lèvres prenaient un pli pincé, comme lorsqu'elle avait quelque chose à me reprocher, et elle le regardait du coin de l'œil, la tête tournée, jamais en face. Mais rien n'aurait pu l'empêcher de lui faire ces petits cadeaux tout simples, ni lui de les accepter.

Mon père, en revanche, adopta Bank immédiatement et lui voua une amitié qui résista à tout, des années durant. Mon père avait de l'or dans les mains. Il avait un don inné pour inventer, fabriquer ou réparer à peu près tout et n'importe quoi. Il avait réquisitionné un tiers du garage familial pour y installer son atelier de menuiserie et de mécanique, et Bank y passait parfois des journées entières, à le regarder faire. De temps à autre, il lui donnait un coup de main pour soulever une pièce trop lourde ou faire les réglages d'un tour. N'ayant pas hérité les talents de mon père et ne partageant pas la passion de Bank pour le bricolage, j'avais parfois un petit pincement de jalousie en constatant que, dans ce domaine-là, il usurpait ma place auprès de mon propre père. Évidemment, le bon côté de la chose ne m'échappait pas : c'était que nous étions pratiquement devenus deux frères, Bank et moi.

12

De toutes les rénovations qu'ont pu subir nos anciens locaux, celle qui a soulevé le plus de remous fut la création de ces deux petites salles réservées aux interrogatoires, qui n'ont à présent plus rien à voir avec ce qui en tenait autrefois lieu, à la brigade des mineurs. Ces pièces, situées à l'extrémité est du service, sont aussi aérées et lumineuses que notre ancien cagibi était sombre et confiné. Elles ont même des fenêtres – quoique munies de barreaux. Bref, elles n'ont rien de vraiment inhospitalier, et j'ai entendu plus d'un collègue pester contre cet effort de convivialité qui nous a coûté plusieurs affaires. À mon avis, la nouvelle configuration des lieux a au moins un côté positif, c'est que les deux salles sont construites de part et d'autre d'une petite cabine, équipée d'un circuit vidéo et de magnétophones intégrés, d'où l'on a une vue imprenable sur les interrogatoires, grâce à deux miroirs sans tain.

Nous n'avons toujours pas résolu, Stu et moi, le problème de ma participation officielle à cette fameuse « cellule de crise », mais il a cessé de se poser, *de facto*, puisque je me suis chargé de ramener Eddie et qu'à présent, j'assiste Googie qui l'interroge.

« Alors, Eddie ? lui demandé-je. Ça va ? T'as besoin de rien ? »

Les surveillants de son collège ont mis un moment à remonter sa piste. Il n'était pas dans la salle de cours prévue par son emploi du temps et nous avons découvert qu'il n'y avait pas mis les pieds en classe depuis plusieurs semaines. Sa prof de maths le considérait comme ne faisant plus partie de ses élèves et, de guerre lasse, nous expliqua-t-elle, elle avait renoncé à lui coller des avertissements pour absence non justifiée – constatation qui a plongé dans l'embarras le principal adjoint qui m'escortait et qui a fusillé la prof du regard, avant de refermer la porte. Au bout d'une demi-heure d'enquête, nous avons néanmoins fini par retrouver Eddie. Il était sous les gradins du stade, avec quelques copains, la clope au bec. L'apparition soudaine du principal adjoint fit s'égailler les gamins, mais il les avait repérés. Il dégaina aussitôt son calepin, et entreprit de noter les noms. Eddie, lui, m'avait reconnu. Tout comme sa mère, il s'attendait à de mauvaises nouvelles. Il est resté cloué sur place, mais a refusé net de me suivre au poste central, même lorsque j'ai insisté, en l'assurant que j'avais le feu vert de sa mère...

« Soif, dit-il.

– Fait chaud, hein... ? On va te trouver quelque chose à boire, mais d'abord, tu réponds à quelques questions – OK ? »

Il acquiesce d'un signe de tête.

Et l'interrogatoire commence. Stu assiste à la conversation depuis la cabine, invisible derrière le miroir sans tain. Les questions et les réponses s'enchaînent durant une petite heure, pendant laquelle Eddie se contente de nous réchauffer ce qu'il a déjà servi à Bank : son histoire de tags, de jeunes Blacks, de pompes et de flingues.

« Eh, mec, j'ai soif ! fait-il.

– Ouais, ouais. Le Coca est en route – pas vrai, Mack ? réplique Googie.

– Et *on the rocks* ! précisé-je.

– Dis-nous juste ce qu'on veut entendre... reprend Googie. On t'en filera tout un pack !

– Eddie... – je m'installe en face de lui. Qu'est-ce qu'ils viennent faire dans l'histoire, ces lascars ? Qu'est-ce que tu as à voir avec eux ? Blague à part, je veux dire... Faire quelques tags sur leur territoire, tu crois que ça suffit pour qu'ils montent un truc pareil ? C'est vraiment eux qui ont fait le coup, d'après toi ?

– Ben, 'chais pas.

– Mais pourquoi l'auraient-ils fait ?

– 'Chais pas, moi.

– Il doit bien y avoir une raison, poursuis-je. Quelque chose d'autre. Personne ne t'a parlé de ta sœur, ces temps-ci ? Quelqu'un qui aurait posé des questions... ou qui aurait manifesté un intérêt inhabituel – tu vois ce que je veux dire ? »

Il voit, oui... Au même instant, la porte s'ouvre et la tête de Bank apparaît dans l'entrebâillement. Il est en veston-cravate, aujourd'hui.

« Salut ! Belle matinée, hein ? » nous lance-t-il, bien qu'il soit plus de deux heures de l'après-midi.

Je jette un coup d'œil dans sa direction, sourcils arqués.

« J'arrive du tribunal, explique-t-il. J'ai vu de la lumière en passant, et j'ai pensé...

– Tu te souviens d'Eddie ?

– Eddie, Eddie... fait Bank. Exact. Ça me dit quelque chose. »

Eddie se fend d'un grand sourire et penche la tête en la secouant vigoureusement, presque jusqu'à frôler la table.

« Tu préférerais peut-être que je me joigne à la conversation ? » lui demande Bank.

Eddie perd instantanément le sourire et secoue la tête de plus belle.

« Bien. Alors, t'as plutôt intérêt à parler gentiment avec ces messieurs. »

La porte se referme sur lui et j'entends s'ouvrir celle d'à côté.

« Alors, ces fameux Blacks... » commencé-je.

Mais le poing de Googie s'abat soudain sur la table, avec un choc qui se répercute sur les murs de la salle. « Ils n'y sont pour rien, tu le sais aussi bien que moi. » Des gouttelettes de sueur luisent à ses tempes. Googie est rompu à ce petit jeu. Le chat et la souris, le donnant-donnant, le sport cérébral du bluff et des questions-réponses. Mais je le sens à bout de patience. Il a entamé le dernier set. Il veut conclure.

« Non ? fais-je, à fond dans mon rôle de gentil. Tu ne crois pas ?

– Bien sûr que si ! s'exclame Googie. Il nous fait marner, là. Il croit avoir un as dans la manche, un atout maître pour négocier. Ce qu'il ne sait pas, c'est qu'il lui reste deux minutes pour rectifier le tir. Après ça, je me lève, je mets les bouts et les jeux sont faits. Je l'inculpe de complicité d'enlèvement – ça lui laissera tout le temps de réfléchir à ses conneries. Quant à sa pauvre mère, il la reverra quand il sera majeur. »

Googie referme son bloc dans un geste d'impatience presque aussi bruyant que le précédent, et attrape sa veste au dos d'une chaise. « J'en ai fini avec toi !

– Ce qui veut dire ? s'enquiert Eddie.

– Ben, suppose que tu saches quelque chose et que tu nous le caches, lui expliqué-je. Ça suffit à faire de toi un complice. Selon les lois de cet État, tu es tout aussi coupable que ceux qui l'ont fait.

– Mais j'y suis pour rien, moi ! proteste le gamin. Je les ai pas aidés.

– Aidé qui ? »

Le môme marque une longue pause, articule puis : « Personne. »

Nous échangeons un bref coup d'œil, avec Googie. Derrière la vitre, Stu aussi a dû se figer sur place, le souffle suspendu. Accentuer la pression ou attendre ? Question délicate... Sans un mot, sans échanger le moindre signe, nous décidons d'attendre. Nous bougeons à peine, mais je sue à grosses gouttes, tout comme Googie. Le bruit de nos souffles semble emplir la pièce. Eddie lève un œil vers Googie et fait : « Et si j'avais dit quelque chose à quelqu'un – sans me douter, voyez... »

Googie pose les mains à plat sur la table et se penche vers le môme. « Sans te douter de quoi ? demande-t-il, un ton plus bas.

– Genre s'ils m'avaient, ben... branché sur elle et que je leur aurais sorti des trucs – deux trois conneries, quoi... mais sans savoir ce qu'il voulaient au juste, ni pourquoi.

– Soit tu nous racontes tout, et on te laisse rentrer chez toi – soit... »

Eddie secoue la tête. « Toute façon, je leur ai pas dit grand-chose.

– À qui tu n'as pas dit grand-chose, fiston ? » insiste Googie.

Eddie secoue la tête de plus belle.

« Ils t'ont menacé ?

– T'as intérêt à tout nous dire, Eddie. »

Il continue à secouer la tête. « C'était que dalle, je vous dis. Juste quelques trucs, comme ça. Comme z'avez dit, t'à l'heure, là... des questions inhabituelles, qui les intéressaient... comment que vous m'avez sorti ça ?

– Je t'ai demandé si quelqu'un avait manifesté un intérêt inhabituel pour ta sœur.

– Un intérêt inhabituel, c'est ça. »

Je me redresse sans souffler mot, les bras croisés. Googie tire une chaise et se pose dessus. Nous laissons s'égrener les secondes. Laisser le temps au temps, à nouveau...

« C'est elle qui m'a dit de rien dire, finit par lâcher Eddie.

– Qui ça, elle ?

– Ma mère.

– Ta mère savait ça ? Que quelqu'un avait posé des questions sur Tamara ? »

Il secoue la tête. « Mais c'est rien, je vous dis ! répète-t-il. Rien du tout. » Et, sans me laisser le temps de poser une autre question, il enchaîne : « C'est juste ce prêtre qui vient des fois dans le quartier, voyez.

– L'un des prêtres de votre paroisse ? »

Eddie secoue à nouveau la tête. Une goutte de sueur tremble à l'extrémité de cette pointe de cheveux noirs qui lui descend au milieu du front, comme au bout d'un robinet qui fuit. Elle aimante irrésistiblement mon regard...

« Toi, tu ne le connaissais pas ?

– Nan. Mais je l'avais vu à la maison. Un latino.

– Ah oui ?

– Le père Morales – c'est comme ça qu'elle l'appelle, ma mère.

– Et c'est lui qui t'a posé des questions sur Tamara ?

– Ouais.

– En présence de ta mère ?

– Non. Il est venu et il a discuté avec elle. Un bon bout de temps, même. Après ça, je suis arrivé dans la pièce et elle est partie faire ou chercher quelque chose – c'est là qu'il a commencé à me demander des trucs.

– Comme par exemple ?

– Avec qui elle sort, où elle va se balader... ce genre de conneries.

– Tamara ?

– Ouais. Il m'a dit que je pouvais l'appeler père Hector.

– Et ensuite ? Tu ne l'as plus jamais revu ? »

Il hoche la tête. « Si. Une autre fois. Il se baladait du côté de l'école. Il était fringué normal, voyez. Comme tout le monde. Je l'ai vu parler avec elle, mais eux, ils savaient pas que je les regardais.

– Qui, elle ?

– Tamara, mec ! Qui tu veux que ce soit ? »

À cinq heures, je sors du parking du poste, pour me faufiler dans le flot des voitures qui tentent de contourner la grande place du centre. La température extérieure s'est adoucie. Je roule toutes vitres baissées. Même en plein centre ville, et même en pleine heure de pointe, l'air sent bon le printemps.

Comme je contourne la place en louvoyant dans le jeu de piste des sens interdits, je croise un petit attroupement. Une quarantaine de personnes rassemblées à Cook Park, juste en face de la bibliothèque municipale, près de cette immense pièce montée qu'est la cathédrale Sainte-Ursule. La foule semble calme. La plupart des participants sont assis sur l'herbe en cercles concentriques, apparemment plongés dans leurs prières. Quelques-uns distribuent des prospectus sur le trottoir. Aucune idée de ce qu'ils peuvent bien fabriquer là...

Jusqu'à ce que j'aperçoive l'une de leurs pancartes : N'ABANDONNONS PAS TAMARA.

13

Quelque chose comme trois kilomètres séparent Heron Park de Heron Hills, et la construction du quartier remonte à une époque bien plus reculée que celle de l'ouverture du parc – en dépit de ce nom qu'ils partagent et qu'ils doivent à la rivière qui les relie.

Le parc, conçu par l'architecte de Central Park, couvre une centaine d'hectares, le long de ce qui était à l'époque la limite ouest de la ville. Il en constitue à présent, *grosso modo*, le centre géographique.

Dans les années 30, la Works Projects Administration y a fait aménager un terrain de golf, mais il reste de nombreux hectares de forêts, de pistes, de prairies et de petites ravines encaissées, envahies d'une épaisse végétation, le long du passage que se fraye la rivière à travers le parc.

Nous avions donné rendez-vous à Googie sur le parking attenant aux courts de tennis, à l'ouest de Morton Parkway. De là, nous apercevions les banderoles jaunes délimitant le périmètre dans lequel le témoin avait vu la voiture et cet enfant, qui aurait pu être Jamie. Googie nous y emmena, Katherine et moi, mais il y avait pas grand-chose à voir. Il n'était pas tombé une goutte d'eau depuis des semaines. La voiture n'avait laissé autant dire aucune trace. La clairière était située au cœur de cette zone de végétation dense qui couvre le quart nord du parc – le secteur le plus sauvage – et se prolonge le long de la limite ouest. À certains endroits, à proximité de la rivière, la végétation est si drue qu'il est pratiquement impossible, l'été, d'y pénétrer autrement qu'à coups de faucille ou de machette.

En toute logique, il nous sembla plus judicieux de concentrer nos recherches sur cette zone. Notre QG fut établi dans le parking, près des courts, non loin du point où la Heron River sort du parc pour aller se jeter dans l'Ojibwa. Les bénévoles étaient déjà là et on attendait les chiens d'un moment à l'autre. À vue de nez, en comptant les flics en uniforme et les civils, nous devions être une bonne trentaine à pied d'œuvre.

Mon équipement – chemise à manches courtes et pantalon de ville – était plutôt mal adapté à ce genre d'expédition, mais je dus m'en contenter. On lâcha les chiens et les sauveteurs se répartirent de manière à ratisser une zone aussi vaste que possible. Je pris le large de mon côté, résolu à fouiner, ici et là, en interrogeant tous ceux que je rencontrerais : étaient-ils venus la veille ? Avaient-ils remarqué quoi que ce soit d'inhabituel... ? Vu ma tenue, je n'aurais pu me risquer dans les zones les plus broussailleuses, et je devais les contourner – ce qui me laissait tout de même suffisamment de pain sur la planche.

Du temps où je faisais mes premières armes, avant de faire équipe avec Bank, j'avais débuté sous les ordres d'un sergent mieux connu sous le surnom de Gros Piaf qui m'a appris toutes les ficelles. Un matin, on a enregistré un appel : en baladant son chien dans un coin retiré du parc, un promeneur avait eu la surprise de voir l'animal s'exciter sur quelque chose qui lui demeurait invisible car enfoui dans d'épais buissons. En y regardant de plus près, l'homme avait découvert des ossements épars qui lui avaient semblé d'origine humaine. Certains constituaient le squelette complet d'une jambe et d'un pied. Gros Piaf et moi, nous dûmes nous ouvrir une piste dans les fourrés pour les récupérer. Puis, comme je crapahutais à une dizaine de mètres de lui, armé de ma lampe torche, j'ai soulevé une branche sous laquelle j'avais aperçu une tache plus claire, et là, mon cœur a sauté un battement. Un crâne humain me fixait de ses orbites vides. J'ai appelé le sergent à la rescousse. Nous étions l'un et l'autre sur les charbons ardents. Nous tenions un gros coup... un *serial killer*, ou un nécrophile psychopathe qui semait ses macchabées en pièces détachées, dans les sous-bois environnants ! Mais il n'y eut pas d'autre squelette. Vérification faite, celui-là avait appartenu à un homme porté disparu depuis presque un an. Ses restes avaient été dispersés par des animaux, dans ces taillis.

Je gardais le contact radio avec Stu et Googie qui centralisaient les informations. Parfois, quand je les avais en ligne, j'entendais les cris des chiens, en arrière-plan. J'étais parti vers l'ouest.

À une heure, la température avait dépassé les trente degrés et le taux d'hygrométrie frisait les quatre-vingt-deux pour cent. Je crapahutais au milieu d'une véritable jungle, dont je ne garde pas de souvenir très précis, si ce n'est cette touffeur où je suffoquais. J'ai rencontré quelques promeneurs, à qui j'ai posé les questions d'usage. J'ai pris des notes. J'ai parcouru des kilomètres sur des chemins de terre durcis par la chaleur et sur d'étroits sentiers qui serpentaient dans les fourrés et que j'explorais consciencieusement, en tentant de faire marcher mon imagination.

Une heure plus tard, crevant de soif et ruisselant de sueur, je trouvai un certain réconfort dans ma fatigue, qui avait le mérite d'apaiser mon estomac et, en partie du moins, mon anxiété. Par radio, Googie m'ordonna de prendre une pause. Je rebroussai donc chemin, jusqu'au parking du tennis où les joueuses en tenue légère et les joueurs torse nu lorgnaient la ruche qui s'activait sous leurs yeux, entre les fourgonnettes et les bagnoles : aux flics en uniforme se mêlait un bataillon d'inspecteurs, de volontaires et de journalistes.

On avait installé deux longues tables pliantes. Des faisceaux de câbles émergeaient d'un transformateur tout proche. Un ordinateur et quelques chargeurs de radio trônaient sur l'une des tables et sur l'autre s'alignaient tout un assortiment de pichets, de glacières et de Thermos.

Je traversai Morton Parkway pour rejoindre Katherine et Googie, en pleine discussion sous un gros sycomore, à la limite du parking. Je ne vis pas trace de Stu, mais Bank était là, à l'écart, un gobelet à la main, le regard perdu dans les fourrés qui moutonnaient de l'autre côté de la rue.

Katherine me fit signe d'approcher.

« On a reçu des nouvelles du labo, fit-elle. Ils ont relevé une série d'empreintes incomplètes sur la batte. Un pouce et deux doigts – ceux d'un adulte, à première vue.

– Bank ? »

Elle secoua la tête. « Ils les ont déjà comparées à celles de son dossier – et aux tiennes, par la même occasion, Mack. Négatif.

– Les collègues du labo sont en train de prélever celles des entraîneurs de la petite, fit Googie. Stu est parti interroger l'équipe de la sécurité du collège. Ils veulent qu'ils établissent la liste de tous les étudiants qui encadrent les mômes, dans les meilleurs délais... » Pour procéder par élimination, sous-entendait-il, en les comparant avec celles de la batte. Il fallait commencer par voir si elles appartenaient à quelqu'un qui aurait eu des raisons logiques d'y avoir touché...

Trois étudiants bénévoles étaient venus encadrer l'équipe de Jamie, ces derniers temps. La veille, Katherine et Googie avaient interrogé les entraîneurs, ainsi que deux de ces trois étudiants, et ils avaient aussitôt lancé des recherches dans les fichiers nationaux.

« Et alors ? m'enquis-je.

– Rien nulle part, pour les deux que j'ai vus – Alan Norke et Jennifer Jonson, précisa-t-elle en sortant ses notes. Jonson était à l'entraînement le lundi matin et, à dix heures, Norke était bien à son travail, dans une église du South End. Vérification faite, tout concorde. Quant au troisième, nous l'attendons. Il doit être en chemin. L'un des entraîneurs l'a appelé. Il était en voyage, je crois – une visite chez ses parents. »

Bank me tint compagnie pendant le reste de la journée et de la soirée. Nous avons sillonné le parc en interrogeant les promeneurs. Nous explorions, nous réfléchissions, ne nous autorisant que de brèves escales au QG du parking, le temps de casser une petite croûte.

Juste avant la tombée de la nuit, dans le coin nord-ouest du parc, nous avons abouti à un endroit qui m'était familier, bien que je n'y aie pas mis les pieds depuis la nuit des temps. Une pente abrupte, retenue par des gradins de pierre avec au centre un large escalier, formant une sorte d'amphithéâtre naturel. La municipalité y avait jadis fait bâtir un théâtre de verdure avec une estrade de béton faisant office de scène dont la peinture, initialement bleu ciel et orange, s'écaillait à présent. Sur le côté, je reconnus le petit appentis de parpaings, fermé par un cadenas rouillé. Les parois grises, les parpaings de l'appentis et la scène elle-même disparaissaient sous les graffitis. Les obscénités classiques illustrées ou non de phallus surdimensionnés, braqués vers des silhouettes féminines mamelues, représentées jambes écartées – et surtout ces hiéroglyphes omniprésents, typiques des gangs : emblèmes, croix, pentagrammes, mots bizarres, composés de signes hybrides qui semblent tenir à la fois de l'alphabet grec et du nôtre. RUTHLESS ONEZ. DOGZ ASS 2 U. CRIP 4 LIFE FOOL.

Un enchevêtrement de buissons, d'arbrisseaux, de lianes et d'herbes folles échappés des bois environnants envahissaient l'amphithéâtre. La jungle avait presque submergé le petit appentis et assiégeait à présent la scène. Je me souvins d'y être venu dans mon enfance, pour assister aux « concerts-promenades » de l'harmonie municipale. C'est du moins le souvenir que j'en gardais. Par la suite, dans les années 70, il y avait eu quelques concerts de rock, mais les problèmes d'herbe et d'alcool atteignant la cote d'alerte, la municipalité avait fini par y mettre un terme.

Nous descendîmes les marches de pierre, Bank et moi, déambulant parmi les énormes gradins, jusqu'au fond de l'amphithéâtre. L'estrade n'était haute que d'une soixantaine de centimètres. Nous nous y sommes assis, le temps de souffler un peu à l'ombre des arbres.

« Je suis déjà venu dans le coin... fit Bank, en promenant son regard sous la voûte de verdure.

– Les concerts, fis-je. On y venait souvent, avec mon père. Il adorait la musique.

– Ça doit être ça », fit-il. Il avait rentré la tête dans les épaules et scrutait les arbres et les hautes marches de pierre qui se déployaient devant nous.

Une nuée de moustiques nous bourdonnait aux oreilles. De temps à autre, l'un d'eux atterrissait sur mon front ou mes joues et je le chassais d'un revers de main.

La voix de Googie crépita à la radio. « 6-10 à 2-21... » Il devait se trouver à proximité des chiens, dont les aboiements avaient changé du tout au tout : ils avaient grimpé d'un ton, et se terminaient en jappements d'impatience.

« Ici 2-21, à vous, fis-je.

– On tient peut-être quelque chose. »

Il y avait dans la voix de Googie un calme et un professionnalisme qui ne manquèrent pas de m'inquiéter. J'y avais perçu le vague écho d'une perturbation émotionnelle qui m'ébranla à mon tour.

Je regardai du côté de Bank, dont la seule réaction fut de bondir sur ses pieds.

« OK, terminé ! » répondis-je.

Nous partîmes à fond de train, gravissant les marches quatre à quatre, dans la pénombre et la moiteur oppressante du crépuscule. Nous rebroussâmes chemin jusqu'au tennis. Une voiture nous y attendait pour nous emmener sur les lieux où les chiens avaient trouvé quelque chose.

Là. Dans le rayon d'une lampe torche, parmi l'amas des branches noires et des arbrisseaux qui s'était échoués et accumulés dans un coude de la rivière, une tache de couleur nous sauta aux yeux avec la violence d'un hurlement : la visière rouge d'une casquette de base-ball que le courant avait déposée là. En y regardant à deux fois, on distinguait le reste de la casquette dont le bleu marine ressortait moins, sur le fond noir de l'écorce humide. Les chiens s'étaient précipités vers l'eau pour aller la chercher, mais leur dresseur les avait retenus avant qu'ils ne l'atteignent. Les broussailles de la berge avaient été piétinées sur quelques mètres carrés par les bêtes et les sauveteurs mais, à cet endroit-là, les troncs d'arbres étaient si gros et si rapprochés qu'on pouvait à peine bouger. L'équipe avait sommairement ouvert un chemin reliant la rivière à Andrew Jackson Avenue, qui passait à cinquante mètres de là, au sommet d'un raidillon, et dont la rumeur nous parvenait, bizarrement distordue par l'écran de végétation.

Bank écarta quelques buissons le long de la rive et s'accroupit, les yeux rivés à la casquette qui restait hors de portée. Puis il hocha la tête et, se tournant vers nous, déclara qu'effectivement, ça ressemblait bien à celle de sa fille.

« Je veux un plongeur, dit Googie. Il me faut cette casquette tout de suite. »

Si le labo parvenait à l'authentifier, un groupe de plongeurs viendrait sur place dès le lendemain matin et passerait au crible le lit de la rivière – vers l'amont, surtout, puisqu'un corps aurait vraisemblablement mis plus de temps à descendre le courant que ces quelques grammes de tissu. Nous concentrerions notre quadrillage sur le secteur amont de la rivière tandis que les chiens poursuivraient leurs recherches.

Mais pour l'instant, il n'y avait plus grand-chose à faire. Il était trop tard.

« Viens... on y va », dis-je à Bank et je le ramenai à l'endroit où j'avais garé ma voiture, le matin.

Plus tard, dans la nuit, Stu Marek appela chez moi pour m'annoncer que le labo avait comparé les empreintes relevées sur la batte à toutes celles des adultes qui gravitaient autour de l'équipe de softball de Jamie, sans oublier celles de tous ses proches – Sarah et les grands-parents y compris –, sans pouvoir établir la moindre correspondance. Nous étions donc confrontés au cas de figure que nous redoutions entre tous : un enlèvement perpétré par un inconnu.

À deux heures du matin, mon téléphone sonna. « Max – c'était Sarah –, Bank a disparu. Quand je me suis réveillée, le lit était vide. Il est parti. Avec sa voiture...

– J'arrive », répondis-je.

Je m'habillai en quatrième vitesse, le cœur battant, m'efforçant de ne réveiller ni Gloria, ni Naomi.

Depuis le début de la crise, je n'avais pas dû passer plus d'une minute ou deux d'affilée chez les Arbaugh. Tout juste si j'avais mis les pieds dans la maison. Quelque chose en moi répugnait à s'immiscer dans cet univers de chagrin, dont l'atmosphère était chargée d'une angoisse si pesante qu'elle en devenait presque palpable. Ces gens étaient pourtant plus que des amis, pour moi. Ils étaient ma véritable famille, mais la perspective de partager ça avec eux, face à face, me glaçait d'effroi.

À cette heure tardive, un silence rafraîchissant régnait dans la maison. Don et Carol, qui y avaient pris pension en attendant que les choses s'éclaircissent, s'étaient endormis. La fébrilité de la veille s'était calmée. Sarah m'attendait en peignoir, à la porte de la cuisine. Elle me précéda dans la grande pièce carrelée de céramique bleu lavande où trônait une grosse cuisinière habillée d'inox. Ils avaient ouvert le mur extérieur pour aménager une véranda, où ils prenaient le petit déjeuner. Nous nous sommes attablés là, de part et d'autre de la lourde table de chêne, à la lueur du petit spot allumé au-dessus de la cuisinière. La véranda restait plongée dans un clair-obscur où je ne distinguais qu'à peine le visage de Sarah.

« Il a dit quelque chose ?

– Non », fit-elle.

J'attendis avec elle. De temps à autre, sa main s'avançait pour prendre la mienne. À mon grand soulagement, elle ne semblait pas attendre de moi le moindre geste de réconfort. Elle ne me demanda même pas mon avis sur l'affaire, ce qui ne me surprit qu'à moitié. Ses mains, qui étaient d'habitude les premières à trahir sa nervosité, reposaient, immobiles, sur la table.

Je lui conseillai d'appeler le standardiste de garde, pour qu'il lance un avis de recherche pour la voiture de Bank, en demandant aux patrouilles d'ouvrir l'œil, mais elle refusa net. Ça n'aurait servi qu'à l'exaspérer davantage... dit-elle, puis elle s'excusa de m'avoir ainsi dérangé en pleine nuit. Elle avait eu peur, m'expliqua-t-elle. Elle avait eu besoin d'une présence amie.

Trois heures un quart. Toujours pas signe de Bank.

« Il a dû partir au hasard, comme hier soir, fis-je. Il n'est pas trop tard pour appeler le standard et leur demander de lancer un avis.

– Non. Je suis sûre qu'il est sain et sauf... mais toi, tu dois être épuisé. Et je suppose que tu te lèves tôt, demain matin... »

Elle me raccompagna à la porte et nous nous arrêtâmes en traversant le petit vestibule sur lequel donnait la cuisine.

« Merci, Max. Tu es un ami. Un vrai.

– Non, répliquai-je. J'aurais dû prendre les devants. Venir te parler. Mais j'attendais Dieu sait quoi. J'étais...

– Nous avions besoin de rester seuls, Bank et moi, m'interrompit-elle. Et toi, tu avais mieux à faire que de rester là, à me tenir la main. »

Je secouai la tête.

« Tu doutes parfois de tes motivations profondes, me dit-elle. Mais tu finis toujours par faire ce qu'il faut. Tu es toujours égal à toi-même, et c'est ce qu'on aime, en toi – comme dit Bank. Face à une décision, il se demande toujours ce que tu ferais à sa place.

– Mais non... Ça n'est pas du tout ça, Sarah. Tu es mieux placée que quiconque pour le savoir.

– Je t'en prie ! fit-elle.

– Tout ça est si triste... » Et le chagrin que j'avais refusé de ressentir jusque-là, que j'avais renfermé en moi, comme un abcès gonflé à craquer, qui m'obstruait la poitrine, déferla soudain. J'avais réussi à le contenir, même lorsque j'avais franchi le seuil de la maison, et même lorsque je m'étais assis à leur table, mais j'en fus instantanément submergé, comme si la membrane de cette poche s'était tout à coup rompue sous la lame d'une lancette invisible, que Sarah aurait tenue entre ses mains graciles. Je me mis à trembler de la tête aux pieds, secoué de sanglots. Je sentis mon visage s'empourprer sous les larmes. Ma bouche et ma gorge étaient si contractées que je doutais de pouvoir émettre ne fût-ce qu'un son.

« Bon Dieu... fis-je d'une voix blanche. Si seulement je pouvais faire quelque chose... mais il n'y a rien à faire. *Rien.*

– Max, reprit-elle. Je suis sûre que nous allons nous en sortir, d'une manière ou d'une autre. Tout finira bien.

– Je ne sais pas... fis-je.

– Max... mon cher vieux Max », fit-elle en passant ses bras autour de mon cou.

Nous sommes à peu près de la même taille, Sarah et moi, et comme elle m'attirait contre elle, ma joue vint tout naturellement à la rencontre de la sienne. Je m'interdis d'abord de la toucher. Mes mains effleurèrent son dos d'assez près pour capter sa chaleur, sous la cotonnade de son peignoir, sans toutefois s'y poser. Elles finirent tout de même par atterrir au creux de ses reins. Je sentis ses muscles, fermes et fuselés sous la moiteur de la peau, tandis que mon autre main remontait vers ses cheveux, qu'elle caressa avant de s'arrêter sur sa nuque. Plusieurs minutes s'écoulèrent. Contre toute attente, c'était moi qui avais besoin d'être consolé. Et non l'inverse... Cette pensée déclencha en moi un nouveau déferlement – de culpabilité, cette fois. J'avais si peu à offrir... si peu. Jusqu'à mon chagrin, que je tentais désespérément de garder pour moi. Et maintenant que j'acceptais enfin de le lui faire partager, c'était moi qui quémandais sa compassion, bien plus qu'elle ne comptait sur la mienne.

Cela aussi, elle dut le comprendre, car elle fit « Chhht... », sans que j'aie besoin de prononcer un seul mot.

Nous étions toujours là, joue contre joue, lorsque je perçus du mouvement, du côté de la cuisine. Bank se tenait sous le petit spot de la cuisinière, les yeux fixés sur nous. Je n'aurais su dire quand il était arrivé, mais il devait être là depuis un certain temps, les bras croisés, la tête rentrée dans les épaules. Il n'avait fait aucun bruit en arrivant et, pour une raison que je ne m'explique pas, ni Sarah ni moi n'avions entendu sa voiture.

« Bank... » fis-je, et je m'éloignai de Sarah pour me tourner vers lui. Mais il se contenta de secouer la tête comme pour me tenir à distance, ou comme s'il portait sur moi une sorte de jugement. Puis il tourna les talons et quitta la pièce.

Lorsque je consultai Sarah du regard, elle eut un petit sourire de tristesse et de lassitude. Sa main m'effleura le visage.

« Appelle-moi, s'il y a quoi que ce soit, lui dis-je. Quoi que ce soit.

– Bonne nuit, Max », répondit-elle.

14

Le lendemain matin, en sortant de la salle de bains, douché, rasé et vêtu de frais, je retrouve les garçons autour de la table du petit déjeuner. Jack est toujours en pyjama – les vacances de Pâques ont commencé cette semaine. La cellule de crise de l'affaire Tamara Shipley, dont je fais désormais officiellement partie, doit se réunir avant le dispatching du matin et je ne suis pas en avance. Je les embrasse au passage, Jack sur le sommet du crâne et Ben sur la joue – je capte une bouffée de son odeur sucrée. Ils enfournent leurs céréales, scotchés à une émission matinale dont ils ont du mal à s'arracher, mais Jack parvient tout de même à se fendre d'un « Bye, p'pa ! », tandis que Ben se retourne pour me poser sur le nez un baiser encore tout poisseux de lait. Quant à ma fille, elle dort toujours.

Peggy me tend la joue. Ses cheveux bruns, coupés au carré juste sous l'oreille, lui encadrent élégamment le visage. Lorsqu'elle sourit, c'est généralement sans rechigner, et elle a les dents aussi saines et solides que le reste de sa personne...

Ma plus grande surprise, quand nous avons compris que c'était parti pour durer, entre nous, ce fut de constater que l'idée d'être femme de flic ne la rebutait pas. Ce n'était évidemment pas le stress, les nuits qu'elle passerait à m'attendre, ni les pincements au cœur, à chaque sonnerie du téléphone, qui l'émoustillaient – pas plus que les histoires sordides, ou les détails scabreux. Non, ce qui lui plaisait, disait-elle, c'était la perspective de vivre au côté d'un défenseur de la loi. Un symbole de l'ordre, quelqu'un qui ne craignait pas de se frotter à la vraie vie dans ce qu'elle a de pire, et de se charger du sale boulot.

Comme femme de flic, elle est épatante. Nous nous sommes rencontrés peu après la disparition de Jamie. Une époque difficile, pour moi. J'en étais venu à douter non seulement de mes motivations, mais de ma capacité à faire convenablement mon boulot – et, plus généralement, des chances qu'avait la police de pouvoir changer un tant soit peu le cours des choses. Je songeais sérieusement à démissionner. Pour terminer ma licence en droit, par exemple, ou pour tout reprendre de zéro, dans une branche totalement nouvelle. Après notre mariage, Peggy s'est si bien acclimatée à mon rythme de vie que pour moi, mon boulot de flic et notre vie conjugale sont devenus deux facettes d'une même réalité.

De temps à autre, nous reparlons de cet examen que je pourrais passer, pour décrocher mes galons de sergent. Ça serait un progrès indéniable, financièrement parlant, mais elle se garde bien de me forcer la main.

« Tâchez de la retrouver, cette pauvre petite, dit-elle.

– Tu veux que je t'appelle ?

– Avant onze heures, et sinon après trois heures. »

Le lundi, c'est le jour des courses. Ma femme s'arrange non seulement pour collectionner des bons de réduction sur pratiquement tout ce qu'elle achète, mais pour prospecter dans trois, voire quatre magasins, afin de profiter de toutes les promos. Et par-dessus le marché, pendant les vacances, elle emmène les garçons. Elle a exercé plusieurs années comme institutrice diplômée. Elle enseignait en CE1 mais, d'un commun accord, à la naissance de Ben, nous avons opté pour ce luxe qu'est sa présence au foyer, quitte à nous serrer la ceinture en nous contentant de mon seul salaire, jusqu'à ce que Ben puisse aller à la « grande école ».

« Nous allons acheter des œufs. » Pour Pâques, sous-entend-elle. Des œufs à décorer...

Sans doute à cause de la neutralité religieuse de mes parents, nous n'accordions qu'un intérêt relatif aux festivités, dans mon enfance. Et du temps de Gloria, lorsque Naomi était petite, nous n'avons jamais été très portés sur ce genre de réjouissances. Mais pour Peggy, il en va tout autrement. Plusieurs jours, si ce n'est plusieurs semaines, avant le jour J, elle décore la maison, sort ses guirlandes et ses chansons, allume son four jour et nuit. Elle met un point d'honneur à transmettre aux garçons toutes ces traditions qu'elle a héritées de sa propre enfance.

« Formidable ! » m'extasié-je, avant de me précipiter vers la porte en lorgnant ma montre. Jack a senti l'urgence. Il saute de sa chaise et galope jusqu'à la fenêtre du living, son frère sur les talons.

« Eh, p'pa ! s'égosille-t-il, en sautant sur le canapé. T'oublieras pas d'allumer ton phare, comme Starsky et Hutch, hein !

– Ouais ! » approuve Ben.

J'ai sur le toit un gyrophare amovible de douze volts, alimenté sur l'allume-cigare et dont je ne me sers pratiquement pas, mais, pour faire plaisir aux garçons, je le branche tous les matins pour sortir du garage, je démarre sur les chapeaux de roue, si possible en laissant un peu de gomme sur la chaussée, et je remonte la rue en faisant rugir mon moteur. Démonstration totalement inutile, voire dangereuse, mais j'en suis largement récompensé : chaque matin, je quitte la maison avec l'image de ces sourires émerveillés qui illuminent notre fenêtre.

En arrivant dans le couloir du service, je constate que, cette nuit encore, Bank n'a pas chômé. Une douzaine de jeunes types – majoritairement latinos, cette fois – attendent, affalés sur le banc le long du mur. Dans le tas, je repère quelques habitués de la brigade des mineurs. J'adresse un signe de tête aux deux flics de garde, les mêmes que la veille. Ils se fendent d'un sourire mitigé.

Comme je franchis la porte vitrée, il me semble apercevoir Bank, au fond de la grande salle. J'aurais deux mots à lui dire, mais je suis déjà en retard... Et j'entends tout à coup sa voix qui monte d'un ton, puis celle de Stu Marek. Une seconde plus tard, comme je me sers un café au percolateur du service, qui ronronne derrière le comptoir de Jeremiah, je les vois s'engouffrer tous les deux dans le bureau de Stu, sans m'accorder un regard. La porte ne s'est pas refermée sur eux que l'ouragan se déchaîne. Bien que le motif précis de la dispute me demeure inintelligible, je devine de quoi il retourne : Bank se prend un savon pour ses exploits de la nuit, et il réplique sur le même ton. L'envie me prend d'aller les exhorter au calme et d'engager une discussion normale avec eux, mais je suis plus que jamais à la bourre et ça doit leur faire le plus grand bien, à l'un comme à l'autre, de lâcher un peu de vapeur. Je sais ce que pense notre lieutenant de la stratégie de Bank. En un sens, Stu ne demanderait pas mieux que de lui laisser carte blanche, pour voir ce qu'il en sortirait, mais il est soumis à de trop fortes pressions, de la part de ses propres supérieurs. Les huiles lui ont intimé l'ordre d'éviter comme la peste tout ce qui pourrait prêter le flanc aux critiques des médias.

« Rien à battre ! » vocifère Bank et j'entends le bureau de Stu vibrer sous un coup de poing.

Tous les autres membres de la cellule de crise ont déjà pris place dans la salle de réunion, plongée dans la pénombre. Sur le petit écran vidéo qui trône en bout de table, l'un des pasteurs noirs les plus célèbres de la ville prend violemment à partie la caméra, protestant en bloc contre la municipalité, la direction de la police, et ces scandaleuses violations des droits civiques dont les forces de l'ordre municipales se sont rendues coupables, ces derniers jours. L'inévitable contrecoup de notre trop grande hâte à soupçonner deux jeunes Noirs. Il y a fort à parier que toute la classe politique de la ville est sur les dents, tout comme l'état-major de la police. Tandis que le pasteur poursuit son réquisitoire, le numéro vert de notre brigade, le fax, le téléphone et l'adresse électronique des associations religieuses et des organisations d'aide à l'enfance concernées défilent sur un bandeau, au bas de l'écran. La collecte des informations se poursuit, désespérément.

Googie rallume la lumière et coupe la télé. « On en prend pour notre grade, comme vous voyez – ça n'y va pas avec le dos de la cuiller ! Bon... eh bien, à nous de jouer ! » La cellule de crise, ici réunie, veut-il dire. Nous.

La Chrysler, tout d'abord. Les gars du labo l'ont examinée et analysée pouce par pouce. Ils y ont prélevé tout ce qui était prélevable. Ils ont gratté les pneus et le châssis. Ils ont recherché les empreintes et les traces de fluides corporels – c'était bien du sang, sur la banquette arrière.

« La petite est passée par là », fait Googie en distribuant des copies du rapport du labo. Outre les traces de sang, le CSU a trouvé plusieurs cheveux englués dans une substance visqueuse non encore identifiée, au pied de la banquette arrière. La substance est encore en cours d'analyse, mais les cheveux correspondent bien à ceux prélevés sur la brosse de Tamara.

Toutes les empreintes relevées dans la voiture appartiennent à son propriétaire légitime et à sa famille, ce qui semble indiquer que nos kidnappeurs ne sont pas totalement débiles – nettement moins que la moyenne des voleurs de bagnoles en tout cas.

« Mais, bizarrement, ils en ont tout de même laissé une, précise Googie. On a retrouvé une empreinte d'adulte à l'intérieur du garde-chaîne du vélo de la victime. Quasiment parfaite, grâce à la graisse. Dix-huit ou vingt points.

– Un voisin a pu l'aider à réparer sa chaîne... fait Katherine.

– Ça ne correspond pas », rétorque Googie.

Nous ruminons ça un moment. Les chances pour que cette piste débouche quelque part sont autant dire nulles. S'ils n'ont laissé aucune empreinte dans la voiture, on se demande pourquoi ils en auraient laissé sur la bicyclette. Mais allez savoir... Sur les lieux d'un crime, la tension peut provoquer des dérapages inattendus : lapsus, coïncidences, moments de panique, faux mouvements dictés par l'urgence. Il suffit d'une seconde d'inattention. Un gant enlevé... et une main se pose quelque part, avant même qu'on s'en soit rendu compte.

Ensuite, nous informe Googie, plusieurs inspecteurs iront faire du porte-à-porte dans le secteur de la fac de médecine, pour tenter de mettre la main sur un témoin de la scène du Food King. Deux collègues sont déjà passés à Saint-Thomas d'Aquin, dans le South End, pour voir le père Morales, mais ils ont fait chou blanc. Le prêtre est absent, en ce moment. Un voyage, leur a-t-on répondu.

« Je connais le père Morales, intervient Katherine.

– Ah oui ?

– On se croise, de temps à autre. Je lui passerai un coup de fil.

– Quelqu'un est-il allé voir la mère ? s'enquiert Rick Simms. Est-ce qu'on sait pourquoi elle a conseillé à son fils de garder le silence ?

– Je comptais y passer ce matin, répond Katherine.

– À propos... fait Simms. Nous avons fait mettre leur téléphone sur écoute.

– La ligne de la famille ? Pourquoi ?

– Pourquoi pas ? » réplique Simms, que la question de Katherine semble surprendre. Si les kidnappeurs n'ont pas frappé au hasard, sous-entend-il, on peut supposer que, d'une manière ou d'une autre, ils connaissent la famille – et réciproquement. Il n'est donc pas impossible qu'ils appellent les Shipley. Autant assurer le coup... Il fait glisser sur la table des dossiers bleu sombre, portant le cachet du FBI. Les documents établis par les fédéraux. Des CV individuels standard, accompagnés de leurs factures téléphoniques des trois derniers mois, jusqu'à la veille au matin. Et même des relevés bancaires.

Katherine feuillette tout ça en dodelinant de la tête, comme si elle désapprouvait cette ingérence dans l'intimité des Shipley, mais Googie hausse les épaules. La procédure a certes quelque chose d'exceptionnel, mais c'est généralement les premiers détails que vérifient les fédéraux, dans ce genre d'affaire, et Katherine est bien placée pour le savoir – à mon tour de lui lancer un regard surpris. D'habitude, c'est elle la jusqu'au-boutiste, qui n'hésite pas à appliquer les mesures qui s'imposent, sans prendre de gants ni s'embarrasser de vaines précautions. Mais cette affaire semble la saper à la base, tout comme Googie, Bank et moi. Souvenirs, souvenirs...

Googie entreprend de passer en revue les tâches assignées à chacun, lorsque Jeremiah frappe à la porte et entre. C'est pour moi.

« Désolé, inspecteur..., me dit-il, mais c'est urgent. Quelqu'un qui a déjà appelé... Vous n'avez pas eu son message ? » Je n'ai entrevu mon casier que très vite et de très loin. « Le directeur d'un supermarché, ou un truc du genre... précise Jeremiah.

– Oh, merde ! » Le juron a fusé presque malgré moi. Toute l'assistance en reste figée, les yeux fixés sur moi, mais je suis déjà à mi-chemin du téléphone.

Une minute plus tard, à mon retour, je les retrouve dans la même position.

« Mmh.. ! » commencé-je – comment leur expliquer que dans le feu de l'action, j'avais totalement oublié la piste du Food King... ? Tout compte fait, j'escamote cet aspect de l'incident et je me borne à leur résumer ma brève conversation téléphonique, ainsi que l'entrevue qui l'a préparée, avec en guise de conclusion : « Vous savez cet adhésif, dans lequel on a retrouvé des cheveux ?

– Oui ? fait Googie.

– Dimanche matin, à six heures seize, une caissière du *Food King* se souvient d'avoir vendu deux rouleaux d'adhésif pour colis à un de ses clients. »

Googie est déjà debout. « File me la chercher ! lance-t-il. Fissa ! »

Cet après-midi-là, je me trouve temporairement sans travail particulier et je me surprends à observer le train-train des affaires courantes de l'œil détaché d'un observateur extérieur. Seuls les membres de la cellule de crise travaillent exclusivement sur l'affaire mais, de fait, la plupart des inspecteurs des Homicides et des Portés disparus lui ont consacré au moins quelques heures.

La caissière du supermarché était un tuyau sérieux. Elle se rappelait effectivement avoir vendu de l'adhésif à un grand costaud, mais elle ne parvenait pas à préciser ses souvenirs, jusqu'à ce que le psychologue du service et notre spécialiste des portraits-robots s'en mêlent. Voilà plusieurs heures qu'ils travaillent ensemble et ce qui commence vaguement à ressembler à un portrait émerge peu à peu sur leurs écrans d'ordinateur. Ma trouvaille m'a valu d'abondantes congratulations, bien que je me sente plutôt merdeux d'avoir ainsi oublié le lait sur le feu.

Peu après déjeuner, comme je revenais au service après avoir sillonné la ville pour tester les tuyaux du numéro vert – qui se sont révélés percés, comme d'habitude –, Stu a pris cinq minutes pour me parler de Bank.

« Tu te rends compte... me dit-il. Un type comme lui, avec son tempérament... et après en être passé par où il est passé... »

Je garde le silence.

« Je vais te dire, Mack, il m'inquiète. Tout ça le mine. J'essaie de trouver un truc pour l'aider.

– Comment ça, l'aider ?

– Le mettre au vert quelque temps, par exemple. Tranquille, derrière un bureau, un mois ou deux.

– Tu voudrais carrément le mettre sur la touche ?

– Non. Ce que je veux éviter, c'est qu'il se fasse virer du service. Je veux le garder sous la main, en cas d'urgence – et Dieu sait que j'aurais pourtant besoin de lui. C'est mon meilleur élément, mais en ce moment, il déjante. Je croule sous les plaintes. Impossible de décrocher mon téléphone sans tomber sur un avocat. Et de toute façon, il patrouille seul, et uniquement de nuit. S'il nous déniche un tuyau, tant mieux. Mais ce dossier fait beaucoup trop de vagues. Tout le monde est à cran – nos huiles, comme celles de la municipalité. Et la presse, donc ! Tu penses bien que pour eux, Bank n'est pas n'importe quel flic... »

Après quoi, j'ai passé une bonne heure à potasser l'ensemble du dossier. La paperasse s'accumule à une vitesse inouïe : documents du FBI, rapports complémentaires du labo, dépositions des témoins.

J'en suis donc là, en fin d'après-midi, face à cette marée de papier qui envahit mon bureau et que mon regard survole sans la voir. Mon esprit est ailleurs. Je pense à Bank, aux petites disparues. À ce que nous avons vécu ensemble. Je commence à ranger mes paperasses et à envisager de regagner mes pénates, lorsque je découvre, glissé dans la fente de mon sous-main, au-dessous de toute la pile, un bout de papier qui a failli m'échapper.

Mack, y a griffonné Bank, suivi de : *Baker Hawkes*. Le nom ne me dit rien. J'applique immédiatement la procédure de recherche standard, pour les noms que je vois pour la première fois : je le saisis au clavier et je l'envoie dans l'ordinateur. Le système central rumine quelques secondes, avant de recracher un fichier : *Hawkes, Baker – né le 15 juin 1947, décédé le 2 septembre 1992*. Le défunt avait un petit casier : quelques délits mineurs, deux ou trois arrestations qui n'ont jamais porté à conséquence. Pas de quoi fouetter un chat... J'hésite sur la décision à prendre. Je songe un instant à appeler Bank chez lui, mais j'essaie d'abord d'entrer le nom de famille seul – *Hawkes*, tout court.

Une liste de cinq ou six fichiers apparaît, et il me suffit de la parcourir pour subodorer que je ne vais pas tarder à comprendre. J'ouvre un des fichiers et, dès qu'il s'affiche à l'écran, ça se confirme. J'ai compris. Et une fois de plus, je reste bouche bée devant les ressources que peut déployer Bank.

Ma lecture terminée, je ne bondis pas de ma chaise et je ne me rue pas sur la porte. Non. Je prends tout mon temps. Je me lève, j'attrape ma veste, accrochée à mon dossier, et je prends le chemin de la sortie, le tout sans la moindre hâte. Stu m'aperçoit et ouvre la bouche, mais je l'interromps d'un geste.

« Où est Googie ? lui demandé-je, sans pour autant ralentir dans ma trajectoire.

– Que... quoi ? Il est sorti. Il avait un truc à faire.

– Je vais à King's Court, lui dis-je par-dessus mon épaule. Demande-lui de m'appeler, dès son retour. »

Le regard de Stu me suit. J'ai déjà franchi la porte vitrée. Je me retiens d'enfiler le couloir au pas de course, mais en attendant l'ascenseur je me surprends à pomper plusieurs fois sur le bouton d'appel, comme si j'avais la moindre chance de le faire arriver plus vite. Enfin, comme l'appareil tarde à s'annoncer, je fonce vers l'escalier que je dévale quatre à quatre. J'aurais été incapable d'attendre une seconde de plus.

Cette fois, Eddie et sa sœur sont à la maison, assis devant cette satanée télé. Leur mère me regarde venir depuis sa cuisine, sans pour autant se précipiter à ma rencontre. Je l'entends décrocher son téléphone et, lorsqu'elle finit par m'ouvrir, elle me lance ce regard. Elle a dû voir à ma mine que quelque chose ne collait pas. Elle s'essuie les mains sur son tablier et s'agrippe au dossier du fauteuil neuf.

« Je donnerais cher pour savoir qui nous avons oublié, attaqué-je. Qui fallait-il interroger, pour savoir la vérité ? Nous avons cuisiné tout le monde : les profs, les voisins... Et personne n'était au courant ?

– De quoi parlez-vous ? s'étonne-t-elle. Qu'est-ce qui vous prend ?

– Ce prêtre, peut-être ? Le père, euh... Hector – c'est bien ça ? »

Eddie lève la tête et me lance un coup d'œil. Rochelle secoue la tête et porte un Kleenex à sa bouche.

« Baker Hawkes, laissé-je tomber. C'était ton père ? » Je me suis adressé à Geena, la cadette, dont le regard est fixé sur moi.

Elle fait « oui » de la tête.

« Et celui de Tamara, aussi ?

– Oui.

– Quand avez-vous cessé de porter son nom ?

– L'an dernier.

– Exact, dis-je. Quelques semaines après l'enquête menée par la police sur une certaine Tamara Hawkes, âgée de onze ans à l'époque, et portée disparue. »

Le visage de Rochelle a retrouvé son masque de colère, hermétique et buté.

« Vous n'y êtes pas du tout ! dit-elle. Cette fois, rien à voir avec une fugue. C'est tout autre chose. J'ai préféré ne rien dire, pour éviter que vous classiez l'affaire, sous prétexte que Tamara ne serait qu'une petite toxico de plus – comme nous l'ont dit vos collègues, l'an dernier. Ils n'ont fait aucune recherche. Elle a disparu quarante-huit heures, et ils n'ont même pas jugé bon d'enquêter. » Elle a craché ces derniers mots, le visage crispé en un rictus de rage et de désespoir. « Mais cette fois, ça n'a rien à voir, inspecteur. Il y a cette voiture – vous le savez comme moi. Avec ces deux hommes, noirs ou pas, qui l'ont enlevée. Et je veux que vous vous mettiez à sa recherche – tous autant que vous êtes ! »

Je laisse s'écouler quelques secondes, le temps qu'elle retrouve son calme. « Vous n'avez jamais été mariée avec ce Hawkes.

– Non. Et ce sont les filles qui ont décidé de prendre mon nom. C'était leur droit le plus absolu.

– D'accord, concédé-je. Mais pourquoi en avoir changé aussitôt après la fugue ? »

L'enquête de routine avait été confiée à un inspecteur débutant qui n'est plus aux Portés disparus. Tamara était rentrée au bout de deux jours et comme, entre-temps, la famille avait déménagé, personne ne s'est rendu compte que Tamara était une fugueuse notoire.

« Ça s'est trouvé comme ça, inspecteur.

– Et ce prêtre, le père Hector – pourquoi n'en avez-vous pas parlé ? Qu'est-ce qui se passe au juste dans cette maison, Mrs Shipley ? »

On frappe à la porte d'entrée, laquelle s'ouvre sur Katherine Biasotti.

« Salut, Mack ! dit-elle.

– Dis donc, tu ne vas pas en croire tes oreilles...

– OK, OK... m'interrompt-elle. Tu peux venir prendre un peu l'air, là ?

– Qui, moi ?

– Grouille-toi, Mack... » insiste-t-elle – et bien sûr, je m'exécute. Je lui emboîte le pas. Nous sortons dans la fraîcheur qui s'est abattue sur le quartier, avec le soir.

« Je suis au courant de tout ça, Mack, attaque-t-elle.

– Tu savais ? Que la petite avait déjà...

– Bien sûr. J'ai découvert ça et nous en avons déjà longuement parlé, avec la famille.

– Katherine, fais-je. Qu'est-ce que tu viens fiche ici ? »

Elle soutient un long moment mon regard, sans mot dire.

« Elle t'a appelée, en me voyant arriver », dis-je.

Katherine confirme, d'un hochement de tête.

« Tu les protèges de quelque chose ? » Il me revient le souvenir de cette étrange réaction qu'elle a eue, le matin même.

« Non, Mack.

– Et Stu ? Il est au courant ? »

Pas de réponse.

« Et Googie ?

– Non.

– Alors, si tu m'expliquais un peu ce que tu fabriques ?

– Tout ça n'a strictement aucun rapport, répond-elle. Ce qui compte, c'est que la petite a été enlevée. Si la presse ou les décideurs du service venaient à avoir vent de ses antécédents, tu imagines la manière dont l'enquête serait bâclée !

– Peut-être. Mais elle a changé de nom. Ça ne te fait pas tiquer ?

– Pourquoi, ça devrait ?

– Elle fait une fugue, revient quarante-huit heures plus tard et deux mois après, elle change de nom !

– Je ne vois pas ce qui nous permet d'établir le moindre lien entre ces deux faits, Mack. Je crois que tu y vois des choses qui n'y sont pas.

– Moi, j'y vois des choses... ? » Ma phrase s'achève dans un brusque éclat de rire.

« Cette famille a plus que sa part d'épreuves et de problèmes. Nous avons établi le dialogue avec eux, moi et les collègues des services sociaux. Je te donne ma parole que si nous tombons sur le moindre élément qui puisse infléchir un tant soit peu le cours de l'enquête, tu en seras le premier informé. Mais pour l'instant, ça n'est pas le cas. Leurs difficultés et l'enlèvement de Tamara sont deux problèmes distincts.

– Tu en es sûre ?

– Oui.

– Alors qu'en est-il de ce prêtre ? Pourquoi il a fallu faire pression sur le gamin pour qu'il nous lâche le morceau ?

– Le père Hector intervenait auprès d'eux en tant que conseiller. Il travaillait avec Tamara, pour tenter de l'empêcher de finir dans la rue, où elle avait tendance à aller traîner. Préférant le tenir hors de tout ça, Rochelle n'a pas jugé utile de citer son nom.

– Tu lui as parlé, à ce prêtre ?

– Non. Il est parti en voyage, apparemment. Je ne sais pas au juste. »

Je secoue la tête. Difficile à avaler, tel quel. Le grésillement de la radio nous interrompt. « 6-10 à 2-21, grince la voix de Googie. On peut savoir ce que tu fous ? »

Katherine a posé sur moi un regard grave. Elle compte parmi les meilleurs flics que je connaisse, les plus dignes de mon admiration – et de ma confiance. Que répondre ?

– 2-21 à 6-10. Rien à signaler. Une fausse piste.

– Reçu cinq sur cinq, réplique Googie. À la prochaine ! »

Mon regard a soutenu celui de Katherine, pendant ces quelques répliques, mais ce n'est plus à elle que je pense – ni même à Tamara, ou à sa famille. C'est un souvenir, qui m'est revenu. *L'empêcher de finir dans la rue,* a dit Katherine, à propos de ce prêtre. Mais, avant-hier, Naomi ne m'avait-elle pas raconté que l'une de ses copines avait rencontré Tamara Shipley dans la rue ? Et j'ai opposé à ma fille une fin de non-recevoir, en l'assurant qu'elle faisait fausse route et que Tamara n'avait jamais eu ce genre d'habitudes ni de fréquentations. Je me trompais.

Naomi savait. Ma propre fille, que j'ai tant de mal à croire, était plus près que moi de la vérité. Et je n'ai pas su l'écouter.

15

La casquette était donc bien celle de Jamie. Le directeur du labo en personne y avait prélevé un fragment de cheveu correspondant en tous points à ceux qu'on avait trouvé sur l'oreiller de la petite.

Le mercredi matin aux aurores, lorsque j'arrivai à la rivière, les plongeurs se préparaient à y retourner. Ils enfilaient leurs combinaisons bleues, vérifiaient leurs bouteilles, leurs jauges et leurs sangles. L'eau disparaissait sous un épais matelas de brouillard. Nous avions remonté le cours d'eau de plusieurs centaines de mètres, depuis les branchages où nous avions retrouvé la casquette, et, bien que la ravine fût moins encaissée à cet endroit-là, les rayons du soleil matinal n'y avaient pas encore pénétré. Quelques gros arbres poussaient dans la terre durcie de la berge. Googie était déjà sur les lieux. Stu avait fait un saut, sur le chemin du bureau.

Dans ce secteur, les rives s'escarpaient et descendaient sous l'eau en pente abrupte. J'allai m'asseoir à proximité sur un talus, pour suivre les évolutions des plongeurs qui s'avancèrent dans l'eau, d'abord en pataugeant, sur un mètre ou deux, avant de disparaître dans ce qui ressemblait à un ravin enfumé.

Nous attendîmes. J'étais venu mieux équipé que la veille – jean, chemise à manches courtes. Je savais que les équipes de quadrillage s'organisaient, dans tout le coin, aux abords de la rivière, en amont comme en aval, mais je n'avais aucune envie de les rejoindre. Comme si quelque chose m'avait retenu là, ou m'avait interdit de quitter mon talus. L'endroit était calme, paisible, et encore frais, à cette heure matinale.

Je vis arriver Bank une demi-heure plus tard. Il vint s'asseoir près de moi sur le talus, sans desserrer les dents ni m'accorder le moindre regard. Nous sommes restés là, côte à côte, pendant près d'une heure, à regarder les plongeurs faire surface et revenir bredouilles vers la rive. Nous n'avons pas échangé un mot, jusqu'à ce que je me lève pour reprendre les recherches dans le parc.

*

En rejoignant le QG du parking, vers midi, j'aperçus les deux entraîneurs de Jamie. Ils avaient dû arriver depuis peu, à en juger par leur mine fraîche et dispose. Ils étaient entourés de leurs rejetons respectifs, qui étaient dans la même équipe que Jamie, et de quelques autres garçons et filles de sa classe, qui trépignaient d'impatience à l'idée de sillonner le parc en quête de leur amie disparue. Le mélange de zèle, de colère et de frayeur que je lus sur leurs visages me fit détourner le regard.

J'avais bu plusieurs gobelets de Gatorade, et je m'étais accroupi sur le gravier du parking, une main entre mes pieds, en équilibre instable, lorsque l'un des deux entraîneurs, un dénommé Smythe, m'aborda. La trentaine, cheveux et sourcils d'un blond clair, presque blanc, bronzage country-club. Près de lui, je me sentais d'une pâleur presque maladive. J'attendis en silence qu'il engage la conversation.

« C'est bien un kidnapping, alors, fit-il. Wow... ! » Il avait l'air stupéfait.

« Possible, fis-je. Il n'y a encore rien de sûr. »

Il s'accroupit à mon côté, accoudé sur ses cuisses bronzées.

« Mais ça y ressemble de plus en plus, ajoutai-je.

– Seigneur ! Quand je pense... » Il garda quelques instants le silence, puis fit : « C'est bizarre. Les choses se passent exactement selon les prévisions d'Alan. Et je m'étais dit... en mettant les choses au pire, bien sûr, que si on devait trouver quelque chose, ça serait quelque part du côté de la rivière... »

Je ramassai un caillou que je fis tourner entre mes doigts. « Vous pourriez me répéter ça ?

– Alan. Alan Norke...

– L'un des étudiants de Libbey ?

– Exact. Ils étaient copains, lui et Jamie. Il passe son doctorat à l'université. Un type très sympa. Il m'a téléphoné.

– Quand ça ?

– Lundi soir, il me semble. Le jour où ça s'est passé.

– Et il vous a sorti ça comme ça, de but en blanc, qu'à son avis, la petite s'était fait enlever ? »

Smythe haussa les épaules. « Façon de parler, sans doute. Nous discutions de ce qui avait pu lui arriver.

– Qu'a-t-il dit, au juste ?

– Je ne pourrais pas vous le répéter mot pour mot. J'ai dû lui dire un truc, genre : “ Tous les ans, la rivière emporte un ou deux gamins ”, et il a répondu : “ Cette fois, je ne pense pas que ce soit la rivière ”, ou quelque chose d'approchant. Alors je lui ai demandé ce qui lui faisait dire ça. Et il a répondu : “ J'ai plutôt l'impression que quelqu'un l'a emmenée. ” – “ Un kidnapping, tu veux dire ? ”, et il a répondu : “ Oui... quelque chose comme ça ”.

Et là-dessus, comme s'il se ravisait et qu'il préférait tout à coup parler d'autre chose, il a ajouté : " Mais en fait, j'en sais rien. " »

Autour de nous, l'air brûlant stagnait. Malgré la foule et l'agitation qui régnait dans les parages, le secteur tout entier semblait figé dans une sorte de silence qui me sifflait aux oreilles.

« Où est-il en ce moment ?

– Je ne sais pas. Soit à cette église où il travaille, soit en cours. Il suit des stages d'été. »

Levant la tête, je fixai Smythe droit dans les yeux, jusqu'à ce qu'il soutienne mon regard. « Vous aviez besoin de confier ça à quelqu'un – ça vous restait comme sur l'estomac ?

– Pardon ?

– Ce que vous venez de me raconter. Est-ce que vous m'avez sorti ça comme ça, ou est-ce le fruit d'une décision délibérée ? Avez-vous mûrement décidé de signaler à un flic cette conversation que vous avez eue avant-hier avec Norke ?

– Je n'en sais trop rien. Jusqu'ici, je n'en voyais pas l'utilité. Je pensais qu'on allait la retrouver, d'un moment à l'autre.

– Vous savez... il arrive que l'on ait des intuitions, si vous voyez ce que je veux dire. Pas seulement les flics, n'importe qui. Tout à coup, quelqu'un dit un mot ou fait un geste qui résonne bizarrement en vous. Et ça vous démange, inconsciemment. Ce que je voudrais savoir, c'est si vous m'avez raconté ça comme vous m'auriez raconté autre chose, pour tuer le temps, ou si ça vous trottait dans la tête depuis l'autre jour. Cette manière dont il a parlé d'enlèvement... ça vous a taraudé ? »

Smythe hocha la tête. « Je me posais justement la question, fit-il.

– Mais ça ne serait pas impossible ?

– Effectivement. Je crois que ça m'a un peu fait tiquer. Quelque chose dans sa voix. D'autant que jusque-là, il n'avait jamais appelé chez moi. Nous n'avions jamais eu de vraie conversation, à l'entraînement. Et subitement, il me passe un coup de fil, pour me parler de ça... Je ne sais pas. Je me suis dit, voyez... ça doit être le choc. Cette gamine avec qui il travaille et qui disparaît comme ça, du jour au lendemain. Ça a dû le perturber, comme nous tous. Mais juste après, il a continué à bavarder, comme si de rien n'était. » Il se releva. « J'en sais trop rien... fit-il.

– Merci de m'en avoir parlé, fis-je, en me levant à mon tour. Vous avez fait le bon choix. »

J'entraînai Katherine et Stu à l'écart pour leur résumer ma conversation avec Smythe.

« C'est toi qui l'as interrogé, ce Norke ? demanda Stu à Katherine. Tes impressions ?

– Coopératif. Ne demandant qu'à faire de son mieux. Il n'a même pas râlé, quand nous lui avons noirci les doigts pour prendre ses empreintes.

– Et son casier – rien à signaler ? m'enquis-je.

– On ne l'a pas encore reçu.

– Comment ça ? fit Stu.

– Il n'est pas dans nos fichiers. Il est originaire d'Evanston, en Illinois. J'ai faxé une demande aux services de police municipale d'Evanston et de Chicago. J'attends leur réponse.

– Qu'est-ce que tu sais de lui ?

– Son père est ingénieur, ou quelque chose du genre, et sa mère, avocate... fit-elle, en consultant ses notes. Sa voiture est une Camaro dernier modèle, brun sombre, toujours immatriculée dans l'Illinois. Pas d'antécédents en Ohio, au niveau conduite. Il vit seul, à Kestler Village. Il prépare un doctorat de troisième cycle en pédopsychiatrie. Il veut être thérapeute pour enfants.

– Et qu'est-ce qu'il y fait au juste, dans l'église où il travaille ? » demanda Stu.

Katherine le considéra un instant avant de répondre : « Il anime un groupe de jeunes. »

Stu soutint son regard.

« Nom d'une pipe... » murmura-t-elle. Pour une spécialiste de la lutte antipédophiles, c'est le genre de détail qui fait tilt. Les pédophiles récidivistes s'arrangent généralement pour passer un maximum de temps avec des enfants. C'est l'un des principaux éléments de leur profil.

Dans le service, Katherine était aussi tranchante et directe que n'importe lequel de ses collègues masculins. Mais pendant les interrogatoires, c'était un ange de douceur. Jamais un mot plus haut que l'autre, jamais un juron. Et non seulement face aux victimes, mais avec les délinquants eux-mêmes – pédophiles, marchands de pornographie, violeurs, satyres et maniaques du téléphone. Avec un art consommé, sans les brusquer et en ayant l'air de compatir, voire de comprendre leurs compulsions et leurs démons, elle les amenait insensiblement à se mettre à table, ce qui en fin de compte était le but visé. Elle les abominait tout autant que nous, mais, forte de ce don qu'elle avait pour leur cacher sa répulsion, elle les amadouait et les amenait à passer aux aveux. C'est ainsi qu'elle avait réussi à en mettre un certain nombre sur la touche, au fil des années.

« Tu n'avais pas l'intention de le recontacter, aujourd'hui ? suggéra Stu. Une petite mise au point s'impose.

– Ça, ouais ! » fit-elle, et, tournant les talons, elle s'éclipsa.

Je me suis couché de bonne heure, ce soir-là – bien avant minuit. Mais je n'ai dormi que d'un œil, et j'ai fini par me réveiller complètement vers les deux heures du matin. À mon côté, j'entendais s'élever et décroître le souffle paisible de Gloria. Je suis longtemps resté immobile dans le noir, à attendre une chose dont je savais obscurément – c'est du moins l'impression que j'en ai, vu d'ici – qu'elle se préparait. Puis le téléphone sonna.

« Max. » C'était Sarah. « Il est encore parti. Excuse-moi – inutile de te déranger. Je voulais juste...

– Pas de problème », répliquai-je. J'avais déjà pris mes vêtements pour descendre m'habiller, lorsque je fis une pause, hésitant sur la conduite à tenir. Cette fois, ne valait-il pas mieux appeler le standard... ? Bank m'inquiétait. Il me semblait si loin de lui-même et de ce qu'il faisait. Katherine n'avait toujours rien de concret, du côté de Norke, mais il était pour l'instant notre seul informateur potentiel, et Bank avait dû en entendre parler, d'une manière ou d'une autre. Ça ne lui ressemblait que trop, de mener sa propre petite enquête parallèle. J'avais déjà le téléphone à la main, et j'allais composer le numéro du standard, pour lancer un avis de recherche concernant la Cherokee, et envoyer une voiture patrouiller du côté de chez Norke, quand je me ravisai. Je savais où trouver Bank.

Au-dessus de moi, la voûte des arbres était plus sombre que la nuit. La pleine lune s'était levée ; elle brillait lorsque j'avais traversé à pied le terrain où je m'étais garé, près de City Med. Mais ici, la forêt reprenait ses droits sur la terre et la nuit était d'un noir d'encre. J'ai toujours une Maglite dans mon coffre. Je l'avais sortie pour retrouver mon chemin entre les gradins du vieil amphithéâtre. Des fragments de graffitis multicolores, barbouillés à la bombe, surgissaient de la nuit dans le halo dansant de ma lampe. Bank était assis sur la petite estrade, les jambes ballantes, le cou dans les épaules, figé dans la même attitude que la veille.

Je ne lui adressai pas la parole, et il ne souffla mot. Comme si cette journée entamée sous le signe du silence devait se terminer de même. J'éteignis ma lampe et vins m'asseoir près de lui. Peu à peu, mes yeux s'accoutumèrent à l'obscurité.

Il finit par briser la glace : « Je me souviens très bien de la première fois que je suis venu ici, fit-il. J'étais tout gamin. C'était avant qu'on se connaisse ; du temps où j'avais encore mes parents. J'étais en train de repenser à tout ça, quand tu es arrivé. On habitait à Rymer, dans Central North. Je devais avoir dans les six ans. Ils m'avaient amené ici. Je ne me souviens pourtant pas d'avoir fait grand-chose avec eux, mais ce jour-là, je le revois très bien. C'était un matin. Il faisait beau mais encore un peu frisquet. Ma mère m'avait mis une veste – un genre de veston, tu vois... un truc ringard qu'elle avait acheté.

« Et il y avait quelqu'un, sur cette scène. Un type qui poussait des hurlements et gesticulait en haranguant la foule. Un genre de prédicateur, tu vois... C'était une sorte de service religieux. Un rassemblement de revivalistes. Je me suis dit que ma mère devait en faire partie, sauf qu'à ma connaissance, c'était la première fois qu'on y mettait les pieds, et que ça a été la dernière. Le prédicateur beuglait dans son micro. Il hurlait, le doigt pointé vers le public. J'étais à la fois mort de trouille et fasciné.

« Et puis, au bout d'un certain temps, ma mère est descendue vers l'estrade, et s'est présentée devant ce type. Il lui a imposé les mains. Il l'a fait pour d'autres participants, aussi, mais elle, je ne l'oublierai jamais : il lui a posé les mains sur la tête et a prié. Sa prière finie, il lui a repoussé le front de toutes ses forces. Elle est partie à la renverse et s'est effondrée. Je pensais que mon père allait intervenir, mais il n'a pas bougé. Il est resté près de moi, immobile.

« C'était le printemps ; il faisait encore froid, dans les bois. Elle est morte au cours de l'été.

« Et tu vois, Mack... je viens juste de comprendre ce qui s'est vraiment passé. Ce type était un guérisseur – tu sais ce que c'est ? Ma mère venait d'apprendre qu'elle était condamnée et mon père le savait, lui aussi. En désespoir de cause, elle a essayé ça.

« C'est bizarre comme les années peuvent passer et, un beau jour, tout te revient sans crier gare. Des choses que tu croyais totalement oubliées, comme si elles ne s'étaient jamais produites et, tout d'un coup, tu les revois. Des scènes entières, qui t'arrivent de nulle part. Sauf que là, quand tu y repenses, tout s'éclaircit. Quand on est môme, on n'y comprend rien. »

Nous avons laissé s'écouler encore quelques minutes, puis nous nous sommes simultanément levés, et nous avons gravi les hautes marches de l'amphithéâtre avec le sentiment d'avoir porté quelque chose – quoi que ce fût – à son terme.

Le lendemain matin, jeudi, je suis passé prendre mon courrier et mes messages au bureau. Ça faisait deux jours que je n'y avais pas mis les pieds. Pour le reste de la ville, la vie continuait sans se préoccuper de ce qu'il advenait de Jamie Arbaugh. J'ai fait un saut au bureau de Stu, le temps de prendre un café en sa compagnie, en bavardant avec lui de chose et d'autre.

« À propos... Katherine a réussi à le choper, ce Norke, fit-il. Hier soir, chez lui. Et cette fois, le ton avait changé.

– Comment ça ?

– Il lui a dit qu'il lui avait déjà raconté tout ce qu'il savait, et qu'il n'avait pas un mot à ajouter.

– Sans blague ? »

Nous en étions là de nos réflexions, quand Katherine fit irruption dans le bureau, les joues en feu et le souffle court.

« Écoutez... ! lança-t-elle sur le ton de l'urgence. Je suis toujours sans nouvelles des collègues d'Illinois. Vous savez ce que c'est, avec les bureaucrates – Dieu sait combien de temps je vais devoir patienter. Mais vous vous souvenez de ces séminaires auxquels j'étais allée, à Chicago, il y a quelques années... J'avais rencontré un type formidable, qui bossait à la brigade des crimes sexuels du CPD. Pete Stamos. On avait sympathisé. Il m'avait proposé de me faire découvrir Chicago *by night*, et on est allés prendre quelques verres en ville, etc. Alors hier soir, de guerre lasse, je lui ai passé un coup de fil en lui expliquant le topo : j'avais demandé le fichier d'un certain Alan Norke, d'Evanston, et voilà deux jours que je l'attendais – est-ce qu'il pouvait essayer d'accélérer les choses, de son côté ? Ici, on n'avait rien trouvé dans le fichier du comté, pas plus que dans le fichier national, mais je préférais m'assurer qu'il n'y avait rien en Illinois. Stamos avait entendu parler de l'affaire au journal télé – la disparition d'une fille de flic en Ohio. Il m'a promis de rappeler. À peine ai-je raccroché, que je vois arriver le fax du CPD : le casier de Norke, établi à Cook County. Plus blanc que blanc. Aucune condamnation, aucune arrestation. Alors je me suis dit : OK, arrêtons les frais. J'ai dérangé Pete pour rien. Et si ce fax était arrivé un quart d'heure plus tôt, j'en serais restée là...

« Mais aujourd'hui, figurez-vous que Pete me rappelle. Le nom lui avait évoqué quelque chose. Il avait farfouillé dans ses fichiers, passé quelques coups de fil... et voici ce qu'il m'a faxé... » Elle nous tendit des copies d'un extrait de casier établi dans le

Saint-Joseph County, en Indiana – un mandat d'arrêt lancé contre Alan Norke, en 86.

Comme je parcourais le document, ce qui me sauta aux yeux fut que l'arrestation n'avait débouché sur aucune condamnation, mais le jargon de la bureaucratie juridique étant ce qu'il est, je mis un certain temps à isoler le motif du mandat. Kidnapping avec circonstances aggravantes.

« De Dieu... ! » fis-je.

Par la suite, les charges avaient été ramenées à un simple vol d'enfant, puis, pour une raison x, abandonnées. Norke n'avait finalement pas été inculpé.

« La famille a pignon sur rue, fit Katherine. Maman est avocat. Dieu sait quelles relations ils ont pu faire jouer.

– Un kidnapping, quand même !

– J'ai rappelé Pete. Il n'a pas pu m'en dire davantage. Il se souvenait du nom, à cause de l'arrestation pour rapt. Les autorités de South Bend avaient contacté la brigade des crimes sexuels du CPD pour leur demander s'ils avaient déjà eu affaire à Norke. Certains membres de l'équipe de Stamos ont forcément dû l'interroger, à l'époque. En ce moment même, Pete essaie de mettre la main sur eux, pour voir s'il y a eu négociation »

Mon cœur cognait si fort que je le sentais battre dans mes yeux... mais pourtant, que savions-nous, au juste ?

« On n'a que dalle ! fit Stu, comme si j'avais formulé ma question à haute et intelligible voix. Rien qui puisse nous permettre d'obtenir un mandat, en tout cas. Et son alibi ?

– Lundi matin, il est arrivé à l'église à neuf heures trente, répliqua Katherine. Jamie a disparu à neuf heures moins dix. Le parc et le South End, ce n'est pas la porte à côté, mais ça reste faisable.

– Et cette empreinte, sur la poignée de la batte... ce n'est pas celle de Norke, mais elle appartient forcément à quelqu'un, nous fit remarquer Stu. Si ce Norke est dans le coup, il n'a pas agi seul. Il y avait quelqu'un d'autre... Vous allez devoir retourner lui parler, à ce bon M. Norke. Gentiment, mais fermement. »

Le lotissement de Kestler Village fut bâti dans les années 50, à proximité immédiate d'une usine, la Kestler Coil – aujourd'hui désaffectée –, qui fabriquait des composants électriques – alternateurs, bougies, Delco – pour l'industrie automobile de Detroit. Quelqu'un s'était donné la peine d'escalader un mur de brique de douze mètres jusqu'à ces grandes verrières aux carreaux noircis, pour y taguer une série de messages codés en langue des gangs. Chaque fois que je passais dans le coin, je me demandais pourquoi leur auteur s'était donné tant de mal, alors qu'il avait sous la main une vaste étendue de briques vierges, bien plus accessibles. Et un beau jour, j'ai compris : la hauteur optimisait la portée du message. L'espace publicitaire idéal...

La cité, vingt-quatre bâtiments de brique rouge, regroupés par trois autour de petits parkings bitumés, s'étalait de part et d'autre d'une rue à fort trafic. Elle avait été construite par Kestler Coil, pour ses ouvriers et leurs familles. Voyant poindre la crise, au début des années 70, l'usine l'avait vendue pour renflouer ses caisses, et le quartier avait vite sombré. Il s'était transformé en un vaste taudis jusqu'à son rachat par l'université, qui avait vu ses effectifs augmenter à vue d'œil dans les années 80, et qui avait un besoin urgent de mètres carrés pour loger les hordes d'étudiants qui déferlaient à chaque nouvelle rentrée. Le lotissement était desservi par un système de bus qui le reliait au campus.

Nous avions jugé prudent de nous équiper de nos gilets pare-balles. Nous ne savions pas au juste où nous allions mettre les pieds et, de temps à autre, ce genre de visite pouvait réserver quelques surprises, et pas des meilleures – sans compter qu'il restait toujours une chance pour que Jamie fut quelque part dans cet immeuble, en compagnie de Dieu savait qui. J'avais donc sorti mon Remington 12 mm à canon court, et je me tenais derrière Katherine, au troisième étage d'un immeuble situé en bordure de l'usine. Elle frappa à l'une des portes du palier.

Ce fut un jeune homme en costume trois pièces qui vint ouvrir.

« Je voudrais parler à Alan Norke, annonça Katherine.

– À quel sujet ? fit le jeune homme.

– J'ai quelque chose à lui dire, répliqua-t-elle.

– Je suis Chad Walsh, fit-il. Je suis avocat au cabinet Byelick et Wozniak, et j'ai été délégué ici par Roman Byelick, qui représente Alan Norke depuis ce matin », ajouta-t-il avec un mouvement du pouce par-dessus son épaule. Notre regard suivit la direction qu'indiquait son doigt, et, quelques mètres derrière lui, j'aperçus Alan Norke dont les yeux étaient fixés sur nous.

« Alan, je vous en prie... plaida Katherine. Je veux juste vous parler, rien de plus.

– Il n'a rien à vous dire, fit Walsh.

– Alan... !

– Écoutez, fit l'avocat, si ça peut vous rassurer, et calmer vos soupçons, je vous certifie qu'il n'y a aucun enfant dans cet appartement. Mais désormais, M. Norke ne vous parlera plus qu'en présence de son avocat. Et si vous tentez de convaincre un juge d'émettre contre lui un mandat, quel qu'il soit, nous en discuterons ensemble, au tribunal. »

Nous n'avons rien trouvé à répondre à ça, Katherine et moi. Nous en sommes restés bouche bée, lorgnant l'avocat d'un œil incrédule.

« Nous sommes-nous bien compris... ? insista-t-il. M. Norke ne viendra pas avec vous. Inutile de camper sur son paillasson. Si vous souhaitez lui parler, vous pouvez appeler Me Byelick, au cabinet », conclut-il en tendant à Katherine une petite carte de visite. Et la porte se referma sur lui.

Ce jour-là, la pluie arriva en fin d'après-midi, ramenant un semblant de fraîcheur. Pendant que j'avalais un dîner rapide, il se mit à tomber des cordes, mais, vers six heures, lorsque j'arrivai à la rivière, le déluge avait fait place à un léger crachin. Bank était déjà là. Il rongeait son frein en compagnie de Googie. Les plongeurs exploraient un nouveau coin, plus à l'ouest, du côté de l'amphithéâtre et de City Med, dans le secteur où la rivière pénètre dans le parc.

Nous les apercevions en aval, à une trentaine de mètres de nous. Nous avons donc aussitôt repéré la balise autogonflable orange, qui creva soudain la surface de l'eau – j'entends encore ce bruit, un son à vous déchirer les tympans, qui nous fit sursauter. C'était un signal. L'un des plongeurs avait trouvé quelque chose.

« Oh ! » hurla Bank. Son cri avait jailli presque à son insu. Ce n'était qu'une réaction instinctive contre cette certitude qu'il avait déjà plus ou moins acceptée, mais contre laquelle il n'avait toujours pas renoncé à lutter, de toute la véhémence de son espoir.

M'approchant de lui, j'allais lui poser la main sur le bras, quand il esquiva mon geste. Il se rua comme un fou à travers les branches et les buissons qui le séparaient de l'eau, où les plongeurs avaient à présent refait surface. Googie avait sorti sa radio et aboyait ses ordres dans le micro, tout en écoutant ce que lui criait l'un des plongeurs. Nous étions seuls sur la berge, Googie, Bank et moi. Les plongeurs émergeaient, çà et là, le temps de cracher l'embout de leurs tuyaux pour transmettre leurs informations à Googie. Puis ils replongeaient, en suivant le câble tendu entre le fond et la bouée orange fluo qui dansait sur l'eau, ballottée par le courant.

À cet endroit, les rives descendaient en pente plus douce. Le plongeur qui émergea, les bras chargés avait pied. Il put regagner la rive en marchant, sur une bonne partie de la distance. Il n'eut pas à placer son fardeau dans une barque, ni à l'entraîner à la nage jusqu'à un accès plus commode. C'était un ballot sombre. Noir. Le plongeur le portait dans ses bras, tel un enfant endormi. Il le déposa à nos pieds, dans l'herbe.

Un vieux manteau, fait d'un genre de gros coutil noir. Bank le déchira, d'un geste fébrile, et la puanteur nous fit reculer.

C'était un chien. Le cadavre à demi décomposé d'un colley que quelqu'un avait empaqueté dans ce manteau et lesté de quelques briques, avant de le balancer à la rivière.

J'entendis alors monter dans la gorge de Bank un son qui jaillit soudain. Un cri inintelligible, au-delà de toute souffrance et de toute frustration imaginables, chargé d'une rage si profonde qu'à l'entendre je crus perdre le peu de contrôle qui me restait. Les jambes coupées, il vacilla et s'affala sur moi. Nous roulâmes tous deux jusqu'au bord de l'eau. Le plongeur accourut pour nous retenir et m'aider à contenir la fureur de Bank, tandis que Googie arrivait à la rescousse. Il fallut toutes nos forces réunies pour le plaquer à terre et l'empêcher de se jeter à l'eau la tête la première.

16

Bank n'est jamais de service, le mardi soir. J'ai besoin de le voir, mais je n'arrive chez moi qu'à six heures trente. Peggy et les garçons sont déjà à table.

« Papa ! crie Jack, dès qu'il me voit émerger du garage.

– Tu tombes bien, fait Peggy. Nous t'attendions pour commencer.

– Tu sais pas ? me lance Ben. Naomi, elle a dit “ salope ” à maman !

– J'ai mal entendu ?

– C'est elle qui l'a dit, hein – c'est pas moi !

– Et tu crois que ça t'autorise à le répéter ? »

Ben hoche vivement la tête, avec un grand sourire.

« Mais non, idiot ! fait Jack.

– Ben non... p'têt pas », admet Ben.

Peggy confirme pourtant les faits.

« Je vais lui dire deux mots, grommelé-je, en ouvrant la porte du sous-sol.

– Une seconde, Mack, me rappelle Peggy. Si tu commençais par manger avec nous... ? Ça nous ferait vraiment plaisir – si ça n'est pas trop te demander... ? »

Je la dévisage un instant. Ses sourcils se sont arqués. La souffrance lui aiguise les traits. Toute cette agitation, ce chaos déclenché par la tempête qui s'est abattue sur nos vies, jusque-là relativement paisibles... C'est injuste. Naomi n'a pas le droit de nous infliger ça, et je ne supporte pas de voir souffrir Peggy – mais d'un autre côté, je suis heureux d'avoir ma fille sous mon toit. Elle m'a terriblement manqué pendant toutes ces années, bien plus que je ne l'aurais soupçonné, avant de la retrouver. Pas question de la perdre une seconde fois.

« D'accord, approuvé-je. À table !

– Y a du pain de viande ! » jubile Ben. C'est son plat préféré. Ce dont il raffole, ce n'est pas tant la viande elle-même que la généreuse couche de ketchup gratiné dont Peggy l'agrémente. Ben est un inconditionnel du ketchup. Il en tartine tout ce qu'il mange, crackers et bananes y compris. Je le cravate en douceur, d'une clé lâche : « Du ketchup ? Du ketchup ! Je te tiens... c'est toi, le voleur que toutes les polices recherchent ! Le maniaque du ketchup !

– Ouais, ouais ! s'égosille Ben. Les menottes, vite !

– Je vais les chercher ! » fait Jack, qui file à toutes jambes jusqu'au salon et retour, *via* la cuisine.

Je glisse un œil vers Peggy. Elle secoue la tête, mais je sens déjà poindre le sourire qui se fraye un passage vers ses lèvres.

J'attends quelques secondes devant la porte de contreplaqué de ma fille, dont sourd la pulsation pesante de son walkman. Je frappe avant de me prêter au rituel d'usage, en agitant le bras. Le volume baisse sensiblement, et la porte s'ouvre toute grande.

« On l'entend depuis le sommet de l'escalier, fis-je. Tu te rends compte du nombre de décibels que tu t'injectes dans les tympans ? »

Elle ferme les yeux. Elle parvient à me supporter, traduis-je – mais limite.

« Tu vas finir sourdingue.

– Mais j'entends rien, si c'est pas à fond.

– Qu'est-ce que je dis ! »

Elle lève les yeux au plafond, d'un air excédé. Elle a de ces yeux...

« D'ailleurs, fais-je dans la foulée, c'est pas de la musique, ce rap que tu écoutes à longueur de journée.

– Ben si.

– Snoopy the Dog, là...

– Doggy Dogg.

– Si tu veux. Pour moi, qui dit " musique " dit " notes " et " mélodie "...

– Oh là, tu me gaves, papa !

– La vraie musique, j'entends : Led Zeppelin, les Stones, Neil Young.

– Arrête ! m'implore-t-elle, en se tenant le ventre.

– Tu sais même pas qui c'est !

– Si.

– T'as essayé d'en écouter ?

– Ça, non. Merci.

– Peg m'a dit...

– Quoi ?

– Ce dont tu l'as traitée.

– Je l'ai traitée de rien du tout. J'ai dit ça comme ça, pour moi. À mi-voix, disons. Pas de quoi en faire un plat !

– Peggy a l'oreille fine. Faut croire qu'elle ne passe pas son temps à écouter du rap, elle... »

Les paupières de ma fille se referment.

« Trêve de rigolade, Naomi. On ne va pas revenir là-dessus éternellement. Pourquoi c'est si difficile de... ! » Et je sens la mayonnaise qui recommence à monter – et une engueulade, une de plus. J'en ai ras le bol de lui seriner toujours le même couplet. Sans compter que je viens d'avoir une idée. Pas tout à fait une solution – non, pas encore... mais quelque chose qui pourrait nous être salutaire, à l'un comme à l'autre.

« Je vais devoir repartir, ce soir, fais-je. Et comme j'avais besoin de te parler... ça te dirait de m'accompagner ?

– Tu vas bosser ?

– Si on veut.

– Ça a rapport avec Tamara ?

– Plus ou moins.

– Cool ! » s'exclame-t-elle en me lançant un coup d'œil surpris – le premier signe positif d'ouverture, si ténu soit-il, que j'aie aperçu jusque-là dans son regard.

La porte du Harvey's laisse elle aussi filtrer des éclats de musique. Il m'a suffi de deux coups de fil pour remonter la trace de Bank. Le Harvey's, qui se trouve sur Brentcroft, près de la fac, est l'un des points de chute favoris des flics – et de Bank, particulièrement. Mais je n'y vois pas trace de lui.

Les vociférations du juke-box sur fond de gros rires rauques et de brouhaha de bar m'assaillent les tympans, tandis que les relents d'alcool et de bière éventée me prennent à la gorge. Naomi se cramponne à ma manche.

« Il est sorti, mais il n'en a que pour une minute », nous renseigne la jolie personne qui tient l'établissement. Une blonde d'une trentaine d'années, qui affiche un petit sourire mi-narquois mi-blasé. Mais, comme toute tenancière de bar digne de ce nom, elle a surtout l'air de n'être pas tombée de la dernière pluie. Elle a les ongles très longs et bombés, chacun peint d'une couleur différente, avec des motifs variés – de vraies miniatures.

« Bonsoir, Sue. Je te présente ma fille... Naomi.

– Salut, Naomi !

– Salut, répond l'interpellée, avec un petit geste de la main.

– Sue est la propriétaire de ce bar, expliqué-je.
– Sans blague ? » fait Naomi.
Sue confirme d'un signe de tête.
« Super, vos ongles... fait Naomi.
– Tu trouves ? Fais voir les tiens, répond Sue, en lui prenant d'autorité la main. Dis donc... tu te les ronges ? »
Naomi fait « oui » de la tête.
« Mmmh... fait Sue – elle hoche la tête avec un petit claquement de langue. Celui-là devrait tout de même suffire. On va voir ce qu'on peut faire. Viens par là. Tiens... prends-toi un tabouret.
– Vraiment ?
– Bien sûr. »
Elle sort une bière pour moi et un Coke pour ma fille. Il est encore tôt et, le mardi soir, la place n'est généralement pas prise d'assaut, mais j'ai déjà repéré quatre flics parmi les clients. J'ai à peine le temps d'aller les saluer que je vois débarquer Bank.

« Le père Hector, tu connais ?
– Non.
– T'as eu vent de quelque chose ?
– Ce que je sais, c'est qu'on n'a toujours pas réussi à lui mettre la main dessus. »
Nous nous sommes installés dans le box le plus éloigné du bar, près des toilettes et du téléphone – intimité tout relative, mais dont nous devrons nous contenter.
« On nous a répondu qu'il n'était " pas joignable ", fais-je. Pas la moindre idée de ce que ça peut signifier, s'agissant d'un ecclésiastique. Un prêtre, ça ne s'évapore tout de même pas comme ça, dans la nature... »
Bank secoue la tête. Nous nous plongeons quelque temps dans la contemplation silencieuse de nos bières.

Puis je romps le silence : « On peut savoir d'où tu nous l'as sorti, Baker Hawkes ? » Mais je sais pertinemment que ma question restera sans réponse. Bank a toujours refusé de communiquer ses sources, y compris à ses collègues, et surtout à moi. Ça ne date pas d'hier. Même quand on faisait équipe, il tenait à se rendre seul à certains endroits, quitte à me laisser poireauter dans la voiture en pleine nuit. J'observais la faune locale qui me lorgnait en retour, chaque camp respectant une sorte de trêve précaire, jusqu'au retour de Bank, qui faisait à nouveau pencher la balance en notre faveur. Mais il n'était pas question qu'il me donne la moindre explication concernant ses interlocuteurs, ni le motif de l'entrevue. « J'ai quelqu'un à voir », disait-il, point. Et il me plantait là, parfois pendant une bonne demi-heure.

Ma question ne tira donc de lui qu'un haussement d'épaules agacé. Il descendit une gorgée de bière.

« Googie n'est pas au courant, dis-je.

– T'es sûr de ça ?

– Je serais le premier à le savoir, il me semble.

– T'en as parlé avec lui ?

– Non, dis-je. Katherine s'est pointée chez les Shipley quelques minutes après moi. Elle, elle est au courant de toute l'histoire. Elle m'a plus ou moins laissé entendre que Stu aussi, savait – mais pas Googie. Qu'est-ce que ça veut dire, Bank ?

– Qu'elle protège quelque chose.

– Mais on a la pression, là... les moyens mis en œuvre pour l'enquête, l'ampleur de notre campagne de relations publiques...

– C'est peut-être justement ça. Ses informations risquent de provoquer des remous qu'elle veut éviter à tout prix.

– Peut-être, mais ça n'est pas tout, fais-je. Il y a autre chose. »

Nous écoutons un instant les trépidations du fond sonore et le brouhaha des tables voisines.

« Moi, y a un truc que je peux te dire, Mack, finit-il par me lâcher. C'est qu'en ce moment même, la petite est quelque part où elle ne devrait pas être. Qu'est-ce qu'on a besoin de savoir de plus ? »

Quelques heures plus tôt, Katherine m'a sorti la même chose, à la virgule près.

« Tu sais qu'ils essaient de te mettre sur la touche ? fais-je.

– Conneries. »

Je promène mon regard autour de moi. À l'autre bout de la salle, Sue et Naomi ont l'air d'avoir terminé leur travail de décoration. Elles sont penchées l'une vers l'autre par-dessus le bar, en grande discussion.

« Tu devrais peut-être en parler avec quelqu'un, dis-je.

– De quoi ?

– Des effets que ça a sur toi, toute cette affaire. De ce que tu fabriques, la nuit.

– Je fais mon taf, Mack. Un point, c'est tout. Tu descends dans la rue, tu remues un peu la merde et t'en ramènes quelques échantillons. Pas plus compliqué.

– En ce moment, tu t'en prends même à tes propres indics et certains n'ont pas toujours l'air au mieux de leur forme, quand tu en as terminé avec eux. Tes propres “ cousins ”. Ça ne te ressemble pas.

– Faut ce qu'il faut.

– Je ne crois pas qu'il s'agisse uniquement du boulot. Ça va plus loin. Ce truc te ronge de l'intérieur. Ça t'embrouille les méninges.

– Je n'ai agi qu'en toute légalité.

– Peut-être, mais j'ai entendu dire en haut lieu que tes fesses n'allaient pas tarder à se retrouver au vert, derrière un bureau. »

Il garde le silence. Sue arrive avec une nouvelle tournée. Elle sait tenir son bar. Jamais de questions idiotes, sous prétexte de faire causette. « Je voulais juste te dire que tu devrais lâcher un peu de lest, avant que cette histoire n'achève de te pourrir l'existence, dis-je, dès qu'elle a tourné les talons. C'est pour ça que je suis venu. »

Il se penche vers moi et pose sa grande main sur la mienne. « Si tu t'occupais de tes fesses, Mack ? »

Je le regarde droit dans les yeux, là où bouillonne ce vieux fond de colère. Et je sens monter la mienne.

« Tu sais ce que c'est, ton problème, Mack ? T'es trop malin, comme toujours. Tu sais tout sur tout, mais t'as jamais été foutu de voir ce qui te crève les yeux.

– Comme par exemple ?

– Je te laisse deviner – c'est toi, le nouvel Einstein, non ? Mais pour une fois, fais-moi une fleur, OK ? Laisse-moi une petite marge de confiance. J'ai quand même réussi à étaler, jusqu'à présent, non ? T'as parfois tendance à l'oublier. » Cela dit, il se lève et sort, en balançant un billet sur le comptoir, au passage.

Au bar, deux flics se retournent et me lorgnent d'un air surpris. Je soutiens leur regard, comme si de rien n'était, mais je bous. Tout en m'appâtant avec cette piste qu'il m'agite sous le nez, Bank me laisse patauger – comme si ce n'était pas lui qui m'avait entraîné dans ce pétrin. Je me force à finir ma bière et à retrouver un semblant de calme, avant de quitter le box à mon tour.

« C'est réglé ! » réplique Sue, lorsque je lui demande combien je lui dois.

Naomi me fait admirer ses deux ongles peints, où scintille à présent toute une constellation.

« Wow, le panard ! » m'exclamé-je.

Elle lève les yeux au ciel et jette un clin d'œil complice à Sue, qui sourit.

« Ça va Mack ? me demande la patronne.

– Moi, oui, fais-je. Le problème, c'est Bank.

– Il finira bien par s'en sortir, dit-elle.

– J'aimerais en être aussi sûr. Comment tu l'as trouvé, toi ?

– Préoccupé. Il doit être sur un truc.

– Comme nous tous, non ?

– À qui le dis-tu !

– Allez, salut, Sue. Si tu venais à avoir vent de quelque chose, quoi que ce soit, tu m'appelles. »

Je jette un œil par la vitre. Bank est toujours là, sur le trottoir, en grande conversation avec deux types. Il les plante là, avec un signe de la main, puis traverse la rue en direction de Heron Park, avant de disparaître dans la nuit où il semble se dissoudre, comme un fantôme ou une apparition.

« Compte sur moi », répond Sue.

Dans la voiture, Naomi me fait : « Tu sais, Sue... paraît qu'elle s'est débrouillée toute seule depuis ses quinze ans. Elle aurait même pas mal zoné, pendant plusieurs années.

– Qu'est-ce qu'elle t'a dit, au juste, là-dessus ?

– Bof, pas grand-chose. Des trucs. »

Elle replonge dans ses réflexions, et je me demande quelle proportion de vérité Sue a pu lui dévoiler. Il m'arrive parfois de m'interroger sur ce que ma fille connaît de la vie. Chaque fois qu'elle se sauvait de chez ses grands-parents, à Colombus, ils ne m'appelaient jamais en temps utile. Je suppose qu'elle devait se contenter de passer une nuit ou deux chez une copine, sans prévenir personne. Mais j'ai fini par apprendre qu'au mois une fois elle avait disparu trois ou quatre jours, et que ces deux vieux abrutis n'avaient tiré la sonnette d'alarme qu'au bout de quarante-huit heures, sans même se donner la peine de m'en informer. Quand j'ai découvert ça, un bon mois plus tard, grâce à un inspecteur du Colombus PD, j'étais hors de moi. C'est à peu près à la même époque, en juin dernier, que j'ai décidé de récupérer ma fille de toute urgence.

« Naomi, lui dis-je. Je te dois des excuses.

– Pourquoi ?

– Tu sais, dimanche, quand tu m'as parlé de Tamara Shipley... J'aurais dû t'écouter. Elle a effectivement fait une fugue, l'an dernier.

– Et tu penses qu'elle a recommencé ?

– J'ai bien peur que non. »

Elle garde le silence.

« Alors, tu vois... cette copine dont tu m'as parlé...

– Zelda.

– Voilà... Où elle se l'est déniché, ce nom... ? »

Naomi se mâchonne un ongle, en regardant ostensiblement par la vitre.

« Enfin bref... fais-je. Tu crois qu'il y aurait moyen de lui parler ?

– J'en sais rien, p'pa. En général, elle préfère éviter les flics.

– Ça n'a rien à voir avec elle. C'est Tamara qui m'intéresse : les coins qu'elle fréquentait, ce qu'elle y fabriquait, avec qui. Ça pourrait sacrément nous aider.

– Je ne pense pas qu'elle l'ait revue, depuis. Ça fait un bail, tu sais.

– C'est mieux que rien.

– Je vais voir, fait Naomi. Je lui en parlerai.

– Quand ça ?

– Bientôt.

– Demain ? insisté-je.

– P'pa...

– Excuse-moi, Naomi, mais il faut que je la voie, ta Zelda. Ça pourrait changer pas mal de choses. »

Elle aspire une grande bouffée d'air, qu'elle souffle en examinant ses ongles. Elle réfléchit – et j'ai soudain l'impression de me trouver en présence d'une femme. D'une adulte. Ma main se pose sur ses cheveux alourdis de teinture noire et les effleure, comme elle le faisait autrefois, dans ce qui me semble une autre vie.

« P'pa... ? » fait-elle d'une voix ensommeillée. Sa tête s'est appuyée à la fenêtre, les yeux clos. « T'inquiète. Je vais lui en parler.

– Merci, ma grande. »

Minuit, et je suis toujours plongé dans le dossier Tamara Shipley. Je parcours les dépositions des témoins, les rapports des différents inspecteurs : ceux de Katherine et de Googie, surtout – je note au passage la rareté de ceux de Bank. Je jette un œil aux photos prises sur les lieux. La ruelle, la bicyclette, la Chrysler, mitraillée sous tous les angles. Je parcours les rapports du labo, la transcription de l'interrogatoire d'Eddie Munster, les documents des fédéraux : les appels passés depuis chez les Shipley, jusqu'au matin des faits inclus ; les relevés de compte qui ne font état que de très rares transactions sur carte bancaire ; les renseignements réunis par Simms à partir de l'enquête de voisinage. Ce genre de document suffit parfois à résoudre une affaire. On tombe sur une grosse dépense – un important découvert, par exemple, ou des versement répétés à un même destinataire – et à partir de là, tout s'enchaîne, mais ça tient toujours de la pêche à la ligne.

Peggy s'est couchée à dix heures et, depuis, je n'ai pas levé le nez de ces rapports. Je commence à les connaître par cœur... mais, en les reposant, je sens ce drôle de petit titillement, comme si quelque chose tentait de se révéler à moi, à travers ces pages.

La quasi-absence de règlements par carte bancaire me chiffonne, mais ce n'est pas tout. Je vais faire un tour dans la cuisine. J'avale une tranche de pain de viande froid et un verre d'eau, avant de revenir au salon et de replonger dans mes paperasses.

Certains témoignages sur les antécédents des Shipley font état de fortes tensions au sein de la famille. Je parcours pour la énième fois une déclaration du prêtre de la paroisse expliquant qu'il leur a conseillé de s'adresser à un médiateur, ou de consulter un spécialiste de ce genre de problème... rien de bien extraordinaire, au demeurant. Certains numéros des relevés téléphoniques ont été soulignés par un agent fédéral, qui y a apposé des points d'interrogation. L'un des numéros apparaît à deux reprises. Un numéro de la région de Chicago. Jusque-là, l'objet de ces points d'interrogation m'avait échappé, mais je remarque à présent que le second coup de fil à ce numéro a été passé à neuf heures quatorze, le dimanche où Tamara a disparu. Soit dix minutes après l'appel au 911. Pourquoi l'un des habitants de la maison a-t-il appelé Chicago si peu de temps après les faits ? Près du numéro, l'agent a noté « AF » – pour « ami de la famille ».

Je referme le dossier et je monte me coucher, après avoir poussé le verrou de la porte d'entrée et procédé à l'extinction des feux.

17

Dans la nuit du 13 juillet 1989 (Jamie avait disparu depuis quatre jours), Sarah ne m'appela pas – je devais apprendre par la suite qu'elle avait pris un somnifère. Cela ne m'empêcha pas de me réveiller à deux heures précises. Je m'assis dans mon lit et décrochai le téléphone, pour me raviser aussitôt. Je me levai. J'enfilai un jean, un sweat et des chaussures de jogging. Dehors, la pluie tombait toujours, sans discontinuer.

Je pris ma voiture et mis le cap sur Brentcroft Road et, de là, sur Heron Hills. Je croisai un moment dans le quartier, longeant les rues sinueuses bordées d'arbres et les rives de la rivière dont le murmure paisible s'élevait dans la nuit. Je débouchai enfin dans Detwiller. Tout était silencieux, chez les Arbaugh. Aucune lumière n'y brillait. Plus la moindre voiture de flics, banalisée ou non, dans la rue ou sur les trottoirs. La presse elle-même semblait avoir déserté les lieux, pour le moment du moins... Mais les journalistes ne tarderaient pas à revenir tels des charognards pour le dernier chapitre et le dénouement – la douleurs des parents, en direct et en gros plan.

Je dépassai la maison en roulant au pas, puis je fis demi-tour au bout de la rue et vins m'arrêter juste en face, l'œil aux aguets, dans l'attente de je ne sais quoi. Tout semblait dormir dans la maison. Si quelqu'un veillait encore, ce devait être dans le noir – derrière cette fenêtre, peut-être... Peut-être ce quelqu'un m'avait-il repéré. Peut-être m'observait-il, en se demandant qui pouvait bien venir traîner dans le quartier à une heure pareille.

Comme je m'engageais dans l'allée de la maison pour faire demi-tour, mes phares balayèrent le côté du bâtiment, puis la cour et la façade du garage, dont les vieilles portes métalliques étaient restées ouvertes. J'aperçus le minivan, mais l'emplacement d'à côté, où aurait dû se trouver la Jeep Cherokee de Bank, était vide.

Je ne vis aucune Cherokee rôdant dans les parages, en arrivant à Kestler Village. J'avais croisé quelque temps dans le quartier, de part et d'autre de l'artère principale, lorsque j'aperçus une lumière en passant devant le parking de chez Norke. C'était le plafonnier de sa Camaro marron, dont la portière conducteur était restée ouverte. Je mis pied à terre, la lampe torche à la main.

La porte d'entrée de l'immeuble était fermée. À cette heure-là, il fallait une clé pour entrer. Je secouai un peu la poignée, mais elle tint bon et personne ne vint m'ouvrir. Il n'y avait pas d'interphone, pas même une simple sonnette – aucun moyen d'alerter qui que ce fût. Je contournai l'immeuble. La porte de derrière était fermée, elle aussi.

La clôture de l'ancienne usine Kestler était éclairée par un grand lampadaire, planté au fond de la cour, derrière l'immeuble. M'approchant du grillage, je fouillai du regard le terrain vague envahi d'herbes folles qui commençait au-delà. À quelques dizaines de mètres, au milieu d'un terre-plein d'asphalte, s'élevait le grand bâtiment de brique, où brillaient quelques points lumineux – sans doute des veilleuses de sécurité imposées par la municipalité, pour éviter que l'endroit ne devienne un véritable trou noir. J'étais là depuis quelques minutes, l'œil et l'oreille aux aguets, quand j'entendis un appel, presque imperceptible, qui venait de la vieille usine. On aurait dit un cri, une supplication. J'escaladai le grillage et piquai un sprint.

Je le revois, dans cette nuit d'été diluvienne qui fit date dans notre histoire, ce grand Béhémot de brique rouge, ce parfait symbole de tout ce qui a fait notre ville, et qui en constitue le cœur – le centre historique, les vieux quartiers, le musée. L'emblème de ses origines et de sa destinée. Il se dressait devant moi, obscur, indifférents, titanesque, m'écrasant de ses neuf ou dix étages de murs nus. Je traversai au pas de course le vaste terre-plein défoncé qui le ceignait, sans découvrir la moindre voie d'accès praticable, ni voir âme qui vive. Tout semblait désert. Je ne vis qu'une seule porte d'entrée, que défendait une chaîne cadenassée. Je tendis l'oreille un moment, avant de repartir à fond de train vers l'extrémité ouest du bâtiment.

De ce côté s'alignait une série de quais de chargement auxquels on accédait par des rampes de béton. D'autres arrivaient directement à hauteur de benne. Sous une veilleuse de sécurité, je reconnus la Cherokee rouge de Bank.

Je longeai en courant plusieurs plates-formes. Toutes les entrées qu'elles desservaient étaient fermées par de gros verrous, sauf la dernière, dont le rideau de fer était resté soulevé de quelques dizaines de centimètres. Je me hissai sur la plateforme et roulai sous la porte, m'égratignant les bras et les épaules sur un tapis de gravats et de débris de verre. Puis je m'immobilisai dans le noir, l'oreille dressée.

Un autre cri s'éleva, bien plus distinct, quoique toujours lointain. Il venait de quelque part au-dessus de moi. Un appel passionné, mais dont le sens me demeurait obscur. Le son se répercutait dans les vieilles conduites d'aération.

Le rayon de ma lampe éveillait dans le grand entrepôt des silhouettes fantastiques : conteneurs rouillés, piles de palettes vermoulues. A chaque pas, mes semelles faisaient crisser les débris qui jonchaient le sol. M'efforçant de trouver mon chemin dans le dédale des ateliers, je franchis une haute porte voûtée qui donnait dans une salle encore plus vaste et plus caverneuse – une douzaine de mètres sous plafond. Les squelettes distordus des anciens convoyeurs, rongés de rouille, étaient toujours rivés au sol. Autrefois, ils devaient desservir la chaîne de montage, installée aux étages supérieurs. Les cris résonnèrent à nouveau, plus proches cette fois, mais nettement au-dessus de moi.

Je cherchai vainement un escalier, avant de repérer un segment de la chaîne de montage, toujours muni de son tapis de caoutchouc, large d'un mètre et demi. Bien qu'en partie démantibulée, elle me parut relativement solide. Elle s'élevait jusqu'à une grande trappe ouverte dans le plafond. Je la secouai un peu pour en éprouver la résistance, puis, glissant ma lampe dans ma ceinture, j'entrepris d'escalader l'épais tapis noir qui, en son temps, avait dû transporter chaque jour plusieurs tonnes de matériel.

Je grimpai à quatre pattes, posant mains et genoux avec précaution. Plus je m'éloignais du sol, plus je sentais tanguer sous moi la grande structure d'acier. De temps à autre, le caoutchouc du tapis dérapait sous mon poids et glissait sur les rouleaux métalliques qui le soutenaient. À chaque secousse, je me figeais sur place et me cramponnais à tout ce qui me tombait sous la main. Je parvins tant bien que mal à l'étage supérieur, faiblement éclairé par la lune qui pénétrait par les carreaux cassés des immenses verrières, noires de crasse.

« Attends ! » entendis-je. Le mot avait claqué à proximité. C'était la voix de Bank. Il y eut un bruit de pas précipités, puis d'autres éclats de voix, plus lointains. Comme je sautais du tapis roulant, ma lampe glissa de ma ceinture. Elle roula à terre droit vers la trappe, où elle disparut. Une seconde plus tard, je l'entendis s'écraser sur le béton du rez-de-chaussée.

Je m'élançai en direction des voix, traversant cet atelier pour pénétrer dans une sorte de grand couloir plus sombre, plus étroit, et plus bas de plafond. Un peu plus loin, une lourde porte claqua, puis se rouvrit à la volée. Je la franchis, pour plonger dans un noir d'encre. Je reconnus à tâtons une rampe métallique tubulaire qui s'élevait le long d'une volée de marches escarpées.

J'en escaladai une première série quatre à quatre, puis une deuxième, toujours dans l'obscurité. Je m'arrêtais à chaque palier pour tendre l'oreille, le temps de localiser les bruits de pas que j'entendais toujours, au-dessus de ma tête. Après en avoir gravi ainsi un certain nombre, je dus ralentir, au bord de la suffocation, pris d'une sorte de vertige dû aux effets combinés de l'épuisement et de l'adrénaline.

Je poussais une dernière porte, à bout de souffle, et je m'arrachai enfin à l'atmosphère confinée de la vieille usine, saturée de relents de graisse rance, pour plonger la tête la première dans la fraîcheur de la pluie nocturne.

Des éclats de voix d'hommes, à nouveau. Puis des bruits de pas. Ça courait, quelque part sur ma gauche. Un point lumineux déchira la nuit. Je m'élançai dans sa direction. Le toit de bitume comportait plusieurs sections, de différents niveaux.

Tandis que je poursuivais le trait de lumière, j'entendis Bank crier : « Arrête ! » Mes yeux s'accoutumaient à l'obscurité mais, dans ma hâte, je m'affalai sur un muret. Je me relevai aussitôt pour repartir de plus belle.

Soudain, le sol se déroba sous mes pieds. Je me vis mort : j'avais dû franchir la margelle qui bordait le toit, ou celle d'un puits d'aération, et je tombais dans le vide. Je me rappelle avoir pris une inspiration avide, interminable – comme si mes poumons avaient pu s'emplir indéfiniment. J'aurais voulu crier, mais je ne voyais pas le bout de mon inspiration.

Je finis pourtant par atterrir. Je n'étais tombé que d'un mètre vingt, un mètre cinquante, tout au plus. Un simple dénivelé du toit, probablement dû à l'adjonction d'une nouvelle section au bâtiment d'origine... Mais au terme de cette chute à laquelle je n'avais pu me préparer, mes genoux étaient venus heurter ma tête et mes épaules. Le goût métallique du sang chaud m'envahit la bouche.

« Attends ! » entendis-je – à quelques mètres de moi, cette fois.

Puis : « Ne m'approchez pas ! »

Près de l'arête est du bâtiment, s'abouchaient des conduites béantes, d'énormes bouches d'aération et de cheminées. Comme je les contournais à pas de loup, je découvris Alan Norke, éclairé par la Maglite de Bank. Il se recroquevillait contre le muret d'une trentaine de centimètres qui bordait le toit.

« Qu'est-ce que vous me voulez ? hurla-t-il.

– Relax, relax... haleta Bank, sur un ton qui se voulait apaisant. Je veux juste te parler... rien de plus.

– Et ça vous autorise à me kidnapper ? cracha Norke. Espèce de cinglé ! Je vais porter plainte contre vous !

– Dis-moi ce que tu sais, riposta Bank. Dis-moi ce qui s'est passé. Il faut que je sache. Qui d'autre y a participé ? Où est-elle ? » Bank se rapprochait insensiblement.

– Putain, vous êtes complètement dingue ! fit Norke, en se reculant d'un coup de talon. Fichez-moi la paix !

– C'est ce que je vais faire », dit Bank et, comme Norke se hissait sur ses pieds pour tenter de lui échapper, Bank se posta devant lui, prêt à le ceinturer, où qu'il aille. « Mais d'abord, parle !

– Au secours ! hurla Norke. À l'aide !

– Chhht, fit Bank. T'affole pas. »

Norke parut lui obéir. Sa voix s'éleva, soudain calme et apaisante, comme s'il avait tenté de se rassurer lui-même. « Je veux parler à mon avocat, fit-il. Je veux rentrer chez moi. Nous l'appellerons de là-bas. Ramenez-moi chez moi.

– Dis-moi d'abord qui l'a enlevée », fit Bank.

Fais quelque chose ! m'exhortai-je silencieusement. *Fais cesser ça !* Rappelle-lui que ce ne sont pas les empreintes de Norke qui étaient sur la batte... Mais il le savait aussi bien que moi – et ça ne prouvait d'ailleurs pas grand-chose. Et puis, j'étais tout aussi curieux que Bank d'entendre les révélations de Norke.

« Je n'en sais rien, répondit-il.

– Tu as agi seul ?

– Je ne l'ai pas touchée ! Vous êtes malade !

– Tu ne partiras pas d'ici avant d'avoir parlé. »

Norke poussa une sorte de sanglot étranglé.

« Je veux la vérité », insista Bank.

Norke partit d'un grand éclat de rire. Un rire de dément. « Ça, surtout pas, Mr. Arbaugh ! s'esclaffa-t-il. La vérité, c'est même la dernière chose que vous souhaitiez entendre ! Croyez-moi. »

Nous en eûmes tous deux le souffle coupé. Même face à un suspect dont la culpabilité ne fait plus aucun doute, l'instant de l'aveu a toujours quelque chose de troublant. Celui où il reconnaît : « Oui, je l'ai fait. » Aujourd'hui encore, après toutes ces années de pratique, ça me fait toujours battre le cœur, lorsque quelqu'un se met à table. Pourquoi renoncer ainsi ? Pourquoi ne pas défendre sa cause jusqu'au bout, devant le juge ? Pourquoi ne pas nous laisser démontrer nous-mêmes sa culpabilité ? Car, en dépit de tous les indices, en dépit de ce que nous suggèrent l'instinct et l'expérience, il reste toujours – et je suis bien placé pour le savoir – un atome de doute. Une possibilité, même infime, pour que nous soyons passés à côté d'un détail essentiel.

Les récidivistes, les coriaces, les pros du crime ne l'ignorent pas : il vaut toujours mieux garder le silence, tant qu'ils n'ont pas négocié leurs charges avec les procureurs, et qu'ils n'ont pas en main un accord bien défini, un contrat dont ils ont impérativement besoin. Sinon, pas question d'avouer. Mais l'immense majorité, les criminels d'occasion, ont en eux cet insondable noyau de culpabilité, d'incrédulité et de désespoir que leur inspire leur acte. Et ce que nous représentons, pour eux, c'est la possibilité de s'en libérer. Ils peuvent bien jurer, mentir et se défendre bec et ongles, en dernier ressort, ce qui l'emporte en eux, c'est ce besoin de confesser leur crime. Le flic qui les interroge leur tient lieu de prêtre et leurs aveux, d'absolution. Ça ressemble sans doute à une pieuse tentative d'autojustification de ma part, mais il n'y a pas de vérité plus vraie.

Dans le cas de Norke, dont nous ne savions presque rien et contre qui nous n'avions pas l'ombre d'une preuve, le flic se trouvait être, en outre, le père de la victime. Le confesseur idéal, détenteur de l'absolution suprême.

Et Norke savait la vérité. Il venait de l'admettre.

« Je t'en prie, fit Bank. Je t'en supplie... Il faut que je la retrouve. Où qu'elle soit et quel que soit son état, il faut que je la voie. Il le faut...

– Ça n'a rien d'une nécessité, et vous feriez mieux d'y renoncer tout de suite ! » Cela dit, Norke tenta un passage en force. Mais il ne pesait pas bien lourd, face au grand Bank Arbaugh. Comme Norke plongeait vers la droite, le bras de Bank se détendit et le repoussa sans ménagement en arrière, en direction du muret qui bordait le toit. Mais il faisait noir et Bank était à cran. Norke trébucha.

Rétrospectivement, il me semble l'avoir vu, un instant, suspendu au bord du vide, comme s'il allait parvenir à se rétablir, le buste fléchi vers l'avant, dans un geste désespéré pour échapper à la chute. Il me semble aussi avoir vu son pied s'élever dans l'espoir de reprendre appui sur le toit. J'ai dû imaginer cette expression sur son visage, que je suis pourtant sûr d'avoir vue distinctement : de l'incrédulité où se mêlait une sorte de soulagement. Mais je ne pourrais pas jurer d'avoir vu tout ça.

Bank comprit immédiatement. Dans sa colère, il avait mal mesuré son geste. Il avait propulsé Norke trop brutalement en arrière et l'avait fait tomber. Il se rua vers lui, et tendit les bras – pour le rattraper, cette fois. Mais trop tard. Ce soir-là, même pour Bank, tout était allé trop vite.

Alan Norke parut flotter dans l'air une seconde, le temps d'articuler un mot, un seul : « Non », d'une voix neutre, presque calme. Puis, sans un cri, sans un geste pour se raccrocher, il partit à la renverse dans le vide, dans la nuit, dans les bras de la pluie.

L'angoisse dut m'arracher un cri. L'angoisse et le regret. Celui de toutes ces questions que je voulais poser à Norke. Parce que je mesurais déjà tout ce que sa disparition risquait de laisser non élucidé

– ainsi que l'enfer d'incertitude que nous allions devoir affronter... Je ne sais plus. Toujours est-il que Bank m'entendit. Sa Maglite fouilla la nuit dans ma direction.

« Mack ! »

J'étais face à lui, pris dans le rayon de sa lampe.

« Mack ! répéta-t-il. T'étais là, bordel de merde ! »

Je ne répondis pas, et je ne sus jamais ce que recouvrait exactement ce juron. Me reprochait-il d'avoir assisté à tout ça sans intervenir, pendant qu'il en était encore temps ? Ou tout simplement d'avoir été témoin de cet atroce événement, et d'être désormais le codétenteur de son secret. Son complice, à tout jamais.

Nous sommes restés face à face, sans prononcer un mot, et, au bout d'un certain temps, nous avons rebroussé chemin, chacun aidant l'autre à franchir les dénivellations du toit, jusqu'à l'escalier métallique que nous avons descendu, puis jusqu'à une seconde cage d'escalier dont la présence m'avait échappé à l'aller. Elle nous mena au rez-de-chaussée.

Je n'essayai pas de l'éclairer sur mes intentions, et il ne me posa aucune question.

Il fallait commencer par s'assurer du sort d'Alan Norke. Il gisait dans une petite mare de sang. Nous étions bien placés pour savoir qu'il valait mieux éviter d'y patauger ou de laisser la moindre trace de notre passage. Mais nous n'eûmes pas à approcher. Dans le faisceau lumineux de la Maglite, j'avais aperçu suffisamment de substance cérébrale pour savoir qu'il était mort sur le coup.

De l'autre côté du bâtiment, près de la Jeep de Bank, je lui fis signe de me suivre. Je l'emmenai dans le grand entrepôt qui donnait sur les quais de chargement et dont j'inspectai le sol pour localiser ma lampe cassée. Bank comprit immédiatement ce que signifiaient non seulement la présence de ces débris, mais surtout le fait que je les lui aie montrés. Il se mit à quatre pattes, pour les rassembler du mieux qu'il put et, m'agenouillant près de lui, je lui prêtai main forte.

Cela fait, nous retrouvâmes notre chemin jusqu'aux quais de chargement. Bank me déposa à ma voiture, et je rentrai aussitôt chez moi. Je me remis au lit, sans pour autant parvenir à fermer l'œil. Je devais avoir trop peur de ce qui m'attendait dans mon sommeil.

Le « suicide » d'Alan Norke fut unanimement interprété comme un aveu de sa participation à l'enlèvement et porta à son comble l'effervescence médiatique. Mais le soufflé ne tarda pas à retomber.

Le labo écuma son appartement et démonta sa Camaro presque pièce par pièce, bien qu'elle n'eût rien de commun avec le véhicule décrit par l'amateur de jogging de Heron Park, et bien qu'il fût établi que Jamie y était montée au moins une fois avant sa disparition. Voiture, coffre, vêtements, tapis, et mobilier, tout fut méticuleusement passé à l'aspirateur et au ruban adhésif par la police scientifique, qui constitua un catalogue complet de fibres et d'autres débris. Ils prélevèrent des échantillons dans toute la maison des Arbaugh, dans la chambre de Jamie et sur les canapés et les fauteuils où elle avait ses habitudes, dans l'espoir d'isoler chez Norke telle ou telle fibre provenant de chez Jamie. Ils produisirent des listings de données, mais en pure perte. Aucun des objets appartenant à Norke ne portait d'empreintes de Jamie, et aucune de celles relevées chez lui ne correspondait à celle de la batte.

On interrogea ses amis et ses relations. Avaient-ils eu connaissance de pratiques pédophiles, de sa part ? Lui connaissait-on des relations douteuses ?

Aurait-il pu se servir d'une autre voiture ? Les véhicules de toutes les personnes interrogées furent à leur tour passés au peigne fin, et leur immatriculation contrôlée.

Puis Stamos, du Chicago PD, rappela Katherine. Il avait découvert le fin mot de l'histoire, concernant l'arrestation de Norke pour kidnapping.

Ce n'était qu'un banal problème de garde d'enfants, me rapporta Katherine. Norke avait agi pour le compte d'une patiente qu'il suivait en thérapie familiale et qu'il assistait dans ses démarches. Il avait déjà son Master, à l'époque, et il exerçait dans une ou deux cliniques de la région. Sa patiente accusait son ex-mari, domicilié à South Bend, d'inceste sur la personne de leur fille, dont il avait partiellement la garde. Norke s'en est mêlé – ce qui expliquait que les charges contre lui aient été ramenées à un simple défaut de présentation d'enfant. Par la suite, les parents avaient dû se réconcilier, car le père avait retiré sa plainte.

Norke se trouvait donc lavé de tout soupçon de pédophilie. Bien au contraire : il n'avait agi que dans l'intérêt de l'enfant, pour la soustraire à ce qu'il percevait comme un danger pour son intégrité morale – intention des plus honorables, et parfaitement reconnue par les lois de l'Ohio, tout comme par celles de l'Indiana.

Restait que, sur le toit de l'usine, Norke avait bel et bien reconnu qu'il était au courant de certaines choses – mais de quoi, au juste ? La piste était désormais perdue pour nous.

18

Le lendemain, mercredi, l'ambiance de la salle de réunion est nettement plus morne. On a peu d'éléments nouveaux concernant Tamara Shipley. Qui plus est, le père Hector Morales n'est toujours pas revenu. Ce matin, Katherine a rencontré un autre prêtre de sa paroisse, qui lui a paru inquiet. Il parlait de signaler l'absence du père Hector aux Portés disparus. Tout ça ne nous dit rien qui vaille.

Sur la table, devant chaque fauteuil, nous lorgne un portrait-robot – celui du client du Food King qui a acheté des rouleaux d'adhésif dimanche dernier, aux aurores. Teint mat, lèvres épaisses, mâchoire légèrement prognathe. Il porte une barbiche, de petites lunettes rondes avec des verres miroir, ainsi qu'un bonnet tubulaire noir qui, une fois déroulé, pourrait bien être le fameux « masque de ski » qui a accroché l'œil de Jeff Gramza. Mais, dessous, avait déclaré la caissière, elle avait cru remarquer qu'il était presque chauve. Elle n'aurait pu préciser d'où lui venait au juste cette impression, mais c'était le souvenir qu'elle en gardait. L'un dans l'autre, la demoiselle du magasin nous a rendu un fier service. Grâce à elle, nous tenons désormais notre première piste tangible, même si ce n'est encore, et en mettant les choses au mieux, qu'un fil ténu.

« Tous les collègues de terrain en auront un exemplaire, dit Googie. La presse, les fédéraux, les adjoints du shérif du comté aussi. Tout le monde.

– Bien joué, les gars ! nous félicite Simms, à la cantonade, avec force hochements de tête approbateurs.

– Il ne nous reste plus qu'à l'épingler, ce fils de pute... » lance Googie.

Hochements de tête unanimes.

« On a trouvé un autre truc, poursuit-il. Voilà un moment que j'y réfléchis. La petite aurait déjà un dossier chez nous, sous un autre nom. Elle a fait une fugue l'an dernier, vers le mois de janvier... »

Je guette les réactions des présents, qui ne sont pas censés être au courant, mais tout le monde reste de marbre, ce qui me donne à penser que le scoop n'est plus de première fraîcheur. Et de m'étonner, derechef, de ce manque de transparence. Comment diable Katherine et Googie ont-ils pu garder sous le coude une telle information ? Pourquoi ne l'ont-ils pas transmise à toute l'équipe, dès qu'ils en ont eu connaissance ?

« Pour l'instant, reprend Googie, je ne vois pas ce que ça peut changer, et je ne crois pas qu'il soit nécessaire de s'étendre là-dessus. » J'essaie de capter le regard de Katherine, mais il semble éviter le mien.

Googie attribue rapidement les tâches de la journée, et s'apprête à lever la séance, quand je brandis une copie des relevés téléphoniques.

« Une question... lancé-je, en direction de Simms. Ce numéro de Chicago – de quoi s'agit-il au juste ?

– Selon la mère, ce sont des amis de la famille qu'elle a appelés.

– Mais cet appel qui a été passé dix minutes après la disparition...

– C'est courant, dans les moments de panique. Le besoin de parler à quelqu'un qui vous comprenne, d'entendre une voix amicale.

– Est-ce qu'on a vérifié ? »

Simms répond d'un haussement d'épaules.

« Moi, j'ai appelé, nous informe Katherine.

– Toi ? »

Elle me jette un regard sombre. « Oui. Et je suis tombée sur une femme qui est effectivement une vieille amie de Rochelle. Elle me l'a confirmé. Elles se connaissent depuis des années et se considèrent comme deux sœurs.

– Ah... fais-je. Ça a dû m'échapper, quand j'ai lu ton rapport.

– Mille excuses. Je vais le noter quelque part dans le fichier.

– Formidable. »

Nous échangeons un autre regard appuyé, jusqu'à ce que Googie lève la séance d'un « Bien ! ce sera tout ». Et nous vidons les lieux.

Un peu plus tard, je croise Simms à l'entrée du service, près des machines à café où il s'est arrêté pour souffler un peu avant de regagner son service, dans l'immeuble fédéral. Je l'appelle d'un signe et il me suit dans la salle de réunion dont je referme la porte.

« Un problème, Mack ?

– Écoutez, fis-je. J'aurais un truc à vous demander – vous pourriez garder ça pour vous ?

– Sûr. De quoi s'agit-il ?

– De ce numéro de Chicago...

– Ça vous taraude, on dirait ? »

Je fais « oui » de la tête – quoique... ce qui me taraude, en fait, c'est plutôt Katherine. Mais je me garde bien d'en faire part à Simms.

« Vous voudriez que j'y jette un œil, à ce numéro ?

– Vous pourriez ?
– Sûr.
– J'ai comme l'impression qu'il y a un truc.
– Pas de problème. Je vais passer un coup de fil à nos collègues de Chicago. Ils vont retrouver l'adresse et vérifier l'identité des habitants. Et, si nécessaire, ils iront leur poser quelques questions.
– Le tout sans faire de vagues ?
– Si vous y tenez.
– J'y tiens. »

Rick hoche la tête et me donne une petite tape sur le bras avant de remettre le cap sur le percolateur. Quant à moi, je poursuis mon chemin vers la sortie, et j'émerge dans le grand jour.

Je déjeune seul à la Lanterne Verte, une gargotte à flics des plus classiques, graillonneuse à souhait, coincée entre une tour de bureaux et un vieil hôtel de brique jaune. Bien que je n'aie pas encore de kilos à perdre, Peggy ne cesse de me rebattre les oreilles de diététique – il est vrai que le régime alimentaire du flic moyen laisse parfois à désirer. Au lieu de me commander la formule du chef, un fameux cheese-burger-bacon garni de frites, que les collègues du service surnomment le « Spécial cardio-vasculaire » – je me contente d'une soupe-salade. Je n'ai pas spécialement faim.

Je me perche sur un tabouret, près du comptoir qui court le long de la vitrine, en laissant mon regard s'échapper vers la rue. Je dois avoir la tête ailleurs, car je n'ai même pas remarqué la présence de Katherine, qui fait la queue à la caisse pour régler son addition.

Lorsqu'elle se retourne, nos yeux se croisent. Je devrais m'attendre à une réaction vaguement hostile, puisque c'est le tour que semblent avoir pris nos relations, ces derniers jours. Je ne m'explique pas ce qu'elle nous couve... à moins que je me fasse des idées. Ce qui fait que, lorsqu'elle me décoche un grand sourire, avec un clin d'œil amical, j'en reste d'autant plus soufflé.

À mon retour au bureau, aux alentours de quatre heures, Stu m'intercepte et, m'empoignant fermement l'épaule, m'indique le chemin de son box d'un coup de menton. Ce que je lis sur son visage a quelque chose d'alarmant et, au premier claquement de ses doigts, l'angoisse me prend à la gorge. L'un de mes gosses, me dis-je instantanément – ou alors, Peggy. Mais Googie est là, lui aussi. C'est donc Tamara. J'ai la soudaine certitude qu'on l'a retrouvée – morte. J'en jurerais. Je le sens jusque dans la moelle de mes os.

« Tu veux t'asseoir ? demande Stu.

– Non, merci. Qu'est-ce qui se passe ? On l'a retrouvée ?

– Mack, fait Stu, tu te souviens de cette empreinte que les gars du labo ont relevée sur le vélo de la petite Shipley ? Eh bien, ce matin, ils l'ont scannée et balancée dans le système informatique du fichier central... » Le fichier central du comté, sous-entend-il. Un système de saisie relié à une base de données qui peut comparer n'importe quelle empreinte à toutes les autres, en quelques secondes. De nos jours, tout service de police digne de ce nom doit s'équiper de ce genre de gadget.

« Ah ! C'est pour ça que... ?

– Ouaip. On a trouvé une correspondance. »

Je le regarde sans comprendre. Pourquoi affichent-ils cet air catastrophé – et pourquoi tant de cérémonies, pour m'annoncer ça ?

« Mack, laisse tomber Stu, ils ont établi neuf points de correspondance entre cette empreinte et celle qu'on avait retrouvée sur cette putain de batte de base-ball... »

Je ne vois toujours pas de quoi il s'agit. J'attends des éclaircissements qui ne viennent pas... mais je finis tout de même par entrevoir. Et j'ai tout à coup l'impression d'encaisser un coup de bâton derrière les genoux. Je me laisse choir sur la chaise que me proposait Stu. Cette putain de batte – celle de Jamie, veut-il dire.

« Oh... de Dieu ! » C'est tout ce que je parviens à articuler. « Comment est-ce qu'on a pu – comment c'est p... putain ! » Je suis incapable d'aligner deux idées. À peine si j'ai la présence d'esprit de continuer à respirer. Je suffoque, bouche bée, comme une carpe sur le sable. Je desserre ma cravate et je tire sur mon col à en faire sauter le bouton.

« Pas de panique ! » me fait Stu, en me tendant un gobelet d'eau.

De l'air. Vite ! Sortir de ce bureau et de cet immeuble. De l'air ! J'ai besoin de réfléchir à tête reposée – ce qui s'emboîte, ce qui ne colle pas... Il va me falloir un certain temps pour comprendre et admettre que, contre toute attente, et sans doute pour d'atroces raisons, quelque chose puisse relier Jamie à Tamara. Mais ça va plus loin...

« Bank est au courant ?

Stu secoue la tête. « Pas encore. Je vais immédiatement le mettre sur la touche, Mack. Je n'ai plus le choix. Ça va achever de le faire déjanter.

– Et tu imagines qu'il suffit de le coincer derrière un bureau pour lui faire lâcher prise ? Tu crois qu'il ne va pas filer casser du suspect dans la rue, dès que tu l'auras quitté de l'œil ?

– Et qu'est-ce que tu veux que je fasse ? Que je le boucle ?

– Non », dis-je. Mes idées se bousculent, se télescopent, tentent désespérément de faire leur propre tri. « Écoutez... laissez-le travailler sur le dossier. Et sur le terrain.

– Mack !

– C'est moi qu'il faut réaffecter.

– Quoi ?

– Oui. Mettez-moi sur le service de nuit....

– ... En tandem avec Bank, achève Googie. Faisons-les à nouveau bosser en équipe. »

Stu me jette un œil. Ses doigts claquent de plus belle.

« C'est le seul truc à faire », dis-je – et ça l'est. Ils échangent des regards interrogatifs, puis d'imperceptibles hochements de tête, et Stu finit par reconnaître le bien-fondé de ma proposition.

LIVRE TROIS

19

Sans que je puisse dire à quoi ça tenait, Ned et Frances Baxter, les gens chez qui Bank avait été placé, m'ont toujours paru un peu bizarres. Ils n'avaient pas d'enfants mais ils hébergeaient, en plus de Bank et pour des périodes plus ou moins longues, d'autres gosses dont ils assuraient la garde. Je me souviens, en particulier d'une certaine Angela Watson, qui était une classe en dessous de la nôtre, mais il y avait toujours chez eux une ribambelle de gamins beaucoup plus jeunes. Angela n'y est restée que deux années scolaires. Quant aux petits, pour autant que je m'en souvienne, ils ne faisaient que passer dans la maison, où ils semblaient transiter, sans planning bien défini.

Les Baxter habitaient à une rue de chez nous. Ils avaient un petit bungalow, une bicoque toute de plain-pied, d'un bleu délavé. L'entrée donnait directement dans le living, où trônait un affreux canapé d'angle vert olive, déployé autour d'une grosse console télé couleur. Et ce n'était pas la seule dans la maison : Ned et Frances avaient, dans leur chambre, un second poste de dimensions plus modestes, mais toujours couleur – chose qui ne manquait pas de m'épater. Chez moi, il n'y avait qu'une minuscule télé noir et blanc, une Zenith carrossée de plastique beige, sur une étagère de notre bibliothèque. Je dus attendre 74 ou 75 pour que mes parents se décident à passer à la couleur. Aux yeux de ma mère, ce genre de dépense frisait l'extravagance. Mais Ned et Frances, eux, adoraient littéralement leur grosse télé. Il me semble ne l'avoir jamais vue qu'allumée, même lorsqu'il n'y avait personne pour la regarder...

À gauche, en entrant, se trouvait une grande cuisine-salle à manger occupant toute la largeur de la maison. À l'autre bout du living s'ouvrait un couloir, une sorte de boyau sombre et étroit, qui desservait les trois chambres à coucher.

Ned était plombier de son état. C'était un vrai colosse – une tête massive, des cuisses énormes, un torse taillé comme une barrique. Avec ça, des cheveux rasés en brosse, une bouche lippue, et une paire d'oreilles rouges et charnues, qui s'écartaient largement de son crâne. Frances non plus n'était pas du genre maigrichonne. Elle se baladait dans la maison moulée dans des pantalons corsaire en Elastiss rose ou jaune citron qui lui arrivaient au mollet et soulignaient non seulement les rotondités de ses cuisses et de sa large croupe, mais surtout cette façon qu'avaient ses jambes de fondre inopinément vers le bas, à partir de ses genoux, pour se terminer par des chevilles et des pieds d'une inquiétante fragilité. Je me surprenais parfois à me demander par quel miracle ils pouvaient supporter sans se briser le poids de son imposante anatomie. La nature l'avait également dotée d'une poitrine plus qu'opulente mais, comme elle semblait affectionner les T-shirts flottants, ses seins se faisaient plus aisément oublier. Elle avait les yeux ambrés et taillés en oblique, comme les chats. Ils auraient pu être beaux, s'ils n'avaient pas été noyés dans les replis de son visage massif, dont émergeait un gros nez charnu, au-dessus de sa grande bouche, toujours tordue en une grimace malveillante.

Bien que ce détail ne m'ait guère troublé, à l'époque, j'avais remarqué une nette différence d'âge entre Frances et Ned. En fait, comme je l'appris plus tard, il avait une quinzaine d'années de plus que Frances, qui n'avait alors que vingt-cinq ans, ce qui me paraît très jeune, vu d'ici mais à l'époque, c'était l'âge de ma mère. J'avais aussi plus ou moins conscience de ce vague parfum de scandale qui flottait autour de leur couple, mais j'ignorais ce dont il retournait et, à vrai dire, je ne tenais pas à le savoir.

Frances ne travaillait pas à l'extérieur, et je la voyais toujours quelque part dans la maison lorsque je débarquais pour jouer avec Bank. Mais chez eux, il y avait toute la place qu'on voulait pour courir ou jouer au foot, et les environs regorgeaient de cachettes où nous pouvions nous éclipser quand l'envie nous en prenait. Leur maison était bâtie sur une étroite parcelle d'un bon hectare et demi, au bout de laquelle se trouvait un petit bois. C'est là, dans un arbre, à cinq ou six mètres du sol, que Bank avait construit sa « cabane » – une plate-forme en planches, plutôt rudimentaire, mais qui remplissait son office. Il dut me tanner des jours et des jours avant que je me résigne à y grimper. Au début, c'était tout juste si je parvenais à m'y asseoir. Au moindre souffle qui faisait tanguer notre radeau aérien, je me cramponnais aux planches, tenaillé par la peur de les sentir se dérober sous moi, en proie à une angoisse qui me rendait sourd et aveugle au reste du monde.

Frances et Ned n'avaient rien de commun avec mes propres parents. Ils étaient bourrus, violents et forts en gueule. Ni l'un ni l'autre n'hésitaient à coller une torgnole aux gosses dont ils avaient la garde,

Bank y compris, et ce, sans même un grognement d'avertissement. Leur devise semblait être « On cogne d'abord, on discute après ».

J'en étais souvent le témoin impuissant. Je me souviens, notamment d'un samedi où nous regardions *Jonny Quest* sur cette fameuse télé couleur – il me semble que c'était hier –, et où la petite Angela, avec ses boucles blondes, son teint de porcelaine, sa jolie bouche rose et cet air inquiet et douloureux qui semblait ne jamais la quitter, vint se joindre à nous. Elle sortait de la cuisine, où elle s'était fait un bol de céréales. Elle s'arrêta derrière le canapé, pour regarder l'émission par-dessus nos têtes. Je me suis tourné vers elle par hasard, au moment où Ned entrait dans le living pour foncer aux toilettes. J'avais dû l'entendre ouvrir la porte de derrière et traverser la cuisine. Comme il approchait d'Angela, je vis s'élever un de ses énormes battoirs, aux doigts couverts de gros cals jaunâtres. Sans même ralentir l'allure, il lui décocha au passage une claque magistrale, qui atteignit Angela à la nuque. Ses lèvres laissèrent échapper un cri silencieux et elle se plia en deux, comme s'il l'avait frappée au plexus solaire. Ses yeux s'étaient remplis de larmes. Elle regarda Ned sans souffler mot.

« File me nettoyer ce merdier ! » lui lança-t-il, l'index pointé vers la table de la cuisine où Angela avait laissé son bol, à côté de la bouteille de lait et du paquet de céréales.

Bank prit les choses en main : il fit asseoir Angela sur le canapé, avant de filer à la cuisine où il remit le lait et les céréales à leur place. Puis, s'étant assuré que Ned en avait encore pour un moment aux toilettes, il s'arc-bouta sur la cuiller jusqu'à ce qu'elle se plie en deux et fracassa le bol contre le bord de l'évier, avant d'enfouir le tout sous les détritus, au fond de la poubelle.

Par la suite, j'ai voué à Ned une haine tenace, attisée par la passion aussi fervente que secrète que m'inspirait Angela. Le soir, je m'endormais en imaginant le moment où nous nous enfuirions ensemble, elle et moi, vers un avenir certes vague, mais radieux. À dater de ce jour, mes rêveries s'enrichirent d'un duel sans merci avec l'infâme Ned, qui tentait de nous barrer la route de la liberté. Il va sans dire que je sortais vainqueur de l'affrontement, grâce à l'intervention providentielle de Bank, qui venait me prêter main forte au moment le plus désespéré du combat, et, d'un direct magistral, neutralisait le gros Ned, dont le crâne tondu résonnait comme un gong.

Mais les Baxter n'étaient à mes yeux que deux crétins mal dégrossis qui éprouvaient cet incompréhensible besoin de recueillir chez eux des enfants qui n'étaient pas à eux. À l'époque, j'ignorais encore qu'il y avait de l'argent à la clé, dans ce type de charité. Frances avait toujours dans les jambes un ou deux moutards morveux et glapissants, tandis qu'elle nettoyait, rangeait et astiquait la maison et tout son contenu, de fond en comble. Car il y avait une chose qu'il fallait leur reconnaître, aux Baxter : c'étaient des gens propres sur eux, et qui prenaient grand soin de leurs affaires.

Notre école se trouvait à près d'un kilomètre de là, mais nous pouvions faire pratiquement tout le trajet à vélo par des petites rues tranquilles, en évitant les grandes artères, et ne rejoindre Liam Road qu'en face de l'église Notre-Dame-de-Lourdes. L'école se trouvait à deux pas, au coin de Pawtucket Avenue.

Derrière l'école et l'église s'étendait un immense terrain en friche, qui continuait vers l'est, de l'autre côté de Pawtucket, et que ceinturait Lourdes Creek. Ce petit ruisseau, baptisé du nom de la paroisse qu'il traversait, longeait la clôture rouillée de notre cour d'école, avant de disparaître dans une énorme buse de ciment sous Pawtucket. Le terrain lui-même était surtout un fouillis d'herbes folles jaunies qui, à la fin de l'été, m'arrivaient plus haut que la tête. À certains endroits, dans les creux, le sol était presque marécageux. Mais au bout de la parcelle la plus grande et la plus sauvage de ce terrain – celle qui se trouvait tout à fait à l'est, au-delà de Pawtucket, et que nous avions baptisée « l'Enfer vert » –, commençait notre forêt.

Ça n'était pas une jungle, loin de là. À peine trois ou quatre hectares, plantés de feuillus typiques du Midwest – chênes, érables, sycomores et même quelques rares ormes rescapés. De la cime de quelques-uns tombaient des lianes aussi grosses que les biceps de Bank. Nous adorions nous y suspendre pour nous propulser dans les airs d'un vigoureux coup de pied contre le tronc, en poussant des cris dignes de Tarzan, façon Johnny Weissmuller. Le sous-bois était jonché de branches mortes, idéales pour gauler les noix, croiser le fer, ou cogner sur les troncs, pour le plaisir de voir les fragments de bois vermoulu s'envoler en tournoyant avant d'aller se perdre dans la pénombre.

Ce devait être notre deuxième ou troisième expédition – l'été 68 touchait à sa fin. À midi, le thermomètre frisait déjà les trente-cinq à l'ombre. Nous nous sommes enfoncés assez loin dans les bois pour découvrir qu'après quelques centaines de mètres à peine, ils débouchaient sur un vulgaire champ de soja. Cruelle désillusion : notre « Enfer vert » n'était donc pas une jungle infranchissable... Au-delà du champ, derrière les ondulations du terrain, on apercevait le faîte d'une maison blanche et d'une grange d'un gris délavé, à demi masquées par une petite butte. Nous avons décidé de piquer vers l'est, le long de la lisière du bois, et c'est ainsi qu'un peu plus loin, nous avons fait notre seconde découverte : à cet endroit, Lourdes Creek obliquait plein sud, émergeant de l'extrémité est du bois avant de dérouler ses méandres à travers le champ de soja.

Comme nous rebroussions chemin, le long de la berge, nous sommes tombés sur un enchevêtrement d'arbres et de buissons particulièrement denses, dans lesquels le ruisseau se perdait sans qu'on puisse voir au juste dans quelle direction. Bank s'élança sans hésiter à travers les broussailles, repoussant du coude les branches basses et passant en force entre les buissons et les arbrisseaux. Je le suivis à distance prudente, pour éviter de me prendre les branches dans la figure.

Soudain, je l'entendis pousser un « Wow ! » retentissant. Nous étions à l'orée d'une petite clairière, au milieu de laquelle le ruisseau avait rempli une cuvette naturelle, large de sept ou huit mètres et longue d'autant. En regardant bien, on en devinait le fond, tapissé de sable. Devant nous, de gros rochers ronds parsemaient la berge, comme jetés là pêle-mêle par une main géante. Nous nous sommes approchés de l'eau en sautant de l'un à l'autre. La berge opposée semblait s'assoupir dans la perpétuelle pénombre du sous-bois, mais, de notre côté, le soleil tombait à la verticale sur le centre de la mare et les rochers où nous étions perchés.

« Ça a l'air profond ! » s'exclama Bank. Remontant à fond de train vers le haut de la berge, il ôta sa chemise et la balança dans l'herbe.

« Eh ! Qu'est-ce que tu fous ?

– Je pique une tête, tiens ! » rétorqua-t-il. Il était déjà pieds nus. Il laissa tomber son vieux jean coupé et dégringola la pente en bondissant de rocher en rocher puis, sans me laisser le temps d'ajouter un mot de mise en garde, il plongea. Je restai planté sur mon caillou, retenant mon souffle avec lui, et, au bout de quelques secondes qui me parurent interminables, sa tête émergea enfin. Il s'ébroua et agita les bras dans ma direction.

« Alors ! Qu'est-ce que t'attends ?

– Elle est bonne ?

– Glaciale ! C'est super ! »

Je mourais d'envie de le rejoindre mais, malgré l'écran d'arbres qui nous entourait, j'hésitais à m'exhiber en tenue d'Adam.

« T'as qu'à garder ton calecif ! s'égosilla Bank.

– Pas la peine de gueuler ! » fis-je, avant d'ajouter : « Il va être trempé...

– Et alors ? Il séchera, espèce de gland ! répliqua-t-il. Il fait au moins quarante ! »

Ce qui acheva de me décider... Ne gardant que mon slip J. C. Penney, je me jetai à l'eau avec un hurlement strident.

Notre bain achevé, nous rejoignîmes la rive, tremblants comme des feuilles, les lèvres bleuies, et, à l'abri d'un buisson, je tordis consciencieusement mon slip que je remis mouillé sous mon jean – mais, conformément aux prévisions de Bank, le temps de revenir à la maison, j'étais pratiquement sec. Par la suite, je pris la précaution de cacher dans les buissons un vieux maillot de bain que j'avais sorti en douce de chez moi, mais dont ma mère finit tout de même par remarquer la disparition. Lorsqu'elle me demanda si je savais où il était passé, je me contentai de lui répondre d'un signe de tête négatif, comme si le fait de ne pas nier à haute et intelligible voix avait pu atténuer mon mensonge.

Quand arriva l'été suivant, cela ne me faisait plus ni chaud ni froid à me déshabiller devant Bank. Nous foncions vers la mare, nus comme des vers, et nous nous jetions dedans côte à côte, en glapissant et en nous éclaboussant de grandes gerbes glacées, jusqu'à ce que nous nous soyons habitués à la température de l'eau.

Parfois, Bank s'écriait tout à coup : « Fais gaffe ! Il y a un truc qui vient de me frôler le pied... Ça remue, là-dessous ! »

Et avec un « Oh ! Merde ! », je battais en retraite vers les rochers brûlants, où je ne me réfugiais que pour repiquer une tête, un instant plus tard.

Un jour, Bank eut l'idée d'une compétition : celui qui réussirait à rester le plus longtemps sous l'eau en apnée. Au bout de quelques manches, où il avait fait preuve d'une supériorité écrasante, il décida de se mesurer à un adversaire plus coriace : lui-même. Étant l'heureux propriétaire d'une Timex *waterproof* – un cadeau reçu pour mes dix ans –, je devins *ipso facto* son chronométreur officiel.

« Un, deux, trois, partez ! » hurlais-je. À mon signal, il se gonflait les poumons à s'en faire exploser et se laissait couler. À la mi-août, il tenait déjà soixante-cinq secondes avant de refaire surface, tout ruisselant, au bord de l'asphyxie.

Le problème de Bank, c'était la force d'Archimède : il flottait. Pour rester immergé, il lui fallait sans cesse brasser l'eau vers le haut, dépense d'énergie qui limitait ses performances. Ses temps plafonnaient obstinément juste au-dessus de la minute – jusqu'à ce qu'il découvre le moyen de damer le pion au vieil Archimède.

Un peu en aval de la mare, Lourdes Creek avait déposé le long de ses berges un vaste échantillonnage de grosses pierres, pesant de trois à dix kilos, et qui lui avaient donné une idée : s'il en coulait un certain nombre au centre de la mare et qu'il s'en servait comme lest pendant ses plongées, en se les empilant sur le ventre, il pourrait rester sous l'eau sans autre effort que celui de retenir sa respiration.

Il y avait chez Bank un côté casse-cou qui passait auprès de la plupart des gens pour un trait fondamental de son caractère, mais qu'il s'efforçait de réfréner en ma compagnie. Je ne suis jamais parvenu à me l'expliquer, mais avec moi, il semblait plus enclin à tempérer son impétuosité – ce qui ne l'empêchait cependant pas, dès qu'il se mettait en tête une idée qui me paraissait trop énorme ou trop risquée, de passer sur-le-champ à l'acte, ne fût-ce que pour me démontrer que j'avais tort de m'en faire. Et j'étais effectivement épouvanté à la perspective de le voir s'ensevelir au fond de la mare sous un amas de cailloux. J'avais peine à croire qu'il puisse seulement envisager un truc aussi dangereux et j'avais la quasi-certitude qu'il n'en réchapperait pas.

Je dus pourtant reconnaître qu'il avait vu juste. Dès sa première tentative, il améliora son record de dix secondes.

« Et si tu tombais dans les pommes, là-dessous ? lui objectai-je.

– Tu me feras du bouche à bouche !

– Comment veux-tu que je le sache, que t'es en train de te noyer ?

– Relax, Max ! Ça risque pas.

– N'empêche, c'est dangereux ! »

Mais les faits étaient là : à chaque tentative, il améliorait ses performances. Il porta son temps à soixante-quinze secondes, puis à soixante-dix-huit.

Jusqu'à cet après-midi de la fin août – toute la végétation séchait sur pied, grillée par un soleil de plomb qui semblait décidé à brûler ses dernières cartouches avant l'automne – où il m'annonça son intention de pulvériser son record. Serrant fermement sur son estomac une énorme pierre qu'il venait de ramasser, il se jeta à l'eau. Je me mis à compter les secondes. Je me souviens encore de ce vague pressentiment de danger que je sentais dans l'air, ce jour-là, comme si une présence invisible nous guettait, tapie derrière les arbres, attendant son heure pour nous tomber dessus. Dans l'eau jusqu'aux cuisses, je surveillais la trotteuse de ma Timex. Elle dépassa les trente secondes.

Je n'eus soudain plus la moindre envie d'être là, à patauger dans cette mare, sur laquelle me semblait planer une obscure menace. Je grimpai sur un rocher brûlant et je m'y assis, recroquevillé, les bras noués autour de mes genoux. Il était tout juste midi et le soleil à son zénith dardait des rayons incandescents qui transperçaient la voûte du feuillage de leurs flèches de feu.

Cinquante-cinq secondes s'écoulèrent, puis une minute, et Bank ne donnait toujours pas signe de vie. Soixante-dix secondes. Quatre-vingts. Record battu ! Il avait réussi. Je me levai pour tenter d'apercevoir le fond, mais le soleil transformait la surface de l'eau en un miroir aveuglant. Je laissai passer cinq secondes de plus, puis dix.

« Bank ! » appelai-je. La main en visière au-dessus des yeux, je scrutai la mare à l'endroit où il avait disparu, sans parvenir à y voir quoi que ce fût.

Je jetai un coup d'œil à ma montre. Bientôt deux minutes.

« Ho ! Bank ! » criai-je.

Toujours rien. Je piquai une tête et, à la verticale du point où je l'avais vu s'enfoncer, je me mis à tâtonner fébrilement sous l'eau à l'aveuglette, mais en vain. « Bank ! » hurlai-je, complètement affolé et au bord des larmes. *« Bank ! »*

« Top chrono ! » lança une voix lointaine, qui venait de l'aval.

Il était tranquillement assis, une vingtaine de mètres plus loin, sur une petite butte près de laquelle il s'était laissé porter entre deux eaux, profitant de ce que j'avais le dos tourné pour regagner la rive. Ça devait faire un bon moment qu'il s'amusait à m'observer. Je rejoignis les rochers à la nage et je me ruai sur lui.

« Tu vas voir, abruti ! »

Il se roulait par terre en se gondolant. Je lui tombai dessus à bras raccourcis, mi-soulagé, mi-furieux, et je profitai du fou rire qui lui ôtait ses moyens pour le cravater d'une clé qu'il m'avait récemment apprise.

« Espèce de connard !

– J'aurais voulu que tu voies ta tronche ! s'étrangla-t-il, sous mon bras.

– Tête de nœud ! » criai-je, mais je ne réussis qu'à le faire se marrer de plus belle.

À force de se tortiller, il était parvenu à se mettre à quatre pattes sous moi. Il se releva soudain, mon bras toujours vissé autour de sa tête et, me chargeant sur ses épaules, il s'élança en direction de la mare. Je voyais très bien ce qu'il mijotait et je me mis à hurler. Lui aussi poussa un cri sauvage, un vrai cri de guerre. Du gazon de la rive, il sauta sur un rocher et d'une détente, se propulsa dans les airs.

L'espace d'un improbable éclair, nous sommes tous deux restés suspendus dans cette lumière aveuglante comme en apesanteur, avant d'aller achever notre trajectoire dans l'eau glacée.

Les grandes vacances suivantes, en 1970, à la fin de notre CM2, ont été les dernières où nous ayons passé des journées entières à la mare, au cœur de notre « Enfer vert ». Bank s'était trouvé une copine et on ne se voyait plus aussi souvent que je l'aurais voulu. Dès notre première expédition là-bas, en juin, je découvris qu'au cours des quelques mois écoulés, sa pilosité s'était développée. La chose n'avait pas l'air de l'affecter plus que ça, mais je me souviens du choc que cela fut pour moi, non pas tant de voir ce que ça donnait sur lui, que de me dire que ça ne tarderait pas à être mon tour, à moi aussi.

Puis ce fut septembre et, à la rentrée, nous prîmes ensemble la route du collège, distant de deux petits kilomètres. Et là, dans ce bâtiment tout neuf, qui abritait dix fois plus d'élèves que notre école primaire et où on changeait toutes les heures de prof et de matière, l'impensable se produisit : nous nous sommes perdus de vue, Bank et moi – aussi vite que si nous n'avions jamais été copains. Il était entré dans l'équipe de foot, et toute son existence ne tournait plus qu'autour de ça. De mon côté, ayant déjà deux ans de leçons de saxophone à mon actif, j'avais rejoint les rangs de l'orchestre du collège, où je me fis tant de copains que j'avais peine à me rappeler tous leurs noms. Le « Barjot-Band », comme on nous surnommait...

À la fin de sa troisième, Bank quitta le collège pour une école privée catholique : en tant qu'orphelin, sa scolarité était prise en charge par la paroisse locale. Fidèle à l'enseignement public, je suis passé à la Warren Harding School, qui n'était séparée du collège que par la largeur d'un terrain de foot. C'est aussi vers cette époque que Bank changea de famille d'accueil. Il quitta les Baxter et cessa de fréquenter le quartier. Il habitait toujours le secteur ouest de la ville, mais je ne le vis plus que rarement, durant ces quatre années, et toujours de loin : à une fête dans le gymnase de l'école, après un match de basket, dans la galerie marchande ou dans la rue, au volant de sa bagnole. À seize ans et demi, il conduisait déjà une Road Runner orange, un vrai bolide qu'il avait acheté trois fois rien dans une casse et qu'il retapait peu à peu. Une fois ou deux, il amena sa voiture à mon père pour lui demander conseil. Je les voyais, plongés sous le capot, devant l'atelier, mais je devais être débordé par ailleurs, car je ne faisais même pas l'effort d'aller lui serrer la main.

À une époque, j'avais caressé le projet de m'inscrire dans une fac aussi prestigieuse que lointaine : à

Johns Hopkins, à Baltimore, dans l'une des universités de l'Ivy League, sur la côte Est, ou carrément à Stanford, en Californie. Mais, crise de confiance, panne d'ambitions personnelles ou, plus vraisemblablement, simple effet de cette étrange humeur contradictoire, dépourvue d'objectif précis, qui afflige certains adolescents à dix-sept ans – toujours est-il qu'à la rentrée suivante, je me retrouvai tout bonnement à Libbey University, à une dizaine de kilomètres à peine de mon ex-lycée. Et entre-temps, Bank s'était engagé dans les marines.

C'est la vie... Moi, l'enfant prodige dont on attendait qu'il parte à la conquête de l'univers, je n'avais toujours pas quitté ma chambre d'enfant, chez papa-maman. Et Bank, que tout semblait prédestiner à un boulot de col bleu, se la coulait douce quelque part en Allemagne de l'Ouest ou dans les Caraïbes – selon la personne qui vous donnait de ses nouvelles...

20

Minuit. L'estomac lesté de quelques sandwichs arrosés de café, nous sortons la voiture du parking de l'Emilio's – une « cantine » de flics sur Riverside, dans le Far North End. Comme nous nous engageons dans la petite rue transversale, un type nous rejoint sur le trottoir et nous fait signe de nous arrêter.

« Renta », m'explique Bank. C'est le vigile du parking de l'établissement. Vu le nombre de flics qui fréquentent l'Emilio's, ça la foutrait mal que les voitures des clients se fassent vandaliser, pendant que les collègues sont tranquillement en train de consommer au bar...

Le vigile se penche à la portière, côté conducteur, et lance à Bank : « Tiens ! Mais c'est ce vieux Bankster ! Salut, mon pote !

– Salut, Frank ! réplique Bank. Comment va ?

– Ben, je me maintiens. Comme tu vois.... Et toi, qu'est-ce que tu racontes ? »

Bank secoue la tête.

« Dis donc... fait Frank. T'es au courant, pour cette baraque, là-bas ? » Frank a pointé le menton sur une grosse bâtisse, juste de l'autre côté du grillage du parking – un vestige de l'ère victorienne, dont le toit s'affaisse et qui aurait besoin d'un bon coup de peinture et de bardeaux neufs.

« Celle-là ?
– Exact. Ils font un sacré bizness, là-dedans.
– Ici, sous notre nez ? fait Bank. Tu rigoles ? Qui c'est, ces tarés ?
– Ils sont toute une bande. J'ai vu quelques têtes connues, dans le tas. Bobby B., Bobby T., Elrod... Tu vois qui je veux dire ?
– Ouaip, fait Bank.
– Il y a aussi ce petit rabatteur, Sleepy... Je le vois souvent traîner dans le secteur. Pas besoin de te faire un dessin... »
Bank hoche la tête.
« Et y en a deux ou trois autres que je connais.
– En tous cas, ils sont gonflés ! s'esclaffe Bank. Traficoter sous le nez d'une vingtaine de flics, attablés à un jet de pierre...
– Complètement barges, tu veux dire !
– Elle est vide, cette baraque, ou y a des apparts habités ?
– Il doit y avoir cinq, six familles qui vivent là-dedans. Mais ça n'a pas l'air de les gêner beaucoup, ces petits cons. Ils dealent quasiment devant la porte.
– Ben, merci du tuyau, fait Bank. Allez, salut ! Et te fais pas de bile, hein !
– Si tu le dis... » Comme Bank démarre, Frank fait claquer sa paume sur la portière : « Hé ! Tu sais que t'es mon héros ? »

Stu m'a renvoyé dans mes foyers aussitôt après notre conversation, puisque je devais revenir pour le service de nuit, en me disant de ne pas appeler Bank – il se chargerait de tout lui expliquer. C'est donc avec une certaine appréhension que je me suis pointé pour la relève, à onze heures du soir. J'ignorais ce que savait Bank, et je me demandais comment il réagirait à se voir imposer ma compagnie comme ça, d'en haut. Mais, une fois passé le standard et la machine à café qui gargouille en sourdine, comme j'arrivais dans la salle du service, avec son dédale de box, pour la plupart plongés dans l'ombre, vu l'heure tardive, je l'ai trouvé à pied d'œuvre. Il m'a accueilli d'un petit sourire. « Salut, Big Mack ! » s'est-il esclaffé, comme si de rien n'était.

Il est au courant, pour l'empreinte – je l'ai vu au premier coup d'œil. Ça reste suspendu dans l'air entre nous, comme un coup du sort – ou un coup de bol inouï. Même s'il n'en parle pas, ça ne fait pas l'ombre d'un doute.

Ce qui me sidère le plus, c'est son calme. Je m'attendais à le trouver à cran, écumant, plus que jamais résolu à en découdre et me défiant de l'en empêcher, maintenant que le lien avec la disparition de sa propre fille est autant dire établi. Mais ça semble avoir l'effet inverse. Il garde le silence, au volant. Il a surtout l'air d'avoir besoin de réfléchir. Et lorsqu'il s'adresse à quelqu'un, y compris à quelqu'un de la rue, c'est avec une sorte de douceur que je trouve, bizarrement, plus inquiétante que s'il se répandait en imprécations et en injures, ou qu'il martelait le tableau de bord à coups de poing.

*

Nous émergeons des quartiers nord au niveau de Lagrinka Avenue, l'artère principale qui est aussi la ligne de démarcation entre le Near North et le Far North, nés de la subdivision de l'ancien North End en deux districts. Quelques-unes des vieilles boucheries polonaises ont survécu aux chambardements successifs et continuent à vendre leur *kielbasa*, leur *kapusta* et leur *czarnina*, vivotant au jour le jour, mais leurs vitrines s'abritent dorénavant derrière de robustes grilles noires et des portes blindées, munies de triples verrous de sûreté. Toutes, sans exception, ferment dès quatre heures de l'après-midi. Lagrinka n'est pratiquement plus bordée que de snacks et de bars.

Nous avons dû remonter cinq ou six blocs lorsque, sans crier gare, Bank s'engouffre sur le parking d'une station-service fermée, dont il ressort aussitôt en sens inverse, avant de se garer le long du trottoir, tous phares éteints.

Nous attendons. Au bout d'un moment, on frappe à ma vitre. Je sursaute. Un type s'est faufilé le long de la voiture, sans que je le voie venir. Tout à fait le genre de truc qui explique mon manque d'enthousiasme pour les patrouilles de nuit. Je n'ai pas l'instinct. Laissez-les vous tomber dessus par surprise, comme ça, et tôt ou tard, il vous arrivera des bricoles.

Cela dit, cette apparition n'a pas l'air d'émouvoir Bank outre mesure. « Ouvre », me lance-t-il. J'obéis.

Une tête hérissée d'une broussaille de cheveux crépus et malodorants s'insinue dans la voiture. « Yo ! Bank ! Ça va, mon pote ?

– Salut, Sleepy, répond Bank. Ça gaze ?

– Au poil, au poil, comme tu vois... »

Sleepy-la-Fourmi. Il traîne en permanence dans le quartier, signalant d'un geste ou d'un hochement de tête à ses clients potentiels qu'il a de la marchandise. S'il y a un amateur, il lui suffit de s'arrêter et de montrer, disons, deux doigts, s'il veut un caillou de vingt dollars. L'argent change de main et Sleepy disparaît, selon le cas, dans une entrée d'immeuble, un hôtel borgne, un petit bar ou un sex-shop, d'où il revient, une minute plus tard, avec la commande. Pas plus compliqué.

Les fourmis n'ont jamais rien sur eux. Ni paquet, ni flacon, ni ampoule – aucune quantité dépassant quelques grammes, ou deux trois cailloux, soit la dose correspondant à leur usage personnel, au cas où ils seraient arrêtés. Ils restent toujours en deçà du plafond légal, pour éviter d'être inculpés de trafic. Et même s'ils se font épingler, on ne trouve généralement rien sur eux, parce que, dès qu'ils voient se pointer un uniforme, ils laissent tomber ce qu'ils ont à la main et l'écrasent d'un coup de talon.

Pour chaque transaction, ils reçoivent une certaine somme en espèces, mais ils s'octroient, en sus, une commission en nature : entre le local où ils vont chercher le produit et le trottoir où ils le livrent au client, ils font une petite halte et prélèvent discrètement un fragment de chaque caillou, ce qui leur permet de s'offrir vingt minutes ou une demi-heure de défonce de mieux. Entre ça et leur recette en cash, ils peuvent planer sans problème toute la nuit.

Vu leur rôle d'intermédiaires, ils sont bien placés pour connaître toute la faune de la rue et de ses coulisses. Ils savent toujours qui mijote quoi. Étant eux-mêmes toxicos au dernier degré, et donc perpétuellement fauchés, ils sont à l'affût du moindre dollar qu'ils peuvent grappiller et ne sont pas très regardants sur les moyens d'y parvenir. Ce qui en fait des balances de premier choix. Sleepy fait partie du vivier de Bank.

« C'est chaud, cette nuit, fait Sleepy. Tu viens mater un peu le bizness ?

– Non, répond Bank. Pas ce soir. Dis donc, où t'étais, ces derniers temps ? Ça fait plusieurs jours que je t'ai pas vu.

– Eh si, j'étais dans le coin...

– Dans le coin, mon cul ! Je vais te dire, moi, où t'étais. Tu traînais dans cette baraque, là-haut, derrière l'Emilio's. Tu deviens complètement con, ou quoi ?

– Ben quoi ?

– Tu sais pas qui y va, dans ce rade ? C'est pas parce qu'on se connaît, tous les deux, qu'un autre flic ne va pas t'alpaguer, un de ces quatre.

– Je sais, merde.

– En ce cas, t'es prévenu : les collègues commencent à en avoir plein le dos, de vous voir faire votre bizness sous leur nez. Ils préparent un coup de filet. Alors, évite d'aller traîner là-bas, t'entends ?

– OK, mec. Pigé.

– Et c'est une fleur que je te fais, là.

– J'sais bien, Bank. T'es un pote. T'es mon héros !

– Ouais. Maintenant, écoute un peu. C'est pas tout. T'aurais pas entendu parler d'un prêtre, le père Morales ? Hector Morales.

– Un prêtre ? s'étonne Sleepy.

– Il a disparu.

– Ah, ouais... fait Sleepy. Chuis pas au courant.

– OK. Et cette gamine qui s'est fait enlever dans l'East Side – Tamara Shipley ? T'aurais entendu quelque chose ? »

Sleepy est affligé d'un problème neuromoteur qui empêche ses paupières de rester en position relevée, ce qui lui donne plutôt l'air d'un héroïnomane ou d'un alcoolo que d'un fumeur de crack. Je n'ai jamais réussi à lire quoi que ce soit sur son visage, et pas plus ce soir que d'habitude, mais il me semble distinguer dans sa voix comme une nuance d'excitation.

« Ah, ouais.

– Ouais ? Quoi, ouais ?

– Merde. J'en sais rien.

– T'as entendu quelque chose, ou quoi ?

– Non, rien. Juste qu'on l'a enlevée, c'est tout.

– Elle a un frère, Emiliano Salano, qui ferait un peu de bizness. Eddie Munster, tu connais ? Il bosserait pour quelqu'un qui essaie de se lancer dans le secteur, à ce qu'on dit, ou genre.

– Ben, il est mal barré, alors. Ils vont lui faire sa fête. C'est des méchants, ces latinos. Alors, Bank... comme ça, tu repiques aux Stups ?

– Hein ? fait Bank. Pas du tout.

– Ça rime à quoi, cet interrogatoire, alors ?

– Je me renseigne...

– Ah, ouais ? Parce qu'il était dans le bizness, ce cureton ? Et y vendait quoi – du crack ?

– Non, pas du tout ! C'est juste que ça fait plusieurs jours que personne ne l'a vu. Il connaissait la gamine.

– Y z'y ont peut-être fait sa fête, à lui aussi.

– Ouais, possible, Sleepy.

– 'Chais pas, moi.

– Bon, écoute. C'est une affaire de première bourre. Y a cinq bâtons pour toute info qui permettrait de la retrouver.

– Ho, merde ! » Les paupières de Sleepy se soulèvent d'un iota. « Et les autres, y seraient dans le coup, aussi ?

– J'en sais foutre rien, fait Bank. Ça se pourrait.

– Mais p'têt que non.

– Aucune idée.

– Je pourrais essayer de me rencarder, fait Sleepy.

– Par exemple. C'est l'idée.

– Cinq bâtons, tu dis ?

– Si le tuyau nous mène à la gamine. Mais tu me connais. Si tu me refiles quelque chose de valable, t'en auras de toute façon quelques-uns.

– Merde. Je vais laisser traîner une oreille... déclare Sleepy.

– C'est ça, répond Bank. Parfait. »

Deux heures et demie. Nous sommes de retour dans le centre-ville et Bank se gare sur le parking de l'hôpital Saint-Jérôme, où il veut passer voir une tapineuse toxico, qui vient d'être admise aux urgences avec une plaie béante au milieu du front. Vérification faite, le nom qu'elle a donné au personnel de l'hôpital et aux flics qui l'ont interrogée n'apparaît sur aucun fichier. Elle n'a ni casier ni permis de conduire. Le néant. Du coup, ils ont fait venir un autre flic, à qui elle a donné une identité différente. Même topo. Inconnue au bataillon. Mais elle a tout de même lâché le prénom de son petit ami, qui, à ce qu'elle dit, lui serait tombé dessus avec une batte de base-ball, d'où sa blessure. Il s'appellerait Rodney, mais c'est tout ce qu'on a pu en tirer. Elle refuse de parler.

Par le plus grand des hasards, nous étions au bureau, Bank et moi, en train de remplir de la paperasse, quand le flic qui avait suivi l'affaire nous a sorti un Polaroïd de la fille, avec cette grosse entaille au front et son œil tuméfié. Et Bank, qui n'y avait jusque-là jeté qu'un regard distrait, s'est tout à coup exclamé : « Eh ! Je la connais !

– Elle n'est pas du genre bavarde, a fait Buster, le collègue en question.

– Je la connais ! a répété Bank. Ah, merde ! son nom m'échappe... Son copain, par contre, je vois très bien qui c'est. Rodney quelque chose. Rodney... Rod-ney... Bon sang ! Ah ! J'y suis... Il se fait appeler Knucklehead [1]. Balance-moi ça dans l'ordinateur. »

Et bingo ! Le système nous a aussitôt sorti le dossier d'un certain Rodney Green, avec son palmarès, ses dernières coordonnées connues, et même un tirage laser couleur de sa tête de faux témoin.

« Sacré Knucklehead ! a fait Bank. Viens, Mack ! On va passer dire bonjour à la dame... »

---

1. Soit « andouille ». (*N.d.T.*)

D'où notre présence aux urgences de Saint-Jérôme, au chevet de cette petite tapineuse terrorisée, toujours murée dans son mutisme. Et là, j'assiste à une scène aussi touchante qu'inattendue. Bank débarque dans le service au moment où une jeune et jolie interne s'apprête à suturer la plaie de la pauvre fille, dont il prend gentiment la main. Il se penche sur elle, bouchant la vue au médecin. « Salut, trésor. Comment tu te sens ? »

La fille lui lance un coup d'œil méfiant. « On se connaît ? demande-t-elle.

– Bien sûr, mon ange, réplique-t-il. Bank, dit le Coffre-Fort... inspecteur Arbaugh pour les intimes. C'est moi qui suis venu, la nuit où Rodney a balancé ce chien du haut du toit et lui a cassé la patte. Tu te rappelles ?

– Ça oui, fait-elle.

– Alors, cette fois, il t'a ouvert le front, ce con de Knucklehead ?

– Mmh-mmh.

– Va falloir nous dire ton nom en entier, trésor, pour qu'on puisse enregistrer ta plainte et coffrer ce crétin.

– Il va recommencer dès qu'il sortira.

– Il te touchera pas. Je lui ferai piger ça à coups de pompes dans le cul, si nécessaire.

– Ouais ?

– Ouais.

– Bon. OK. » Et v'lan, elle lui balance son nom et son adresse, qu'on transmet aussitôt à Buster par téléphone pour qu'il puisse lancer la procédure.

Et là, l'incroyable arrive : à l'instant où on s'apprête à repartir, elle nous lance : « Hé, Bank... tu veux que je te dise un truc ?

– Quoi, ma puce ?

– Tu sais, la môme qui s'est fait enlever, l'autre jour, dans l'East Side, là... – Tamara ?

– Ouais, ouais. On fait des pieds et des mains pour la retrouver.

– Moi, je la connais pas, hein – mais j'ai entendu parler d'elle, par-ci, par-là. Dans la rue...

– Et qu'est-ce que t'en as entendu dire ?

– Je sais pas trop. Des conneries, évidemment. Qu'est-ce tu veux qu'ils racontent, les gens, hein ? »

Il la dévisage un instant. « Tu veux dire que t'avais entendu parler d'elle *avant* son enlèvement ?

– Ouais.

– Et à quel sujet, au juste ?

– Ça, j'en sais rien.

– Pas la moindre idée ?

– Non. J'ai juste entendu son nom. C'est tout. » Elle détourne le regard.

« Si t'entends autre chose, tu m'appelles ?

– Ouais. »

Dans la voiture, j'y reviens : « C'est quoi, cette histoire ? Qu'est-ce qu'elle a voulu dire ? »

Bank hausse les épaules. « Va savoir », fait-il avec un haussement d'épaule. Mais à sa façon de le dire, je sens qu'il en a tout de même une idée, même vague. Des soupçons. Ou une amorce de solution... Mais quoi qu'il en soit, il n'est pas disposé à m'en parler. Pas encore.

Je l'observe à la dérobée pendant qu'il conduit. Ses doigts, lisses comme ceux d'une figure de cire, qui émergent de ses gants de rallye, son cou ravagé et sa mâchoire, marbrée de cicatrices, qui ne cesse de se contracter et de se relâcher...

Et, pour la deuxième fois de la nuit, je perçois la dynamique de cet étrange jeu du chat et de la souris qui se joue entre la ville et Bank, et dont Tamara est l'enjeu. On dirait que le choc qu'a été la découverte de ce lien avec Jamie lui a soudain révélé les vertus de la patience. Bank n'a sûrement pas renoncé à travailler sur l'affaire – ça, j'en suis aussi sûr que de ma présence dans cette voiture. Mais sa stratégie a changé. Au lieu de prendre l'enquête à bras-le-corps, en tentant de contraindre les faits à se livrer, il les laisse venir à lui. Ce qu'ils feront, forcément – tôt ou tard... La nuit, la ville lui appartient. Il en comprend mieux que quiconque les échos et les rythmes secrets. Elle lui parle. Et en tendant l'oreille, il me semble que moi aussi, je pourrais l'entendre.

21

Bank avait pris un congé illimité pour pouvoir concentrer ses efforts sur la recherche de Jamie. Il investissait toute son énergie dans l'enquête, à tous les niveaux : réunions de coordination avec les collègues et le FBI ; filtrage des appels téléphoniques qui continuaient à affluer, dans l'espoir que l'un d'eux nous livre enfin une information utile ; diffusion de portraits de Jamie dans la ville, le district et l'État tout entier, ainsi qu'à l'échelle nationale. Il fallait profiter de l'intérêt des médias, pour obtenir une couverture optimale de l'affaire à la télé et dans la presse, tant que le cas Jamie ferait encore l'actualité. Bank avait même engagé une agence privée pour explorer d'autres pistes. Mais il savait que ses chances de revoir sa fille vivante s'amenuisaient de jour en jour.

En août, un mois après la disparition de Jamie, Bank et Sarah louèrent un appartement dans un vieil immeuble art déco, plus près du centre-ville, à la lisière sud des grandes étendues boisées de Heron Park, à l'opposé de la rivière et de ses rives ténébreuses. L'appartement donnait sur Morris Hill, une rue bordée de bâtiments de brique rouge, à deux pas du golf municipal. Quoiqu'un peu laissé à l'abandon, ce terrain avait été conçu de façon à tirer le meilleur parti des accidents du sol. Les fairways déroulaient leur tapis vert entre de petits étangs et des boqueteaux de chênes ou de pins séculaires, et côtoyaient çà et là le cours de la Heron River. L'ancienne petite route pavée qui traversait Heron Park de bout en bout avait été fermée à la circulation. Elle était désormais réservée aux cyclistes et aux joggers. Les services municipaux avaient récemment goudronné le sentier de huit kilomètres qui ceinturait le parc pour en faire une promenade aménagée.

Un seul côté de Morris Hill était bordé de petits immeubles avec une vue imprenable sur le parc. Ils comportaient moins de quatre étages et de huit appartements et avaient tous plus d'un demi-siècle d'existence, certains datant même de la Belle Époque. Dans le temps, le coin avait été un quartier hautement résidentiel, une sorte d'enclave située à quelques encablures des fastes du vieux West End où résidaient magnats de l'industrie, ingénieurs, inventeurs, manufacturiers, banquiers et brasseurs d'affaires, ces dignes pères fondateurs de notre cité. À l'époque de sa splendeur, Morris Hill avait dû être le quartier privilégié où tout ce beau monde établissait ses héritiers, dès qu'ils revendiquaient leur indépendance : un élégant pied-à-terre avec vue sur le parc, pas trop loin du carnet de chèques de papa... Je vois d'ici les limousines qui devaient s'aligner le long du trottoir, au pied de ces immeubles, par les beaux soirs d'été.

Puis, ce fut la guerre et, après 45, avec le retour au bercail des G.I. en quête d'un boulot et d'un toit pour abriter les familles qu'ils venaient de fonder, on vit proliférer les lotissements. Depuis les zones industrielles qui fleurissaient à la limite du centre-ville, jusqu'au parc, la marée des petits bungalows de plain-pied s'étendit progressivement vers l'ouest.

On vit se multiplier les cages à lapins destinées aux nouveaux contingents d'ouvriers démobilisés, trop heureux de trouver un logement où passer la trentaine d'années que durerait leur carrière à l'usine, avant d'y mourir de leur belle mort... Mais, à l'époque, le quartier avait déjà perdu son cachet.

Au cours de ces quelques semaines de fin août – début septembre, je vins régulièrement m'asseoir à une table de pique-nique, côté parc de Morris Hill, guettant une certaine fenêtre du troisième étage, à l'angle sud de leur immeuble. De temps en temps, j'y apercevais la silhouette de Bank qui restait là, à contempler le paysage. Il m'arrivait aussi de voir Sarah, mais plus rarement – bien que ce fût de sa bouche que je dusse apprendre, bien plus tard, le peu que je sais de leur existence d'alors. Je fus plus d'une fois tenté d'aller frapper à leur porte, mais la crainte de troubler cette solitude, dont ils semblaient avoir si grand besoin, me retint.

De leur living, dont le plancher d'érable accusait une certaine fatigue, ils avaient vue sur un coin dégagé du parc où quelques barbecues en équilibre sur leur unique pied, telles des cigognes, achevaient de rouiller au milieu des tables de pique-nique en bois délavé. Une baie, presque aussi haute que large, occupait la quasi-totalité de l'angle externe de la pièce. Mais les petits carreaux qui la composaient, sertis d'une épaisse bordure de plomb, fragmentaient le paysage, comme si on l'avait regardé à travers une multitude de fenêtres juxtaposées.

À l'opposé de la pièce, les murs formaient non pas un angle, mais une courbe harmonieuse qui vous menait en douceur jusqu'au coin repas, aménagé devant une fenêtre qui, elle, faisait saillie sur la façade, au-dessus d'une rue adjacente. La salle de bains, située au fond du couloir de l'unique chambre à coucher, avait conservé son carrelage d'origine : un damier de céramique noir et corail.

Bank savait que les gens ne manqueraient pas de s'étonner. Louer un logement pareil, alors qu'ils avaient une maison à eux, à quelques kilomètres à peine... Et, de fait, ils n'avaient aucune raison particulière pour justifier leur décision, sinon que c'était exactement ce dont ils avaient besoin : un endroit calme où se changer les idées, loin de leur cadre habituel, protégés par la ville. Et ces quelques kilomètres faisaient une différence, effectivement. Heron Hills s'étendait à l'ouest des petits immeubles de brique alignés le long des grandes artères passantes qui desservaient la ville, et des vieux lotissements qui avaient poussé entre elles – nettement à l'ouest de la décrépitude qui, du centre, gagnait les faubourgs ; à l'ouest, aussi, du campus ainsi que des centres commerciaux délabrés, rescapés des années 50 et 60. Ici, ils étaient au cœur de tout cela. Heron Hills était certes un petit havre de paix, mais là-bas, tout le monde les connaissait. Les voisins comme la presse. C'était d'un autre genre de paix que Bank et Sarah étaient en quête. Ils ne se firent même pas installer le téléphone.

Jamie absente, la maison de Heron Hills qu'ils habitaient depuis près de six ans s'était chargée pour Bank d'une surprenante aura. Là-bas, tout lui paraissait inexplicablement nouveau. Lorsqu'il en fit part à Sarah, elle lui avoua qu'elle avait la même impression. Comme si tous ces objets familiers – les meubles, les tapis, la rampe d'escalier et jusqu'à l'équipement de la cuisine – venaient juste d'être installés. Il se surprenait à promener sa main sur le piano ou la table de la salle à manger avec une sorte d'étonnement, comme s'il les découvrait tout à coup. Il revoyait la façon dont ils accrochaient le soleil, et se souvenait que naguère, cette impression le ramenait à sa propre enfance, à une époque où la lumière semblait le marquer plus profondément.

L'appartement ne lui faisait pas ce genre d'effet. Il avait été habité et apprivoisé, des décennies durant, par toutes sortes de gens qui y avaient laissé leurs traces. Le plancher de l'entrée avait été blanchi par le passage d'innombrables pieds et le rebord des fenêtres avait gardé les brûlures des cigarettes qu'on y avait oubliées. Ici, ils pouvaient se lâcher un peu, retrouver une spontanéité qui leur était désormais interdite dans leur propre maison, ou en présence de leurs proches.

Ils n'avaient pas l'air conditionné. L'après-midi, par les grosses chaleurs, ils s'installaient, chacun calé sur son oreiller, sur un lit moins grand que celui de Heron Hills, en veillant à ne pas se toucher, et buvaient du Tanqueray ou des tonics en écoutant la rumeur de la ville. C'est à cette époque, comme il me le raconta plus tard, que Bank apprit à demeurer immobile des heures durant, le souffle suspendu et l'oreille aux aguets.

Au début, ils ne venaient à l'appartement que deux ou trois jours par semaine. Bank était aux petits soins pour Sarah. Il l'accompagnait au théâtre ou aux concerts. Ils durent voir tous les films qui sortirent cet été-là, à l'exception de ceux destinés au jeune public ou qui mettaient en scène des gosses en danger. Ils avaient toujours fréquenté les salles de cinéma, depuis les tout premiers jours de leur rencontre. Le cinéma était le seul genre de sortie « culturelle » qu'ils appréciaient autant l'un que l'autre. C'était à présent devenu un moyen de meubler quelques heures de ces journées dont ils ne voyaient pas la fin.

Depuis un an ou deux, ils s'étaient peu à peu éloignés l'un de l'autre. Lentement mais sûrement, leur couple se défaisait. Sans drame, sans grandes scènes où l'on s'envoie les reproches ou la vaisselle à la figure. Simplement, jour après jour, la tiédeur avait succédé à la fougue de naguère et les silences envahissaient leurs conversations. Ils faisaient encore l'amour, mais de plus en plus rarement et avec une sorte de passion froide et détachée, née non plus du désir mais de la nécessité.

À présent, dans le dépouillement de ce nouveau décor, ils redécouvraient les vertus de caresses oubliées. Je les imaginais tous les deux, dans leur kitchenette minuscule, devant le frigo dont la porte restait grande ouverte pour rafraîchir la pièce. Il lui caressait le cou et elle, penchant la tête, retenait sa main entre son épaule et sa joue. Comme s'ils s'étaient efforcés de retrouver quelque chose du temps où ils s'étaient installés ensemble avec peu de moyens, dans un logement semblable à celui-ci, dont la cuisine aurait pu tenir dans leur vestibule de Heron Hills. Ce temps où le monde, si incompréhensible fût-il, regorgeait pour eux d'infinies possibilités.

Bank aimait s'installer à sa fenêtre pour regarder le parc. En cette fin du mois d'août, le gazon, d'ordinaire pimpant et bien entretenu, commençait à reculer devant les herbes folles. Les arbres semblaient ployer sous leur propre poids. Le surlendemain du passage des jardiniers, les pelouses avaient déjà repris un petit air négligé. Les plantes semblaient proliférer en l'espace d'une nuit, par génération spontanée. En contrebas du sentier de promenade, dans le fond des vallons, les sous-bois étaient si épais, si enchevêtrés et si sombres que le regard de Bank n'aurait pu s'y enfoncer, ne fût-ce que sur quelques mètres ni, à plus forte raison, discerner la rivière qui y coulait.

De toute façon, c'était bien la dernière chose qu'il souhaitait voir. Il voulait avant tout l'oublier, elle et tout ce qu'elle pouvait receler, surtout là où la végétation était dense et l'obscurité profonde. Il parvenait parfois à penser à autre chose qu'à ce qu'il venait de vivre, mais il suffisait d'un détail – que son regard plonge dans un bouquet d'arbres, le soir, au hasard d'une promenade, ou qu'il croise une gamine en train de jouer dans l'herbe avec ses parents – pour qu'il se sente à nouveau happé par ce vertige. Chaque fois, il devait s'arrêter pour respirer à fond, l'estomac noué, tremblant de la tête aux pieds d'une rage qui l'aveuglait momentanément. Ce n'étaient pas les motifs de colère qui lui avaient manqué, depuis son enfance, loin de là. La sienne avait même été le principal moteur de son existence, mais il n'avait jamais rien ressenti de comparable à celle qui le tenait désormais. Et surtout rien d'aussi minant d'aussi exaspérant, que de savoir qu'elle était sans objet.

Il me semblait qu'il leur aurait été moins pénible d'aller s'installer plus loin, quelque part où ils n'auraient pas eu à supporter la vue du parc, des bois et de cette rivière où Jamie avait été aperçue pour la dernière fois. Mais Bank tenait à rester près du parc – et même dans le parc, dès qu'il le pouvait.

Je les imaginais, dans leur appartement, tard dans la nuit, après quatre ou cinq gin-tonics. Ils devaient faire l'amour en silence, selon ce rituel dénué de toute passion qu'ils avaient désormais adopté : couchés sur le côté, peut-être, Bank la prenant par-derrière, sans un baiser, sans une parole, si ce n'est, peut-être, toujours les mêmes excuses, balbutiées encore et encore. Lui se disant que sans l'alcool elle ne se serait jamais laissée faire ; elle, repliée sur elle-même. Elle commençait par résister, mais finissait par capituler, sous les effets conjugués du gin et du désir. Quand il approchait de l'orgasme, elle sentait monter son propre plaisir, et il l'enlaçait à l'étouffer, un bras passé sous son cou, l'autre autour de sa poitrine, et n'arrêtait pas tant qu'elle n'avait pas laissé échapper un cri, qu'elle ne s'était pas abandonnée. Après, elle fondait en larmes et il la tenait longtemps contre lui.

Un soir, il sortit, la laissant seule dans l'appartement – elle l'avait maintes fois assuré qu'elle n'y voyait aucun inconvénient. Son arrivée au Harvey's, un bar à flics situé de l'autre côté du parc, par rapport à chez eux, causa une petite sensation. Je m'y trouvais, ce soir-là. Les collègues présents – et surtout les inspecteurs, à ce qu'il me sembla – étaient manifestement mal à l'aise. Aucun d'eux ne l'avait revu depuis la disparition de sa fille. Personne ne savait trop quoi lui dire.

Mais Bank n'était pas venu faire la conversation. Ce qu'il voulait, c'était picoler, et c'est ce qu'on a fait, avec trois ou quatre copains, alignés le long du comptoir, devant un match de base-ball à la télé. Sue remplissait nos verres dès qu'ils étaient vides, chaque troisième tournée étant offerte par la maison – un régime de faveur réservé aux flics. En arrivant, Bank m'avait décoché un vague signe de tête, mais, après quelques bières, il se décoinça un peu et finit par me taper sur l'épaule, chaque fois qu'il passait près de moi pour aller pisser. Il me payait un verre par-ci, par-là, et levait le sien pour trinquer de loin avec moi, à rien de particulier, sinon à sa cuite. Mais nous n'avons pratiquement pas parlé de toute la soirée, et surtout pas des choses qui comptaient.

J'ai quitté le Harvey's peu après minuit. C'était l'heure limite que Bank s'était fixé, lui aussi, mais j'appris par la suite qu'il était resté bon dernier et qu'il avait fait la fermeture. Ne se sentant pas en état de conduire, il avait préféré couper à pied par le parc – une entreprise risquée, sur le coup de deux heures du matin. Mais cette nuit-là, il se sentait intouchable et mieux : invincible. L'alcool y était forcément pour quelque chose, mais ça n'expliquait pas tout. Il dégageait une sorte d'aura. Quelque chose en lui proclamait : « Je suis plus bourré que toi, petit con. J'ai rien à perdre et tu peux te le carrer, ton cran d'arrêt. »

« À la réflexion... » fit-il à Sarah, le lendemain matin, lorsqu'elle le découvrit, ronflant à poings fermés dans l'entrée, affalé contre le mur, « ... qu'est-ce qui fout la trouille, dans ce genre d'endroit ? D'être tout seul, dans le noir, et de se savoir à la merci de rôdeurs plus ou moins bien intentionnés, sans personne à appeler au secours. La jungle des villes, quoi... Sauf que cette nuit, le fauve, celui qui faisait peur, c'était moi. Aucun lascar ni aucun toxico n'aurait osé venir s'y frotter.

– Tiens ! Ils vous demandent votre CV, maintenant, avant de vous sauter dessus ? fit Sarah.

– C'est une manière d'être, répondit Bank. Ça se flaire de loin, comme une odeur. Je connais ça. »

Sarah ne lui fit aucun reproche. Elle ne semblait même pas lui en vouloir, et il n'aurait su dire si c'était bon ou mauvais signe. Elle l'écoutait sans le voir, depuis la kitchenette où elle préparait du café et des œufs au plat. Les bonnes odeurs provoquaient des gargouillis douloureux dans l'estomac vide de Bank.

Cet appartement représentait pour eux un espoir de renouveau, une renaissance. C'est du moins ce que s'était dit Bank, à l'époque. Avec le temps, il en vint à soupçonner que Sarah avait su d'emblée ce dont il s'agissait réellement. N'était-elle pas, à ses yeux, immensément plus sensible et plus proche de ses propres sentiments ? Reste qu'il lui fallut quelque temps pour en prendre conscience. Peu à peu,

Sarah se fit plus rare à Morris Hill et finit par se réinstaller à Heron Hills. Elle reprit un poste d'enseignante. Des semaines entières s'écoulaient désormais sans qu'elle passe à l'appartement.

Bank, lui, comprit qu'il serait incapable d'en faire autant, de s'arracher à ce lieu. Il eut même la réaction inverse. À l'époque où Sarah se remit à enseigner, il passait déjà davantage de nuits seul à l'appartement que chez eux. C'était devenu pour lui un vrai besoin, que de s'installer devant cette fenêtre et de surveiller le parc, un verre de gin à la main. De s'exercer à l'immobilité, les yeux clos, respirant à peine, pour mieux entendre la voix de la ville.

Ce ne fut qu'un peu plus tard dans l'année qu'il comprit : ils avaient loué l'appartement ensemble mais il lui avait été destiné depuis le début, à lui et à lui seul. Ce serait désormais son port d'attache.

22

Trois heures du mat'. Nous tournons dans l'East Side, en quête d'une autre recrue de l'écurie Arbaugh, une fourmi qui « laisse traîner une oreille » pour Bank dans ce secteur, comme Sleepy le fait dans le quartier nord. Mais en dehors des quelques bars à étudiants qui s'alignent sur Woodlawn Avenue, tout est désert. Pas l'ombre d'un gang de jeunes, ou d'un jeune tout court. Depuis la disparition de Tamara, l'East Side est en état de siège : patrouilles de flics en civil ou en uniforme, officiers des unités tactiques de sécurité enquêtant au porte-à-porte, surveillance des carrefours, interpellation de tout ce qui bouge. Le bouche-à-oreille a fait son œuvre, et tout le monde reste à couvert en attendant la fin de l'orage. Cette opération coup de poing met Bank dans une rage noire. Selon lui, ça ne sert qu'à remuer la merde, au point qu'à présent, même ceux qui savent ce qu'ils font ne voient plus où ils mettent les pieds.

Au plus noir de la nuit, vers les quatre heures, je finis par m'assoupir sur le siège passager. J'ai enchaîné vingt-quatre heures de boulot, pratiquement sans dételer. Le temps de rentrer chez moi, de manger un morceau et de me changer, je n'ai réussi à grappiller qu'une petite heure de sommeil, avant que Peggy ne vienne me secouer pour me signaler qu'il était temps de repartir. Naomi n'est pas rentrée dîner. Quand j'ai jeté un œil au sous-sol, juste avant de m'en aller, je n'ai pas vu de lumière et j'en ai conclu qu'elle dormait déjà.

Bank est sympa. Il conduit en douceur et se tait, ce qui me permet de somnoler, tant bien que mal, une heure de mieux.

Dans la lumière grisâtre du petit matin, nous retournons faire un tour dans le nord. Nous n'avons pas parcouru cent mètres sur Lagrinka que nous tombons sur Sleepy, qui hoche vigoureusement la tête dans notre direction. Mais, avant même que Bank ait eu le temps de se garer, il bat tout à coup en retraite et, des deux mains cette fois, nous fait signe de circuler, avant de poursuivre son chemin le long du trottoir. Bank le dépasse et s'engouffre dans la première ruelle qui se présente, un passage sombre, bordé de poubelles, au milieu du pâté de maisons suivant. Il va bientôt faire jour. Apparemment, à supposer que quelqu'un soit déjà debout, Sleepy ne tient pas à être vu en tête à tête avec un flic.

Une minute plus tard, nous le voyons débarquer dans la ruelle. Il approche de sa démarche traînante, mais là, c'est à la portière de Bank qu'il vient mettre le nez.

« Quoi de neuf ?

– J'ai entendu des trucs, pour la môme. »

Bank réagit au quart de tour. Sa mâchoire se crispe, et sa main vient se poser sur le volant. Il est prêt à démarrer, à la seconde même où Sleepy nous aura balancé l'adresse. Mais ce n'est pas du tout ça. Rien à voir avec ce que nous espérions, l'un et l'autre.

« Les filles qui bossent dans le quartier, là, t'sais... je les ai un peu cuisinées, et y en a une – Atwinda, qu'elle s'appelle –, qui est au parf de quelque chose. Enfin, qu'elle dit...

– De quoi ?

– Elle a rien voulu lâcher. Elle dit que si vous achetez les infos, elle veut toucher sa part.

– Elle est dans le coin ?

– Ouais.

– Qu'est-ce qu'on attend ? Allons-y !

– Ben, 'chais pas, mais... » Sleepy jette un œil par-dessus son épaule. « J'aime mieux te l'amener ici.

– Eh ben, va la chercher ! Et magne-toi, putain ! »

Sleepy s'attarde un peu, comme s'il attendait quelque chose.

« Pas question ! fait Bank. J'écoute d'abord, je paie après. »

Sleepy s'éloigne vers Lagrinka, en traînant les pieds un poil moins lentement, ce qui doit être sa façon à lui de « se magner ».

Cinq minutes s'écoulent. Il fait encore pratiquement nuit au fond du passage. Bank joue avec son projo, qu'il braque au hasard, à travers le pare-brise, et qu'il allume sans crier gare pour le plaisir de voir quelle créature nocturne il pourra épingler dans son faisceau. Rien d'humain, jusque-là. Soudain, le projecteur encadre un rat énorme, qui émerge d'une poubelle. Il se fige un instant et nous fixe de ses petits yeux luisants.

« Putain ! T'as vu le morceau ? fait Bank.

– J'ai dû avoir un labrador noir qui faisait presque la même taille, dans le temps...

– Sans déc' ? »

Bank éteint son projecteur. Nous attendons. Au-dessus des immeubles d'en face, le ciel s'éclaircit peu à peu.

Au bout d'un moment, on reconnaît un chuintement de semelles familier, dans notre dos. Bank fait pivoter son projecteur. Sleepy approche, la main au-dessus des yeux. « Éteins ce putain de truc ! » grogne-t-il.

Une fille a surgi derrière lui. Elle a la dégaine molassonne et le regard vide des fumeurs de crack. Le fond de l'air est plus que frais, mais elle n'a sur elle qu'une minirobe de cotonnade sans manches dont dépasse un short cycliste en Spandex, et, aux pieds, des tennis grises de crasse.

« Ben, vas-y ! lui fait Sleepy, en la poussant vers la voiture. C'est lui, Bank. Il est réglo. Tu peux lui dire.

– Combien ? demande la fille.

– Raconte d'abord, on verra après ce que ça vaut, répond Bank.

– Merde !

– Z'y-va ! insiste Sleepy. Puisque je te dis qu'il est cool !

– 'Chais pas grand-chose, en fait. Ce que je peux te dire, c'est que c'est une tepu.

– Qui ça ? fait Bank.

– La fille qu'on recherche, là. Tamara...

– Une pute ?

– Exact.

– Tu te fous de moi ? lance Bank. Elle a douze ans ! Tu veux dire pute... pute, ou une petite garce ?

– Tu parles... ! s'esclaffe la fille. Une pute, c'est une pute ! Tu sais pas ce que c'est ?

– C'est toi, Atwinda ?

– Ben, ouais.

– Et toi aussi, t'en es une, de pute ? »

Elle éclate de rire, en se passant un doigt sur les lèvres. « Ça m'en a tout l'air... » fait-elle.

Bank me jette un regard, puis se retourne vers la fille. On en reste sans voix, lui et moi. Nous ruminons la chose sans parvenir à nous en persuader.

« Tu veux dire que Tamara Shipley... fait le tapin ? »

– Ben oui, ma poule ! rigole la fille.
– Elle fait le trottoir dans le quartier ?
– Ça, faut pas me demander...
– Alors, de quoi tu parles ? »

Elle lance un œil vers Sleepy.

« Vingt tickets, mais faut me dire tout ce que tu sais.

– Cinquante.

– Prends déjà celui-là. » Il lui tend un billet de vingt dollars, qu'elle empoche illico. « Si ton tuyau tient la route, tu en auras un autre.

– Nous, on bosse dans le quartier, hein... fait Atwinda. Et des fois, on tombe sur des clients qui veulent des trucs un peu... spéciaux, disons. Comment tu veux qu'ils trouvent ? C'est pas dans les *Pages jaunes*, hein ! Alors ils abordent une fille au hasard et ils lui demandent si elle connaît pas quelqu'un qui fait tel ou tel truc... Certains, ce qu'ils veulent, c'est se faire pisser dessus, d'autres, c'est se prendre des dérouillées. Et puis y en a qui cherchent des gamines. Dans les douze, treize ans... Et ça, nous, sur le trottoir, c'est le genre de truc qu'on sait.

– Alors vous leur dites où s'adresser ?

– Y a des filles qui le font, ouais.

– Pas toi ?

– Moi, les gosses, jamais ! C'est des malades, ces mecs. Je supporte pas.

– C'est tout à ton honneur ! approuve Bank. Mais la petite, là-dedans ?

– Quand elle a disparu, tout le monde ne parlait que de ça, voyez. Et j'ai entendu des copines dire qu'elles lui avaient envoyé des clients.

– À Tamara ?

– Ouais.

– Où elles les ont envoyés, ces clients ?

– Ça, j'en sais rien.

– C'était quand ?

– Oh, ça fait pas bien longtemps. Quinze jours... Un mois, maximum. »

Bank me regarde à nouveau, bouche bée. Même lui, ça le scie. Il en reste sidéré.

« Là, je t'ai dit tout ce que je sais, ajoute Atwinda. Je peux pas te dire qui c'était, ces mecs, ni quoi ni qu'est-ce.

– Elles sont où, là, tes copines ? »

Atwinda détourne le regard. « Ça... Mystère ! »

Bank sort un autre billet de son portefeuille et le lui tend. « Il faut absolument que je sache où elles ont envoyé ces mecs. Soit tu te débrouilles pour le savoir, soit j'irai les interviewer moi-même. Mais c'est un renseignement qui vaut beaucoup plus que quarante tickets, si tu vois ce que je veux dire. »

Atwinda hoche la tête, imitée par Sleepy, auquel Bank glisse un autre billet de vingt. Je sais pertinemment que c'est de sa poche qu'ils sortent, et qu'il ne les fera pas passer sur sa note de frais. Il en fait une affaire personnelle.

Atwinda s'est éclipsée, mais Sleepy tourne encore quelque temps autour de la voiture, en laissant ses mains traîner sur la carrosserie. « C'est tout pour aujourd'hui. T'auras pas un sou de plus, lui lance Bank, définitif. Qu'est-ce t'attends, là ?

– Y a autre chose, fait-il.

– Ah ? Quoi ?

– Abel Jackson – tu vois qui c'est ? Pas vraiment un brother. Un métis. Nettement plus blanc que black... »

Bank, qui s'était un peu avachi sur son volant, se redresse aussitôt et tourne la tête vers Sleepy. « Abel ? Ouais. C'est une vieille connaissance... »

Sleepy poursuit : « La gamine, là, son frangin, que tu te demandais s'il dealait pas un peu...

– Eddie Munster ?

– J'ai entendu dire qu'Abel commençait à faire pas mal de bizness par là-bas, dans l'East Side. Il essaierait de se tailler un petit territoire dans le secteur. En cheville avec les latinos. »

Quelques années auparavant, Bank soupçonnait Abel d'une série de cambriolages nocturnes perpétrés à Central North : du boulot soigné, sans casse inutile, et toujours dans des maisons dont les propriétaires étaient absents ou dans des garages non mitoyens. Ce qui laissait penser que le malfaiteur avait minutieusement préparé ses coups – repérage des lieux, surveillance, coups de fil – et savait où il mettait les pieds. Chaque fois, il n'emportait que des choses faciles à fourguer : lingots, bijoux, outillage, matériel électronique, sans oublier les espèces et les médicaments. Or, Bank savait qu'Abel dealait un peu. Un jour, il était enfin parvenu à le faire tomber pour coups et blessures avec circonstances aggravantes : il avait assommé une fille avec un pot à bière, avant de lui voler ses économies. Mais il avait obtenu un non-lieu. L'unique témoin à charge – qui n'était autre que la victime – ne s'était pas présenté à l'audience. Depuis, Bank était à l'affût de la moindre occasion de lui souffler un peu dans les bronches, à cet Abel. C'était devenu pour lui une sorte d'apostolat.

Il tend un dernier billet à Sleepy et démarre.

Il est largement l'heure de raccrocher, mais Bank continue à tourner au hasard des rues, en essayant de digérer ce qu'on vient d'apprendre. Nous pensons à Tamara et à Abel Jackson. Au père Morales. Et à cette pauvre Jamie.

J'arrive juste à la clôture de la réunion mais, sur les conseils de Bank, je me garde bien de mentionner nos dernières découvertes à la cellule de crise. Pour l'instant, rien ne prouve qu'Atwinda – à supposer que ce soit son vrai nom – ne nous a pas menés en bateau pour le fric. Laissons venir.

Après la réunion, je fonce récupérer ma voiture au parking et je mets le cap sur la maison : voie express direction ouest, jusqu'à la sortie d'Alcore, puis à gauche, sur Brentcroft Road. Comme je tourne le coin de ma rue, j'avise deux ados assises au pied du rectangle de brique qui porte le nom fleuri du lotissement. De loin, on jurerait deux petites veuves, avec leur tignasse et leurs fringues noires. Elles ont la clope au bec. Je les ai largement dépassées et j'arrive en vue de la maison lorsque j'ai un sursaut. L'une d'elles était Naomi. Mon sang ne fait qu'un tour. Je redescends la rue en trombe et en marche arrière.

En me voyant jaillir de la voiture, elles sautent sur leurs pieds, prêtes à déguerpir pour échapper à ce fou furieux qui se rue sur elles.

« P'pa... » fait ma fille. Elle contemple sa cigarette, comme si quelqu'un venait de la lui coller entre les doigts, et la jette par terre. Son visage s'empourpre. Elle doit se dire qu'elle est mûre pour un savon de plus – seule explication à cette marche arrière forcenée et à ce débarquement fulgurant. En temps normal, elle aurait raison. Mais nous ne sommes pas en temps normal.

« C'est elle, Zelda ? fais-je, l'index pointé sur sa copine.

– Hein ? Non ! » Sa copine lui lance un drôle de regard, un rien interloqué. « Pas du tout ! Elle, c'est Janice.

– Il faut que je lui parle, à ta Zelda. Et pas demain, Naomi – aujourd'hui. Ça devient urgent. C'est... Il faut absolument que je lui parle.

– Écoute, p'pa, dit Naomi, on... on ne pourrait pas remettre ça à plus tard ?

– Pas question. C'est important. C'est quoi, son nom de famille ?

– Elle... Je lui ai donné ma parole de le dire à personne. Je t'ai déjà expliqué. Elle a peur.

– Combien de temps ça va me prendre pour le découvrir, à ton avis ?

– Papa ! fait Naomi.

– C'est quoi le problème ? Elle a fait une connerie ? C'est pas grave. Je te promets qu'elle sera pas inquiétée. Elle vend un peu d'herbe ou quelque chose ? Ça ne m'intéresse pas. Elle pique dans les magasins ? Je ne veux même pas le savoir. »

Des larmes brillent dans ses yeux. Sur Brentcroft, les passants ralentissent pour voir ce qu'un type d'âge mûr peut bien leur vouloir, à ces deux charmantes punkettes. La dame de la maison du coin soulève son rideau pour profiter du spectacle.

« Bon, bon, allez... fais-je, les mains levées. Faut pas m'en vouloir. Je suis complètement HS. J'ai plus les idées très nettes. Je ne voulais pas te brusquer. Ça ira ? »

Elle fait oui de la tête. Une grosse larme roule sur sa joue.

« Cela dit, Naomi, il faut absolument que je lui parle aujourd'hui, à cette fille. C'est impératif – OK ? Je vais me reposer un peu et, ensuite, je passerai au collège. Tu as des cours communs avec elle, cet après-midi ?

– Mmmmh... ben, pas vraiment.

– Ça ne fait rien. Je te retrouve là-bas et on ira la voir ensemble. Rien de bien méchant. Je veux juste lui parler, OK ? »

Naomi hoche la tête et s'essuie les yeux.

« Je te demande pardon », lui dis-je.

Je salue Janice d'un signe de tête et je remonte en voiture. Une fois à la maison, j'aurai tout le temps de méditer sur l'image que ma fille peut bien avoir de son père. Celle d'un vieux con, probablement...

23

Je n'ai pratiquement pas vu Bank, durant les premiers mois qui ont suivi la disparition de Jamie. Ce n'est qu'en octobre, ayant appris par Sarah qu'elle n'y vivait plus, que je me suis décidé à passer à l'appartement. Je n'avais trouvé à me garer qu'à l'autre bout de Morris Hill et j'ai dû remonter toute la rue à pied, dans le vent frisquet de l'automne. Les arbres n'avaient pas encore revêtu leur feuillage de saison, mais je me rappelle avoir soudain pris conscience de toute cette masse végétale, autour de moi, et de ces senteurs à la fois âcres et riches qui flottaient dans l'air, annonciatrices d'une mort temporaire, mais porteuses d'une promesse de renaissance. C'était comme si je n'avais pas vu de forêt en automne depuis des siècles.

Cette bizarrerie me frappa : je poussais pour la première fois la porte de cet immeuble que je connaissais si bien, mais où je n'avais encore jamais mis les pieds. Je gravis trois étages de marches qui grinçaient sous mes pas, avant de frapper à la porte de l'appartement du coin. Il y eut un bruit de pas, puis plus rien. Lorsque la porte s'entrebâilla, je sus que j'aurais mieux fait de m'abstenir.

Il avait pris huit ou dix kilos – avec le recul, je me demande si c'était vraiment le cas, ou si ce n'était qu'une impression provoquée par son visage soufflé. Ses yeux me fixaient, entre ses paupières rougies. Il faisait une chaleur à crever dans l'appartement – pas loin de trente, à vue de nez – et il était en short et en T-shirt. Les muscles de ses bras et de sa poitrine semblaient s'affaisser. Un début de brioche commençait à lui empâter la taille.

La soudaineté de cette métamorphose me laissa d'abord perplexe. Puis je reconnus les relents aigres-doux de l'alcool. Toute la pièce en était imprégnée. Et pas seulement l'air, mais Bank lui-même. Je le regardai de plus près et, à son visage congestionné, ruisselant de transpiration, je compris qu'il était fin soûl.

Il avait transformé la moitié du living en un véritable QG. Le mur du fond disparaissait sous une série d'étagères métalliques, chargées de grosses chemises cartonnées, de rapports dactylographiés et d'une ribambelle d'annuaires et de répertoires. À côté trônaient un ordinateur et une imprimante. Jusque-là, je n'aurais jamais soupçonné qu'il savait se servir de ce genre d'engin. Le reste du mur était couvert de petits papiers scotchés ou punaisés : numéros de téléphone, photos, pense-bêtes, pages de rapports dont il avait surligné ou encadré certains passages.

À part ça, l'appartement n'était pratiquement pas meublé. Un canapé, face à une petite télé, sur une table à roulettes, et un lampadaire solitaire, posé à même le plancher. Malgré la pénombre – il avait baissé tous les stores –, je parvins à distinguer, au fond, dans le coin repas, une chaise et une petite table.

« Alors, ça avance ? » lui demandai-je. Il secoua la tête sans un mot.

Nous échangeâmes quelques banalités. Je commençais à ruisseler, moi aussi. Il alluma la télé et nous nous installâmes un moment devant mais, à part quelques commentaires, nous n'avions pas grand-chose à nous dire. Je m'éclipsai au bout de quelques minutes.

Je me promis de retourner le voir sans trop tarder. Bien sûr, il avait besoin de cuver son chagrin à sa façon et à son propre rythme, et lui seul pouvait savoir quand il aurait mené à bien ce travail de deuil, mais il était de mon devoir de l'aider à s'en sortir – ou du moins d'essayer. De lui consacrer du temps. De l'écouter – ou pas. Mais d'être là.

Pourtant, je ne revins pas. Au fil des semaines, une étrange lassitude s'était emparée de moi. Je m'enfonçais dans une sorte de routine. J'étais en proie à une terrible force d'inertie. Le boulot semblait prendre un malin plaisir à envahir chacune des heures que j'aurais pu consacrer à Bank et, malgré tous les reproches que je m'adressais, je désertais là où j'aurais dû répondre « présent ».

Ce n'était pourtant pas faute de parler à Sarah. Elle m'appelait de Heron Hills, et m'invitait à déjeuner en ville. La plupart du temps, nous bavardions de choses et d'autres, ou nous évoquions leur vie, à elle et à Bank, après Jamie. À plusieurs reprises, après quelques allusions voilées à la tragédie, elle me décrivit le tour de force que c'était pour eux, que de continuer à vivre. De trouver chaque jour la force de se lever et de faire quelque chose.

Début novembre, un samedi après-midi où je bricolais dans la maison, j'entendis sonner à ma porte. C'était Sarah, emmitouflée dans un manteau.

« J'ai vu ta voiture », dit-elle.

Dans la cuisine, où j'étais en train de faire un peu de ménage, je lui réchauffai une tasse de mon café du matin. Elle s'installa en silence à la table, tandis que je continuais à vaquer. Je la revois, dans cette robe de flanelle imprimée, qu'elle portait sur un col roulé, avec des collants de laine.

Au bout d'un moment, elle m'annonça tout à trac qu'elle avait demandé à un avocat de préparer le dossier pour officialiser leur séparation et, dans un second temps, leur divorce. Tout se passerait à l'amiable. Bank pourrait garder la Cherokee, ainsi que les quelques objets auxquels il tenait. Une part du prix de la maison lui reviendrait, si elle décidait de vendre. Pas plus compliqué que ça. De toute façon, Bank se désintéressait totalement des problèmes juridiques, m'expliqua-t-elle. Quant aux problèmes matériels, il ne s'était même pas préoccupé de savoir si elle comptait lui laisser quelque chose.

Mon ménage terminé, je me servis une tasse de cet infect café réchauffé et je vins m'asseoir à côté d'elle.

« Je me plais bien, ici, fit-elle, en promenant son regard sur la petite cour grillagée, au-delà de la fenêtre. C'est sympa.

– Ça n'a pourtant rien d'extraordinaire...

– Toutes ces familles qui tâchent de s'en sortir... »

Elle ouvrit son sac et y prit un Kleenex dont elle se tamponna les yeux. J'attendis sans mot dire. Au bout d'un moment, elle avança le bras et posa sa main sur la mienne.

« Il faut que je parte, Max », me dit-elle.

Je hochai la tête, bêtement, sans comprendre. Pour moi, elle avait simplement voulu dire « rentrer chez moi ».

« Je n'en peux plus, Max. Tout m'épuise. Les gens. Bank. Les journalistes. Passer devant sa chambre. Je vais mettre la maison en vente.

– Quand comptes-tu partir ? »

Elle me dévisagea avec un petit sourire triste.

« Bientôt, fit-elle. J'ai besoin d'air.

– Je comprends.

– Je sais. Je te connais, Max. Et c'est pour ça que je t'aime. C'est la vérité. Il faut que je parte.

– Viens. »

Je passai dans le salon et je mis une cassette sur laquelle j'avais repiqué quelques-uns des vieux tubes qui avaient bercé notre adolescence. Sarah vint s'asseoir près de moi sur le canapé. Dès les premières mesures, un sourire lui courut sur les lèvres. Elle se pencha vers moi et posa sa tête contre ma poitrine, bien calée sous mon menton, tandis que je lui passai un bras autour des épaules. Nous restâmes longtemps comme ça, sans parler. Je ne voyais d'elle que le bas de sa manche de lainage imprimé d'où émergeaient son poignet, sa main blanche, posée sur son genou et, au-delà, ses jambes. Il me suffisait de tourner imperceptiblement la tête pour respirer l'odeur de ses cheveux, un parfum propre, légèrement fruité. À travers ma chemise, je sentais sur ma peau la moiteur de son souffle.

Peu à peu, sa respiration se fit plus profonde et plus lente, rythmant en sourdine les chansons qui passaient. Quand je sentis sa tête s'appesantir contre moi, je m'écartai doucement, jusqu'à ce qu'elle vienne reposer sur ma cuisse.

J'avais mis mon magnétophone sur « Autoreverse » et, à la longue, bercé à la fois par cette musique répétitive et par le souffle régulier de Sarah, je finis à mon tour par glisser dans le sommeil.

Une semaine plus tard, je trouvai dans mon courrier une lettre, écrite sur un luxueux papier de fabrication artisanale, aux bords irréguliers. Je lus :

Mon cher Max,

Lorsque tu recevras cette lettre, je serai déjà loin. Je vais m'installer quelque temps à Indianapolis chez une vieille copine de fac, le temps de remettre un peu d'ordre dans mes idées. Je déciderai quoi faire ensuite. J'ai préféré ne pas t'appeler pour te dire au revoir. J'aurais aimé te voir une dernière fois, mais c'est plus facile ainsi. Encore merci de ta fidèle amitié. Tu vas me manquer.

Je t'embrasse.

S.

Au bas de la lettre, à côté du mot « Temporaire », figurait le numéro de téléphone de la personne qui l'hébergeait.

J'ai soigneusement remis la lettre dans son enveloppe et j'ai rangé le tout dans le premier tiroir de ma commode, pour pouvoir la retrouver en cas de besoin, mais je n'ai jamais essayé d'appeler ce numéro.

24

Je nage. Je remonte vers une surface qui me demeure invisible. L'eau me comprime de toutes parts, m'enveloppant de sa densité tiède, mais elle n'est rien moins que silencieuse. Elle bourdonne, ou vibre, ou tinte. Difficile à dire... Je perçois sa pression et sa profondeur, mais elle ne me fait pas suffoquer. Je l'écoute. Je l'inhale, d'abord par infimes goulées, puis à pleins poumons, et je me sens pénétré de sa densité dont la pression s'exerce à présent vers l'extérieur. Les ténèbres semblent refluer peu à peu, laissant apparaître des couleurs, du vert, du bleu et, très loin au-dessus, le jaune d'or du jour. Le son s'intensifie. Je me sens aspiré à une vitesse prodigieuse vers ce son et cette lumière.

J'émerge. Le téléphone sonne à vingt centimètres de ma tête. Le jour illumine la fenêtre de notre chambre. Je cligne les yeux, ébloui. Je décroche.

« Oui ? »

Onze heures cinquante-six, m'indique le réveil. Midi. Peggy est sortie avec les garçons, ça me revient brusquement. Ce qui explique qu'elle n'ait pas répondu... D'habitude, je coupe la sonnerie du poste de la chambre, mais ce matin, j'ai dû oublier.

« P'pa ?

– Hein ?

– C'est moi.
– Naomi ? Où tu es ?
– Au collège.
– Qu'est-ce qui t'arrive ?
– Rien. J'ai fini mes cours. Je vais déjeuner.
– Déjeuner, répété-je en écho, encore vaseux. Naomi...
– Elle est absente, aujourd'hui.
– Quoi... qui ça ?
– Zelda. T'as oublié ?
– Zelda... fais-je. Ah, oui !
– Tu te souviens ? Tu voulais passer lui parler. Mais aujourd'hui, elle est absente.
– OK, Naomi.
– OK. Bye, p'pa.
– Oh, Naomi... attends...
– Quoi ?
– Tu peux me donner son nom ?
– Euh... je...
– Dis-moi au moins où elle habite.
– Ben, tout de suite, là, comme ça... je pourrais pas te dire. Faudrait que je regarde dans mon carnet d'adresses. Bon, ben, faut que j'y aille, p'pa. Bye !
– Naomi... »

Mais il n'y a plus personne sur la ligne. Je me laisse retomber sur mon oreiller, le téléphone toujours à l'oreille, et j'écoute siffler le silence, les yeux perdus dans le flot de lumière qui inonde la fenêtre. Je reste comme ça, inerte, jusqu'à ce que le bruit rauque de la tonalité revienne m'écorcher les tympans.

Pat Grice est la principale de la Warren Harding High School, mon ex-*alma mater*, que fréquente Naomi. Je l'ai rencontrée il y a quinze ans, à l'époque où je n'étais qu'un bleu, chargé de patrouiller le secteur ouest, et elle, une toute jeune prof de gym. L'une de ses élèves s'était fait taillader la joue au rasoir par une de ses camarades. Puis, tandis que je décrochais mon insigne, à l'époque de mon affectation à la brigade des mineurs, Pat a été promue dans l'administration de l'établissement, qu'elle dirige à présent, et nous sommes restés bons amis. L'école a bien changé depuis l'époque où j'y étais potache. Le président Harding, l'homme à qui elle doit son nom, a grandi pas très loin d'ici. Il doit se retourner dans sa tombe, à l'heure qu'il est, s'il voit ce qui se passe dans cette maison qui lui est dédiée. Cela dit, le collège n'est ni mieux ni plus mal loti que la plupart des autres établissements secondaires de la ville. La secrétaire me prie de patienter dans l'antichambre et, moins d'une minute plus tard, Pat ouvre sa porte, le combiné à l'oreille, et me fait bonjour de loin. Elle garde l'index levé pour m'indiquer qu'elle en a pratiquement terminé, puis me fait les honneurs des lieux.

Le bureau de la principale était autrefois un antre redouté entre tous. Une solide palette de chêne percée de trous symétriques est accrochée au milieu du mur, au-dessus de la tête de Pat – un avertissement destiné à ceux qui sont convoqués ici. Mais elle n'a désormais qu'un rôle décoratif. Les châtiments corporels ont été bannis depuis belle lurette de l'enseignement public. Ils y seraient d'ailleurs tout aussi anachroniques que les incartades insignifiantes qui vous valaient, à l'époque, d'en tâter. De nos jours, c'est d'authentiques délits qu'il s'agit – possession et usage d'armes et de stupéfiants, agressions, viols, larcins, vandalisme, racket – et c'est donc à nous, officiers de la police municipale, d'assurer le maintien de l'ordre. Le collège dispose à présent de son propre poste de sécurité, avec un flic, affecté à plein temps. En arrivant dans le grand hall, j'ai pris un moment pour bavarder avec mon collègue.

« C'est nous qui vous avons appelé ? me demande Pat.

– Non, non, je suis ici de mon propre chef. C'est euh... personnel.

– Naomi ?

– En un sens, oui... » répliqué-je – et de lui exposer toute l'affaire : Tamara, ma conversation avec ma fille, la mystérieuse Zelda, etc., etc. Elle me laisse achever mon récit, puis hoche la tête et pose ses mains croisées sur la table.

« Ce que je peux vous dire d'emblée, c'est qu'il n'y a aucune Zelda d'inscrite chez nous, déclare-t-elle.

– Je me doutais bien que ce n'était pas son vrai nom.

– Ce que vous attendez de moi, si je comprends bien, c'est que je mène discrètement ma petite enquête pour découvrir qui se cache sous ce nom. » Pat a toujours eu l'esprit vif. Le fauteuil dans lequel je suis installé est légèrement plus bas que le sien, et je dois lever le nez vers elle.

J'acquiesce d'un signe de tête. « Évidemment, si ça n'était pas de toute première importance...

– Je sais, je sais, dit-elle. Je peux toujours poser la question aux amies de Naomi. Mais votre fille finira forcément par l'apprendre.

– Je vais lui parler, de mon côté. Il faut qu'elle comprenne. Ce qui m'échappe, c'est la raison de ses réticences. Elle devrait se douter que je finirai bien par tirer tout ça au clair, mais allez savoir ce qu'elle a pu s'imaginer, concernant mes intentions...

– Elle a quatorze ans, Mack, répond Pat, dans sa sagesse. Seul Dieu ou une gamine de son âge pourraient savoir ce qui se passe dans sa tête, mais ni l'un ni l'autre ne nous le diront jamais.

– Exact.

– Bien. Je vous rappelle. »

Je profite de l'après-midi pour me débarrasser de quelques courses que j'avais remises à plus tard. Des bricoles à acheter à la quincaillerie, quelques livres à rendre à la bibliothèque... À peine ai-je mis pied à terre que je les entends, depuis le garage. Ils s'échappent de partout, filtrant autour du châssis des fenêtres, sous les portes, et même à travers les murs. Des hurlements. Cette fois, les voisins ne peuvent pas ne pas entendre. Ça résonne dans tout le quartier. Dieu merci, il n'est que trois heures et quelques... Tout le monde est encore au boulot.

Je fonce vers la porte de derrière et je laisse passer quelques secondes, paupières closes, le temps de rassembler mes énergies. Sans les garçons, qui doivent assister à l'empoignade, je céderais sur-le-champ à cette envie de retourner illico à la voiture et de filer. Mais je résiste. Je tourne la poignée.

« Espèce de salope ! » hurle Naomi. Elles sont dans la cuisine.

« T'avise jamais de répéter ça ! rétorque Peg, entre ses dents, brandissant un index menaçant sous le nez de ma fille.

– C'est pourtant ce que t'es ! Je m'en fous ! C'est toi qui as commencé.

– C'est faux !

– Tu viens pas de me traiter de voleuse, juste là ? J'ai rêvé, peut-être ? Ah ! la vache... !

– Cet argent a disparu, Naomi. Je suis certaine de ne pas l'avoir pris. Mack n'y touche jamais. Et ce n'est sûrement pas les garçons.

– Comment tu peux en être aussi sûre ?

– Je leur ai posé la question.

– Ouais ! Moi aussi, tu me l'as posée. La différence, c'est que, eux, tu les crois ! Bref, je suis voleuse et menteuse ! »

Un silence pesant. « Eh bien... fait Peggy.

– Oh, fait chier, à la fin ! » Naomi se replie vers la porte du sous-sol – l'entrée de sa tanière. Mais elle me trouve sur son chemin. Elle se plante devant moi, les bras croisés, les lèvres pincées, blême de rage. Elle fixe le plancher d'un regard mauvais en attendant que je m'écarte.

« Qu'est-ce qui se passe ? » demandé-je.

Peggy brandit un vieux pot de grès que nous avons acheté ensemble dans un vide-grenier, du temps où je la courtisais. Il trône d'habitude sur la dernière étagère du placard du fond. Peggy y laisse quelques billets et de la menue monnaie, pour les dépenses courantes de la maison – vingt à trente dollars, guère plus. Elle m'en montre le contenu : un seul billet de vingt.

« Je suis allée mettre ton chèque à la banque aujourd'hui, explique-t-elle, et j'en ai profité pour faire un retrait. Quarante dollars, que j'ai mis là-dedans. Si j'avais su ! »

Naomi secoue la tête sans piper mot.

« Où sont les garçons ? » lui demandé-je.

Naomi fait un vague bruit de gorge et Peggy détourne le regard en indiquant le fond de la cour. Ils ont dû se réfugier dans leur petit abri anti-atomique personnel. Et j'ai soudain l'impression de tomber, comme si le carrelage de la cuisine s'ouvrait sous mes pieds et que la terre m'engloutissait. À croire que ma vie entière n'a eu pour seul aboutissement que de me faire vivre ce lamentable instant de chagrin, d'échec et de potentiel gâché. Je ne suis même pas capable d'épargner ce genre de spectacle à mes enfants....

« Je reviens de la quincaillerie, dis-je à Peg.

– Et alors... ? »

Je sors de ma poche un billet de dix et quatre d'un dollar, que je lui tends.

« Mais... tu ne prends jamais d'argent dans le pot... » balbutie-t-elle à présent, aussi désolée que moi. Nous échangeons un regard de pur désespoir. « Jamais... »

Je hoche la tête. D'habitude, en semaine, je ne suis jamais dans ses jambes. Je n'ai pas ma place dans son train-train quotidien. « Il me fallait juste deux ou trois trucs. Pas de quoi faire un chèque... » Je m'écarte pour laisser Naomi descendre dans sa piaule, mais elle fonce vers l'entrée et sort en claquant la porte.

À cinq heures, Rick Simms m'appelle depuis son bureau, au FBI. « Vous êtes au courant, pour Rochelle Shipley ? me fait-il. Ils sont tous à sa recherche.

– Hein ? Pourquoi ?

– C'est vous... réplique-t-il d'une voix entrecoupée, comme s'il était hors d'haleine. Votre enquête sur ce numéro de Chicago, celui que vous m'aviez demandé de vérifier. J'ai appelé les collègues de Chicago après notre conversation et je leur ai transmis tous les éléments – l'affaire, la gamine disparue, le numéro à vérifier –, en leur demandant d'aller y regarder d'un peu plus près. Et ils ont remonté la piste. La ligne correspond à une maison, dans le secteur nord, mais ça n'est pas un domicile privé. C'est un local associatif. Alors les collègues ont lancé un mémo, lequel a atterri ce matin même sur le bureau de certains de nos agents qui, apparemment, surveillent l'endroit depuis des années, par intermittence. Et l'un d'eux vient juste de me contacter. Cette maison est le siège d'une association qui s'occupe de reloger des jeunes filles en difficulté.

– Genre enceintes ?

– Genre victimes de violences – sexuelles ou non. Battues ou violées, chez elles ou sur le trottoir... Ils les mettent au vert dans des foyers discrets, le temps qu'elles se refassent une santé.

– Ils sont où, ces foyers ?

– C'est le problème. Ils sont disséminés dans tout le pays. Une sorte d'organisation clandestine. Un réseau. Diverses personnes se chargent d'héberger temporairement les filles, mais il y a une rotation permanente. Tout est cloisonné, chaque intervenant n'en sait qu'un minimum. Ils n'ont pas de siège central, si ce n'est cette adresse de Chicago. Mais, à ce qu'on en sait, les filles n'y transitent plus. Ce n'est qu'un centre de coordination. Leur raison sociale, c'est les Sœurs de la Compassion.

– Des catholiques ?

– Pas officiellement. Le diocèse récuse tout lien avec eux. Ce sont deux religieuses qui ont mis le truc sur pied, à la fin des années 70. Elles ont dû bénéficier de donations privées conséquentes. À présent, l'équipe de direction ne cesse de changer. Tout est décentralisé. Une filière presque impossible à remonter. La communication se fait en partie par Internet, et tout ça dans la plus grande discrétion. Sous le manteau, autant dire.

– Et qu'est-ce qu'elles ont fait, ces Sœurs de la Compassion, pour être dans le collimateur du Bureau ?

– Devinez. D'où elles sortent, ces filles ? Soit elles vivent chez leurs parents, soit elles sont dans la rue et il y a de bonnes chances pour qu'elles aient des macs – bref, tout un tas de gens qui ne tiennent pas à ce qu'elles leur échappent. L'association n'intervient que dans les cas où le système reste impuissant. Lorsque la justice est saisie d'une affaire d'inceste, disons, l'enfant est retirée à ses parents et on procède à un placement d'office – là, pas de problème. Mais si les procédures tardent à s'enclencher, en cas de litige pour la garde de l'enfant, par exemple, ou quand la victime court un danger immédiat... dans ce cas, l'association prend le relais. Il paraît qu'ils vont jusqu'à enlever les filles.

– À leurs parents ?

– En général, dans ce genre d'affaire, c'est l'un des parents qui leur demande de mettre l'enfant hors de portée de l'autre. Alors, ils arrangent le truc. Quelqu'un de chez eux récupère la fille quelque part et la conduit en lieu sûr. Bien sûr, ça pose tout un tas de problèmes juridiques. Chaque fois, l'association frôle l'inculpation pour enlèvement, et tout le tremblement. Voilà qui nous ouvre de nouveaux horizons, pour le dossier Tamara Shipley, pas vrai ?

– Et sa mère ?

– Googie est passé chez eux et a trouvé porte close. Personne dans la maison. J'ai cru comprendre que Katherine était à sa recherche, elle aussi. »

Dix heures du soir. Naomi n'a toujours pas reparu et je m'apprête à partir au boulot.

Au moment de tourner sur Brentcroft, je jette un œil à l'entrée du lotissement. Et là, en un étrange remake de la scène du matin, je l'aperçois, au même endroit et dans la même position, toujours toute de noir vêtue, mais seule, cette fois, et sans cigarette. Elle est assise au pied du muret et regarde passer les voitures. Je m'arrête au stop, les yeux fixés sur elle et elle finit par lever la tête. Nous nous observons mutuellement, un long moment. Peut-être s'efforce-t-elle de comprendre ce qui se passe dans ma tête, tout autant que moi dans la sienne... Mais non. J'ai la quasi-certitude que c'est elle, Naomi, que nous tentons tous deux si désespérément de comprendre.

Je lui fais un petit signe de la main avant de me jeter dans le flot de la circulation, mais elle ne répond pas à mon salut. Elle a posé sur moi un regard glacé, plein de colère, comme si c'était moi qui l'avait trahie. J'ai déjà redémarré quand je comprends : c'est précisément le cas. Je l'ai trahie, du moins par procuration. Pat Grice a dû enquêter auprès de ses copines, leur poser des questions sur Zelda. Et voilà ce que signifie ce masque renfrogné : Naomi est au courant.

25

Premier trimestre de ma quatrième année – qui ne fut pas celle de mon diplôme – à la fac. Je m'étais installé à la cafète de la bibliothèque avec une cigarette, un Coca (pour la caféine) et un bouquin de sciences politiques que je devais potasser, lorsque je vis entrer une jeune femme que je n'avais encore jamais vue sur le campus. Elle promena un regard mal assuré sur les tables de Formica alignées le long des murs, avant d'opter pour une banquette, juste en face de moi. Son visage m'attira l'œil, moins pour sa beauté qu'à cause de la tristesse qui s'y lisait. Elle avait les paupières rouges et gonflées, ce qui ne m'empêcha pas de remarquer ses yeux, qu'elle avait grands, noirs, et très écartés. Avec ça, des cheveux châtains, un nez aquilin et des lèvres pulpeuses – un rien boudeuses, pour l'heure. Je ne pus m'empêcher de l'observer à la dérobée. Au bout de quelques minutes, je vis s'amener un type qui s'installa à son côté. L'athlète complet : coupe en brosse, épaules carrées et biceps à l'avenant. Il ne lui adressa pas un mot. Ses yeux restaient fixés droit devant lui, comme si elle n'avait pas été là. Je ne lui avais jeté qu'un regard distrait, lorsque je pris conscience que c'était moi qu'il lorgnait. Il avait dû remarquer que j'avais posé l'œil sur sa nana et se préparait à me réduire en miettes.

« Alors, tête de nœud, on dit plus bonjour ? » s'esclaffa-t-il, dans un éclat de rire tonitruant, avec un large sourire.

Le choc. La maturité de ce menton carré au pli volontaire, ces arcades sourcilières massives, au-dessus de ce nez charnu – c'est ce qui me frappa d'emblée dans ce visage, dont j'avais gardé le souvenir d'une frimousse enfantine. Mais ce sourire, c'était bien le sien. Gouailleur, généreux et sincère.

« Hey, salut, demi-portion ! répliquai-je.

– Me dis pas que tu fumes ces saletés ! » me lança-t-il. Je contemplai un instant mon mégot, dont je tirai une dernière bouffée avec un haussement d'épaules, avant de l'écraser dans le cendrier.

« Ça te tuera, cette saloperie ! » fit-il, avant de mettre le cap sur moi. Il me souleva littéralement de ma banquette – il devait mesurer une bonne tête de plus que moi –, puis son énorme paluche s'empara de ma main et entreprit de la broyer, tandis que l'autre s'attaquait à mon épaule avec la même intention, et hop ! c'était reparti entre nous, comme s'il n'y avait eu qu'un mois, et non pas neuf ans, que nous nous étions quittés. Ce qui ne m'empêchait pas de lire dans son regard les changements qui s'étaient opérés en moi entre-temps – et de soupçonner qu'il devait faire le même genre de constat, en regardant son propre reflet sur mon visage... Je sentis tout à coup combien il m'avait manqué. Il faisait partie de moi, de ma vie, de ma famille. Jamais je n'aurais dû le laisser disparaître ainsi.

« Il paraît que tu es souvent dans le coin, fit-il. Qu'est-ce que tu fabriques, en ce moment ?

– Je bosse dans un cabinet juridique. Je me donne un an ou deux, et je m'inscrirai à l'école de droit.

– Pas mal... fit-il.

– Et toi ?

– Moi, j'ai fait les marines.

– *Semper fidelis*...

– Tu l'as dit, bouffi ! J'étais MP – flic chez les bidasses, si tu préfères... Tu savais pas ?

– Non.

– J'ai trouvé ça génial.

– Ah, ouais ?

– Et du coup, j'ai décidé de devenir flic chez les flics.

– Ça alors ! » fis-je, avec un petit sourire. Officier de police Bank Arbaugh – ça lui allait comme un gant...

« Il me reste quelques mois à tirer, avant de commencer l'école de police. Alors, en attendant, je viens ici me cultiver un peu, aux frais de l'oncle Sam.

– Super ! fis-je.

– Hé, mais... je ne t'ai pas présenté Sarah. Sarah Garrison. Sarah, je te présente Mack Steiner, un vieux pote. Ça fait une éternité qu'on se connaît, tous les deux, pas vrai, Mack ? »

Je l'approuvai d'un hochement de tête et, m'asseyant sur la table basse, face à elle, je la regardai d'un peu plus près. Un poil trop busqué, le nez, décidai-je, et la bouche, un rien trop boudeuse, mais ses yeux étaient à tomber à la renverse. Je sortis mon paquet de cigarettes et je m'apprêtais à en allumer une, lorsqu'elle me lança un coup d'œil appuyé. D'une secousse, j'en fis émerger une autre, que je lui tendis. Elle se servit. Je lui offris du feu et je sentis la coupe fraîche de ses mains se refermer autour de mes doigts. Penchée sur l'allumette, elle aspira longuement, les yeux plongés au fond des miens.

« Putain ! fit la voix de Bank, quelque part, très loin de nous. Vous savez que vous vous tuez à petit feu, avec cette saloperie ? »

Il était revenu en juin et l'avait rencontrée dans une boîte. Elle avait vingt-quatre ans – deux de plus que lui et presque trois de plus que moi. Elle vivait chez ses parents, à Heron Hills.

Son nom de jeune fille était Lyell mais, pendant sa dernière année de fac, à Kenion College, dans l'Ohio, elle était tombée amoureuse de son prof d'anthropologie, un divorcé de quarante-neuf ans, qu'elle avait épousé contre l'avis de son père. Six mois après leur mariage, le prof avait été victime d'une embolie cérébrale massive qui l'avait laissé trois mois entre la vie et la mort. Il ne sortit jamais de son coma, et mourut sans même savoir que Sarah attendait un enfant. Elle était à présent mère d'une petite Jamie de dix-huit mois.

Pas besoin d'être grand clerc pour comprendre l'attrait irrésistible qu'elle avait exercé sur Bank. Outre sa beauté, sa culture et sa fortune, elle était sensible, prévenante et attentive. En revanche, j'avais peine à concevoir ce qu'elle pouvait lui trouver de séduisant, à ce marine un peu balourd, avec sa nuque rase, ses kilos de muscles et son tatouage tout frais. Mais peut-être ceci expliquait-il cela : Bank était l'exact opposé de tous les flirts qu'elle avait pu avoir dans les établissements huppés qu'elle avait fréquentés, et on ne pouvait pas rêver plus différent que lui de son défunt mari.

Quoi qu'il en fût, ils étaient incontestablement amoureux. Pourquoi, je ne me l'expliquais pas tout à fait. La raison à laquelle je revenais toujours, c'étaient ces deux sentiments extrêmes et contradictoires qu'avait toujours inspirés Bank autour de lui : l'amour et la peur. S'y ajoutait à présent une troisième composante, cette loyauté inébranlable, presque fanatique, qu'il vouait à ceux qu'il aimait. Sarah semblait heureuse de pouvoir s'en remettre totalement à cette loyauté, dont elle avait un besoin vital. Et Bank ne demandait qu'à la lui prodiguer, et à en être payé de retour.

Pourtant, de temps à autre, quand je les croisais sur le campus ou qu'on sortait tous les trois, quelque chose me disait qu'ils venaient de se disputer. Ils semblaient incapables de fonctionner autrement que sur un mode paroxystique : ou bien ils s'embrassaient comme deux tourtereaux, ils s'enlaçaient en riant et en se gazouillant à l'oreille, ou bien ils se parlaient à peine, et seulement pour se balancer des vacheries. Mais peut-être n'était-ce là qu'une conséquence naturelle de l'intensité de leur relation, qui n'en était qu'à ses premiers pas.

La plupart du temps, je travaillais à la cafète de la bibliothèque, où je pouvais fumer et boire café sur café. Bank et Sarah en étaient rapidement devenus des habitués. Ils venaient m'y retrouver et s'installaient à la table ou sur la banquette que j'occupais. Je m'aperçus que Bank prenait insensiblement l'habitude de nous laisser seuls, Sarah et moi, et que ses absences se prolongeaient de plus en plus. Elle se plongeait alors dans un bon bouquin – elle dévorait Charlotte Brontë, Pearl Buck, Doris Lessing – ou noircissait les pages d'un cahier qui ne la quittait pas. Mais, au bout d'un moment, inévitablement, elle finissait par engager la conversation et me parlait jusqu'à ce que je m'arrache à mon boulot pour lui répondre. Tant pis pour mon temps de travail – je lui prodiguais volontiers mon attention. J'aimais bavarder avec elle. Indépendamment de toutes ses qualités, elle avait parfois des accès de mélancolie, ce que je concevais à l'époque comme un trait commun à toutes les femmes auréolées d'un certain mystère.

Elle finit par me faire lire quelques échantillons de ce qu'elle écrivait, des sortes de poèmes en prose, pétris de pessimisme et d'angoisse existentielle. Je me souviens d'avoir trouvé ses textes remarquablement aboutis et pénétrants, ce qui ne fit qu'augmenter son prestige à mes yeux. Et je m'expliquais d'autant plus mal tout ce temps qu'elle me consacrait, pendant que Bank était en cours.

À l'entrée de la bibliothèque étaient installés des distributeurs de café, de sodas et de cigarettes. Un après-midi, comme je venais prendre un café, je marquai une pause sur le seuil le temps de finir ma cigarette, lorsque je reconnus la voix de Sarah.

« Pas question de rester ici toute la journée, disait-elle. Il fait tellement beau, aujourd'hui...

– Tu peux tout de même m'attendre une petite heure à la bibli, non ? fit Bank.

– Et si on se donnait rendez-vous dehors... »

Un silence, puis la voix de Bank reprit : « Reste ici avec Mack.

– Bank...

– Sarah... » Une pause, puis il ajouta : « S'il te plaît... »

Et là, subitement, tout s'éclaira : j'étais ni plus ni moins que la baby-sitter de service. Ou tout comme. Bank se servait de moi pour garder l'œil sur sa petite amie, et éviter que d'autres n'y posent le leur. Pour la première fois, il m'apparut comme un gros tas de muscles sans cervelle.

Pourquoi est-ce que tu le laisses faire ? brûlais-je de demander à Sarah – nous nous étions installés tous trois dans la cafétéria enfumée. Comment une fille comme toi peut-elle accepter de subir ce genre de chose ? Mais au lieu de lui poser la question, je me contentai d'un « Allez, viens ! », avant de me lever, en ramassant mon paquet de cigarettes. Elle m'emboîta le pas.

Nous avons traversé la bibliothèque, puis la cour d'honneur, de l'autre côté de laquelle se trouvait le petit café de la coopérative étudiante où, pour un dollar, on pouvait à l'époque s'offrir une bonne part de pizza et une bière. Après déjeuner, nous nous sommes attardés à boire quelques bières mais, malgré mes efforts pour amener la conversation sur Bank, elle s'est refusée à évoquer leurs relations. Rien n'y faisait. Elle ne tenait pas à en parler, et ne voulait pas davantage du soutien affectif que j'imaginais pouvoir lui apporter. Elle préférait manifestement discuter du programme de la licence d'histoire de l'art qu'elle envisageait de préparer à Libbey et de sa passion pour la peinture – elle aurait aimé peindre mais, consciente de ses limites, elle y avait renoncé. Puis, notre conversation glissa à la littérature, à l'écriture et enfin au langage lui-même. Nous fîmes assaut de citations et de vers que nous aimions. Nous avions, l'un et l'autre, un petit coup dans l'aile. Mais ce qui me frappa, ce fut de constater à quel point elle avait besoin de quelqu'un à qui parler de ce genre de choses. Bank n'avait évidemment que faire des livres, de l'art ou des plaisirs de la conversation. Pour lui, tout cela n'était que perte de temps et compagnie – ça n'était pas de *l'action*.

Et je ne pouvais que m'interroger, une fois de plus, sur ce lien étrange qui les unissait.

Lorsque l'heure fut venue d'aller retrouver Bank à la bibliothèque, nous avons rassemblé nos affaires et nous avons quitté la pénombre du café pour traverser l'atrium inondé de soleil de la coopé étudiante. Comme je lui tenais la porte, elle me frôla et je captai une bouffée de son parfum où flottait, en arrière-note, l'odeur de sa peau.

Pendant toute cette année – qui devait être aussi ma dernière année de fac –, nous avons formé un curieux trio. Le soir, nous allions souvent manger grec, libanais ou hongrois, ou boire jusqu'à pas d'heure au Blind Pig, à deux pas du campus, ou, plus près du centre-ville, au Westgate Lounge, un bar assez mal famé, mais où il y avait de l'ambiance. Nous passions des heures, Sarah et moi, à discuter à perdre haleine sous le regard souriant de Bank, dans les nuages de fumée et les vapeurs de bière qui nous embrumaient l'esprit.

Je m'expliquais mal pourquoi ils tenaient tant à ma présence – la plupart du temps, c'étaient eux qui prenaient l'initiative de m'inviter –, mais j'en avais tout de même une idée. Cet hiver-là, dans le cadre de sa formation, Bank partait en patrouille, une ou deux nuits par semaine, avec des officiers de police ou des flics de terrain et il comptait sur moi pour tenir compagnie à Sarah, ces soirs-là. Il nous proposait même des idées de sorties. Toujours le baby-sitting... Qu'elle se laisse manœuvrer ainsi me sidérait tout autant que de voir Bank s'attendre à ce que nous nous conformions à ses plans. Mais avec ou sans Bank, j'appréciais trop la compagnie de Sarah pour y regarder de trop près.

Il faisait toujours partie des réservistes de l'infanterie de marine : un week-end par mois, il était tenu d'aller exercer ses talents de flic militaire à la base aérienne de Wright-Patterson, près de Dayton.

Un après-midi de mars – ça devait être en 1980 –, il débarqua dans le box où je bûchais, au sixième étage de la bibliothèque. Penché par-dessus la petite cloison, ses bras massifs se balançant au-dessus de mes bouquins et de mes classeurs, il m'annonça qu'il venait de s'apercevoir d'un truc : son prochain week-end à Dayton coïncidait avec les vingt-cinq ans de Sarah.

« T'as qu'à demander un report, lui suggérai-je.

– Chez les marines ? Pour ce genre de broutille ? Tu rêves, Mack !

– En ce cas, mieux vaut que tu préviennes Sarah. Je ne sais pas, moi... Achète-lui quelque chose de sympa. Invite-la au resto. Organise-lui un annif' anticipé. »

Il secoua la tête et me regarda d'un air de chien battu, avant de laisser tomber : « Et si tu l'emmenais quelque part, ce jour-là, Mack ?

– Bank ! Tu me vois filer rancard à ta petite amie ?

– Je te demande pas de lui filer rancard, crétin ! Il s'agit juste de la sortir. Pour son anniversaire. Pour ne pas la laisser seule... »

Je sentis la moutarde me monter au nez.

« Pas question !

– Allez, Mack, sois sympa... Je te rembourserai.

– C'est pas le problème. J'ai tout à fait les moyens de l'inviter !

– D'accord, alors ? Je te le revaudrai au centuple ! » me lança-t-il, en tournant les talons.

Le soir même, Sarah m'appela.

« Je me faisais une telle joie qu'il soit de la partie... » me dit-elle, faisant allusion à la fête organisée en son honneur par ses parents, dans leur appartement de Heron Hills. Elle avait prévu de leur présenter Bank à cette occasion.

Et je m'entendis soudain lui dire, comme malgré moi : « Si tu veux un peu de compagnie, on pourrait aller manger un morceau ensemble quelque part, après la fête, ou autre chose, si tu préfères...

– Tu es adorable, Max, répondit-elle – elle ne m'appelait jamais autrement que par mon vrai prénom. Mais ce qui me ferait vraiment plaisir, c'est que tu viennes à ma fête. »

Rien chez Sarah ne laissait soupçonner qu'elle était une riche héritière. Elle avait pourtant les moyens de jouer les enfants gâtés. Mais je ne lui ai jamais trouvé le moindre point commun avec les autres fils ou filles à papa que j'ai eu l'occasion de croiser. Elle manifestait une intransigeance absolue pour tout ce qui touchait à l'argent et au travail, cette espèce de rigorisme puritain qu'on observe chez ceux qui ont dû lutter pour arriver. C'était l'état d'esprit de mon père : un mélange d'austérité, d'horreur du gaspillage et de refus de l'assistanat. Cela dit, elle avait grandi dans une famille suffisamment à l'aise pour supposer tout naturellement que le monde s'arrangerait toujours pour répondre à ce qu'elle en attendrait.

Le soir de son anniversaire, j'arrivai chez ses parents assez tard, persuadé que le dîner toucherait à sa fin et que l'ambiance serait un peu retombée, mais il n'en était rien. Les festivités ne semblaient même que commencer. Don Lyell, le père de Sarah, me prit par l'épaule et m'annonça : « Y a plus de bouteilles, au bar, que vous ne pourrez en descendre, jeune homme. Et croyez-moi, c'est pas de la petite bière ! » Don avait le teint rubicond, et il me donnait toujours l'impression d'être entre deux vins, mais il dégageait une sorte de puissance, qui devait pouvoir se muer en férocité. Je ne l'ai jamais vérifié personnellement, mais j'ai toujours eu le sentiment que dans ses affaires, il savait à l'occasion faire preuve de dureté. C'était le genre de ressource qu'il fallait pouvoir trouver en soi, pour s'imposer dans la sidérurgie.

« Servez-vous ! » m'encouragea Carol, la mère de Sarah, en me collant une assiette entre les mains. C'était une femme toute simple, qui s'était retrouvée à mener un train de vie totalement improbable pour elle. Bien que très consciente de sa chance, elle semblait ne pas y croire tout à fait, comme si elle craignait que cela ne puisse durer.

Sarah me présenta à ses invités comme un ami. Certains me prirent pour le garçon dont ils attendaient de faire la connaissance, mais lorsque je leur assurai que je n'étais pas l'heureux élu, cela n'eut pas l'air de les affecter plus que ça. La fête fut très réussie. Je me contentai de picorer légèrement – le buffet était aussi raffiné que plantureux –, mais je fis particulièrement honneur aux alcools du bar. Il était près de minuit lorsque je songeai à prendre congé. La petite Jamie, une gamine aux yeux vifs qui promettait de devenir ravissante, avait couru toute la soirée entre nos jambes jusqu'à ce que la fatigue ait eu raison d'elle. Elle s'était endormie sur un canapé.

Au moment où je partais, Sarah s'engouffra dans l'ascenseur pour me raccompagner jusqu'à la porte de l'immeuble. Une fois en bas, elle glissa sa main sous mon bras.

« Merci, Max, dit-elle. Tu ne peux pas savoir le plaisir que ça m'a fait, que tu viennes.

– C'est Bank qui doit regretter d'avoir raté ça... »

Au fond du parking s'alignaient des courts de tennis, fermés par une haute clôture grillagée. Arrivés à l'extrémité du tennis, là où les courts asphaltés, écrasés par la lumière des projecteurs à l'argon, s'arrêtaient, Sarah sortit un paquet de Benson et un briquet Bic. Tandis qu'elle me tendait du feu d'une main et qu'elle protégeait la flamme de l'autre, j'allumai nos deux cigarettes et nous restâmes là, à frissonner dans le vent froid qui sentait encore l'hiver. Au bout d'un moment, elle se rapprocha de moi pour se réchauffer. Elle était si près que je devais tourner la tête pour ne pas lui souffler ma fumée dans le nez.

Nos cigarettes achevées et nos mégots écrasés, nous nous attardâmes encore un peu dans l'obscurité. Et je sentis soudain sa main se poser sur le revers de ma veste.

« Joyeux anniversaire, Sarah ! » fis-je.

Souriante, elle jeta la tête en arrière et me tendit ses lèvres pour recevoir le baiser qui allait avec le souhait. Je m'exécutai, puis je lui en donnai un second, plus appuyé et nettement moins fraternel. Après une seconde d'hésitation, elle me le rendit et noua ses bras autour de mon cou. Nous demeurâmes ainsi plusieurs minutes, dans l'ombre de l'immeuble de ses parents, à nous embrasser à pleine bouche, tandis qu'à plusieurs centaines de kilomètres de nous, Bank exerçait ses talents au pays des marines.

Lorsque enfin je me décidai à partir, elle me raccompagna jusqu'à ma voiture et me regarda déverrouiller ma portière, mais nous n'échangeâmes plus un mot.

J'avais du sable sous les paupières et une jolie gueule de bois, quand le téléphone me réveilla, le lendemain matin. C'était Sarah. Elle me proposait de déjeuner avec elle. Elle passa me prendre à midi, dans sa Cutlass Supreme, et m'emmena au Westgate qui, en plein jour, n'était pas si mal famé que ça – juste un peu délabré et crasseux. Tout vous y était servi dans de petits paniers de plastique multicolores, et exclusivement frit, des beignets de crevettes au poulet, en passant par les cheeseburgers. Leur panier « Spécial casquette », composé d'un petit verre de bière et de trois aspirines, était garanti souverain contre les lendemains de fête.

Nous n'avions pas échangé trois mots pendant tout le trajet et le repas, bien que Sarah n'ait manifesté ni gêne, ni embarras. Après avoir fait un sort à ma bière et à ma friture, lorsque je pus à nouveau lever les yeux sans avoir l'impression que le soleil me cognait sur la tête comme sur une enclume, je me sentis prêt à entrer dans le vif du sujet.

Désolé pour hier soir, Sarah. Mais je ne regrette rien. Nous l'annoncerons ensemble à Bank et il n'aura qu'à me casser la gueule, s'il en a envie...

La vie nous fait parfois découvrir que nos failles et nos faiblesses jouent tout autant en notre faveur que contre nous. Mon manque d'éloquence, mes difficultés à exprimer mes sentiments, me clouèrent le bec, tandis que je serinais intérieurement mon couplet, hésitant sur la manière de l'amener.

« J'ai eu Bank au téléphone, hier soir », m'annonça Sarah. J'émergeai brusquement de mes tergiversations.

Un frisson glacé me parcourut.

« Ce qu'il peut être gentil ! ajouta-t-elle. Il m'a envoyé des roses, hier, et ce matin, à mon réveil, j'ai trouvé un bouquet de fleurs des champs.

– Sacré Bank !

– Quel cœur d'or... »

Je hochai la tête.

« Tu comptes énormément pour lui, Max. »

Je levai les yeux vers elle, complètement paumé. Où voulait-elle en venir ?

« Je sais ce que tu penses parfois de lui. Je le devine, d'après ce que tu dis, ou à la mine que tu fais... Mais je crois que tu te trompes sur certaines choses. » Elle se pencha sur la table, approchant du mien son beau visage. Sa voix avait totalement changé. Elle me parlait sérieusement, à présent. « Il pense que tu es très seul, Max. Que tu n'as pas beaucoup d'amis.

– C'est vrai, fis-je.

– Et ça se comprend, répondit-elle. Tu es plutôt solitaire et tu passes ton temps à bûcher, alors que Bank, lui, ne fiche pas grand-chose... Ce qui fait qu'il tient à ce qu'on s'occupe un peu de toi, tous les deux. " Et si on appelait Mack ? Ça lui dirait peut-être, de venir faire un tour ? " " Il passe ses journées à la bibli, à fumer clope sur clope, ce pauvre vieux. Va donc lui tenir compagnie. " Je suis au courant pour mon anniversaire, tu sais... C'est lui qui t'a demandé de m'inviter.

– Peut-être, fis-je, mais je ne demandais pas mieux.

– Je sais. On s'entend formidablement, toi et moi... mais ça n'est pas l'essentiel. Ce que je veux te dire, Max, c'est que s'il fait tous ces efforts, s'il nous encourage à nous voir si souvent, c'est tout simplement qu'il craint qu'on s'ennuie quand il n'est pas là. »

Je n'avais jamais vu ça comme ça. Cela dit, je n'y avais pas vraiment réfléchi. J'avais préféré les voir, elle et lui, sous un certain jour, conforme à mes sentiments et à la manière dont je voulais que les choses se passent. Je pris une cigarette et je me mis à la tripoter.

« C'est un type bien, Max, fit-elle. Il est formidable avec moi. »

C'était la vérité, et je le savais. Mais dans un coin de ma tête, je ne pouvais me résoudre à croire que l'unique raison qu'avait Bank de favoriser ainsi nos relations, à moi et à Sarah, était le souci d'adoucir ma solitude. Je soupçonnais autre chose... Il devait être curieux de voir ce qui se passerait entre nous. Comme s'il nous mettait à l'épreuve. Et si tel était le cas, nous avions lamentablement échoué...

« Je crois que je te dois des excuses.

– Écoute, Max, fit-elle. Je n'ai aucune envie de te faire culpabiliser. Je veux simplement mettre les choses au clair.

– Et hier soir... ? »

Elle haussa les épaules. « Combien de verres avais-tu descendus ?

– Je n'ai pas compté, fis-je, mais j'étais bien pété.

– Moi aussi, dit-elle. Ça n'est tout de même pas un crime d'arroser un peu trop son anniversaire et d'embrasser le seul garçon potable à des lieues à la ronde, si ? »

Tout à coup, je me sentis le roi des cons. Ma migraine était revenue en force et mon estomac se rebellait contre tout ce graillon que je venais d'ingurgiter. J'aurais donné n'importe quoi pour pouvoir m'allonger. Mais en même temps, j'éprouvais comme un soulagement, et même, un vague sentiment de bonheur, mi-douloureux, mi-nostalgique. Elle est ton amie, me dis-je. Et tu as Bank. Quoi qu'il en soit, dis-toi bien que tu ne mérites pas ta chance. Tu ne les mérites pas. Ni elle, ni lui.

« Nous avons une chose à nous, toi et moi, Max. Une chose rien qu'à nous. Un secret... »

Je lui pris la main. La sienne était sèche et fraîche, comme le jour de notre rencontre. Je tâchai de déchiffrer son regard, mais je n'y lus qu'une énigme. Nous restâmes attablés ainsi, face à face, sa main dans la mienne.

« Un secret... » Moi aussi, j'en ai un, brûlais-je de lui dire. J'ai un aveu à te faire, Sarah Garrison... Et, comme si j'avais parlé à haute voix, elle parut attendre la suite, le souffle suspendu. Malgré toutes ses belles explications, j'aurais voulu lui confier ce que je ressentais pour elle, ce que je pensais de notre baiser de la veille, ce dont je rêvais à présent. Ce qui pouvait advenir. Entre nous. Toutes ces possibilités qui s'offraient à nous. Et il me sembla qu'elle n'aurait pas refusé de m'écouter.

Mais, bien sûr, je ne pus rien lui dire : Bank était l'obstacle absolu.

J'ai revécu cet instant en pensée un nombre incalculable de fois.

Bank décrocha son diplôme d'officier de police en mai et, ayant troqué son uniforme de marine pour celui de la police municipale, il se retrouva presque aussitôt au volant d'une voiture de patrouille avec pour mission de veiller sur notre sécurité à tous. Il débuta dans les équipes de nuit, en tandem avec un type que je ne connaissais que par son surnom

– Dirty Red. J'aurais dû avoir mon diplôme en juin, moi aussi, mais il me manquait quelques notes et il me fallut m'inscrire à deux cours de plus pendant l'été. Sarah avait repris le chemin de la fac, elle aussi, et préparait son Master d'arrache-pied. Nous déjeunions souvent ensemble au café de la coop. Nous bossions côte à côte dans un box de lecture, à la bibliothèque.

L'après-midi, après avoir récupéré de sa nuit blanche, Bank venait nous rejoindre. Certains jours, il se contentait d'entrouvrir la porte et de faire un signe de la tête. Aussitôt, Sarah se levait et, sans un mot, disparaissait avec lui. J'en déduisais qu'il y avait de l'orage dans l'air. Ils avaient dû se disputer. Mais d'autres fois, son visage venait s'écraser – nez épaté et lèvres aplaties – contre la vitre, en guise de salutations, et ça, c'était plutôt bon signe.

« Comment vous faites pour rester enfermés là-dedans un après-midi entier, alors que dehors, c'est l'été ? s'esclaffait-il.

– Justement, on t'attendait ! » répliquait Sarah.

C'étaient autant d'heures de perdues pour le travail, car Bank était incapable de se poser quelque part et de se taire assez longtemps pour nous laisser bosser en paix. Il nous racontait ses aventures de la nuit, les yeux étincelant d'excitation – son carburant favori. J'adorais l'observer, tandis qu'il nous faisait revivre ses hauts faits. Mais j'en étais malade d'envie.

De temps à autre, lorsque la baby-sitter de Jamie prenait sa journée et que Carol était occupée par ailleurs, Bank gardait la petite à l'appartement de Heron Hills. Jamie s'était vite attachée à lui. Elle l'appelait « Ba » – un raccourci de Bank. « Ba, Ba... ! » disait-elle, si bien qu'il l'avait baptisée Petit Agneau. Si un jour elle devait s'aventurer dans la jungle des villes, parmi les malfrats, les junkies et les vendeurs de crack, ça lui tiendrait lieu de nom de guerre, disait-il.

Ils débarquaient parfois au petit matin, Dirty Red et lui, dans leur voiture de patrouille bleu et blanc, et Jamie avait le droit d'y monter et de jouer avec le gyrophare. « Dirty Red... disait Bank, je te présente mon Petit Agneau ! »

En août, je décrochai enfin mon diplôme et je commençai mon droit dans la foulée. En décembre, dix-huit mois après leur rencontre, Bank et Sarah se marièrent. Le garçon d'honneur était un marine originaire de Kansas City, à qui Bank avait promis cette faveur, du temps où ils étaient ensemble sous les drapeaux – bien avant d'avoir connu Sarah. Il s'en excusa auprès de moi. « T'inquiète... » répondis-je. J'assistai néanmoins à la cérémonie. J'avais revêtu pour l'occasion un smoking bleu pâle qui me tirait à la taille et me flottait aux épaules. Je me sentais terriblement godiche et ordinaire à côté de Bank et de son garçon d'honneur, superbes dans leurs uniformes d'apparat. Ils me semblaient si forts et si beaux que je ne voyais vraiment pas quelle fille aurait pu leur refuser sa main.

Une quinzaine de jours après leur mariage, au cours d'un réveillon organisé par quelques copains de la fac, je fis la connaissance d'une fille nommée Gloria Harris, que je ramenai chez moi à la fin de la soirée. Dès février, elle y avait pratiquement élu domicile, et en avril, elle m'annonça qu'elle était enceinte, et qu'elle garderait le bébé, quoi que j'en pense.

Bank tomba sur moi dans un bar, un après-midi. J'étais au bord des larmes, je m'étais rongé les ongles jusqu'au sang, mon haleine puait le vieux cendrier et j'avais un magistral mal de crâne, dû à ma surconsommation d'alcool. « Tu t'es vu ? Il y a de quoi être débecté... » me fit-il. Lui, en tout cas, l'était manifestement. Le premier truc à faire, selon lui, c'était de me ressaisir et de cesser de m'apitoyer sur mon sort. « Assume un peu ! m'exhorta-t-il. Ce qui est fait est fait ! »

Ce même mois, sur ses conseils, je me présentai à des concours de recrutement dans le service public et j'obtins une note de quatre-vingt-dix-neuf sur cent, ce qui me valut d'être admis haut la main aux stages d'été de l'école de police, en 1981. En mai, à la fin du semestre, j'avisai la fac de droit que je devrais interrompre mes études et, à la fin de l'automne, en ce que je vécus comme une sorte de cauchemar dont je ne voyais plus le bout, je me retrouvai dans une voiture de patrouille, sanglé dans un uniforme de flic, et rentrant chaque soir dans un appartement où m'attendait ma compagne, désormais enceinte jusqu'aux yeux.

Naomi naquit le 2 janvier 1982. C'était un beau bébé de presque quatre kilos, qui était manifestement bien parti pour devenir une enfant solide et respirant la santé.

« Allez, dis-toi que, voulu ou pas, c'est un heureux événement... me fit mon père, à l'hôpital. Va surtout pas bouder ton bonheur !

– Moi, cette façon de se mettre en ménage, comme ça, c'est trop moderne pour moi, décréta ma mère. Vous devriez vous marier, ne serait-ce que pour lui donner un nom, à cette petite. » Nous étions plantés derrière la vitre de la pouponnière du City Med, et nous contemplions les berceaux alignés. « À propos, quel nom va-t-elle porter ?

– Les deux, maman, lui répondis-je. Naomi Harris-Steiner.

– Les deux... fit ma mère, dont le regard s'attarda sur l'enfant. En tout cas, elle a ta bouche... ajouta-t-elle. Pauvre petite... Exactement ta bouche, avec cette moue triste... »

26

J'ai retrouvé l'ornière des rondes de nuit. Il m'est déjà arrivé de travailler de nuit par intermittences, surtout à mes débuts, à l'époque où je n'étais qu'un « bleu » et qu'il me fallait gravir, un à un, les échelons de cette hiérarchie où l'on n'est jugé ni sur son talent, ni sur son QI, ni même sur sa chance, mais uniquement sur l'ancienneté. Avant d'être affecté aux bons créneaux horaires, dans les « bons » quartiers, les banlieues aisées de l'ouest et du sud, où il ne se passe pas grand-chose, sinon un peu de tôle froissée ou quelques soirées trop arrosées avec, de temps à autre, une scène de ménage, j'ai dû commencer par bouffer de la merde – en l'occurrence, les patrouilles nocturnes dans les ghettos de l'East Side. Ce que Bank appelle « Crackville », et moi, « Banktown »...

Au bout de plusieurs mois (parce qu'il faut un certain temps pour s'y faire), on prend le rythme. Se réveiller à midi passé, s'envoyer une assiette de viande froide ou de charcuterie en guise de petit déjeuner, s'offrir une « pause déjeuner », comme disent les collègues, vers une heure ou deux du matin, dans un boui-boui ou un fast-food pour flics. Et, si on a un faible pour la bouteille, se débrouiller pour pouvoir picoler aux aurores, et donc garder dans un coin de sa tête la liste des bars, pubs, bowlings et autres boîtes à strip-tease qui servent de l'alcool dès sept heures, l'heure légale dans cet État. Ils ne sont pas légion, mais il y en a...

Mais une fois le pli pris, c'est à vie. Comme l'alcool, la pratique d'un instrument de musique ou de certains sports. Vous pouvez laisser tomber pendant des années mais, sitôt que vous y repiquez, ça revient tout seul. Plus tout à fait aussi aisément qu'à l'époque où c'était toute votre vie et où vous étiez en plein dedans, au sommet de votre forme, mais les sillons des vieux automatismes restent gravés en vous. Il suffit de vous y laisser glisser pour retrouver vos marques, sans effort.

La copine d'Abel Jackson habite à Central North, sur Hudak Street, m'informe Bank. Je ne prends pas la peine de lui demander d'où il tient ça.

Il tambourine avec sa Maglite sur la contre-porte. Il est minuit passé.

« Qui c'est ?

– Police ! Ouvrez ! »

La porte intérieure s'entrouvre de deux centimètres. « Qu'est-ce que vous voulez ? fait une voix de femme.

– Je cherche Abel Jackson. Il paraît qu'il habite ici, en ce moment.

– Il n'est pas là.

– Mais il passe, de temps en temps ? »

Un silence. Puis : « C'est qui, cet Abel ? Abel quoi ?

– Putain... » marmonne Bank entre ses dents. Il secoue la tête et glisse un coup d'œil dans ma direction. Je suis planté sur le perron, deux marches en-dessous de lui.

« Et vous, vous êtes qui ? s'enquiert-il.

– Je m'appelle Kendra.

– OK, Kendra. Vous ne connaissez aucun Abel ? »

Nouveau silence, puis : « Non, je vois pas. Abel quoi, vous dites ?

– Jackson. Vous en connaissez beaucoup, des dealers de coke qui s'appellent Abel Jackson ?

– De la coke ? J'ai rien à voir avec ça !

– Ah, ouais ? ricane Bank. Ben, z'avez plutôt intérêt à me dire ce que vous savez d'Abel, ou c'est avec moi que vous allez avoir à voir ! Elle est à vous, cette maison ?

– Exact.

– Si on fait une descente et qu'on y trouve de la poudre ou des cailloux, vous savez comme moi ce qui vous pend au nez. Personne ne se souciera de savoir à qui appartient la came. On se contentera de mettre les scellés sur la baraque, et bye-bye. C'est comme si c'était fait ! »

Elle met le nez dehors pour le regarder de plus près. C'est une petite grosse, blanche, assez ordinaire, empaquetée dans un vieux peignoir rose.

« Vous feriez mieux de me dire ce que vous savez d'Abel, Kendra, fait Bank. Vous ne méritez vraiment pas les emmerdes qu'il va vous attirer.

– Il n'est pas là.

– Vous préférez peut-être que je revienne ? dit Bank. Pas de problème ! Je vais revenir. Toutes les heures, s'il le faut, jusqu'à demain matin. Je vous tirerai du lit tant que je n'aurai pas vu Abel. Ça vous va ?

– Il n'est pas là ! s'écrie la fille, avant de nous claquer la porte au nez.

– Et meeerde ! » fait Bank.

On repart. Il est tout juste minuit un quart.

Bien que je me sois réhabitué sans trop de mal aux nuits sans sommeil, je commence à accuser une petite baisse de régime. Après notre visite chez Abel, nous mettons donc le cap sur l'Emilio's, dans le Far North, où je pourrai m'envoyer un café en écoutant les gaillardises de Mamie, la serveuse – la reine des poissardes.

Nous nous sommes installés, Bank et moi, dans le coin le plus retiré de la salle, hors de portée des oreilles des flics et des quelques civils qui constituent ce soir-là la clientèle de l'établissement. J'ai besoin de lui parler.

« Tu étais au courant avant tout le monde, pour les fugues de Tamara, attaqué-je, dès que Mamie nous a servi nos sandwichs et nos cafés. Tu savais, et pas seulement pour Baker Hawkes et pour l'enquête d'il y a un an... Tu savais que la petite était coutumière du fait. Qu'elle disparaissait, parfois plusieurs jours d'affilée, pour zoner dans les rues. Je me trompe ? »

Il acquiesce d'un signe de tête.

« Après cette première fugue, la mère a cessé de signaler les suivantes. Elle s'est dit que, de toute façon, la police ne ferait pas grand-chose.

– Exact.

– Et tu avais découvert tout ça bien avant qu'on se pointe au bureau, lundi matin, les collègues et moi. Mais tu avais tout bonnement décidé de garder tout ça pour toi.

– Pas du tout. » Il fronce les lèvres en touillant son café d'un air concentré. « Je t'ai filé un tuyau...

– La queue d'un, tout au plus. Mais quelque chose me dit que Katherine aussi était au courant.

– Ça, j'en sais rien, dit-il. Elle me fait pas de confidences.

– J'ai eu du nouveau, cet après-midi. Rochelle, la mère, avait contacté une association basée à Chicago. Les Sœurs de la Compassion. » Aucune réaction. Il ne lève même pas les yeux de son café.

« Ils prennent en charge des adolescentes en difficulté. Ils frôlent parfois l'illégalité. Il leur serait arrivé d'orchestrer des enlèvements. »

Il se décide enfin à me regarder en face.

« Ça aussi, tu étais au courant ?

– Plus ou moins, dit-il. Et plutôt moins que plus. D'après certains trucs qu'avait dit Rochelle. J'ai fait le rapprochement. Mais j'avais rien de précis. Pas de noms, pas de faits. Je ne savais pas, pour Chicago. Rochelle m'a dit que la petite faisait des fugues à répétition, pour fabriquer Dieu sait quoi, mais, qu'à son avis, elle était victime d'un genre de racket. Apparemment, elle était dans le vrai... Bref, ils avaient trouvé un lieu où Tamara pourrait être hébergée un moment, le temps de la sortir de l'ornière. J'en sais pas plus.

– Tu sais où ça se trouve ?

– Ce foyer ? Non.

– Et tu crois que ça pourrait être les membres de cette association qui l'ont enlevée ? Que la mère pourrait être de mèche avec eux ?

– Non, fait-il, en survolant du regard la clientèle du bar. Elle n'est pas dans le coup.

– Comment tu expliques qu'elle ne se soit presque pas servie de sa carte de crédit, ces derniers temps ? La télé et le fauteuil flambant neufs... Tu t'es pas posé la question ? »

Il fait signe que si de la tête, mais sans ajouter le moindre commentaire.

« Y a un autre truc. Tous les membres de la cellule de crise avaient l'air d'être au courant des antécédents de Tamara, quand Googie a craché le morceau. Comme si je n'étais pas le seul à qui tu avais refilé le tuyau... Je me trompe ?

– Non.

– Voilà des jours que tu travailles de ton côté, en nous balançant un indice par-ci, par-là, au compte-gouttes, mais sans nous mettre vraiment au parfum. Pourquoi ?

– J'ignore encore de quoi il retourne, Mack. Qu'est-ce que tu veux que je te dise ? Tu crois que si je le savais, je le garderais pour moi ? Je ne sais ni où elle est, ni entre les mains de qui. Mais je sens qu'on approche du but, et j'essaie d'éviter les vagues. Je préfère voir où je mets les pieds.

– Bank... j'ai comme un problème en ce moment. Un problème domestique à cause de cette affaire. Avec Naomi.

– Naomi ? » Il me regarde dans le blanc de l'œil. Je lui raconte.

« J'étais loin d'imaginer que ça pouvait porter à conséquence, dis-je. Même après avoir découvert les antécédents de Tamara, je me suis dit que ça n'était qu'une simple coïncidence. Mais, là, ça prend les proportions d'un chantage émotionnel, un grand secret qu'elle défend.

– C'est le père qui parle ?

– Peut-être...

– Je vais voir avec elle. Laisse-moi m'en dépatouiller.

– T'es sûr ?

– Ouaip ! Tu vois, votre problème, à la brigade des mineurs, c'est que vous n'êtes efficaces qu'avec les moins de douze ans. Au-delà, faut des vrais flics pour les mater, ces petites carnes. Surtout les filles.

– Exact, dis-je.

– Exact, répète-t-il. T'aurais dû m'en parler plus tôt.

– À ton avis, cette association aurait-elle pu se charger d'enlever Tamara ? Tu crois que la petite se trouve quelque part en lieu sûr, en ce moment ? »

Il me considère longuement, de ses yeux las. Son visage semble s'avachir, autour du patchwork de peau lisse et tendue qui lui marbre le cou, les oreilles et les joues. Jamais il ne m'a paru si vieux, si usé, qu'à cette seconde et dans cette lumière. Comme si ce traumatisme vieux de sept ans avait enfin réussi à le rattraper.

« Possible... » lâche-t-il. Mais ses yeux me disent le contraire.

Il est près de trois heures quand Bank revient cogner à la porte de la petite amie d'Abel Jackson, sur Hudak Street. Les lumières s'allument, puis la porte s'entrebâille, comme la première fois.

« M'enfin ! glapit-elle. Qu'est-ce que je vous ai fait ?

– J'ai deux mots à dire à ton pote, répond Bank. Je veux voir Abel Jackson.

– Je vous ai déjà dit ! fait-elle.

– Moi aussi, je t'ai déjà dit... répond-il. Si les Stups débarquent ici, tu peux dire adieu à ta baraque. Bye-bye, la cour. Bye-bye, le jardin. Bye-bye, le garage. Bye-bye, la jolie petite allée. Bye-bye, le quartier sympa. Bye-bye, les premiers versements. Bye-bye, les abattements d'impôts.

– Si ça continue, j'appelle les flics ! » hurle-t-elle.

Bank part d'un grand éclat de rire. Il en rit encore lorsque nous tournons le coin de la rue, en voiture.

Re-Hudak Street. Il est cinq heures vingt-cinq. Bank se gare à trois maisons de chez Kendra. Je fais un moment le guet avec lui, un gobelet de café froid entre les genoux, mais je ne tarde pas à piquer du nez et à me laisser glisser dans un sommeil trop léger. J'entrouvre les yeux au coup de démarreur que donne Bank pour lancer le chauffage mais je retombe presque immédiatement contre ma portière et je sombre à nouveau.

À sept heures moins vingt, Bank me tape sur le bras. J'émerge, plutôt vasouillard, et, écarquillant les yeux, je tâche de voir ce qu'il me montre du doigt. La fille sort de chez elle. Elle a troqué son peignoir contre un long manteau. Le thermomètre a nettement chuté, ce matin. Chicos, le manteau. Cuir et fourrure. Elle a nettement plus d'allure que cette nuit, au saut du lit. Bank lui laisse faire une vingtaine de pas et ouvre sa portière.

« Amène-toi ! » me fait-il.

On remonte le trottoir au pas de course et on coupe à travers la pelouse pour la coincer dans l'allée du garage.

« Salut, trésor ! » lui lance Bank, comme elle s'apprête à ouvrir la porte de son garage. Elle en sursaute de saisissement.

« Encore ! gémit Kendra. Mais qu'est-ce que vous me voulez, à la fin ?

– Ab-el, ânonne Bank. A-bel Jack-son.

– Bon Dieu de merde ! fait la fille. Combien de fois faut vous le répéter ? Il est pas là !

– Ah. Où il est, alors ? enchaîne Bank. Où est-ce qu'il crèche ? Où est-ce qu'il traîne ? Qu'est-ce qu'il fricote, en ce moment ? Je ne te demande pas grand-chose, trésor. Juste un petit os à ronger et je te fiche la paix, ma parole !

– J'en sais rien, je vous dis ! Il ne fout plus les pieds chez moi. Il doit traîner dans le coin, à magouiller ses plans foireux, comme d'habitude. L'affaire du siècle, sans doute, vu qu'il a même plus une seconde à m'accorder, ce connard... » Et sous mes yeux ahuris, elle éclate en sanglots, de gros sanglots désespérés qui lui tordent la bouche. Aux premières larmes, son maquillage tout frais se met à couler.

« Ah ouais... ? » murmure Bank. Il lui effleure les cheveux.

« Comme si j'existais plus, hoquette-t-elle. Le fumier ! Je le vois plus. Y en a plus que pour cette bande de tarés...

– Qui ça ?

– Je les connais pas. » Elle prend le mouchoir que lui tend Bank et s'en tamponne les yeux, l'un après l'autre. « Des connards de latinos... »

Silence. Un ange passe. « Mmmmh ? » fait Bank.

Elle renifle et s'essuie le nez d'un revers de main – celle qui tient le mouchoir. Elle nous regarde, bouche entrouverte, barbouillée de chagrin, de désarroi et de rancœur. Pas contre Bank. Contre sa vie minable.

« C'est des Mexicains, dit-elle. Des clandestins. »

L'espace d'une seconde, elle semble sur le point d'ajouter quelque chose, mais elle tourne les talons et monte dans sa voiture. Je m'attends à voir Bank se précipiter pour l'en extraire *manu militari*, mais il ne bouge pas. Il la regarde descendre l'allée en trombe, en marche arrière. Arrivée au bas, elle donne un violent coup de patin et fait crisser ses pneus de plus belle en accélérant pour s'engager sur la chaussée.

Même scénario qu'avec Benny Escobar, dimanche dernier, sur Moon Street... Bank ne lâche jamais ses proies. Il les tanne, à la limite du harcèlement, sur de simples présomptions ou pour des mobiles qui me semblent totalement arbitraires. Et, contre toute attente, ça marche. Neuf fois sur dix, ses soupçons se confirment. Ça me sidère. Je n'ai jamais pu bosser comme ça, à l'intuition, et j'en suis sans doute incapable. Je suis un laborieux, un tâcheron de la déduction. Je finis toujours par y arriver, mais jamais aussi vite ni aussi efficacement que Bank.

En tout cas, Sleepy était bien renseigné : Abel Jackson fricote effectivement avec les gangs latinos. Il tente de percer sur le marché local, d'établir son propre petit réseau de distribution dans l'East Side. Quel rapport avec Tamara Shipley ? Je n'en sais rien, et je doute que Bank en sache davantage. Mais c'est une information sensible sur le quartier où elle vivait, sur cette clique glauque dont Eddie tâche de s'attirer les faveurs en revendant du crack, ce monde où Mario Escobar et compagnie font tourner leur propre petit cartel.

27

Le dernier vendredi de ce mois de novembre 1989, à l'issue d'une nuit de permanence particulièrement mouvementée, je poussai jusqu'à Heron Park et je vins me garer sur Morris Hill, un peu en contrebas de chez Bank. Malgré l'heure, je savais qu'il ne dormirait pas. Je me disais qu'en le prenant par surprise, je pourrais peut-être l'amener à se déboutonner un peu. Malgré son amour du métier et son goût pour la castagne, il ne s'était toujours pas décidé à reprendre le boulot, mais il était plus que temps qu'il s'y remette. Je m'inquiétais aussi de ses cuites à répétition, bien qu'il m'eût juré ses grands dieux que ça restait occasionnel. Il avait des hauts et des bas, disait-il – un point, c'est tout.

Je me garai, et je contemplais la nuit à travers mon pare-brise, quand je vis une forme émerger de l'immeuble de Bank. Une silhouette massive, vêtue de noir. Elle traversa la rue juste devant ma voiture et se fondit dans l'obscurité du parc.

Je n'en croyais pas mes yeux. Je restai derrière mon volant, cette nuit-là – quoique j'aie aussitôt compris ce qu'il allait faire. Ce que je venais de voir me donnait à réfléchir. Mais je me promis de tirer au clair ce que je savais déjà.

Heron Park, près duquel Bank vivait, non loin de l'endroit où Jamie avait été vue pour la dernière fois, est un magnifique espace vert – tant pour sa taille et sa configuration que pour les agréments qu'il offre aux promeneurs. Mais, comme tout parc situé dans une grande ville, c'est aussi un foyer de délinquance. Un trou noir au cœur de la cité. Le terrain de golf s'étend en bordure d'un secteur particulièrement chaud et mal famé de Brentcroft où s'alignent bars, boîtes à strip-tease et vidéoclubs pornos, et où les épiceries font leur beurre en vendant des flasques de whisky, des capotes et des sandwiches sous Cellophane à la clientèle avinée de deux heures du matin. Le parc est tristement célèbre pour tous les braquages, tabassages et autres agressions qui s'y commettent. Lorsque nous débutions dans le métier, Bank et moi, nous venions y souffler un peu, à deux pas de la puanteur des rues gangrénées des quartiers chauds. Nous nous garions et nous partions dans la nuit, sanglés dans nos uniformes bleus, le .38 Spécial Smith & Wesson à la hanche, la matraque nous battant la cuisse, le cuir de nos ceinturons craquant dans le silence, prêts à intervenir à la moindre alerte.

Et nous tombions toujours sur quelque chose. Toujours. Je n'ai pas souvenir d'une seule nuit où nous soyons rentrés bredouilles, sans avoir été témoins d'une violation des lois morales, humaines ou divines. Un type défonçant à coups de poing le portrait d'un autre, déjà presque KO et ne respirant plus qu'à peine. Une bagnole volée que l'on démontait, au beau milieu du troisième fairway – le plus facile d'accès, depuis Brentcroft. Un type plié en deux, le pantalon en accordéon autour des chevilles, tandis qu'un autre le tringle consciencieusement, dents serrées et paupières fermées, s'efforçant de faire durer le plaisir. Les alcoolos qui s'imbibent, les tapineuses qui turbinent, les tox qui tirent sur leur pipe à crack. Une nuit, nous sommes tombés sur un cadavre qui gisait au milieu de l'ancienne route, une balle dans le ventre – un petit différend lors d'une transaction de dope. Une autre fois, ce fut une étudiante qui errait, nue et complètement hébétée, les cheveux en bataille, le visage maculé de boue, de sang et de mascara, à peine sortie des mains de son violeur et déjà à la merci du prochain détraqué dont elle croiserait le chemin. Tout cela, nous l'épinglions à l'improviste dans le faisceau de nos lampes torches – mais jamais sans l'avoir au préalable mûrement observé. Ça faisait partie de notre apprentissage. Nous avions découvert, Bank et moi, qu'une fois accoutumé à l'obscurité, on se repère très bien dans le noir. Alors on regardait. Et on écoutait. Nous approchions sans bruit d'une scène suspecte et nous nous postions dans un coin sombre, comme des voyeurs – si personne ne nous semblait menacé d'un danger immédiat, bien sûr. C'était la meilleure façon de nous initier aux us et coutumes de nos futurs clients, à leur langage, à leur comportement, à leur mode de relations et à leurs mobiles.

Une autre nuit, plus tard dans la semaine, par un temps glacial mais sec – il n'avait encore pratiquement pas neigé, jusque-là, et le sol était nu et dur comme de la pierre. Les jours raccourcissaient et, dès cinq heures de l'après-midi, un ciel bas et lourd imposait son humeur à la ville, qui semblait se préparer à l'hiver dans une sorte de torpeur pensive. Par ce genre de nuit, il suffisait de descendre de voiture et de faire quelques pas dans le parc pour sentir, dans l'air, un avant-goût des froids arctiques qui ne tarderaient pas à nous tomber dessus.

C'était le cas, ce soir-là. Je m'étais garé à l'angle sud-est du parc, à un jet de pierre de Brentcroft, juste au bout de cette vieille rue pavée de briques qui a nom Morris Hill.

J'entrepris de grimper la côte. Le crêpe de mes semelles dérapait sur ces briques rouges qui semblaient toujours plus ou moins humides ou verglacées. L'éclairage municipal laissait à désirer. Je finis par atteindre ma table de pique-nique attitrée, celle d'où je pouvais observer l'immeuble de brique ocre, avec ses stores d'acier et ses carreaux sertis de plomb. Il était onze heures. Tout juste... Cela faisait plusieurs nuits que je venais me poster là. Depuis peu, j'étais sans famille, moi aussi. Gloria avait déménagé pour Columbus avec Naomi, un mois auparavant, et je me retrouvais seul. Chaque soir, j'appréhendais un peu plus le moment où je devrais regagner cette maison déserte. Je préférais encore rester traîner ici, dans le froid.

Ce soir-là, je devais être arrivé depuis une petite demi-heure – mes pieds et mes mains commençaient juste à s'engourdir – et j'attendais, recroquevillé sur mon banc, quand je vis s'éteindre la lumière du living, au troisième. Un instant plus tard, la silhouette noire passa sous la veilleuse de la porte d'entrée de l'immeuble.

Nous prîmes la direction du golf. Je le suivais à cinquante mètres, marchant sans bruit sur le sol gelé, parmi les arbres nus. Nous contournâmes l'étang qui jouxte le Club House. Là, préférant fuir les lumières révélatrices du Club House, je trouvai refuge dans l'obscurité du premier fairway. Un moment, je crus avoir perdu sa trace, lorsque je reconnus ses pas, au loin. Il traversa le dixième fairway, avant de gravir la pente qui menait au green du onzième trou. Toujours à distance, je me glissai à sa suite par une brèche de la clôture grillagée, et laissai derrière moi un petit abri de brique, condamné par des planches. Vers le nord, la blancheur aseptisée des halogènes de City Med illuminait l'horizon, mais je ne tardai pas à la perdre de vue. Bank s'enfonçait dans les profondeurs du parc, là où les lumières de la ville ne pénètrent jamais.

Nous dûmes marcher ainsi une bonne heure, sans voir ni entendre grand-chose. Une longue balade nocturne, sans but particulier et plutôt agréable – encore qu'un rien surréaliste –, et qui avait au moins l'avantage de me dégourdir les jambes et de me réchauffer. Il finit par s'accorder une pause et s'assit à mi-pente sur un talus escarpé. J'attendais, immobile, au-dessus de lui. Il se reposa une dizaine de minutes puis, tirant une gourde de son sac à dos noir, il but quelques gorgées avant de se remettre en route.

Je continuai à le filer, jamais à moins de cinquante mètres. Tout comme lui, j'avais pris la précaution de me vêtir chaudement : plusieurs couches de Thermolactyl, grosse chemise de flanelle, polaire bleu marine à capuche, jean noir, gants et bonnet de laine. À aucun moment, il ne tourna la tête dans ma direction.

Soudain, à la lisière d'un bois, il s'arrêta, s'accroupit, puis détacha la Maglite qui pendait à son ceinturon, à côté de son arme de service. Nous ne devions pas être très loin du théâtre de verdure. Il attendit un peu puis, à quatre pattes, s'enfonça sans bruit dans le sous-bois. Je me mis à couvert et j'attendis. Impossible de le suivre dans ces taillis, sans trahir ma présence par des craquements de branches ou de feuilles mortes. Je le perdis presque aussitôt de vue, mais je l'entendais progresser dans le noir : un pas, quinze secondes de pause, un autre pas. La technique du chasseur à l'affût. Je décidai de tenter le coup, à mon tour, et je me mis à crapahuter sur ses traces.

Un instant plus tard, j'entendis les échos de ce qui l'avait attiré ici. Une petite fête... À travers les branches, à quelques dizaines de mètres devant moi, je distinguai le petit cône bleu d'une flamme intermittente, accompagnée d'un chuintement de gaz qui fuse. Une lampe à souder au butane. Curieux, me dis-je, de venir fumer de la coke, qui vaut la peau des fesses, au beau milieu du parc et avec autant de matériel, quand on peut, pour quelques dollars, se défoncer au crack avec un simple briquet jetable et un tube de verre... Ces joyeux drilles devaient avoir les moyens. Pourquoi venaient-ils se geler ici, en pleine nuit ?

Je m'approchai encore un peu. Je voyais Bank, à présent. Il était à trois mètres à peine de l'un des fumeurs. J'en comptai quatre : deux garçons et deux filles, de seize ou dix-sept ans – ceci expliquant cela. Des gamins de Heron Hills, peut-être. Je n'avais pas la moindre idée de ce qui avait pu mettre Bank sur leur piste. Pour ma part, je n'avais entendu aucun bruit pendant notre randonnée. Restait que, dans ces bois, ces mômes n'étaient pas en sécurité – surtout défoncés et avec de l'argent plein les poches... De parfaits candidats au massacre. Un titre dans les gazettes et rideau.

Bank se racla la gorge. Instantanément, la flamme s'éteignit et une voix fit : « Vous avez entendu ? »

Bank ne bougea pas. Au bout d'une trentaine de secondes, la flamme réapparut. Il se racla à nouveau la gorge, un poil plus fort. Les deux garçons bondirent sur leurs pieds, prêts à déguerpir, avant de se figer.

« Merde ! » lâcha l'un d'eux.

Silence total. J'étais suffisamment proche pour les entendre haleter, sous l'effet conjugué de la peur et de la défonce.

« Hé ! les mômes ! » chuchota Bank d'une voix d'outre-tombe, relevée d'un accent du ghetto plus vrai que nature. « Z'êtes morts, là ! » Les quatre zozos prirent leurs jambes à leur cou et détalèrent à travers bois, sans doute en direction de leur voiture, abandonnant sur place pipes et lampe à souder.

J'entendis le gaz fuser, puis la flamme bleue explosa dans le noir, plus longue, cette fois, et frangée d'orange à son sommet, la valve ouverte au maximum. Bank s'assit pour regarder les ondes de chaleur se répandre dans l'air glacé. Au bout d'un moment, il redressa le bec à la verticale, la flamme braquée vers le ciel, puis la pointa sur le sol, entre ses pieds, et enfin, en direction des arbres, jusqu'à ce que la cartouche soit vide. Cela lui prit dix bonnes minutes, durant lesquelles il resta assis, le visage et le buste baignés de cette lumière surnaturelle.

Il attendit que la flamme ait fini d'agoniser puis, s'éclairant de sa Maglite, il bousilla l'embout de la lampe à souder en le martelant consciencieusement avec une pierre, avant de balancer le tout dans les broussailles. Cela fait, il se hissa sur ses pieds et se mit en marche, droit sur moi. Je me plaquai au sol, le cœur battant. Il passa à un mètre de moi, foulant branches et feuilles sans plus se soucier d'étouffer le bruit de ses pas, et s'éloigna vers la lisière du bois.

Je renonçai à le suivre plus longtemps cette nuit-là. J'étais de service, le lendemain matin. Mais j'avais du moins compris la raison du peu d'entrain qu'il montrait à reprendre le collier. Il s'était trouvé un job et un territoire à sa mesure. Bank, le flic de la nuit, veillait sur Heron Park.

Je savais qu'il y passerait pratiquement toute la nuit, ainsi que toutes celles qui suivraient. Il ferait ses huit heures et ne dételerait qu'au point du jour, à l'heure où loubards, freaks et camés rentrent se coucher. Vigilant, implacable, pacificateur et protecteur. Imposant sa présence, sa volonté et sa loi à quiconque osait s'immiscer ici, dans son parc, dans sa nuit.

Quinze jours avant Noël, peu après les premières chutes de neige, deux flics en patrouille répondirent à un appel arrivé au standard à une heure du matin : un vol avec effraction commis sur un véhicule en stationnement, dans le parking d'un snack, au coin de Morton Parkway et d'Andrew Jackson Avenue, à cinq cents mètres à peine des tennis où nous avions installé notre PC après la disparition de Jamie, l'été précédent. Aucun témoin oculaire. Quelqu'un, dans le snack, avait entendu un bruit de verre brisé et donné l'alerte. Sur place, les flics découvrirent la voiture, le pare-brise en miettes, une brique sur le siège avant, et plus d'autoradio.

Quelques minutes plus tard, sur les lieux, ils reçurent un second appel, émanant cette fois du QG de surveillance divisionnaire. On venait de signaler une « arrestation » effectuée dans le parc, pas loin d'où ils étaient.

Une *arrestation* ?

Est-ce qu'ils pouvaient aller y jeter un œil ?

Mais pour voir quoi, au juste ? Par-dessus l'avenue, les flics fouillèrent du regard le coin nord-est du parc, plongé dans un noir d'encre.

Allez voir, insista le QG.

D'accord, mais où ?

Juste de l'autre côté de Jackson, leur fut-il répondu.

Un des deux flics retourna à la voiture et remonta l'allée piétonne verglacée depuis l'avenue jusqu'à l'orée du bois. Là, il alluma le projecteur fixé à sa portière et en balaya le sous-bois. Soudain, il entendit crier. « Au secours ! À l'aide ! » Une voix d'homme.

Le flic braqua son projecteur dans la direction d'où venaient les cris et découvrit un Blanc, maigre comme un coucou, qui le fixait, l'air penaud, les mains derrière le dos. « Comme s'il attendait quelque chose », devait plus tard préciser l'agent, en racontant son histoire. L'autoradio volé gisait à ses pieds.

Le flic dégaina, au cas où – c'était vraiment trop bizarre, on n'y voyait pas à dix pas, et il fallait s'attendre à tout –, mais il s'aperçut que le casseur était ligoté par les poignets à un jeune arbre, avec un bout de corde à linge noué si serré qu'il lui fallut plusieurs minutes pour le détacher.

Le type déclara qu'il ne savait pas ce qui lui était arrivé. Il avait reçu un coup sur le crâne et s'était réveillé comme ça.

Des rumeurs se mirent à circuler dans le service, comme dans toute la ville. Des journalistes appelaient pour demander ce qu'il en était du mystérieux ange gardien de Heron Park. On murmurait le nom de Bank – la nouvelle de son changement d'adresse commençait à se répandre –, mais personne n'avait l'ombre d'une preuve ni même l'amorce d'une présomption qu'il était derrière tout ça. Googie résuma parfaitement le sentiment de notre majorité silencieuse en déclarant : « Bank a décidé de jouer les Zorro et de faire un brin de ménage dans le parc ? Ben, y a qu'à le laisser faire, bordel ! »

Mais quand la direction parla de convoquer Bank pour l'interroger, Stu Marek opta pour une tout autre solution. Il décrocha son téléphone et informa Bank qu'il était grand temps qu'il se bouge le cul et qu'il revienne bosser. Bank lui promit d'y réfléchir et, le lendemain même, rappela Stu. Il était d'accord pour reprendre du service, annonça-t-il, mais à condition que ce ne soit ni à l'Antigang, ni dans une autre brigade spécialisée. Il voulait avoir une voiture de patrouille à lui, pour croiser dans les rues de minuit à huit heures du matin. Seul. Ça et rien d'autre. Pas d'affaires à suivre, pas de travail d'équipe, pas d'opérations concertées.

Bank était un bon flic. La direction était ravie de pouvoir à nouveau compter sur lui, mais plus encore de dissiper les bruits qui couraient sur l'ange gardien du parc, de mettre un terme aux rumeurs qu'alimentaient les faits étranges dont le parc était le théâtre et auxquels la presse s'intéressait de plus en plus près. Le retour de Bank, espéraient nos sommités, y mettrait fin.

Mais ce fut loin d'être le cas. Les rumeurs s'enflaient de plus belle, corroborées par les junkies qui racontaient s'être fait virer du parc par une ombre surgie de la nuit, ou par les témoignages des promeneurs qui s'y étaient sentis escortés, comme sous la protection d'une mystérieuse présence qu'ils ne pouvaient que deviner.

Quant à moi, je continuai à le suivre. Pas régulièrement, mais de temps à autre, après une journée de boulot qui m'avait mis à cran, sans m'épuiser totalement, ou lorsque la perspective d'une soirée solitaire menaçait de me faire sombrer dans la délectation morose. Les soirs où je savais qu'il n'était pas de service, j'allais m'asseoir sur « mon » banc, dans le parc. Et, une fois sur deux, je voyais Bank, désormais seul dans l'appartement et plus que jamais miné par sa rage et son désespoir, surgir de son immeuble pour s'enfoncer dans la nuit.

Depuis la disparition de Jamie, les médias n'avaient jamais totalement renoncé à l'interviewer. Bien que la presse locale eût fini par se décourager, après d'innombrables rebuffades, il n'était pas rare de voir débarquer un journaliste extérieur venu tenter sa chance. À ma connaissance, aucun ne parvint à ses fins.

Mais dans les premiers jours de 1990, les choses changèrent radicalement. Et en dernier ressort, le responsable de ce changement – ou son catalyseur – fut, me semble-t-il, non pas Bank lui-même, mais moi.

28

Après notre conversation matinale avec Kendra, nous allons prendre notre petit déjeuner ensemble, Bank et moi, mais nous ne sommes pas très bavards, ni l'un ni l'autre. Après quoi, nous regagnons le centre-ville, avant de monter directement au service. Bank a des paperasses à remplir et je ne veux pas louper le début de la réunion de la cellule de crise, à huit heures. Mais, sitôt franchie la porte vitrée, nous sentons comme de l'électricité dans l'air. La salle de réunion est déserte. Stu surgit de son bureau en nous voyant arriver et nous annonce : « On a retrouvé Rochelle Shipley. Katherine est avec elle, dans le fond.

– Qui se charge de l'interroger ?

– Ben, Katherine. Pourquoi ? »

J'échange un regard avec Bank. « Stu... réplique-t-il. La petite faisait le tapin.

– Quoi ?

– Tamara. On a des raisons de penser qu'elle faisait quelques passes, pendant ses fugues.

– Mais qui... ?

– On n'est sûrs de rien, Stu, reprend Bank. Pour l'instant, on n'a que des soupçons. »

Stu reste un moment interdit, le temps de digérer la nouvelle, puis fait demi-tour et fonce vers le service. « Alors, vous vous amenez ? » aboie-t-il par-dessus son épaule.

Stu prend Katherine par la manche et la fait sortir de la salle d'interrogatoire. « Écoute un peu ça », lui dit-il, le menton pointé vers nous. Bank lui résume les faits. Les lèvres de Katherine se crispent, mais c'est sa seule réaction. Et, là encore, j'ai l'impression que la nouvelle la contrarie moins que le fait que nous en ayons eu vent. Elle n'est pas aussi surprise qu'elle devrait l'être.

Elle nous adresse un petit hochement de tête, avant de réintégrer la salle.

« Je peux y aller ? demandé-je à Stu.

– Non. Laissons-les en tête à tête. » Nous le suivons, Bank et moi, dans la petite pièce aux glaces sans tain, où nous attendent Googie et Rick Simms. À cinq, ça commence à faire juste. Le silence revient. Katherine a repris son interrogatoire.

Rochelle Shipley pleure. Les cernes de ses yeux se sont encore creusés et sa mine de papier mâché a viré au gris.

« Je ne sais pas ! » répond-elle, lorsque Katherine lui répète ce qu'on vient de lui apprendre. Elle donne un coup de poing sur la table. « Je ne sais pas ! C'est bien possible. Je ne peux pas dire. Ce qu'il y a de sûr, c'est qu'elle est sur la mauvaise pente. Ça crève les yeux. J'ai tout fait pour y mettre bon ordre. Vous croyez que je n'ai pas tout essayé ? Mais je n'ai plus aucune autorité sur elle. Je l'ai perdue.

– Nous avons entendu parler de cette association de Chicago, fait Katherine. Les Sœurs de la Compassion. »

Rochelle hoche la tête. « Ils s'apprêtaient à intervenir. Ils l'auraient emmenée en lieu sûr, dans un endroit où elle aurait pu faire le point, au calme...

– Comment avez-vous découvert l'existence de cette association, Rochelle ? »

Elle secoue la tête.

« Vous ne voulez pas me le dire ?

– Par une amie, répond-elle. Vous tenez vraiment à savoir son nom ?

– Ce n'est pas indispensable », fait Katherine.

« Pas indispensable ! » marmonné-je, derrière la glace sans tain. Mon regard croise celui de Stu et je secoue la tête. La moutarde me monte au nez. Je voudrais pouvoir dire à Katherine : *Cuisine-la un peu, bon sang !* Stu se tourne vers la salle d'interrogatoire.

« Si vous me parliez un peu du père Hector ? demande Katherine.

– Il savait qu'elle avait des problèmes. Il tentait de la sortir d'affaire.

– Qui le lui avait dit ?

– Hein ? fait Rochelle. Oh ! Je... Je lui ai téléphoné. Oui, c'est ça. Quelqu'un m'avait dit de m'adresser à lui. Quelqu'un de l'église, il me semble. Je ne me souviens pas bien.

– OK », fait Katherine.

« Comment ça, OK ? » L'exclamation m'a échappé. « Stu... » Tous les occupants du bocal se tournent vers moi. « C'est plus un interrogatoire – c'est du baby-sitting ! fais-je. Et Chicago ? C'est Katherine qui a assuré le suivi, sur ces fameuses Sœurs de la Compassion. Elle en a conclu que la piste ne menait nulle part. Et si je n'avais pas remis la question sur le tapis... ?

– Tu veux en venir où, au juste ? fait Stu.

– Katherine la dorlote.

– Ho, relax, Max ! fait Googie. On a toute la journée devant nous. Tu voudrais pas qu'elle lui sorte les tripes dès huit heures du matin !

– Comme vous voulez ! » fais-je, en me jurant de ne plus l'ouvrir. Dorénavant, je m'en lave les mains, de cette affaire.

« Qui avez-vous contacté, à Chicago ? demande Katherine.

– J'ai parlé à une certaine Keira. Je ne connais pas son nom de famille.

– Vous connaissez peut-être le nom d'autres membres de cette association ?

– Non.

– Vous voulez dire que vous vous apprêtiez à confier votre fille à de parfaits inconnus, comme ça ?

– Parce que vous croyez que c'est pire que ce qu'elle a déjà enduré ? La seule chose de pire qu'on aurait pu lui faire, c'était de la tuer, et je ne vois pas pourquoi ils l'auraient fait. De toute façon, il est peut-être déjà trop tard...

– Où Tamara était-elle censée aller ?

– Quelque part dans l'Ohio. C'est tout ce que j'en sais. Ils n'avaient pas précisé l'endroit. Pas encore.

– Rochelle... Écoutez-moi. Il y a une chose que nous avons besoin de savoir : Tamara est-elle avec ces personnes, en ce moment ? Est-ce eux qui l'ont enlevée, dimanche dernier ?

– Non ! » s'exclame-t-elle. Sa paume claque sur la table. « Seigneur ! Si seulement ils avaient pu le faire ! Ils devaient passer la prendre... mais il était déjà trop tard. Ils sont arrivés trop tard. Trop tard ! »

Et ça continue. Je n'écoute plus que d'une oreille, avec l'impression persistante que Katherine ménage cette femme. Mais autre chose me trotte dans la tête. Je reste là, planté derrière la vitre, dans ce placard surchauffé, tandis que la mère de Tamara continue à parler. De sa fille, de cette organisation de Chicago, de kidnapping. Et soudain, ça me revient. Comment est-ce que ça a pu m'échapper, alors que c'était sous mon nez ? Chicago... Je me retourne si vite que tous les autres sursautent.

« Désolé... Pa-ardon ! » fais-je, en me faufilant entre eux jusqu'à la porte. Je l'ouvre et je sors en trombe.

« Putain ! râle quelqu'un derrière moi. Il a le feu aux fesses ou quoi ? »

Jan Lupino, une civile, règne sur les archives, qui sont conservées au frais dans les sous-sols de l'hôtel de police.

« Inspecteur... » coasse-t-elle, de sa voix de fumeuse.

Jan trône derrière son comptoir depuis une éternité. Elle a décroché le poste par piston, dans les années 70, grâce à un oncle ou quelque chose du genre, à qui un politicien local devait une faveur.

« Alors, Jan, c'est le calme plat ?

– Pffff ! Si vous saviez la matinée é-rein-tante que j'ai eue !

– Ah, bon ?

– Y a de l'action, dans ce service, z'avez pas idée !

– Les tueurs fous ont encore frappé ? Combien aujourd'hui ? Deux ?

– Deux ? Vous rigolez ! C'est un miracle qu'on n'y soit pas tous passés !

– Et ils ne vous ont toujours pas filé un flingue ? »

Elle me décoche un clin d'œil, en gloussant. Jan a tout juste la cinquantaine, mais les tombereaux de cigarettes qu'elle a grillées au fil des ans lui ont ravagé le visage. Avant que la municipalité impose l'interdiction de fumer dans les locaux administratifs, elle en avait toujours une à portée de main, sur son comptoir. À présent, elle en est réduite à monter tirer quelques taffes en douce sur le trottoir, dès qu'elle a une minute.

« Vous sortiriez un vieux dossier de vos étagères, pour un vieux flic ?

– Ça, faut voir... On vous autorise à en consulter un, de temps en temps, mais seulement dans les grandes occasions. Enfin, puisque c'est vous... »

Je lui note le nom sur un papier que je lui tends. Elle y jette un bref coup d'œil, et me dévisage, le sourcil interrogateur. Je fais « oui » de la tête.

« Et lui, comment ça va, en ce moment ? » Bank, veut-elle dire.

« Égal à lui-même. Toujours un fer au feu.

– M'en parlez pas ! Certains jours, ça me prend la moitié de ma matinée rien que pour classer ses rapports ! » Elle disparaît et, moins d'une minute plus tard, revient avec le dossier. Je vais m'installer avec sur un banc du couloir.

La tête de Jan émerge de la porte entrebâillée : « Vous pouvez l'emporter, si ça vous arrange. Remplissez-moi une fiche ; vous me le rapporterez plus tard.

– Ça ne sera pas la peine, Jan. Merci ! »

Je le connais, ce dossier. Mon nom y apparaît à chaque page, ou presque... Sur sa couverture s'étale, en grosses lettres noires imprimées sur du plastique transparent, celui du principal intéressé : Alan Norke. Un jeune homme de Chicago intercepté au volant de sa voiture, en compagnie d'une fillette, que l'on supposait victime de relations incestueuses.

Je retrouve aussitôt les rapports faxés à Katherine par l'inspecteur Stamos du Chicago PD, dans les jours qui avaient suivi la mort de Norke. Et là, dans une note de service, ça me saute aux yeux : une adresse dans le nord de Chicago et un numéro de téléphone. L'adresse est bien celle que les collègues de Chicago ont communiquée à Simms. Le numéro, lui, correspond à celui qui apparaît sur les relevés téléphoniques de Rochelle Shipley. Nom de l'abonné : les Sœurs de la Compassion. Norke travaillait pour cette même association qui tenterait en ce moment de venir en aide à Tamara Shipley...

J'avais beau m'en douter, ça me file un coup. Encore un lien entre Jamie et Tamara. Si ce n'est que la portée de tout ça m'échappe toujours. Je n'arrive pas à reconstituer le puzzle.

Je reste là un bon moment, troublé, frissonnant, tâchant de comprendre. Je prie pour que ce ne soit qu'une coïncidence. Mais je suis flic. Je ne crois pas en ce genre de truc.

Et je poursuis ma lecture.

Norke s'était fait choper dans l'Indiana – le foyer où il était censé déposer la gamine se trouvait sur le territoire de cet État, pas dans l'Illinois. Il avait été déféré devant la cour de district de South Bend, la ville où il avait « enlevé » la petite, bien qu'il se soit fait intercepter à quatre-vingts kilomètres de là. Son avocat s'était déplacé de Chicago. Il appartenait à un cabinet qui, comme je le constate, était déjà intervenu au nom des Sœurs de la Compassion un certain nombre de fois et ce, toujours à titre bénévole. Le cabinet où, comme par hasard, travaillait la mère de Norke.

J'entreprends de marquer pour Jan les pièces dont il me faut une photocopie.

Quand je remonte au quatrième, l'interrogatoire de Rochelle Shipley semble terminé – ou, du moins, suspendu. J'entends Rick, Googie et Stu, qui discutent dans la salle de réunion, mais je ne pousse pas la porte. Je retourne jeter un œil dans les bureaux, au cas où Bank y serait. Je n'ai pas à le chercher longtemps. Il est dans le box de Katherine. Il lui parle. Elle l'écoute, derrière son bureau, souriante. Sans pouvoir me l'expliquer très exactement, je me sens comme trahi.

Elle lève les yeux et m'aperçoit.

« Tiens ! Mack... » Bank s'est retourné vers moi.

« Ta femme a appelé, dit-il. On t'a cherché partout. Où t'étais passé ? »

Je brandis les photocopies que Jan vient de me faire mais, évidemment, il ne peut pas deviner...

« Faut que tu la rappelles. De toute urgence, elle a dit. »

Je m'empresse de le faire, depuis mon propre box.

« Mack... » Peggy a la voix étranglée par l'inquiétude.

« Qu'est-ce qui se passe ?

– C'est Naomi, Mack. Elle est partie.

– Comment ça, partie ?

– Hier soir, elle est rentrée juste après ton départ.

– Je sais. Je l'ai croisée dans la rue.

– Elle a filé à sa chambre. Je suis descendue. Je voulais m'excuser, mais elle a refusé de me parler. Je n'ai pas insisté. Je me suis dit qu'elle boudait. Ce matin, j'ai levé les garçons, comme d'habitude, et pendant qu'on déjeunait, voyant l'heure tourner, j'ai eu peur qu'elle n'arrive en retard au collège, alors je suis descendue. J'ai trouvé sa porte ouverte et elle, envolée. Elle est partie, Mack.

– Elle a pu se lever plus tôt, aujourd'hui.

– Son lit n'était même pas défait.

– Elle l'a peut-être retapé avant de sortir.

– Ça serait bien la première fois ! Non, je suis sûre qu'elle n'a pas dormi dedans, parce que j'ai changé ses draps hier, et j'ai refait son lit. Ce matin, j'ai tout retrouvé en l'état. Du coup, je suis allée vérifier la porte d'entrée. Elle n'était pas verrouillée. Pourtant, je suis sûre de l'avoir fermée, hier soir, avant de monter me coucher, Mack. Elle a dû partir pendant la nuit. »

Bien que le règlement exige un délai de vingt-quatre heures pour lancer un avis de recherche, Googie accepte de le faire immédiatement – plus pour me remonter le moral que pour autre chose, me semble-t-il.

« Elle pique sa crise, Mack. Elle a dû aller passer la nuit chez une copine.

– Je vais faire un tour là-bas, me lance Bank. T'inquiète, on s'en occupe. »

Stu me tape sur l'épaule, en me serinant de ne pas m'en faire. Katherine et Simms, eux aussi, gravitent autour de moi, s'efforçant de me remonter le moral. Et j'ai beau savoir que ce genre de niaiserie ne sert pas à grand-chose, ça me fait du bien.

« Si ça se trouve, elle est tout bêtement allée à ses cours, fait Katherine. La routine... ils en ont besoin. »

Je saute sur un téléphone et j'appelle la Harding High School.

« Passez-moi Pat Grice, dis-je à la vacataire qui décroche.

– Allô, oui ? fait la voix familière à mon oreille, quelques secondes plus tard.

– Pat ? Mack Steiner. Naomi...

– Mack. J'allais vous appeler.

– Est-ce que Naomi est là ?

– Dans l'établissement, vous voulez dire ? Je n'en sais rien. Qu'est-ce que... ? Un moment, je vérifie le cahier d'appel. » Je l'entends poser son écouteur. « Non, Mack, fait-elle en reprenant la ligne. On ne l'a pas vue aujourd'hui. Je voulais vous dire, Mack... Hier, je n'ai rien trouvé. Toutes ses amies, ou du moins celles que j'ai interrogées, m'ont affirmé qu'elles ne connaissaient aucune Zelda, et qu'elles n'avaient jamais entendu Naomi prononcer ce nom. Elles s'étaient donné le mot pour la couvrir, bien sûr. Mais ce matin, j'ai convoqué deux autres élèves qui connaissent votre fille et j'ai un peu... insisté. Elles ont toutes les deux fini par m'avouer que c'est Naomi elle-même qui se fait appeler Zelda.

– Pardon ?

– Eh oui, Mack... Cette fameuse Zelda, qui connaissait Tamara Shipley. C'est Naomi. »

29

Sept mois après la disparition de Jamie, une nuit de février où je descendais ma troisième bière, en tête à tête avec la télé, dans le salon de mon pavillon vide, j'entendis une voiture s'arrêter dans l'allée. Il était minuit passé.

Jetant un œil par la fenêtre, j'aperçus une silhouette féminine. Sarah. Je ne l'avais pas revue depuis son déménagement, trois mois plus tôt. Je lui trouvai un petit air négligé, presque débraillé, malgré son élégant manteau long et sa robe de jersey bleu marine d'un chic discret. Ses cheveux étaient en bataille, son rouge à lèvres avait bavé et son fard à paupières lui faisait des cernes couleur ecchymose.

« Max... fit-elle.

– Quand es-tu revenue ?

– Aujourd'hui même. J'aurais dû m'annoncer. Excuse-moi. » Elle entra et m'embrassa délicatement, sur la joue. À son parfum se mêlaient des relents d'alcool et de tabac froid. Je me disposais à la précéder à l'intérieur, mais elle s'attarda quelques secondes dans l'entrée, comme pour se ressaisir, avant de se diriger à tâtons vers le living, où je n'avais pas allumé. Elle se laissa choir sur le premier fauteuil qu'elle rencontra.

Je vins m'asseoir face à elle, sur le canapé.

« Je te réveille ? articula-t-elle d'une voix pâteuse, comme ensommeillée.

– Non. Je suis rentré tard du boulot.

– Désolée de débarquer comme ça...

– Arrête ! Tu sais que ça me fait toujours plaisir de te voir. »

Elle garda un moment le silence, puis reprit : « J'avais un dîner, ce soir. De vieux amis à moi. Je leur avais promis de venir. Ça a été l'horreur. Ils ne te préviennent même pas ! T'arrives et tu découvres qu'il y a un autre invité, un divorcé, à côté de qui on te colle d'office. Pas pour essayer de te recaser, note bien – juste pour équilibrer le plan de table. Seigneur ! Alors, tu sais ce que j'ai fait ? J'ai même pas attendu le dessert. Je les ai tous plantés là, je suis entrée dans un bar et j'ai pris un verre au comptoir. Toute seule. Je crois bien que c'était la première fois que je faisais ce genre de truc. J'en ai même pris plusieurs, pour tout te dire. Tu aurais vu le défilé ! Tous les mecs du bar insistaient pour me payer le suivant... Incroyable ! Tous ces crétins qui s'imaginent que tu n'es là qu'en quête d'un bon coup et que ce bon coup, c'est eux ! »

La moutarde me monta au nez, de l'imaginer seule, au milieu de ces piliers de bar dans leurs costards mal coupés, le col largement ouvert sur leur poitrail avantageux, penchés sur elle et lui soufflant leur haleine pestilentielle dans le nez.

« Enfin... reprit-elle, je ne suis quand même pas revenue pour rien. J'avais des papiers à signer. Le divorce est prononcé, ou quasiment. Comme tu vois, ça n'a pas traîné...

– Tu tiens le coup ?

– Très bien », fit-elle. Sa silhouette se découpait en ombre chinoise sur la fenêtre qu'éclairaient les lampadaires. Elle poussa un long soupir. « J'avais vraiment l'intention de t'appeler, tu sais, Max.

J'avais envie de te voir. Alors, ce soir, en rentrant à mon hôtel, j'ai décidé de passer, à tout hasard, et j'ai vu de la lumière. Je me suis dit que tu aurais peut-être envie de sortir, histoire de prendre un verre quelque part, un truc comme ça... Ça te tente ?

– Non. Pas vraiment...

– OK ! »

Elle se leva. Pour s'en aller, pensai-je. Mais elle laissa son manteau glisser à terre et vint s'asseoir près de moi. Sa tête s'inclina et se posa sur mon épaule. Son haleine tiède, vaguement sucrée par l'alcool, acheva de m'enivrer. Je me sentis partir.

« Tu m'as manqué, fit-elle.

– C'est l'alcool qui parle, là ?

– J'ai pas mal bu, mais je sais encore ce que je dis.

– Tant mieux. Je ne voudrais pas que ce soit des propos d'ivrogne...

– Ça n'en serait pas, Max. Même si j'étais fin soûle. »

Elle attira mon visage vers le sien et m'embrassa, d'abord sur la joue, puis sur la bouche. Elle se leva et, d'un geste fluide, fit glisser sa robe par-dessus sa tête. Elle enleva ses chaussures et son collant et se retrouva en slip et en soutien-gorge. L'air me parut tout à coup plus dense, autour de nous. Joint aux quelques bières que j'avais déjà bues, son parfum me faisait tourner la tête. Elle passa ses bras dans son dos, dégrafa son soutien-gorge, et resta là, maintenant d'une main les bonnets contre ses seins. Comme mes bras s'avançaient vers elle, elle fit un pas en arrière.

« Non, dit-elle. À ton tour, maintenant. Lève-toi ! Je veux te regarder. »

Lorsque je fus nu devant elle, elle laissa tomber son soutien-gorge et ôta son slip. J'entrevoyais sa gorge, son ventre et ses petits seins dressés dont les aréoles, d'un brun foncé, me paraissaient presque violettes, dans la pénombre.

Je me rassis sur le canapé. Elle vint vers moi, pas à pas, jusqu'à ce que ses seins me frôlent le visage. Elle se pressa contre moi, et je sentis sur mon ventre la caresse de sa toison. Mes lèvres se refermèrent sur un de ses seins et happèrent goulûment le téton et l'aréole. Elle s'écrasa contre moi, m'encourageant à aller plus loin.

Je l'écartai doucement, pour glisser ma main entre ses cuisses. Je me mis à la caresser, puis mes doigts s'immiscèrent en elle et elle commença à aller et venir contre ma main, de plus en plus fort, les bras noués autour de ma tête, jusqu'à ce que ses genoux se dérobent. Elle s'abandonna contre moi.

M'allongeant sur le canapé, je l'attirai à moi. Cette première fois, ce fut uniquement du sexe. Du sexe hard, débridé, ses genoux me serrant les côtes à m'étouffer, comme si nous avions pu nous purger de toutes nos frustrations et, en une seule étreinte, rattraper toutes ces années de regrets et de gâchis. Ce premier orgasme fut rapide, violent et ravageur. Nous restâmes longtemps l'un contre l'autre, jusqu'à ce que la sueur ait séché sur notre peau, et que nous sentions le froid là où nos corps ne se touchaient pas.

Dans la chambre, à l'étage, après être restés un long moment emmêlés l'un dans l'autre à nous réchauffer et à échanger quelques mots, Sarah se mit à me caresser comme personne ne m'avait jamais caressé. Lorsque je fus prêt, elle se coula sur moi, puis sa main s'insinua entre nous. Ses doigts se refermèrent sur mon sexe et le promenèrent doucement contre son ventre avant de le guider vers le sien. Je me sentis environné de cet espace, de cette chaleur qui m'effleurait à peine mais m'attendait, prête à m'accueillir. Avant de se laisser descendre, elle resta une seconde suspendue au-dessus de moi. Elle me regarda, et, posant ses lèvres sur les miennes, me donna un baiser, un seul, très tendre.

Cette fois, nous fîmes l'amour – avec fièvre, d'abord, puis avec langueur, savourant l'instant, aussi peu pressés l'un que l'autre de mener la chose à son terme, ou d'atteindre la jouissance. Par moments, nous bougions si peu que nous aurions pu nous endormir comme ça, comblés, sans nous désenlacer. Mais, ce ne fut qu'épuisés de plaisir que nous avons enfin sombré dans le sommeil.

J'ouvris les yeux à l'aube, la tête lourde. Elle était déjà réveillée. Elle vint se lover contre moi et, glissant un bras sous ma nuque, posa sa joue sur ma poitrine, tandis que son autre bras venait se nouer autour de ma taille.

« Mon vieux Max, murmura-t-elle.

– Il n'y a que toi qui m'appelles comme ça, avec mes parents.

– Moi, les surnoms, tu sais... »

Je posai ma main sur ses cheveux effleurant du doigt ses mèches brunes, comme pour en dessiner les pointes sur sa peau.

« Je crois que c'est la dernière fois que je reviens ici, fit-elle. Nous allons nous installer tout près de l'endroit où j'ai grandi.

– " Nous " ? »

Elle m'embrassa sur la poitrine. « Mes parents et moi, Max. Ils ont vendu leur appartement. Ils n'ont plus envie de vivre ici, eux non plus. Nous rentrons au pays.

– Ah ! Super... »

Nous restâmes enlacés, sans bouger.

« Sarah... Tu ne t'es jamais demandé... ?

– Nous deux ?

– Mmmh-mmmh.

– Oh, Max, tu n'imagines même pas. Je crois que tu ne sauras jamais...

– Tu me téléphoneras ?

– Promis. »

Elle me laissa la serrer contre moi quelques minutes encore, avant qu'il ne soit l'heure de se lever et de passer sous la douche. Je descendis lui préparer son petit déjeuner – œufs brouillés, pain grillé, café –, et nous nous installâmes dans le coin salle à manger, à côté de la cuisine, d'où l'on avait vue sur cette cour où elle m'avait un jour dit se trouver si bien.

« Donne-moi de tes nouvelles, quand tu seras là-bas, fis-je. Où que ce soit... »

Elle fit « oui » de la tête.

Je la raccompagnai jusqu'à sa voiture. Comme je me penchais vers elle par la portière, elle m'embrassa sur la joue. « Au revoir, Max », me glissa-t-elle à l'oreille, avant de démarrer.

En me retournant pour remonter vers la maison, j'aperçus une Cherokee rouge garée six ou sept maisons plus bas, moteur ronronnant. À travers le pare-brise, son propriétaire me regardait. C'était Bank. Il devait avoir appris qu'elle était venue signer les papiers. Peut-être avait-il eu vent de ce fameux dîner. Mais si c'était le cas, que faisait-il ici, dans ma rue ? La seule autre explication possible, c'était qu'il s'était rendu compte que je le filais, la nuit, dans le parc, et qu'il me rendait la monnaie de ma pièce. J'hésitai un moment à aller lui parler. J'aurais pu tenter de lui expliquer, de me justifier. Mais je m'en abstins. Ce devait bien être la dernière chose qu'il souhaitait.

Je me contentai de soutenir un moment son regard, puis je rentrai me préparer. Une autre journée commençait.

Cette semaine-là, au boulot, je n'eus l'occasion ni de voir Bank, ni de lui parler. Je ne décrochai même pas mon téléphone pour le soutenir dans cette nouvelle épreuve – son divorce et le départ de sa femme, sans espoir de retour – ou pour l'aider à avaler le fait que j'avais finalement concrétisé les liens qui m'attachaient à Sarah, et qui remontaient presque aussi loin dans le temps que sa propre relation avec elle.

Je ne fis rien.

Dans le courant de la semaine suivante, une nuit que Bank patrouillait seul au volant de sa Plymouth de service, un appel tomba sur sa radio de bord. De jeunes voyous armés d'une batte de base-ball s'étaient attaqués à une borne postale, dans le Far North, près de Riverside Drive, à un pâté de maisons de l'Emilio's, ce petit snack qui venait d'ouvrir, mais qui était bien parti pour devenir l'un des rendez-vous favoris des collègues. Logiquement, il devait y avoir suffisamment de flics à proximité pour s'occuper de l'affaire. Sans compter que Bank n'était pas tenu de répondre à ce genre d'appel, en dehors des cas d'arrestation en flagrant délit. Mais la nuit avait été désespérément calme. Il mit le cap sur Riverside Drive et tomba sur une scène à la Mack Sennett : cinq ou six équipes, manifestement sorties tout droit de l'Emilio's grouillaient déjà sur les lieux, dans un grand déploiement de gyrophares. On se serait cru sur les lieux de l'arrestation d'un parrain notoire – et tout ça pour une malheureuse boîte aux lettres un peu cabossée, et pour quelques esquilles de bois.

À quelques centaines de mètres de là, vers le nord, Riverside Drive s'élargit sur quatre voies et décrit une large courbe avant de rejoindre l'une des rocades qui ceinturent la ville. Toute la journée, c'est un défilé ininterrompu de voitures, mais, passé une heure du matin, l'avenue est quasiment déserte.

Ce fut le moment que choisirent deux jeunes chauffards pour débouler roue à roue dans le virage, chacun au volant de sa vieille guimbarde au moteur gonflé, fonçant pied au plancher pour tenter de se rabattre devant l'autre avant la section où le trafic se réduit à une seule file. Le lieu rêvé pour un rodéo nocturne : une piste de macadam dégagée, par temps clair et sec, avec une adhérence et une visibilité garanties. On détermina par la suite qu'ils avaient débouché du virage à cent soixante chrono.

Sauf qu'au dernier moment, au lieu d'une avenue déserte, les deux gamins atterrirent dans un véritable light-show de bagnoles de flics. Le premier eut la sagesse de freiner en douceur : quoi qu'il fasse, il était cuit. Mais le second, un gosse de dix-huit ans, fut pris de panique. Il écrasa la pédale de frein de sa Camaro 69 et perdit le contrôle de son véhicule. La voiture partit en dérapage, franchit la glissière centrale et atterrit sur les voies de gauche, évitant de justesse de s'encastrer dans l'unique véhicule qui arrivait en sens inverse, un pick-up dont la Camaro arracha le pare-chocs arrière avec le coin de son aile gauche. Les deux véhicules firent un triple tête-à-queue. La Camaro poursuivit sa trajectoire en tournoyant sur elle-même dans un hurlement de pneus, jusqu'à ce qu'une de ses roues se bloque, la propulsant dans les airs. Elle dut faire encore quatre tonneaux avant de s'immobiliser sur le toit.

Quelques flics sautèrent au volant de leur voiture. Les autres, y compris deux collègues hors service sérieusement imbibés, se ruèrent coudes au corps vers la Camaro, dont ils ne purent approcher : une gerbe de feu commençait déjà à en dévorer l'arrière. Plusieurs d'entre eux racontèrent par la suite qu'ils entendaient le gosse hurler à l'intérieur. Deux flics parvinrent pourtant jusqu'à la voiture et s'escrimèrent sur la portière, mais elle était faussée. Un nouveau jaillissement de flammes les fit battre en retraite.

C'est alors que Bank arriva. Il remonta sans hâte Riverside dans sa Plymouth banalisée qu'il stoppa à quelques mètres de la Camaro. Il mit pied à terre, sortit de sa poche un couteau Buck dont il déplia la lame. Cela fait, il alla chercher une couverture dans son coffre arrière et marcha vers la Camaro renversée. Arrivé devant la portière avant, côté conducteur, il prit son élan et balança un grand coup de pied dans le carreau. Le verre céda. Ce soudain afflux d'air frais donna un regain de vigueur aux flammes qui léchaient déjà le fond de l'habitacle. Elles engloutirent la banquette arrière.

À présent, même les quelques flics qui étaient restés près de la boîte aux lettres défoncée entendaient nettement les appels à l'aide du gamin. Un nuage de fumée noire s'échappait de la vitre cassée. Le plastique du siège s'était mis à fondre autour du malheureux, dont les cheveux s'étaient embrasés. Très loin, au sud, les premières sirènes retentirent.

Bank avait fini de dégager du bout du pied le tour de la fenêtre. Il s'entortilla la tête dans sa couverture et se coucha à plat dos, la tête vers la portière. Puis il poussa sur ses pieds et se propulsa en arrière pour plonger dans le brasier.

Jouant du couteau, il cisailla la ceinture de sécurité – grâce à laquelle le conducteur n'était pas déjà mort – jusqu'à ce que le gosse lui retombe dessus. À l'extérieur, quelques flics le prirent par les chevilles et parvinrent à l'extraire de l'épave fumante, lui et le conducteur, affalé sur sa poitrine. Ils les traînèrent sur l'asphalte, jonché d'éclats de verre, à quelques mètres de là. Cela fait, ils s'occupèrent du jeune blessé, qu'ils allongèrent sur la chaussée. Ce ne fut qu'en revenant vers Bank, pour le féliciter ou pour l'engueuler, qu'ils s'avisèrent que sa chemise se consumait sur lui, qu'il avait les mains complètement noires et que la couverture, un mélange de fibres synthétiques, lui collait au visage comme un masque. Bank râlait, dans un effort désespéré pour inspirer l'air qui ne parvenait plus dans ses poumons, obstrués par les émanations toxiques.

La première des ambulances venait juste d'arriver.

Aux urgences de Saint-Jérôme, une infirmière que je connaissais m'autorisa à pénétrer dans le service des soins intensifs. Bank gisait sur un lit, un masque à oxygène sur le nez, les coudes serrés le long du corps, ses deux mains carbonisées dressées vers le plafond. Des lambeaux de couverture brûlée adhéraient encore à son cou et autour de sa figure.

« Hey ! », fis-je, penché sur lui.

Il leva les yeux vers moi puis, secouant la tête, détourna le visage. Il avait tout perdu. Même moi, son meilleur ami, qui avais couché avec sa femme. Sa vie était irrémédiablement foutue, et il avait tenté d'y mettre fin. Pas consciemment, peut-être. Mais il avait plongé dans cette voiture en se fichant bien d'y laisser sa peau, voire dans l'espoir de ne pas en réchapper. Il avait voulu mourir. Et j'en étais, en partie du moins, responsable.

« Je reste. » Je me penchai sur son visage dévasté. « Tu m'entends, vieille carne ? Tu peux me haïr tant que tu veux, je m'en contrefous. Tout ce que je sais, c'est que je ne bouge pas d'ici. Et toi non plus. »

30

Janice Ewell, la fille que j'ai surprise la veille en compagnie de Naomi, n'en mène pas large dans le grand fauteuil, face au bureau de Pat Grice. Elle lève un œil inquiet vers nous trois – Pat, Bank et moi.

« Janice... » dis-je de ma voix la plus douce, malgré l'angoisse qui menace à tout instant de m'étrangler. « Janice. C'est d'une importance capitale. »

Elle hoche la tête.

« Il faut nous dire tout ce que vous savez. Il ne s'agit pas de cafter... Naomi est peut-être en danger, en ce moment. Vous comprenez ? »

Elle ouvre de grands yeux.

« Vous savez où elle se trouve ?

– Non.

– Aucune idée ? »

Silence.

« Janice ?

– Non, quoi... J'en sais rien, moi. Y a bien un truc... mais je sais même pas où c'est – ni si elle est vraiment là.

– Où ça ?

– J'en sais rien.

– Janice ! intervient Pat, d'un ton plus tranchant.

– Non, j'en sais vraiment rien, répète Janice. C'était un endroit où elle voulait aller... une sorte de foyer pour les filles. Un endroit sûr. »

Bank lève les sourcils.

« Comment avait-elle rencontré Tamara ? lui demande-t-il.

– Elle habitait encore à Columbus, explique Janice. C'était une fois qu'elle avait fait une fugue, je crois.

– Elle en a fait un certain nombre, concédé-je, mais ça ne nous dit pas où elles ont pu se rencontrer. Tamara habitait ici...

– Justement. C'est ici que ça s'est passé, répond Janice. Naomi était venue vous voir. Elle avait pris le bus. »

Cette fameuse fois où elle avait disparu plusieurs jours d'affilée, je suppose... Je sens à nouveau la moutarde me monter au nez. Les parents de Gloria ne m'avaient pas tenu au courant. Pas un mot, pas un coup de fil – rien...

« Mais elle ne m'a sûrement pas tout dit, vous savez... Ce que je sais, c'est qu'il faisait déjà nuit quand elle est arrivée. Elle avait l'intention de vous téléphoner, mais elle a eu peur de se faire enguirlander. Alors elle n'a pas appelé. Sauf que, comme elle n'avait nulle part où aller et qu'il ne lui restait presque plus d'argent, elle s'est décidée à téléphoner quand même – mais au bout d'un moment, elle a vu arriver trois ou quatre filles qui se baladaient autour de la gare routière. Elles ont vu qu'elle pleurait et y en a une qui est venue lui parler. C'était Tamara. Elles ont discuté ensemble un bout de temps, je crois.

– C'est elle qui vous l'a raconté ?

– Bien sûr – et plus d'une fois. Elle disait, genre, que Tamara était une sorte d'ange gardien pour elle, tout ça. Paraît que ce soir-là, elle lui a tenu compagnie une bonne partie de la nuit. Et elle lui a dit qu'elle connaissait un endroit où Naomi pouvait venir, si elle voulait... mais qu'elle n'était pas sûre que ça lui plairait vraiment, alors Naomi n'y est pas allée. Et après, Tamara est repartie avec ses copines.

– Et Naomi ?

– Elle a repris le bus vers deux heures du matin et elle est rentrée à Columbus. Le lendemain, elle est allée chez une copine qui l'a hébergée quelques jours. Mais ensuite, elles se sont téléphoné.

– Qui ?

– Tamara et Zeld... – Naomi.

– Elles se sont parlé ?

– Oui. Une fois, minimum.

– Janice, lui dit Bank, Naomi vous aurait-elle parlé de certaines activités de Tamara – genre prostitution ?

– Quoi ? fait Janice, dont les joues s'empourprent. Ça, non.

– D'où ça sort, cette histoire de Zelda ?

– C'est dans Scott Fitzgerald, explique Janice. On a étudié *Gatsby le Magnifique*, au début de l'année. Naomi a adoré. Toutes ces belles villas, avec des maîtres d'hôtel, au bord de la mer... Et on devait faire des comptes rendus de lecture – l'époque dont parle le bouquin, tout ça. Alors Naomi a fait un exposé sur Zelda Fitzgerald – comme quoi c'était un personnage tragique. Ensuite, elle nous a demandé, à moi et aux copines, de continuer à l'appeler comme ça – Zelda. Et on s'est toutes choisi des surnoms. D'après elle, c'est là qu'elle est, Tamara...

– Où ?

– Là-bas, dans cette maison. À son avis, ça n'a rien à voir avec un kidnapping. Elle pense que ces gens l'ont simplement emmenée dans un endroit où elle se sent mieux. Naomi aussi, elle voulait y aller.

– Comment savait-elle où ça se trouvait ?

– C'était ça, le problème. Elle disait qu'elle serait partie depuis longtemps, si elle avait eu l'adresse. Mais ces derniers jours, quand ça a commencé à coincer avec Peggy, tout ça...

– Et avec moi... » ajouté-je.

Elle me regarde, hoche la tête et poursuit : « Elle a dit qu'elle voulait partir à la recherche de cet endroit.

– Comment comptait-elle s'y prendre ?

– Elle pensait que les copines de Tamara seraient sûrement au courant et qu'elle arriverait bien à les retrouver, en ville, ici ou là.

– Les copines de Tamara ?

– Oui... »

Je sens la panique revenir en force, toutes griffes dehors. Je jette un regard perdu vers Bank. Je l'implore. Vite – qu'il fasse quelque chose, qu'il la retrouve. Parce qu'il sait comme moi ce qu'il adviendra de Naomi si elle tombe dans les pattes des « copains » de Tamara.

Comme nous regagnons la voiture, Bank me fait : « T'inquiète. Je ne vois pas comment elle pourrait les retrouver.

– Non ? fais-je. Et si c'étaient eux qui la retrouvaient ?

– À moins qu'elle ne finisse par dénicher l'adresse de cet endroit et qu'elle y aille.

– Comme Tamara ? » dis-je.

Il secoue la tête. « Non, fait-il. Pas comme ça. »

À la lumière du jour, Bank n'est plus que l'ombre de lui-même. La ville devient pour lui un corps étranger, lointain, hermétique. Les gens ne sont plus dans leur élément. Le trafic accapare toute son attention. Ce qui devrait être fermé est ouvert, et inversement. Quant à moi, je devrais m'y sentir plus à mon aise, puisque c'est mon univers, mais la présence de Bank suffit à me communiquer ce sentiment d'étrangeté.

Je plonge dans une sorte de torpeur. Incapable d'articuler deux pensées, je me contente de marmonner quelques mots, çà et là. Une idée, une suggestion..

Après notre visite à l'école, nous passons chez moi. Peggy se ronge d'inquiétude. Les garçons ont compris que quelque chose ne tournait pas rond, mais je soupçonne que leur mère leur a interdit de me poser la moindre question. Je conduis Bank à la chambre de Naomi, qu'il fouille de fond en comble – une trahison de plus. Son journal s'est envolé, tout comme les deux cents dollars qu'elle m'avait montrés. Bank passe la pièce au peigne fin sans rien trouver d'utile.

Puis nous filons à la gare routière où nous interrogeons les passants au hasard, en leur montrant l'une des dernières photos de Naomi, prise au collège. Ça n'évoque rien à personne. Nous traînons une bonne heure dans les parages, en ouvrant l'œil, avant de regagner le bureau. Là, Googie nous assure qu'il a mis ses meilleurs limiers sur le coup et que nous ferions mieux, l'un et l'autre, de rentrer nous coucher, puisque nous avons déjà une nuit de boulot dans les pattes.

En fait, nous devrions reprendre le service le soir même à onze heures, mais Stu secoue la tête. Il me signifie qu'il me donne congé jusqu'à ce qu'on ait retrouvé ma fille, et oppose un front d'airain à toutes mes protestations.

Bank me ramène donc chez moi par la rocade ouest, jusqu'au coin de ma rue. Nous croisons le muret de briques où Naomi aimait venir s'asseoir. Tiens... moi aussi, j'en parle déjà au passé.

Au dîner, les garçons, Ben surtout, ne peuvent résister à l'envie de me demander des nouvelles de leur grande sœur, ignorant royalement les coups d'œil que leur lance leur mère. Ne voulant ni leur mentir, ni les perturber davantage, je tâche de leur répondre du mieux que je peux. Il n'y a encore rien de sûr, leur expliqué-je. Naomi a simplement dû aller chez des amis.

« Pourquoi tu leur téléphones pas, alors ? » suggère Ben, mais la main de Peggy s'abat sur la table, mettant un point final à toutes leurs questions.

Après le dîner, je parviens à dormir deux heures d'un sommeil trop léger, stressant, dont j'émerge encore plus harassé.

En dépit des directives de Stu, je débarque au bureau à onze heures un quart, et je me mets aussitôt en quête de Bank. De service ou pas, je veux patrouiller avec lui. Mais il reste introuvable. Je m'installe dans mon box, perdu dans mes ruminations.

« Salut, Mack ! me lance Stu.

– Tiens ! Qu'est-ce que tu fous là ?

– C'est moi qui te pose la question.

– Et qu'est-ce que tu veux que je fasse – que je compte les mouches ?

– J'en sais rien, Mack », dit-il. Il s'appuie sur ses bras croisés à la cloison de mon box.

« Et Bank – tu sais où il est passé ? m'enquiers-je.

– Parti. Depuis plusieurs plombes. Alors qu'il ne devait reprendre qu'à onze heures.

– Pourquoi ? Y a du nouveau ?

– Comme tu dis. Du nouveau – du côté du père Hector...

– Il a refait surface ?

– Non. » Il fait pivoter une chaise vers lui, avant de s'y asseoir. « Mais on a envoyé les gars du labo prospecter un peu dans sa chambre, au presbytère. Ils ont relevé quelques empreintes, qu'ils ont envoyées au système central. Et maintenant, on sait qui a touché à la fois la batte de Jamie Arbaugh et la bicyclette de Tamara Shipley.

– C'était lui ?

– Ouaip.

– Le père Hector Morales ? »

Il confirme d'un signe de tête et je comprends tout à coup la raison de sa présence : il est venu m'annoncer ça de vive voix. Je l'en remercie. Il hoche la tête et me plante là, après m'avoir exhorté une dernière fois à garder le moral. J'en reste baba. J'en suis à peu près au même point, dix minutes plus tard, quand je vois débarquer Katherine qui s'arrête devant mon bureau et me regarde.

« Toi aussi, t'es venue m'annoncer un truc fumant ? lui lancé-je.

– Je me suis dit que ma compagnie pourrait t'être utile...

– Non, merci.

– Rentre te reposer, Mack. On va la retrouver.

– La retrouver, mon cul !

– Pardon ?

– Tu es au courant pour cette histoire d'empreintes, avec le prêtre ?

– Oui.

– Le père Hector... Une vieille connaissance à toi !

– Et alors ? Qu'est-ce qui te chiffonne, Mack ?

– En dehors du fait que ma fille se balade dans la nature, sur les traces d'une bande de lascars qui ne rêvent que de la mettre au turbin avec une pipe de crack dans le bec – à part ça, tu veux dire ?

– Mack...

– Et à part ta récente tendance à traficoter dans ton coin, sans rien dire à personne ? »

Elle a croisé les bras et attend.

« Tamara avait déjà fugué. Tamara fait des passes – et sa mère savait tout ça, bien entendu. Au point qu'elle avait appelé à la rescousse des gens dont elle ne connaît même pas le nom, mais qu'elle avait chargés de kidnapper sa propre fille... et nous retrouvons, comme par hasard, la fameuse association pour laquelle travaillait ce bon vieux Norke – Alan Norke, Katherine... Ça te dit quelque chose ? Ce mec dont tu avais remonté la piste, voilà sept ans. Et maintenant c'est ce putain de cureton... »

Elle fait « non » de la tête.

« Quoi, non ? – t'étais pas au courant ? Tu nies tout en bloc ?

– Pas du tout, fait-elle.

– Mais tu ne peux rien dire. Ton comportement a vraiment de quoi me surprendre, Katherine – et de quoi m'effrayer. Parce que c'est toi, justement. Et que tu as toute ma confiance.

– Nous sommes tous à la recherche de cette petite, dit-elle. De ces deux petites. Un point, c'est tout.

– Non, c'est pas tout ! Il y a autre chose, là-dessous. C'est ton problème, tu me diras. Mais moi aussi, je vais te dire un truc : si jamais j'apprends que tu as gardé pour toi quelque chose que tu savais et que Naomi doit payer les pots cassés... »

Enfin, une réaction : « Parce que tu crois vraiment que si j'avais la moindre information – la moindre ! – pour Naomi, je me la garderais sous le coude ?

– J'espère que non.

– Tu espères ! T'es vraiment déguelasse ! Tu penses vraim...

– Je ne sais plus que penser, Katherine. Et pire : je ne me souviens même pas comment on fait... »

Me revoilà sur Andrew Jackson Avenue. J'ai traversé le quartier de taudis qui s'étend au nord-ouest du centre-ville. Je dépasse le centre d'hébergement municipal devant lequel s'étire la file des SDF qui font chaque jour la queue pour les repas gratuits. Je croise les filles qui turbinent dans le quartier, je dépasse le musée d'Art moderne et je file tout droit à Heron Park, que je longe jusqu'à la hauteur de City Med. Là, je ralentis l'allure. J'aime cet endroit. La verdure, les rues calmes et sinueuses. Je croise un moment dans le secteur jusqu'à ce que le hasard m'amène sur Brentcroft Road, que je suis un moment, avant de bifurquer vers l'est, direction Morris Hill. Je serais bien en peine de me l'expliquer, mais quelque chose m'y attire.

Je me gare et je plonge dans la pénombre du sous-bois, où je retrouve mon vieux poste d'observation – la table de pique-nique en face de chez Bank. Je m'y assieds, comme je le faisais autrefois, l'œil et l'oreille aux aguets. Et j'attends, sans savoir au juste quoi. C'est alors que je vois s'allumer une lumière, chez Bank. Une ombre passe devant la grande baie du coin.

C'est Sue, la propriétaire du Harvey's Bar, qui vient m'ouvrir. Elle retrouve Bank à l'appartement, de temps à autre. Je n'ai jamais interrogé Bank sur la nature exacte de leurs relations – d'ailleurs, je doute fort qu'ils seraient très portés sur les confidences, l'un comme l'autre. D'un signe de tête, Sue me fait entrer, sans poser de question. Elle me tend la bière qu'elle tient à la main et que j'accepte avec gratitude.

Elle décroche le combiné, compose un numéro et raccroche. Dix secondes plus tard, le téléphone sonne. Elle décroche et, sans laisser à son correspondant le temps de se présenter, lui fait : « Il est là. » Au bout d'une seconde, elle ajoute : « D'accord... » et raccroche définitivement.

Elle a appelé Bank sur son beeper de poche. Elle sort une autre bière du frigo et vient s'asseoir près de moi.

« Je suppose que Bank t'a déjà posé la question, attaqué-je, mais j'aimerais en avoir le cœur net... Naomi t'aurait-elle parlé de cet endroit où elle voulait aller, ou de ces gens qu'elle comptait retrouver... ? Est-ce qu'elle t'a dit quelque chose ? »

Sue a posé son bras replié sur le dos du canapé et soutient mon regard.

« Alors ? Oui ou non ?

– Bois ta bière, Big Mack... fait-elle.

– OK, opiné-je.

– OK, répète-t-elle. Bank s'en occupe. »

Nous revenons à nos bières. La première terminée, elle m'en apporte une seconde que je descends à son tour.

Puis la porte s'ouvre sur Bank.

« Amène-toi », me lance-t-il.

Nous traversons la rue, pour nous enfoncer dans le parc. Nous dépassons ma table et poursuivons notre route en direction des lumières du club de golf.

« Qu'est-ce que tu sais, au juste ? finit-il par me demander.

– Ce groupe – les Sœurs de la Compassion... c'était pour elles que travaillait Norke, quand il a enlevé cette fillette, en Indiana. »

Il s'arrête et s'agenouille dans l'herbe.

« T'as trouvé ça tout seul ?

– C'est dans le dossier, dis-je. Katherine aussi était au courant. Qu'est-ce qui se passe ? »

Il se relève et se remet à marcher.

« Katherine... dis-je. Je ne comprend pas ce qu'elle vient faire là-dedans.

– Écoute un peu, me dit-il. Tu m'écoutes... et tu la boucles. Que tout ça reste entre nous, Mack. Strictement entre nous, je veux dire – vu ?

– OK, dis-je.

– Écoute un peu, répète-t-il. Je suis tombé sur une adresse.

– Où elle serait ? Purée, Bank... » m'écrié-je. Un éclair glacé me parcourt. « Qu'est-ce qu'on fout ici ? On devrait déjà...

– Chhh... fait-il. C'est pas ça. Je vais te dire un truc qui ne doit pas s'ébruiter – en aucun cas. »

J'opine d'un signe de tête.

« Jamais. Quoi qu'il arrive, tu ne le répéteras jamais. À personne, OK ?

– OK. Qu'est-ce que c'est ?

– Viens. Suis-moi. » Nous rebroussons chemin en silence, en direction de son immeuble. « C'est une adresse où je voulais aller jeter un œil, mais jusqu'ici, je n'ai pas pu. Ça n'est pas la porte à côté.

– Combien de bornes ?

– Je peux pas te dire au juste. »

Nous traversons Morris Hill en sens inverse et, sans ajouter un mot, nous montons à son appartement. Sue n'est plus là. Bank met le cap sur son ordinateur, où il a stocké toutes les informations concernant Jamie – toutes ces notes accrochées au mur qu'il a saisies, jour après jour, et sauvegardées dans des fichiers. L'ordinateur trône toujours sur le bureau mais, à vue de nez, il ne doit plus l'allumer très souvent. Il ouvre un tiroir du bureau et en sort un papier, qu'il me tend. Je n'y vois qu'un numéro de route – une petite route de campagne, en Ohio, et le nom d'une localité : Phillip's Landing.

« Phillip's Landing ? Où c'est, ce bled ?

– Dans le sud de l'État. Centre sud, je dirais. Prends une carte. »

J'ouvre la bouche pour lui demander ce dont il s'agit, mais c'est inutile. Je sais. « Un refuge des Sœurs de la Compassion », lui dis-je.

Il me regarde sans mot dire.

« Et tu crois qu'elle y est ? »

Silence.

« Et Tamara ? Rochelle prétend qu'ils n'y sont pour rien.

– Que veux-tu qu'elle nous dise ? Elle aussi, elle doit les couvrir – surtout si la petite est chez eux.

– Et Katherine... ? »

Il hausse les épaules.

« Quoi qu'il en soit, et quoi que tu puisses voir, là-bas, je te demande de le garder pour toi. »

Il a raison. Si Tamara se trouve bien dans ce foyer, si ces gens ont effectivement réussi à la mettre en lieu sûr... ainsi soit-il. Personne n'a besoin d'aller y mettre le nez. Quant à moi, si je récupère ma fille, pourquoi irais-je raconter à quiconque où je l'ai retrouvée... ?

« Attends demain, Mack, ajoute Bank. Ce soir, tu es trop crevé et trop remonté. Toute façon, c'est pas une nuit qui va y changer quoi que ce soit. Tu me promets d'attendre ? »

Je confirme d'un signe de tête.

« OK », conclut-il, et il va se poster près de la grande baie du coin, les mains derrière le dos, les yeux perdus dans la nuit. Comme ma main se pose sur la poignée, il se retourne. « Attends ! » me lance-t-il. Retournant vers son bureau, il débranche un téléphone portable, inséré dans un chargeur, et me le balance. « Tiens... Prends ça.

– Tu n'en auras pas besoin ?

– Je me débrouillerai », répond-il, avant de reprendre son poste devant la fenêtre. La porte se referme sur moi sans même qu'il tourne la tête.

31

J'appris les règles en vigueur dans le service des grands brûlés : enfiler blouse, masque, bonnet et bottes stériles dans le sas de sécurité ; passer des gants de latex pour aider l'infirmière pendant les soins. Je m'accoutumai aux odeurs du service, aux bruits, aux râles de douleur et à ce déroutant mélange de cynisme et de compassion que témoignent les infirmières à leurs patients. J'appris à assister aux opérations de débridement – le nettoyage des plaies dont il faut ôter les tissus détruits –, aux bains, durant lesquels on doit soulever le blessé dans une sorte de hamac pour le plonger dans une baignoire à remous. Et à supporter la vue d'un visage ravagé.

Au bout de quelques jours, l'état de Bank n'inspira plus d'inquiétude à ses médecins. Ils avaient d'abord craint les suites des lésions pulmonaires, dues à l'inhalation des fumées toxiques. Ses poumons avaient certes subi des dommages irréversibles, mais heureusement pas assez étendus pour entraver sa guérison. Il y avait les brûlures de son visage, mais elles non plus n'avaient rien de catastrophique. Les plaies de son cou, sur lequel le tissu de la couverture avait fondu, étaient plus préoccupantes, mais la peau avait fini par se reconstituer, sous forme d'une masse rosâtre dont la consistance évoquait une cire molle. C'étaient ses mains qui avaient le plus souffert. Au début, elles restaient emmaillotées dans de gros pansements, comme sa tête et son cou. Seul son visage émergeait de la gaze blanche.

L'état du jeune conducteur de la Camaro, un certain Denny Merkin, était plus grave, puisqu'il souffrait de brûlures au troisième degré sur quarante pour cent de la surface de son corps, y compris le visage et les mains. Outre ses lésions pulmonaires, il présentait des fractures du bras et de la jambe gauche, suite aux chocs de l'accident. Je venais parfois m'asseoir à son chevet et je tenais compagnie à ses parents. Ce genre de service est l'endroit idéal pour apprendre la patience...

Sarah m'appela un jour ou deux après l'accident. La nouvelle venait juste de lui parvenir. Elle éluda mes questions sur la façon dont elle l'avait apprise et sur l'endroit d'où elle m'appelait. Je m'attendais à la voir revenir dans les jours suivants, au moins pour se rendre au chevet de Bank, mais elle n'en fit rien. Jamais. Elle me rappela une autre fois, quelques jours plus tard, lorsqu'on eut la certitude que Bank était tiré d'affaire et qu'il récupérerait totalement.

Ce fut le dernier signe que j'eus d'elle, mais je n'en fus pas autrement surpris. Je m'étais déjà fait à cette idée.

Nous parlions de choses et d'autres, Bank et moi. De l'actualité, du boulot, surtout – il en avait des échos par les collègues qui lui rendaient visite. Il ne fit jamais la moindre allusion à la nuit que j'avais passée en compagnie de son ex-femme et, avec le temps, nos relations et nos conversations retrouvèrent leur cours habituel.

Curieusement, c'est dans le sillage de ces terribles événements que ma propre vie s'épanouit. L'été suivant, je rencontrai une certaine Peggy Cook, dont je tombai éperdument amoureux, ainsi que de son fils Jack, qui avait alors deux ans.

Après une longue série de greffes et d'opérations, après des mois d'une rééducation effroyablement éprouvante, qui mobilisa jusqu'à son dernier atome d'énergie et de détermination, Bank recouvra en quasi-totalité l'usage de ses mains. Dans les mois qui suivirent, il passa des semaines entières au champ de tir de la police municipale, à vider des cartouches. Moyennant deux ans d'efforts acharnés, il put à nouveau tirer, avec une fiabilité suffisante pour que nos chefs l'autorisent à reprendre ses rondes de nuit. Mais dès l'automne 90, soit neuf mois après l'accident, il avait réintégré le service, où il assurait temporairement un emploi de bureau. Le printemps d'après, il fut mon garçon d'honneur, lors de mon mariage, et, pour l'occasion, je parvins à lui faire revêtir son bel uniforme bleu marine, bien qu'il fût depuis longtemps dégagé de ses devoirs de réserviste.

L'une des images les plus intenses qui me reste de cette période, date des semaines d'après l'accident. L'exploit de Bank, le courage avec lequel il avait arraché à la mort ce jeune chauffard de dix-huit ans, ne fit qu'ajouter à la fièvre médiatique qui couvait autour du mystérieux « ange gardien du parc » et de la disparition de la petite Jamie, toujours présente dans les esprits. La presse fut prise d'une nouvelle poussée de fièvre. Des bandes de journalistes arpentaient jour et nuit le trottoir de l'hôpital Saint-Jérôme comme s'il s'était agi non pas d'un vieux flic cabossé, mais de quelque célébrité de la scène politique ou du show-biz. Et ça dépassait de loin la sphère locale. Des équipes de télé affluaient de toute la région. Je fus moi-même quelque temps dans leur collimateur. Certains journalistes locaux avaient eu vent de la vieille amitié qui nous liait, Bank et moi. La nouvelle se répandit comme une traînée de poudre et pendant plusieurs semaines, il me fut impossible de franchir les portes de l'hôpital, dans un sens comme dans l'autre, sans provoquer d'attroupement.

Un après-midi où j'étais venu le voir après mon service – Bank était toujours hospitalisé, mais il avait suffisamment récupéré pour pouvoir tenir une conversation –, je notai, dès le bout du couloir, un subtil changement d'atmosphère. Il tombait des grands panneaux vitrés de sa chambre une lumière trop blanche et trop crue. Un frisson me parcourut. J'avais vu officier assez d'équipes d'intervention chirurgicales au chevet de blessés dont le cœur ou les poumons menaçaient de s'arrêter, pour savoir ce que signifiaient ces projecteurs, cette agitation, cette soudaine affluence, et cette prolifération de matériel électronique... Je pressai le pas mais, en entrant dans sa chambre, je découvris un Bank souriant. Il trônait, confortablement calé sur ses oreillers, sous ses pansements de gaze immaculée, fraîchement refaits. À son chevet, vêtue d'un pimpant tailleur vert, paradait une présentatrice de la chaîne locale, une certaine Holly Sawyer, qui avait débarqué avec son équipe de tournage et tout son attirail. Ce qui expliquait la présence des projecteurs... Bank me fit joyeusement signe de la main. La séquence où il donnait sa propre version de son exploit fut retransmise le soir même.

Par la suite, il devint presque banal de trouver sa chambre envahie par une équipe de télé, ou de le voir au côté d'une ravissante journaliste qui l'interviewait, assise à son chevet, le bloc-notes sur les genoux et le magnéto posé sur le lit.

Quelque temps après, le *Law Enforcement Bulletin*, le journal interne du FBI, publia un article relatant l'accident dans ses pages « Actualités » et l'un des reality-shows les plus prisés des chaînes nationales tourna une reconstitution de cette mémorable nuit. Après la séquence, Bank lui-même vint commenter son expérience, le bras toujours en écharpe, vêtu d'un col roulé qui ne parvenait pas à dissimuler toutes ses cicatrices et les mains couvertes de ces mitaines de cuir qu'il ne devait désormais plus quitter.

Lorsqu'il reprit enfin ses rondes de nuit, au volant de sa Plymouth banalisée, il accepta d'escorter certains journalistes pour qui il organisait de véritables visites guidées dans les quartiers les plus chauds. Grâce à lui, ils ne revenaient jamais bredouilles. Il trouvait toujours quelque chose de palpitant à leur faire filmer : une arrestation surprise, avec des voitures de police convergeant tout à coup autour de lui pour coffrer un malfrat ; une transaction *live*, savamment orchestrée par Sleepy ou par quelque autre poulain de son écurie.

Je n'ai jamais élucidé ce qui avait décidé Bank à prendre si soudainement le contre-pied de la politique de relations publiques qu'il avait appliquée jusque-là, et je n'ai jamais essayé de lui poser la question. Mais c'était un fait : il s'était littéralement jeté dans les bras des médias qui, en retour, en avaient fait un véritable héros de l'actualité.

Voilà à peu près ce que je peux dire des années qui ont précédé la disparition de Tamara Shipley. Après sa convalescence, Bank dut reprendre ses balades nocturnes en solo dans le parc, mais je ne sais ni ce qu'il y faisait au juste, ni à quelle fréquence. Mes nouvelles obligations familiales ne me laissaient plus guère le loisir de lui courir après à longueur de nuit.

J'ai donc assuré le service de jour à la brigade des mineurs, jusqu'à ce que je sois muté aux Homicides, à la suite des grands chambardements de la restructuration. Mais nous demeurions étroitement liés, Bank et moi. Je venais souvent patrouiller avec lui, lorsque j'étais de permanence de nuit. Il raffolait autant que moi de la compagnie de mes garçons, qui l'appelaient « oncle Bank ».

L'arrivée de ma nouvelle famille déclencha une grande campagne de rénovation, dans la maison. Mon père et Bank prirent la direction des opérations. Ils m'aidèrent à construire des étagères et des placards, à rénover la cuisine, l'installation électrique, les sanitaires, les sols. Et lorsque le retour de Naomi fut décidé, nous nous attelâmes ensemble au chantier de sa future chambre.

« Nous », façon de parler, car c'est mon père et Bank qui se chargèrent du plus gros du boulot, avec le soin et la diligence qui les caractérisent. J'avais plaisir à les voir de nouveau réunis. Je tenais parfois compagnie à ma mère, dans la cuisine, pendant qu'ils s'activaient au sous-sol. Ça nous rappelait le bon vieux temps, à elle comme à moi.

32

Peut-être parce que je tenais enfin un fil conducteur, peut-être parce que c'était Bank qui m'avait mis sur la voie – ou parce que j'étais tout simplement à bout de forces –, j'ai instantanément plongé dans un sommeil sans rêves pour me réveiller ce matin, tout aussi vite, et en pleine possession de mes moyens. J'ai aussitôt ouvert les yeux

En sortant de la douche, je découvre que j'ai réveillé Peggy, par la même occasion. Elle est accoudée au lavabo, une tasse de café à la main. Un autre café, qui m'est destiné, fume près des robinets.

« Merci, lui dis-je.

– Tu te sens mieux ?

– Plus frais, disons... Et toi ?

– Non.

– Tu n'y es pas pour grand-chose, Peggy. Cesse de te ronger les sangs. »

Elle hoche la tête, mais demeure triste et soucieuse. Déçue d'elle-même. Je lui effleure la joue, jusqu'à ce qu'elle laisse échapper un sourire, puis je la pousse de côté d'un coup de hanche, pour me pencher vers le miroir que j'essuie avec une serviette, avant de me raser.

« Aujourd'hui, nous allons décorer les œufs, fait-elle.

– Ah ! C'est vrai... Moi, je vais faire un tour à la campagne.

– Où ça ?

– Je ne sais pas encore. Je suis de retour ce soir, au plus tard.

– C'est pour Naomi ?

– Bien sûr. Mais je préfère que tu ne dises rien à personne, OK ?

– C'est-à-dire ?

– C'est-à-dire que si on m'appelle du service, tu ne sais pas où je suis.

– Mauvais signe...

– Te bile pas. Un truc à vérifier. Rien de bien méchant.

– Et s'il se passe des choses, ici ?

– J'ai le portable de Bank. Tu pourras m'appeler.

– Parce que Bank est au courant ? Alors là, c'est franchement inquiétant !

– En tout cas, tu ne dis rien à personne, d'accord ? » Je me penche vers elle pour l'embrasser. « Quand Naomi sera retrouvée, on tentera quelque chose. Un genre de thérapie familiale, par exemple. »

Elle acquiesce d'un signe de tête.

« Je connais de bons spécialistes, dans la branche. »

Il me vient un curieux sentiment d'étrangeté lorsque, contrairement à toutes mes habitudes, je mets le cap à l'ouest pour sortir de la ville par la bretelle à quatre voies qui relie la ville à l'I-75, avant de filer plein sud sur cette superautoroute, dans le flot des camions, des VRP et des retraités en balade.

En consultant ma carte, j'ai découvert qu'effectivement, ce n'était pas la porte d'à côté. Phillip's Landing est un bled minuscule, niché au beau milieu de nulle part dans les collines, à l'est de la Wayne

National Forest. L'Ohio est un État à prédominance urbaine, comptant non moins de sept métropoles de cinq cent mille habitants et plus, connectées par un important réseau d'autoroutes. Mais Phillip's Landing se trouve à égale distance de plusieurs grandes villes et n'est accessible que par des petites routes paumées.

Quoi qu'il en soit, c'est une belle matinée de printemps. Le soleil brille haut et clair. Les arbres verdoient. C'est la veille de Pâques. Le béton de l'autoroute lui-même semble s'être fait beau et propre. Pour l'occasion, sans doute.

Aux environs de Phillip's Landing, le paysage devient plus vallonné. Les collines plongent jusqu'au cœur de la petite ville, jusqu'aux rives de l'étroite rivière qui y déroule ses méandres boueux. La route principale, un ruban de bitume plein d'ornières et de nids-de-poule, longe la petite vallée. Il s'y greffe quelques rues latérales qui suivent des affluents encaissés ou partent à l'assaut des coteaux. Le long de la grand rue s'alignent de vieilles maisons qui semblent blotties les unes contre les autres. Quels que soient les activités ou les atouts économiques qui ont été à l'origine de cette ville, ils l'ont manifestement abandonnée.

Une fois dans le centre-ville – trois ou quatre pâtés de maisons, tout au plus –, j'avise une station-service, en face d'une succursale de chez Sears. Sur la vitrine du magasin s'étalent de grandes lettres irrégulières, tracées au blanc d'Espagne : « FERMÉ ». J'ai déjà fait le plein, une heure plus tôt, mais je reprends de l'essence, ce qui me permet, en réglant les trois dollars et quelques affichés au compteur de la pompe, de demander la direction de la voie communale 68.

« La 68 ? » fait le vieux derrière son comptoir, d'une voix où l'on discerne une trace de l'accent chantant du Sud. Nous sommes toujours en Ohio, mais ces collines sont les portes du Sud – bien qu'il faille vraiment être du coin pour pouvoir s'en rendre compte. Le pompiste est un petit bonhomme au front dégarni, tanné comme un vieux cuir. Les plis de ses mains sont profondément incrustés de cambouis.

« Ben, z'êtes dessus, fiston ! me fait-il.

– C'est bien celle-ci ? insisté-je, le doigt pointé sur ma carte, qui n'est pas de la première précision.

– Yep – celle-là même. Ici, c'est la grand-rue mais, partout ailleurs, c'est la 68 ! »

À l'est de la ville, la vallée s'élargit. Les collines moutonnent toujours, mais moins haut et moins serré. Les coteaux sont parsemés de fermes et quadrillés de clôtures, dont certaines retiennent du bétail. L'entretien des plaques qui indiquent le numéro des maisons n'a pas l'air d'être le principal souci des riverains. Je dépasse successivement un numéro inférieur à celui que je recherche, puis un autre, un peu plus loin, nettement supérieur. Entre les deux, j'ai repéré au moins trois maisons non numérotées. Je choisis donc l'une des trois, au hasard, pour demander ma route. Je remonte le long chemin de terre qui la relie à la 68. Au-delà de la maison s'étend un grand champ, déjà partiellement labouré coincé entre un bois de pins et le flanc rocailleux d'une colline escarpée.

C'est une grande bâtisse de brique rouge, avec, sur l'arrière, une annexe de deux étages presque aussi vaste que le bâtiment d'origine. L'ensemble est assez imposant, quoique la partie la plus récente n'ait pas encore pris suffisamment de patine pour s'intégrer au reste. Derrière, à la lisière du champ, se dresse une ancienne grange, à première vue désaffectée. Lorsque je m'arrête dans l'allée, un vieux chien s'approche à pas comptés et vient me renifler les mollets, sans toutefois manifester le moindre signe d'agressivité. Je lui laisse le temps de me flairer tout son soûl, avant de le suivre en direction de la porte d'entrée.

Une fille d'une quinzaine d'années vient m'ouvrir et me dévisage, sourcils froncés, sans mot dire.

« Je cherche cette adresse... » lui expliqué-je, en lui tendant le papier que m'a remis Bank. Elle tourne les talons et je patiente quelques minutes dans l'ombre fraîche de la galerie extérieure, depuis laquelle la lumière du jour me semble particulièrement éblouissante. Au bout d'un moment, la porte s'entrouvre à nouveau et quelqu'un d'autre glisse un œil vers moi.

Enfin, la porte s'ouvre, et c'est une femme qui m'accueille, souriante. Elle tient mon papier à la main.

« Je peux vous aider ? »

Je ne trouve pas les mots pour lui répondre. Je reste planté là. Je la regarde. Ses cheveux sont tirés en arrière, ses manches roulées, comme si je l'avais dérangée en plein travail. Elle n'en est pas moins belle, avec ses magnifiques yeux sombres. Aussi belle que dans le plus beau de mes souvenirs.

Son sourire s'évanouit et fait place à une mine perplexe. Ses sourcils se froncent, puis s'arquent de surprise.

« Max ? fait-elle.

– Bonjour, Sarah », répliqué-je. Et, comme elle s'avance vers moi, je la prends dans mes bras.

Depuis le grand hall, je risque un œil dans l'une des pièces de devant où j'aperçois un vieux piano droit et quelques canapés dépareillés. Deux jeunes filles, dont ni l'une ni l'autre n'est celle qui m'a ouvert, y sont installées. Elles semblent en grande conversation, presque tête contre tête.

« C'est toi qui diriges cette maison, dis-je. Pour les Sœurs de la Compassion. »

Elle confirme d'un signe de tête et me précède à travers la grande bâtisse jusqu'à une immense cuisine, située à l'arrière, au fond de l'annexe. Un comptoir le long duquel s'alignent une demi-douzaine de tabourets en chêne la sépare du réfectoire, où trône une longue table de ferme, entourée de chaises. Je m'assieds sur l'un des tabourets et Sarah pose devant moi un gobelet de café sans sucre, adouci d'un nuage de crème, comme je les aime.

« Depuis quand... » attaqué-je, mais ma phrase reste en suspens. J'ai trop de questions à lui poser, trop de choses à lui dire. Je suis submergé.

« Et ces gamines... ? lui dis-je.

– Elles viennent toutes de villes différentes. » Sarah est venue s'accouder au comptoir, en face de moi, et me contemple avec une curiosité fascinée, en tout point égale à la mienne.

« Comment as-tu... » Mais je m'interromps, là encore, en apercevant une autre jeune fille, qui débouche du couloir. Elle me détaille de la tête aux pieds, l'air à la fois inquiet et hésitant. Lorsqu'elle s'avance en pleine lumière, je note qu'elle est nettement plus âgée que ses camarades – dix-huit ou vingt ans, peut-être. Mon regard fait rapidement la navette entre elle et Sarah, qui me paraît, elle aussi, un peu troublée. Elle semble sur le point de me dire quelque chose, qu'elle ne parvient pas à formuler.

La jeune fille s'approche de moi, la tête inclinée sur l'épaule, sans me quitter du regard. Elle est ravissante, brune, avec des yeux clairs.

« Oncle Mack ? » fait-elle.

Mon regard revient vers Sarah. Après une seconde de confusion, je suis pris d'une soudaine frayeur, face à ce gouffre que je sens s'ouvrir en moi. Je me lève.

« Et toi, tu me reconnais ? » demande-t-elle.

Si je la reconnais... ? Je hoche la tête, mais elle tient à me le dire :

« Jamie », dit-elle. Elle fait un pas vers moi, comme sa mère tout à l'heure, et je la serre dans mes bras.

« Je suis saine et sauve, dit-elle. Saine et sauve. »

Les larmes me montent aux yeux, en l'embrassant. À cause du choc que c'est, de la retrouver tout à coup, vivante – mais surtout à cause de cette terrible vérité que je commence tout juste à entrevoir.

LIVRE QUATRE

33

Jamie nous laisse seuls et Sarah nous ressert du café. Je commence par lui demander si elle sait où se trouve Naomi – elle m'a déjà dit que ma fille n'était pas dans son foyer. Sarah ne peut évidemment pas comprendre ce qui me porte à croire qu'elle pourrait être ici mais, pour l'instant, elle préfère éluder la question. Nous avons bien d'autres choses à nous raconter.

Elle m'emmène dans une grande cour semée de fauteuils pliants, que nous traversons en direction d'une terrasse couverte, de l'autre côté de la grange. Le belvédère surplombe une vallée boisée, en contrebas. Nous nous y installons et nous gardons le silence un long moment. Nous attendons côte à côte, le regard perdu au loin, vers les champs qui s'étendent à l'horizon. Nous tâchons de rassembler nos idées. Tant de choses sont restées en suspens, entre nous...

C'est Sarah qui brise le silence. Elle prend une grande inspiration : « Le plus triste, Max... commence-t-elle, c'est qu'au fond, il n'a jamais été question que d'amour. Un amour terriblement inadéquat, perverti et destructeur. Mais de l'amour. C'est sans doute ce qui explique que j'aie eu tant de mal à regarder les choses en face. Quelqu'un a dû m'ouvrir les yeux...

– Alan Norke. »

Elle hoche la tête. « Je l'avais rencontré le printemps précédent, dans le cadre de son travail avec les enfants. Nous avons échangé quelques mots, comme ça, en passant. Un garçon très sympathique. Il avait toujours des remarques intéressantes à faire, sur Jamie. Un jour, tout à trac, il m'a dit que certains sujets revenaient systématiquement dans leurs conversations et qu'il aimerait y regarder d'un peu plus près. Je lui ai demandé de quels " sujets " il s'agissait, mais il est resté dans le vague, et je n'ai pas insisté.

« Puis, au printemps, il est venu donner un coup de main aux entraîneurs de l'équipe de softball. Jamie s'est laissé apprivoiser et ils ont eu l'occasion de se parler plus longuement. Un jour qu'il l'avait raccompagnée à la maison, je l'ai invité à prendre un verre. De fil en aiguille, il a glissé quelques questions, de plus en plus précises, sur notre vie familiale, sur Jamie et ce qui se passait dans sa tête. Et il se trouvait justement qu'à cette époque, j'avais tiqué sur certains détails. Ça me chiffonnait un peu, bien sûr – mais jusque-là, je n'avais pas osé poser les vraies questions. C'est dire si j'ai été épouvantée, quand il me les a posées, lui. Je l'ai prié de vider les lieux, ce qu'il a fait, sans protester. Mais il avait mis le feu aux poudres.

« Car quelque part, je savais, Max. Une semaine plus tard, je l'ai rappelé. Il est passé un jour où Jamie était à l'école et Bank au travail. Je lui ai fait part de mes soupçons et il m'a dit que, d'après ce que lui avait raconté ma fille, il y avait des chances pour qu'ils soient fondés. Mais que faire ? Il fallait avant tout tirer les choses au clair.

« Je suis donc partie un week-end avec Jamie, en disant à Bank que nous allions à Columbus rendre visite à une amie qui avait une fille du même âge qu'elle – ce qui, incidemment, était la stricte vérité. Mais j'en ai profité pour aller consulter un psychiatre dans un centre qu'Alan Norke nous avait recommandé. Le docteur a consacré plusieurs heures à Jamie, pendant ces deux jours, pour tâcher de la faire parler. Elle était très réticente à évoquer ce qui s'était passé. Sans doute Bank avait-il dû lui inculquer ça... cette résistance obstinée. Mais le psychiatre a conclu qu'il fallait la soustraire à ce danger de toute urgence.

– Et Norke t'a parlé des Sœurs de la Compassion...

– Il en a été question, en effet. Mais l'idée elle-même n'est pas venue de lui. Bank m'avait parlé d'un cas qu'il avait résolu, des années auparavant. Un type qui s'était évaporé, un beau jour. Il n'avait jamais plus remis les pieds chez lui. Et je me suis dit, pourquoi pas ? Je suis allée voir mon père.

– Ce n'est pas Norke qui t'avait suggéré cette solution ?

– Grands dieux, non ! Pas du tout. Il a été horrifié, quand je lui en ai fait part. Nous en avons discuté pied à pied, une bonne quinzaine de jours. Mais il a fini par se rendre à l'évidence. J'étais résolue. Mon père avait déjà pris tous les contacts. Il m'a donné le numéro des Sœurs.

– Et ils ont tout mis au point. Ce pseudo-kidnapping...

– Ils ne m'ont influencée en rien, Max. L'idée était de moi. Ils ont simplement envoyé quelqu'un la prendre, au jour et à l'heure dits, à l'endroit convenu.

– Et ce quelqu'un, c'était le père Morales ?

– Oui. Je l'ai rencontré une fois, avant le jour J. Il m'a eu l'air d'un homme droit et dévoué.

– Ils ont placé Jamie dans un foyer à Indianapolis, achevé-je. Et ensuite, tu es allée la rejoindre, après ton départ définitif. »

Elle fait « oui » de la tête.

À mon tour de prendre mon souffle... Je m'accorde une gorgée de son excellent café et mon regard dérive à nouveau vers les sillons fraîchement ouverts, dans les champs environnants.

« Ce que j'aimerais savoir, c'est ce qui t'a poussée à faire ça, comme ça. Et par la suite, comment tu as pu rester plusieurs mois au côté de Bank, partager son lit ? Nous mentir à tous, si longtemps ? Il devait y avoir d'autres remèdes, à cette situation... Et tu étais particulièrement bien placée pour y avoir accès : tu pouvais demander de l'aide à n'importe qui, autour de toi. Nous aurions tous répondu présent.

– En es-tu si sûr, Max ? Évidemment, j'aurais pu en parler. J'aurais pu demander de l'aide, et en obtenir. Celle des avocats, des juges, de la police. La tienne, peut-être. Mais peut-être pas.

– Seigneur... murmuré-je. Les montagnes que tu as dû déplacer. Toute cette mise en scène, pour faire aboutir ton plan.

– Ça n'était pas de la comédie, Max. J'étais dans un tel état que si Jamie avait réellement été enlevée par un inconnu, je crois que je n'aurais pas été beaucoup plus bouleversée. Je t'assure que mes larmes n'étaient pas feintes. Et ce secret que je ne pouvais confier à personne, c'était pire que tout. Cet aveu que je viens de te faire, je me le suis répété intérieurement un nombre incalculable de fois. J'étais souvent à deux doigts de tout te dire.

– Qu'est-ce qui t'en empêchait ? »

Elle secoue la tête.

« Tu crois que je n'aurais pas gardé le secret ?

– Je n'en sais rien, Max. Et toi non plus, tu ne pourrais pas dire ce que tu aurais fait, à l'époque, face à une telle situation.

– Enfin, Sarah... je l'ai crue morte ! J'ai couru partout, pendant des jours, malade d'angoisse, à la recherche de cette gamine que je voyais déjà étranglée, noyée ou abattue. Tu imagines la torture ?

– Tu veux que je te présente des excuses ? »

Je garde le silence.

« Eh bien, je t'en demande pardon, Max. Et j'en suis terriblement navrée. Voilà sept ans que je me fais ce reproche, et je me le ferai jusqu'à mon dernier jour. Je mourrai avec ce regret. Mais toi aussi, tu as des enfants, Max. Tu as deux garçons, à présent, et ta fille – jusqu'où irais-tu, pour les protéger ? Pour les soustraire à quelque chose qui les laisserait brisés pour le reste de leur existence ? Jusqu'où, Max ? Je te connais assez pour savoir que tu irais très loin. Jusqu'au meurtre. Pour sauver ta fille ou un des petits, tu n'hésiterais pas à mentir ou à faire souffrir tous ceux que tu connais. »

Là-bas, derrière un pli du terrain, un petit nuage de fumée grise fuse du pot d'échappement d'un tracteur invisible. Le sol poudreux de ces coteaux vallonnés et rocailleux doit être bien plus pauvre que le limon noir de chez nous.

« Tu ne lui as pas laissé la moindre chance de s'expliquer ou de se disculper. »

Elle secoue à nouveau la tête. « Je me demande si je me suis fait comprendre. Je n'ai pas dû être assez claire...

« Je ne l'ai jamais pris sur le fait. Il ne s'agissait pas d'un événement précis ni ponctuel. Il ne l'a jamais couchée de force pour la violer. On entend parfois parler de mères qui savaient, mais qui ont préféré fermer les yeux, sans doute pour ne pas perdre leur homme. Elles sacrifient la santé mentale de leur fille. Ça a quelque chose d'abominable. On se dit qu'elles devraient être poursuivies et punies pour avoir fait ce choix terrible. Mais, là encore, comme toujours, quand on se retrouve soi-même confrontée au problème, on s'aperçoit que ça ne se passe pas comme ça. L'évolution du mal est à peine perceptible. Comme celle du cancer ou de la sénilité. À peine si tu vois ses progrès. Pris isolément, chaque détail n'est qu'une broutille... pas de quoi en faire des montagnes. Tu prends le problème à la légère. Tu l'ignores. Tu le balaies sous le tapis. Une bagarre pour rire ou des chatouilles qui passent insensiblement les limites du jeu. Tel ou tel geste, un peu trop poussé ou un peu trop appuyé... Mais ça ne prouve rien ? Ils le font depuis qu'elle est toute petite. Une nuit, elle se réveille d'un mauvais rêve, et, bien qu'elle ait passé l'âge de ce genre de câlin, il continue à faire comme si elle avait encore trois ans. Il va la consoler dans son lit. Il y passe le plus clair de la nuit... et après ? Il a dû s'endormir, pas de quoi en faire un plat. Tu te réveilles seule dans ton lit, plusieurs nuits d'affilée et tu le retrouves dans le sien. Mais, là encore... Depuis toujours, il la rassure et la console, quand elle fait des cauchemars. Elle a dû venir le trouver... il l'aura suivie – c'est ce que tu te dis. Si ce n'est que tu as le sommeil plutôt léger, et que ça ne te réveille jamais, quand elle vient. Mais pourquoi irais-tu t'imaginer qu'à présent, c'est lui qui prend les devants, et qui va la réveiller... Qu'est-ce qui te permettrait de soupçonner une chose pareille ?

« Quand j'ai enfin commencé à regarder les choses en face, je me suis demandé comment ça avait pu commencer. J'ai passé des journées entières à me torturer l'esprit. Le processus de séduction a dû s'étendre sur des années. Une évolution lente, presque imperceptible et pas seulement de la part de l'adulte, mais aussi de l'enfant. Pour ce qui est de l'adulte (et je veux croire que pour lui, c'était la première fois... car il n'avait rien du pédophile standard, au contraire ; jamais il n'aurait pu s'imaginer dans la peau d'un tel monstre ; il avait plutôt tendance à les épingler, pour les retirer de la circulation, et si possible en leur abîmant un peu le portrait, au passage...), il tombe dans le piège de façon si progressive, il flirte si imperceptiblement avec la limite que, lorsqu'il finit par la franchir, lui-même ne s'en rend qu'à peine compte. Tout ça évolue sur des années.

« Et du côté de Jamie ? Comment a-t-elle vécu cette lente séduction ? Les attouchements eux-mêmes, Max. Ce devait être plutôt agréable. Doux, tendre, excitant... De simples frôlements, au début. Rien d'alarmant. Les enfants sont aussi sensuels que n'importe quel adulte. Ils adorent qu'on les caresse, ici plutôt que là, comme ci plutôt que comme ça.

« Mais le problème, Max, c'est qu'ils n'ont aucun point de référence. Comment pourraient-ils trouver ça mal ? Ils n'ont aucun moyen d'en juger. C'est le vide total. Ça leur tombe dessus, et dans un domaine où ils ont si peu d'expérience qu'ils ne savent pas. Ils ne peuvent pas savoir. Et même si l'enfant soupçonne quelque chose – dans le cas d'une gamine un peu plus âgée, par exemple –, l'homme qui lui fait ces caresses est justement la personne à qui elle se fie le plus au monde. Elle lui doit tout ce qu'elle a. C'est l'homme le plus solide, le plus sûr, le plus digne de sa confiance qu'il y ait sur terre. Il la défendrait contre le reste du monde. Et s'il dit que c'est permis, c'est forcément vrai. S'il lui interdit d'en parler à quiconque – et surtout à sa mère –, comment pourrait-elle lui désobéir ? Dès que ça fait un peu mal ou un peu peur, l'adulte fait marche arrière. Il la cajole, la rassure et laisse toujours passer un certain temps avant de faire une nouvelle tentative. Jusqu'à la fois suivante, où il se montre un peu plus entreprenant...

« Et jusqu'à ce qu'il finisse par passer à l'acte, à proprement parler. La transgression suprême. Heureusement, les choses n'en sont jamais arrivées là, pour nous. C'est précisément pour ça que j'ai fait ce que j'ai fait. Je devais éloigner Jamie le plus vite possible, et ce, sans engager de bras-de-fer avec Bank. C'est ce qui m'a permis d'enrayer la chose, Max. De la prévenir.

– Prévenir quoi ? demandé-je, bêtement.

– L'acte lui-même. Le viol. Depuis des années, il lui faisait certaines caresses. Des baisers, des attouchements... et j'ai la quasi-certitude qu'elle les lui rendait. Nous n'avions plus guère de relations, vers la fin, lui et moi. Mais *ça*, il ne l'a pas fait. Imagine que Jamie soit restée avec nous... combien de temps lui aurait-il fallu pour y parvenir ? Une semaine ? Un an ? Qui aurait pu le dire ? La seule chose de sûre, c'est que ça aurait fini par se produire.

– Sarah... fais-je, profondément troublé, et pris d'un léger vertige. Comment sais-tu tout ça ? Qu'est-ce qui te permet d'affirmer que c'est la vérité ?

– Je sais qu'il n'est pas parvenu à ses fins parce que j'ai fait examiner Jamie. Mais, avec le psychologue, nous avons pu établir qu'il lui avait fait d'autres choses.

– Du vent ! On peut toujours trouver un psy pour vous dire ce qu'on veut entendre. Interroge n'importe quel avocat ! Rien de plus simple que d'implanter de faux souvenirs dans l'esprit d'un enfant.

– Je sais que c'était vrai ! réplique-t-elle. Je sais ce que j'ai constaté. J'ai vu certaines choses. J'ai observé les réactions de Jamie, quand j'ai essayé de lui en parler.

– A-t-elle admis que c'était arrivé ?

– Elle a fini par l'admettre.

– Non. Je veux dire, d'entrée de jeu. Avant d'être passée par les mains des psys et des thérapeutes... Te l'avait-elle dit ?

– Je connais ma fille, Max. Et je connais Bank – peut-être mieux que tu ne le connaîtras jamais. Je savais. Et une multitude d'indices me l'ont confirmé. Et, du jour où j'ai compris ce qui se passait, j'en ai eu la certitude. Elle ne l'a jamais reconnu. Elle a longtemps refusé d'en parler. C'est classique, dans ce genre de situation. Mais je savais. Et par la suite, elle s'en est souvenue. Elle a fini par le comprendre d'elle-même, et a accepté d'en parler. Après sa guérison.

– Son lavage de cerveau, tu veux dire...

– *Max...* », réplique-t-elle un ton plus haut, mais elle s'interrompt.

Un groupe de fillettes traversent la cour en direction de la vieille grange, en agitant la main dans notre direction. Je leur retourne leur salut et j'attends qu'elles soient hors de vue pour poursuivre : « Je ne parviens pas à me faire à cette idée. J'ai vraiment peine à le croire, Sarah. Tu aurais dû en parler avec Bank. Vous auriez au moins pu...

– Réfléchis. Qu'est-ce qui se serait passé ? Tu crois vraiment qu'il aurait pris la chose du bon côté ? Tu te figures qu'il suffisait de le lui suggérer, pour qu'il accepte d'aller consulter un thérapeute ? Que nous nous serions quittés bons amis, et que tout se serait arrangé ? Personnellement, je suis sûre du contraire. Il aurait nié. Il se serait défendu de toutes ses forces, avec tout son orgueil et sa roublardise. Je n'avais aucune preuve matérielle – ça, je dois l'admettre. Mais je savais aussi ce qui se produirait, tôt ou tard, si je laissais les choses en l'état. Et, ça, il fallait l'empêcher à tout prix. Tu imagines à quoi aurait ressemblé notre vie familiale, si j'avais tenté d'attaquer Bank de front ? Le scandale, si la chose s'était ébruitée ? Les conséquences, pour Jamie... ?

« Et pour lui ? Ça, c'était le deuxième écueil. Cette accusation suffisait à l'anéantir. Il aurait tout perdu. Sa réputation, sa carrière, le respect qu'il inspirait dans la rue, ses amis, l'admiration que vous aviez pour lui, toi et tes parents, son image auprès de tous ces flics. Du jour au lendemain, leur héros serait devenu le dernier des derniers. »

Je secoue la tête.

« Tu ne t'es sans doute jamais interrogé sur les racines profondes de cet étrange attachement qu'il portait à Jamie. Souviens-toi... Il était tellement protecteur. Il l'aimait tant. Tant. Comme seul Bank sait aimer les gens, Max. Comme il m'aimait, comme il t'aime – comme il t'a toujours aimé. Mais ce qu'il aime, il se l'approprie. Pour nous, il serait prêt à donner sa vie, à déplacer des montagnes. Et on ne demande qu'à l'en croire capable... Mais avec Jamie, ça a fini par déborder. C'était un amour malade, excessif, ignorant toute limite.

« Le plus curieux, tu vois, c'est que je n'arrive pas à lui en vouloir. Je le plains. On n'est jamais que ce que la vie fait de nous et, avec l'enfance qu'il a eue, cette adolescence... Je crois que, par la suite, toute son existence n'a eu qu'un seul but : se faire suffisamment craindre et respecter pour n'avoir plus jamais à se sentir aussi démuni, aussi vulnérable. Pour pouvoir protéger ce qui était à lui et ce qu'il aimait. Le monde entier, si possible – et, à défaut, cette ville où il vivait.

« Mais tout ça se mélangeait un peu, dans sa tête. Il n'avait plus qu'une perception très floue des limites... C'est bien ça le plus tragique. » Son regard s'est posé sur moi. « Eh bien... ? » me fait-elle.

« À quoi tu penses, là ? À la mort de ses parents ?

– Aussi. Mais surtout à ce qu'il a dû subir par la suite. Tu sais, de la part de ces gens, qui l'hébergeaient... »

Je la regarde sans comprendre.

« Il y a des années, poursuit-elle, à l'époque où nous commencions à nous voir, il m'a raconté une histoire, un jour, comme ça, presque incidemment. Ça a été l'unique fois où il y a fait allusion. J'ai essayé d'insister un peu, mais il m'a clairement fait comprendre que je n'en saurais jamais davantage.

– Quelle genre d'histoire ?

– Ce qu'ils lui ont fait, Max. Quoi ? Tu n'étais pas au courant ? »

Je lis sur son visage le reflet de ma propre expression. Je suis horrifié.

« Max... murmure-t-elle, mais je l'arrête d'un geste.

– Non ! » Je n'ai pas besoin de l'entendre de sa bouche. Je sais exactement ce dont elle parle.

Je sais.

Ce n'est pas un souvenir qui me revient subitement. C'est plus compliqué que ça. J'ai toujours su. Ces images, elles sont en moi depuis vingt-sept ans. Et depuis vingt-sept ans, elles attendent non pas que j'accepte de m'en souvenir, mais que j'ose les appeler par leur nom.

34

C'est en 1968 que j'ai pris conscience de ce qui empoisonnait l'atmosphère de cette maison. Ce devait être en juin parce qu'une semaine plus tôt, la télé avait transmis en direct les funérailles de Bob Kennedy. Tout l'été fut endeuillé par sa disparition, comme par celle du pasteur Martin Luther King, assassiné quelques mois auparavant. Dans tout le pays, les campus s'embrasaient les uns après les autres – Columbus, Madison, Kent, Ann Arbor, et jusqu'à Berkeley et Columbia. Chaque soir ou presque, au moment où nous sortions de table, Walter Cronkite venait nous annoncer le nombre de soldats que nous avait coûté cette journée de guerre au Vietnam. Et par la même occasion, nous avions appris le nom d'une fête exotique dont nous ignorions jusque-là l'existence : le Têt.

Il y a quelque chose d'étrange à se représenter cette année, si fertile en événements et en catastrophes, et à voir, rétrospectivement, la place qu'elle a pris dans l'Histoire – alors qu'à l'époque, ce n'était à mes yeux qu'une succession de journées comme les autres et de journaux télévisés. Je me souviens tout de même que, dans le quartier, on voyait chaque semaine s'en aller une poignée de jeunes hommes, mystérieusement enlevés par le « conseil de conscription », une puissance invisible qui les faisait disparaître sans laisser de traces, aussi sûrement que s'ils s'étaient évaporés.

Par une belle journée chaude et ensoleillée, j'enfourchai mon vélo pour aller jouer chez Bank. Je frappai à la contre-porte. Ce fut Angela qui vint m'ouvrir. La télé était allumée, comme toujours, et je m'installai devant, avec elle. Elle regardait un feuilleton intitulé *Nuits blanches*.

Quelques minutes passèrent et toujours pas de Bank.

« T'es sûre qu'il sait que je suis là ? demandai-je à Angela.

– Bank ! appela-t-elle, sans quitter l'écran des yeux. Mack est arrivé ! »

Il s'écoula encore quelque temps avant que je n'entende une porte s'ouvrir, puis se refermer. Bank sortit du couloir. Frances restait invisible.

« Salut ! » fit-il.

Je sautai sur mes pieds. « Salut ! J'ai amené mon gant de base-ball... »

Bank me parut nerveux, troublé et bizarrement distrait. Il m'entraîna vers le garage. Là, s'emparant de l'un des clubs de golf de Ned, auxquels il nous était expressément interdit de toucher, il se mit à fouetter l'herbe de toutes ses forces.

« Tu sais jouer au golf ? me lança-t-il.

– Non. Et toi ?

– Non, mais je vais apprendre. Tu veux que je te montre un truc ?

– Quoi ?

– Jure que tu ne le répéteras pas.

– Qu'est-ce que c'est ?

– Je vais te montrer. Mais d'abord tu jures. Alors ?

– Faut que je fasse quelque chose ?

– C'est pas vrai ! fit-il. Non, n'aie pas peur. C'est juste un truc à regarder. Un truc super – mais faudra en parler à personne. C'est un secret. Tu jures ?

– OK.

– Dis-le.

– Bon... d'accord. Je le jure ! »

Il me pilota à travers la maison, me précédant dans la cuisine et dans le living où *Nuits blanches* venait de laisser place à *Ombres Noires*. Angela était toujours assise par terre, le nez à quelques centimètres de l'écran. J'aurais juré qu'elle n'avait pas bougé d'un cheveu, depuis que nous avions quitté la pièce. *Ombres noires*, soit dit en passant, comptait parmi les émissions interdites que je m'empressais de regarder chez Bank, dès que l'occasion s'en présentait. Du coup, les vampires Quentin et Barnabas venaient régulièrement me chatouiller les orteils dans mes cauchemars. Mais lorsque je m'en ouvrais à ma mère, sa sollicitude se trouvait passablement refroidie par la réprobation que lui inspirait ce genre d'incartade.

Ce jour-là, Bank s'imposa une petite pause devant la télé, mais ça n'était sans doute qu'une manœuvre. Une ruse destinée à empêcher Angela de soupçonner nos véritables projets. Au bout d'une minute, Bank pointa discrètement le menton en direction du petit couloir et je lui emboîtai le pas. Les portes qui s'ouvraient, tout au fond du couloir, desservaient, à droite, la chambre de Ned et de Frances, et, à gauche, celle que Bank partageait, à l'occasion, avec l'un des autres enfants – mais à ce moment-là, je crois qu'il l'occupait tout seul. Ma première idée fut que c'était notre destination. Nous passions pas mal de temps dans sa chambre, et j'étais toujours épaté par l'ordre et la propreté qui y régnaient. Hélas... ni le bon exemple de mon ami, ni la croisade que menait ma mère ne sont jamais parvenus à me faire m'amender sur ce point.

Mais comme ma main se posait sur sa poignée, il me prit le bras et me poussa vers la salle de bains, jetant un coup d'œil dans son dos avant de refermer la porte sans bruit. Il tourna le verrou avec précaution, l'index posé sur les lèvres et marcha jusqu'au lavabo. Il ouvrit l'armoire à pharmacie, la main appuyée à la glace, pour étouffer le déclic. Je le regardai faire sans comprendre. Cette armoire à pharmacie était l'un des rares détails remarquables de la maison. Elle n'avait pas de fond, et pouvait s'ouvrir à la fois depuis la salle de bains des enfants et depuis celle de Ned et de Frances, qui donnait dans leur chambre – de sorte que si deux personnes l'ouvraient simultanément chacune de leur côté, elles se retrouvaient nez à nez. Ce détail ne laissait pas de m'amuser. Je garde souvenir d'une célèbre pub de l'époque, qui jouait sur ce genre de gag.

« Hey... salut, Bill !

– Salut, Sam ! »

Bank me jeta un nouveau coup d'œil, puis, ôtant la brosse et les quelques flacons qui se trouvaient sur l'étagère du bas, il avança la main et poussa l'autre porte du petit placard qui s'ouvrit, côté chambre des « parents ». Quoique toujours incapable de me figurer ce que nous fichions là, je grimaçai au bruit que fit l'aimant en cédant sous ses doigts. Bank me fit signe d'approcher et je vins me placer tout près de lui, au bord du lavabo, épaule contre épaule, hanche contre hanche. De là, je distinguais à travers le placard, l'intérieur de la salle de bains et au-delà, par la porte restée ouverte, la chambre. Nous apercevions le lit, qui était orienté vers nous. Il me fallut une seconde pour remarquer que Frances y était allongée et une de plus pour constater qu'elle se contorsionnait bizarrement, comme sous l'effet d'une vive douleur.

Je lançai un coup d'œil inquiet vers Bank, mais il était totalement absorbé par le spectacle. Frances faisait rouler sa tête de droite à gauche sur l'oreiller. Elle avait les genoux fléchis et largement écartés sous le couvre-lit. Tout son corps semblait animé d'une sorte de trémoussement et ma première réaction fut de me demander si elle n'était pas malade. Mais Bank n'avait pas l'air de s'en inquiéter. À un moment, elle leva la tête et il me sembla qu'elle regardait droit dans notre direction. Peut-être nous avait-elle entendus... Je baissai aussitôt la tête, mais sans doute ne nous voyait-elle pas, dans la pénombre de notre salle de bains. Quelques instants plus tard, elle envoya promener le couvre-lit, nous révélant un amas de chair rose, plantureuse et nue.

Dans sa cabane, Bank gardait précieusement quelques numéros de *Play-boy* graisseux, qu'il avait dénichés quelque part dans une poubelle. Mais en 1968, et à plus forte raison, à l'époque encore plus reculée dont dataient ces vieux magazines, le nu intégral était encore tabou. Je n'avais jamais vu de toison pubienne féminine. Savoir que ça existait, c'était une chose, mais en avoir une sous les yeux pour de vrai et découvrir ça sur le corps de Frances, totalement glabre par ailleurs, c'en était une autre. Ce spectacle me choqua profondément, sans doute plus que sa position et ses trémoussements.

Nous étions trop loin pour distinguer chaque détail, mais nous nous trouvions juste dans l'axe du lit – aux premières loges, autant dire. Rien ne nous échappait. Nous avions une vue plongeante sur son entrejambe et, au-delà, sur ses gros seins qui ballottaient de part et d'autre de sa poitrine.

Sous nos yeux, la main de Frances vint se poser entre ses cuisses, tandis que ses doigts s'activaient, palpant, caressant, faisant de brèves incursions à l'intérieur. Puis elle sembla changer de tactique. Elle posa le bout d'un de ses doigts à un endroit précis et se mit à le faire aller et venir très vite. Sans s'interrompre, elle s'arc-boutait sur le matelas, soulevant ses hanches de plus en plus haut. Puis le doigt disparut tout entier et elle retomba, en lâchant des petits gémissements étouffés qui semblaient lui échapper – mais quelque chose me disait qu'elle se serait volontiers laissée aller à faire davantage de bruit, voire à crier. Ce manège recommença plusieurs fois, jusqu'à ce qu'elle entre dans une sorte de transe. Elle ruisselait... quand, tout à coup, elle s'arrêta et leva à nouveau la tête vers nous. Mais ses yeux balayèrent la salle de bains comme si elle n'avait pu nous voir. Elle roula sur le côté, nous dévoilant la raie sombre dont était fendu son cul monstrueux. Elle ouvrit le tiroir de sa table de nuit et en sortit une sorte de grosse banane blanchâtre. Sa main reprit sa place entre ses jambes, couvrant ses poils pubiens, et elle se mit à sucer ce truc comme s'il s'était agi d'un Chupa Chups. Mais je ne tardai pas à comprendre la véritable destination de l'objet, lorsqu'elle commença à le frotter entre ses jambes, là où ses doigts s'activaient quelques instants plus tôt. Puis elle le fit disparaître en elle.

Pendant que j'assistais à cet incroyable spectacle, mon petit cerveau hyperrationnel s'emballait. En voyant Frances faire aller et venir cet objet entre ses jambes à une cadence de plus en plus vive, je compris que je tenais là la réponse à une question de fond. Je venais d'être initié, quelques mois plus tôt, à ce qu'on appelle les « choses de la vie ». J'avais entendu murmurer certaines histoires dans la cour de l'école, bien avant de pouvoir mesurer la portée de l'affaire. Les filles, elles, semblaient avoir la science infuse, pour tout ce qui touchait à ce sujet. Elles prenaient des mines outrées dès que nous osions y faire la moindre allusion, et se moquaient de nous lorsque nous admettions notre ignorance. Mais vers la fin du CM2, certains d'entre nous avaient été mis dans le secret par leurs parents, lesquels leur avaient bien recommandé de ne rien dire à leurs camarades, pour qu'ils l'apprennent de leurs propres parents. Le secret avait donc filtré, dans ses grandes lignes – mais je n'en croyais pas un mot.

Je m'étais mis à harceler mes parents, pour en avoir le cœur net. Les abeilles, les papillons, les oiseaux... on m'avait maintes fois servi ce genre d'euphémisme. Je leur posais la question sans détour, en feignant l'ignorance totale : qu'en était-il ? Une fois ou deux, j'avais tenté de sonder ma sœur Judith, mais elle avait levé les yeux au ciel et m'avait planté là sans m'éclairer. Ce fut finalement ma mère qui se décida à m'expliquer, mais elle ne me dévoila que le strict minimum, et avec une telle économie de détails que je n'avais pu me faire qu'une vague idée.

Je me souviens de m'être longuement interrogé, par la suite. Je restais assis ou couché dans l'herbe, autour de chez moi, m'efforçant de sonder ce mystère, de m'expliquer cette bizarrerie, de me représenter mes parents (!) en situation, pour comprendre ce problème mécanique. Ce que je découvris, en observant Frances, c'était que mon modèle mental comportait une lacune : la dimension dynamique de la chose. Je m'étais figuré jusque-là l'homme introduisant son pénis, idéalement orienté selon un angle de quatre-vingt-dix degrés, dans une fente mystérieuse, prévue à cet effet, où il n'avait plus qu'à le laisser durant le délai requis. Mais en observant Frances, je commençai à soupçonner que la friction jouait un rôle clé – et que, à en juger par la vigueur de ses trémoussements, l'opération en exigeait un maximum.

Ses grognements s'intensifièrent. Elle avait renoncé à les contenir, sans pour autant se laisser aller à hurler. Elle lâchait des petits « oooh » et des « mmmh », ponctués de bruits de gorge – un peu comme quand on pousse, sur le trône. Nous ne distinguions pratiquement plus l'objet qui se mouvait à présent à toute vitesse. Sa croupe et son large dos avaient décollé du lit sur lequel elle ne reposait plus que par sa nuque et ses pieds minuscules.

Puis elle se figea dans une sorte de spasme, après deux ou trois coups de reins particulièrement violents. Elle s'enfonça le braquemart jusqu'à la garde et le maintint longtemps enfoui en elle. Mon souffle resta un moment suspendu avec le sien, jusqu'à ce qu'elle pousse un long soupir ininterrompu, en se laissant retomber sur le lit. Elle fit encore faire quelques allers-retours à la bitte en caoutchouc, mais d'une main plus calme et qui n'avait à présent plus la frénésie du début. Je me rendis alors compte que j'étais moi-même en érection. Mon petit pénis se pressait douloureusement contre mon slip.

Soudain, on frappa à la porte du cabinet de toilette. Bank rangea tout et referma sans hâte la porte de l'armoire à pharmacie. « Quoi ? fit-il.

– Je veux faire pipi », répliqua la voix d'Angela.

Bank lui ouvrit.

« Qu'est-ce que vous fabriquez là-dedans, tous les deux ? demanda-t-elle, nous frôlant au passage.

– On parle.

– Ça va pas, la tête !

– Ta gueule », riposta-t-il en sortant. Elle avait déjà déboutonné son jean et attendait que nous vidions les lieux pour le baisser. En temps normal, la perspective de pouvoir lorgner tout ou partie de cette scène m'aurait vivement intéressé, mais j'en avais eu plus que mon compte. Je refermai vivement la porte derrière moi.

Fallait-il tout dire à mes parents ? Je me rappelle avoir longtemps hésité sur la décision à prendre. J'y pensais sérieusement. Je voulais le faire. Mais je craignais de nous attirer leur colère. En assistant à cette scène, nous nous en étions fait les complices, Bank et moi. Et ma mère m'aurait aussitôt interdit de remettre les pieds chez les Baxter, et même de fréquenter Bank – ça, ça ne faisait pas un pli.

Les semaines suivantes, Frances m'entoura d'une prévenance toute particulière. Auparavant, tout juste si elle semblait me voir, mais désormais, elle débordait d'amabilité. Inutile de préciser que je ne savais plus où me fourrer, en sa présence. Je me sentais immensément embarrassé et j'en vins à me demander si ce n'était pas précisément ma confusion qui me rendait plus sensibles tous ces signes qui m'avaient échappé jusque-là.

Mais quelques semaines plus tard, je fis une autre découverte. Un matin que Frances était sortie, Bank alla chercher quelque chose dans leur chambre. J'entrai sur ses talons, et j'en profitai pour glisser un œil dans la salle de bains. Depuis la chambre et même sans allumer, on voyait très bien l'armoire à pharmacie. Mes soupçons étaient donc fondés. Frances nous avait vus depuis son lit. La présence de ces deux petits voyeurs n'avait pu lui échapper.

Ce qui me passait au-dessus de la tête, c'était le pourquoi de la chose – et ce que tout ça laissait subodorer des us et coutumes de la maison.

Il me fallut un an de plus pour commencer à soupçonner que quelque chose ne tournait vraiment pas rond, chez les Baxter. Ma mémoire a synthétisé tout cela en une seule journée, cet après-midi mémorable que j'ai déjà raconté – celui où Bank me fit croire qu'il avait sombré au fond de notre mare. Mais en fait, je n'en mettrais pas ma main au feu. Était-ce ce jour-là, ou un autre ? De ces événements, je ne garde qu'une série d'images que ma mémoire relie en une sorte de fil narratif, mais je ne serais pas surpris d'apprendre que tout s'est déroulé très différemment.

Tout commence par cette balade à vélo que nous fîmes, Bank et moi, dans le quartier situé derrière notre rue, vers le sud. Certaines de ces rues étaient bordées d'arbres si touffus que, même à son zénith, le soleil renonçait à percer leur feuillage. Il se contentait de filtrer au milieu de la chaussée, en une ligne approximative de pointillés lumineux, que nous avons suivie en slalomant paresseusement, jusqu'à l'embranchement de Liam Avenue. Là, nous avons plongé dans la brise artificielle mais rafraîchissante, que créaient les voitures lancées à toute allure. Profitant d'une accalmie du trafic, nous avons traversé en face de l'église, et nous avons continué vers l'est, en direction de l'école. Nous avons dépassé l'arrêt de bus, puis, arrivés à l'intersection de Pawtucket, que nous avons franchie, nous avons mis le cap sur notre Enfer vert.

D'habitude, nous longions à pas de loup les berges escarpées de Lourdes Creek, comme deux chasseurs aux aguets. Bank était d'une rapidité fulgurante et silencieuse qui lui permettait d'attraper des grenouilles à main nue. Lorsque nous en repérions une, assoupie au soleil, il se mettait à l'affût. Il se laissait doucement glisser sur le ventre le long de la pente, comme un serpent, jusqu'à ce que sa proie soit à sa portée. Puis sa main s'avançait millimètre par millimètre, sans un frémissement, sans le moindre mouvement parasite... et ffft ! elle partait comme une flèche avant de se redresser au-dessus de sa tête, si vite que l'œil renonçait à la suivre. Ça ne marchait pas à tous les coups. J'entendais parfois le bruit mouillé que faisait la grenouille en regagnant l'eau. Mais la plupart du temps, je voyais émerger d'entre les doigts de Bank un petit mufle carré vert jaune, surmonté de deux yeux globuleux, fixés sur nous.

Ce jour-là, nous ne vîmes aucune grenouille, et je me rendis compte que nous ne les avions pas entendues coasser, en arrivant. Puis, comme nous nous installions au bord de l'eau, explorant du regard les roseaux des berges, nous eûmes l'œil attiré par un mouvement, à la surface de l'eau. Un énorme serpent, long d'un bon mètre et gros comme mon poignet, passa tout près de nous. La couleur de son corps brunâtre était un ton plus sombre que celle de l'eau dans laquelle il ondulait, projetant autour de lui une série ininterrompue d'ondes sinueuses, dans son effort pour remonter le courant. Je sentis se hérisser les poils de ma nuque et je courus à toutes jambes me réfugier plus haut, sur les rochers de la berge, tandis que Bank, impassible, regardait passer l'animal sans reculer d'un pas. Il était en quête d'un moyen de l'attraper mais, pour une fois, il resta sec.

« Ma main au feu que c'était un mocassin d'eau, me dit-il quelques instants plus tard, comme nous nous étions assis côte à côte pour commenter l'événement.

– Ça n'existe pas, dans la région.

– Si, ça existe ! Je connais des gens qui en ont vu. Même qu'un type s'est fait piquer, dans l'Ojibwa, et qu'il en est mort. » L'Ojibwa était la grande rivière qui traversait la ville en direction du nord, pour aller se jeter dans les Grands Lacs. Notre ruisseau n'en était qu'un minuscule affluent. Elle coulait bien plus à l'est, à plusieurs kilomètres de l'endroit où nous nous trouvions, et à l'époque, je ne l'avais jamais approchée. Je ne l'avais vue qu'en passant sur les grands ponts qui l'enjambaient.

« Ça, jamais de la vie ! protestai-je.

– Eh si, Môssieur Je-Sais-Tout !

– Moi, je te parie que ça n'était qu'une grosse couleuvre, ripostai-je.

– Tu parles ! T'as déjà vu une couleuvre nager ? C'était un mocassin d'eau, je te dis... »

J'avais lu pas mal de choses sur les serpents. Je connaissais mon sujet et j'étais sûr de mon fait : on n'avait jamais vu de mocassins d'eau dans un rayon de cinq cents kilomètres – et la plupart des serpents savent nager. D'un autre côté, je n'aurais pas juré qu'une couleuvre puisse atteindre la taille du monstre qui venait de nous passer sous le nez, ni que ses écailles puissent être de ce brun sombre. Quoi qu'il en fût, je n'avais aucune envie d'en discutailler à l'infini, mais la vue de ce serpent nous avait passablement mis à cran.

Arrivés à notre mare, nous nous sommes baignés quelque temps. Mais je n'arrivais pas à chasser de mes pensées l'image de cette tête reptilienne, dressée au-dessus de l'eau, et j'ai vite regagné les rochers. Était-ce la véritable cause de l'effroi qui m'avait saisi, lors de la « noyade » de Bank ? Mais je ne pourrais pas jurer que les deux choses se sont vraiment passées le même jour...

Mais peut-être que si – auquel cas, je n'ai pas dû rester longtemps sur les rochers. J'ai préféré regagner le gazon de la rive, et me réfugier là où nous nous étions déshabillés.

Lorsque Bank proclama son intention de pulvériser son record de plongée en apnée, comme il le faisait pratiquement chaque fois, je sortis ma Timex, et il s'enfonça sous l'eau.

Les secondes s'égrenaient en silence. Mon regard dériva vers nos vêtements, entassés à mes pieds. Le slip de Bank se trouvait sur le dessus et quelque chose m'attira l'œil. Une tache sombre, grande comme une pièce de cinquante cents, dont je notai la présence avec un petit sourire en coin, me promettant de chambrer Bank à la première occasion.

Je me remis à surveiller la surface de l'eau, où il ne donnait pas le moindre signe de vouloir émerger. Quand mes yeux tombèrent à nouveau sur la tache, sa couleur me parut bizarre. Elle était d'un brun rougeâtre, avec un lustre qu'elle n'aurait pas dû avoir. On aurait dit du sang.

L'ai-je aussitôt compris ? Sans doute, puisque je me rappelle m'être demandé si Bank n'était pas malade, et s'il ne valait pas mieux lui poser carrément la question – ce qui comportait un certain risque, car c'était le genre de curiosité qui avait le don de le fiche en rogne. Mais je savais aussi que, quelle qu'en fût la cause, il fallait au moins le signaler à quelqu'un.

À mes parents, peut-être... Je devais le leur dire. Ensuite, mon père pourrait en discuter avec Bank, d'homme à homme. À l'atelier, par exemple. Mais était-ce si simple... ?

À ce moment-là, ou bien Bank refit surface et je lui annonçai son temps – ou bien il ne réapparut pas, et je cédai à la panique. Mais peu importe. Ce dont je garde un souvenir d'une précision et d'une clarté toute particulières, c'est ce dernier regard que j'ai lancé vers cette tache cuivrée, marbrée de stries plus sombres, avant de me lever d'un bond. Je me souviens du soleil, dont la chaleur et la lumière me martelaient le crâne, tandis que cette certitude s'imposait à moi : Bank avait de gros problèmes.

Mais je n'eus jamais le cran de lui en parler – pas plus qu'à mes parents, ou à quiconque. Pourquoi ? Mystère. Quelque chose m'en empêchait. Une crainte, un réflexe égoïste indissolublement lié, me semble-t-il à présent, à l'épisode de Frances, à la culpabilité et à la confusion où m'avait plongé cet incident.

J'ai donc reculé. Une fois de plus, ma lâcheté m'a cloué le bec, et j'ai fini par repousser l'ensemble du problème dans un recoin sombre de ma conscience. Tant d'années après, dans la nudité du temps présent, je commence enfin à mesurer l'ampleur du gâchis qu'a provoqué mon silence.

35

« En fin de compte, c'est ce qui m'a confortée dans ma décision, poursuit Sarah.

– Parce qu'il était condamné à reproduire ce qu'il avait subi dans son enfance, selon toi ?

– Disons que ça lui donnait une sorte de droit de le faire.

– Tu conviens toi-même qu'il adorait Jamie et qu'il ne pensait qu'à la protéger. Tu ne crois pas plutôt que ça aurait été la dernière chose qu'il aurait eu envie de lui faire subir ?

– C'est loin d'être aussi simple, Max.

– Non. Ce qui me paraît simpliste, c'est d'affirmer que toutes les victimes sont des bourreaux en puissance. Un peu facile, comme formule – une recette un peu trop commode pour justifier n'importe quoi.

– Ça, je n'en sais rien, réplique-t-elle, d'un ton plus vif. Et ce n'était qu'une partie du problème. Ce que je voyais, moi, c'était que malgré mon angoisse et ma confusion, j'étais parfaitement sûre de mon fait. Et je savais pertinemment que si j'avais attaqué de front, il se serait défendu. Il n'aurait sûrement pas renoncé à Jamie, et je devais empêcher le pire, coûte que coûte – ça, c'était une certitude absolue. »

J'ouvre la bouche pour lui opposer un nouvel argument, mais je reste sec. Sept ans se sont écoulés. Que pourrais-je en dire à présent, et à quoi bon ?

« Et elle, comment a-t-elle encaissé ça ? lui demandé-je, un peu plus tard.

– Au début, ça a été affreux. Elle refusait de partir. Elle ne devait pas très bien comprendre ce qui se passait, ni ce qui justifiait cette séparation. À ses yeux, on l'avait purement et simplement enlevée à ses parents pour la placer dans ce foyer. Je lui téléphonais dès que je pouvais. Je tenais à lui montrer par tous les moyens que je ne l'abandonnais pas. Je lui avais expliqué que c'était une urgence, une nécessité absolue, que je devais la protéger d'un grand danger, et que je ne pourrais pas répondre à toutes ses questions. Qu'il faudrait me faire confiance. Les responsables du foyer lui avaient décoloré les cheveux et, dès qu'elle mettait le nez dehors – le moins souvent possible, tu imagines –, elles lui faisaient porter un chapeau et des lunettes. Ça aussi, ça la hérissait, mais on lui avait expliqué que quelqu'un risquait de s'en prendre à elle, et qu'elle devait se cacher. Elle a pris ça pour une retombée du travail de Bank, un problème policier. Elle pensait qu'elle avait été choisie comme cible pour des représailles, ou quelque chose de ce genre. Mais au bout d'un certain temps, elle a fini par s'y faire. Il y a eu toute une période où elle était persuadée que Bank avait été tué en service, que c'était pour cela qu'on l'avait éloignée. Je l'ai détrompée. Et lorsque sa thérapie a un peu progressé, et qu'elle a commencé à prendre conscience de ce qu'elle avait subi, elle a peu à peu reconstitué le puzzle. Et elle a cessé de poser des questions sur Bank.

« Pendant six mois, nous avons habité toutes les deux à Indianapolis, dans un appartement que j'avais loué. Elle suivait des cours à domicile, assurés par des professeurs en relation avec les Sœurs de la Compassion, pour ne pas risquer de se faire reconnaître. Et l'été suivant, nous sommes venues ici... enfin, un peu plus à l'est, dans le village d'origine de ma famille. J'ai mis certains de mes proches parents au courant, ainsi que quelques rares amis. Ils ont tout naturellement accepté la situation et, très généreusement, ils ont accueilli Jamie et lui ont fait une place dans leur vie. Elle allait d'une maison à l'autre, jouait avec différents enfants pour atténuer son isolement. J'ai attendu quelques mois de plus pour l'envoyer à l'école. Plusieurs années se sont écoulées, avant qu'elle ne découvre le branle-bas de combat médiatique et policier qu'avait provoqué son pseudo-kidnapping. Elle avait quelque chose comme quinze ans quand elle est tombée sur une coupure de presse à la bibliothèque. Alors, je lui ai tout dit. Elle m'a paru accepter la chose de bonne grâce. Nous en avons parlé, de temps à autre, pendant quelques jours, et ça lui a passé.

– Elle ne demande jamais de ses nouvelles ?

– Non. Mais elle a longtemps collectionné les articles relatant ses exploits. Elle les a tous gardés. À propos, tu dois commencer à avoir faim ?

– Je frise l'inanition.

– Viens. On va manger avec les filles. »

Au cours du repas, j'engage la conversation avec certaines d'entre elles. Je leur demande d'où elles viennent, et depuis combien de temps elles vivent au foyer. Aucune ne connaît Tamara Shipley. J'ai été déçu d'apprendre que Tamara ne se trouvait pas parmi les pensionnaires des Sœurs de la Compassion, mais ce que je viens de découvrir me sidère au point que j'en oublie momentanément ma frustration. La disparition de ma propre fille me semble appartenir à un autre univers.

Les filles me racontent ce qu'elles veulent faire, plus tard. Certaines dressent l'oreille en apprenant que je suis inspecteur de police. Je ne suis sûrement pas le premier flic qu'elles rencontrent, mais ce qui doit être nouveau pour elles, c'est de déjeuner aux côtés d'un représentant des forces de l'ordre qui leur parle comme à des amies – et non comme à des adversaires.

Jamie est venue s'asseoir près de moi. Elle ne me lâche pas d'une semelle, comme pour s'assurer que je suis là pour de vrai. De temps à autre, elle effleure ma manche et se penche un peu de mon côté, pour mieux entendre ce que je dis. Tout comme à ses camarades, je me garde bien de lui poser la moindre question directe concernant les raisons de sa présence au foyer. Mais lorsque je l'appelle par son prénom, elle me reprend gentiment : « Je ne m'appelle plus comme ça. J'ai dû changer de nom pour pouvoir retourner à l'école. Maintenant, je m'appelle Jane Lyell. Lyell, comme maman, et Jane, parce que ça fait Janie. Janie, Jamie, ça ne change pas beaucoup, tu vois. »

Le déjeuner fini, Sarah me fait visiter la maison : les six grandes chambres, les anciens salons, le sous-sol voûté où d'autres chambres viennent d'être aménagées.

« Nous pouvons accueillir jusqu'à quinze jeunes filles, mais seulement pour de brèves périodes. En moyenne, notre effectif tourne autour de huit.

– Comment as-tu décidé de te lancer dans cette aventure ?

– J'ai commencé à y penser sérieusement quand nous étions à Indianapolis. L'association n'avait pas de foyer dans la région, alors j'ai lancé l'idée. J'en ai parlé à Diane Norke, la mère d'Alan. Nous nous téléphonions souvent, à l'époque. Elle avait terriblement souffert du suicide de son fils. Ça la soulageait beaucoup de pouvoir m'en parler. »

Nous sommes revenus à la cuisine. Je m'installe au comptoir. Je me passe la main sur les yeux.

« Sarah... commencé-je. Il faut que tu saches une chose. » Elle vient s'asseoir près de moi. Nous sommes seuls dans la pièce. « Alan Norke ne s'est pas suicidé. »

Elle me fixe sans mot dire. Elle attend la suite.

« Je me trouvais sur les lieux, quand il est tombé.

– Oh, Max...

– Bank aussi.

– Mon Dieu, fait-elle, catastrophée. C'est moi qui l'ai tué...

– Non, personne n'a tué personne, lui dis-je. C'était un accident. Sinon, j'ignore ce que j'aurais fait. Ce soir-là, Bank l'avait cueilli à l'entrée de son immeuble. Il lui a sorti son insigne et lui a enjoint de monter dans sa voiture. Alan n'a pas dû le reconnaître, sur le coup. Bank l'a emmené jusqu'à cette vieille usine désaffectée et lui a dit qu'il ne le laisserait pas repartir avant de connaître toute la vérité. »

Elle me fixe droit dans les yeux, une main sur la bouche.

« Alan a réussi à lui échapper et s'est engouffré dans le bâtiment. Bank l'a pourchassé. Quand je les ai rattrapés, ils étaient sur le toit. Alan a tenté de prendre la fuite. C'était un accident – ça, je te le jure. Bank ne voulait pas se venger – du moins pas à ce moment-là. Tout ce qu'il voulait, c'était la vérité. Quand Alan est tombé, nous avons compris que c'était sans espoir. »

Elle reste vissée à son siège, figée sur place, le regard fixe. Elle garde un long moment le silence, puis : « Sa mère a le droit de savoir.

– Nous avons toujours partagé certains secrets, toi et moi... répliqué-je. Eh bien, aujourd'hui, en voilà un autre... Un secret plus noir. Plus dangereux.

Tu as besoin de mon silence, et j'ai besoin du tien. Ce secret-ci, je te demande de le garder. Je t'en prie. »

Elle me lance un regard. Et au bout d'un moment, il me semble la voir hocher la tête.

« Quant à Tamara Shipley... lui dis-je, un peu plus tard.

– Tamara... répète Sarah. La fillette qui s'est fait kidnapper.

– Oui. J'espérais la trouver ici, ainsi que Naomi.

– Mais pourquoi ici ? Qu'est-ce qui te portait à le croire ?

– Nous avions certains indices. Avant l'enlèvement de Tamara, sa mère avait appelé l'antenne de votre association, à Chicago. Elle leur a demandé d'emmener la petite. Tu savais qu'elle se prostituait ?

– Si je savais... ? souffle-t-elle. Comment aurais-je pu le savoir ? Je ne suis pas sûre de bien comprendre, Max. Tu avais des raisons de croire que cet enlèvement était le fait de l'association ?

– Simple hypothèse. Et puis j'ai déniché votre adresse.

– Pourquoi es-tu venu ?

– Naomi aurait pu la retrouver, elle aussi. Je savais qu'elle avait pensé se réfugier ici, et je me suis dit qu'avec un peu de chance...

– Mais qu'est-ce qui t'assurait de trouver l'une ou l'autre ici, précisément ? Les chances étaient infimes. Il existe des dizaines de ces foyers...

– C'est ici que Tamara devait venir, non ?

– Aucune idée. On ne nous informe qu'au dernier moment. Lorsque j'apprends que je vais recevoir une nouvelle pensionnaire, c'est qu'elle est déjà en route – et ça vaut mieux pour tout le monde. Au fait, qui t'a... où as-tu trouvé notre adresse ? »

Je garde le silence.

« Max... très peu de gens savent où sont nos foyers. Nos membres eux-mêmes, y compris les plus engagés, l'ignorent. Ils préfèrent ne pas le savoir.

– Bank », dis-je.

Il lui échappe un son étranglé, presque un sanglot. Ses yeux se sont agrandis d'effroi. « Personne ne connaît cette adresse. Il n'y a que deux ou trois personnes au siège de Chicago à être au courant, ainsi que les rares chauffeurs qui nous amènent les petites. » Elle se lève et glisse la main dans sa poche, dont elle sort le papier que m'a donné Bank. Celui où est notée l'adresse, et qu'elle étale devant nous, sur le comptoir. Et certains détails, qui m'étaient passés inaperçus, ou que je n'avais pas voulu voir, me sautent aux yeux. C'est une vieille feuille de papier, aux bords jaunis. L'encre des lettres a pâli. Je revois Bank me la remettre. Il avait dû, pour cela, remonter à l'appartement, fouiller dans ses tiroirs, la sortir d'un dossier. Qu'est-ce qu'elle fichait là-dedans, cette adresse, s'il venait juste de mettre la main dessus ? Il aurait dû l'avoir encore à portée de main, dans son calepin.

« Il sait, répète Sarah.

– Il savait, rectifié-je. Et ça ne date pas d'hier. Mais il vous a laissées partir en paix.

– Comment... ? murmure-t-elle, sans achever sa question.

– La nuit où il a sorti ce môme de sa voiture en flammes, j'ai compris qu'il ne tenait plus à la vie – au contraire. Et, en un sens, je le comprenais. Il avait perdu Jamie, et nous l'avions trahi, toi et moi. Le matin de la nuit que tu as passée chez moi, il était là, dans la rue. Mais ça n'est pas tout. Il avait remonté votre piste, à toi et à la petite. Il savait tout.

– Je ne m'explique toujours pas comment.

– Ces privés qu'il a engagés pour poursuivre les recherches. Il avait organisé un véritable QG là-haut, dans son salon. Il a payé ces types pendant des mois, pour retrouver Jamie. Et subitement, après l'accident, il a tout arrêté. Il les a tous congédiés. Pourquoi ? Pourquoi tout laisser tomber, tout à coup ?

– Parce qu'il nous avait retrouvées, poursuit Sarah. Ses détectives ont dû me filer jusqu'à Indianapolis et me voir en compagnie de Jamie.

– Sur le moment, son état l'a empêché de partir sur tes traces, et, une fois remis sur pied, après sa guérison, c'était un autre homme. Son comportement avait changé du tout au tout. Il a décidé de soigner son image auprès des médias – une manière de façonner le monde à sa convenance. De se réinventer, de renaître de ses cendres. Pour ne pas s'écrouler tout à fait.

– Mais nous ne sommes pas restées bien longtemps à Indianapolis, me fait-elle remarquer.

– Assez tout de même pour vous faire surveiller – par un de ses privés, disons. »

Mais le problème qui se pose à présent est autrement plus actuel et plus urgent, m'avisé-je soudain. Pourquoi m'a-t-il envoyé ici, après toutes ces années, alors qu'il savait pertinemment que je n'y trouverais ni Tamara ni Naomi ? Pourquoi se décider enfin à me dévoiler la vérité, cette vérité qu'il avait jusque-là soigneusement dissimulée à tous – y compris, et peut-être surtout, à lui-même ? Pourquoi ? Et pourquoi aujourd'hui ?

Sarah me raccompagne à ma voiture, près de laquelle le vieux chien monte toujours la garde.

« Max... commence-t-elle.

– Nous ne pouvons même pas nous excuser, dis-je. Ni l'un ni l'autre.

– Non.

– On découvre toujours les choses trop tard, n'est-ce pas ? Nous trouvons notre chemin, tant bien que mal... Le moyen de faire autrement ? » Je l'enveloppe de mes bras une dernière fois avant de me mettre au volant. Je démarre et j'ai déjà passé la première quand quelque chose me revient.

« Dis-moi – tout à l'heure, tu me demandais jusqu'où j'irais, pour protéger mes garçons... Comment sais-tu que j'ai deux fils ? »

Elle me gratifie d'un de ses sourires lumineux, que j'aime depuis toujours, et sa main se tend vers mon visage, qu'elle effleure.

L'autoroute, à nouveau. Je vérifie le cadran du téléphone portable de Bank, que j'ai laissé, éteint, sur le siège passager. Je l'ai à peine allumé que la sonnerie se déclenche.

« Mack ? C'est Peggy. Ça fait des heures que j'essaie de te joindre ! Ici, ça n'arrête pas de sonner !

– Ah ? Désolé, fais-je. Qui me demande ?

– Katherine, Googie... Stu Marek vient juste d'appeler. J'ai cru comprendre qu'il se serait passé quelque chose.

– OK, dis-je. Et Bank, tu as des nouvelles ?

– Non. Mack... ils ne veulent rien me dire, pour Naomi. Ils prétendent qu'il n'y a toujours aucune piste.

– Ne t'inquiète pas, répliqué-je, d'un ton qui se veut rassuré et rassurant. Attends-moi. J'arrive. »

Je branche mon gyrophare, et je monte à cent trente. Au bout de dix kilomètres, un collègue de la police de l'État me prend en chasse, en me faisant des appels de phares. Je me rabats sur le bas-côté, et lui tends mon insigne et mes papiers par la portière.

« Désolé... une urgence », expliqué-je. Il démarre, passe devant moi, et m'escorte jusqu'à la limite du comté, à cent quarante chrono.

De jour, la scène d'un crime est une vraie ruche. Les vieux routiers des Homicides débarquent en force, flanqués de leurs poulains qui piaffent d'impatience à l'idée de se faire les dents. Si on y ajoute l'équipe chargée du dossier et de l'enquête, les techniciens du service d'investigation scientifique – le « labo » – et les enquêteurs du service médico-légal, sous la houlette d'un coroner, on obtient une troupe d'une vingtaine de personnes, qui s'activent tant à l'intérieur qu'à l'extérieur du périmètre délimité. Sans compter les badauds, la presse, les éventuels témoins – et j'en passe.

Mais, cette fois, il n'y a pas foule dans Payco Street, une petite rue située à quelques centaines de mètres de chez les Shipley. Des voitures de police bloquent la rue dans les deux sens. Les agents me laissent passer sans trop faire d'histoires. J'ai appelé Stu en arrivant en ville. En face de l'adresse qu'il m'a communiquée, je ne vois que trois ou quatre voitures de chez nous.

« Le père Hector a refait surface... » m'a-t-il annoncé. Il s'apprêtait justement à se rendre sur les lieux où l'on avait découvert le corps.

Un sergent chargé de filtrer les arrivants monte la garde devant la porte d'entrée. À peine ai-je ouvert la bouche pour me présenter qu'une voix lance, depuis l'intérieur : « Ça va ! Il est avec nous. »

C'est un dénommé Alphabet, un ex-inspecteur des Crimes avec violences, qui a pris la direction des opérations.

Je le sens avant même d'avoir franchi le seuil. L'odeur d'un cadavre humain bien mûr a quelque chose qui la différencie de toutes les autres – chair animale en décomposition, déchets organiques, gaz divers. Ce genre de signal olfactif s'immisce directement dans notre cerveau, *via* les sinus, en direction d'une glande spécialisée, nichée au cœur même de notre système nerveux central, où elle induit une réaction émotionnelle, à ma connaissance unique. Je l'ai entendu de la bouche d'ex-militaires, des hommes qui avaient dû rester tapis dans la boue, des jours entiers, dans les collines de Corée ou dans la jungle vietnamienne, parmi des dizaines de cadavres, gonflés comme des outres et puant la mort. Des décennies plus tard, ils vous parlent toujours de cette odeur qui revient les hanter.

« Putain ! Un costard tout neuf... » s'exclame Alphabet. La puanteur s'immisce partout, et imprègne tout – avec une prédilection pour les vêtements. Je connais des femmes de flics qui exigent de leurs époux qu'ils laissent en permanence dans le garage de quoi se changer, et des sacs poubelles où emballer leurs fringues avant d'entrer dans la maison, au retour d'une équipée particulièrement macabre. Elles envoient les sacs directement au pressing.

Comme dans tout le quartier, la première pièce de la maison est très sombre. Des taches de rouille et d'humidité constellent le plafond bas qui, par endroits, semble sur le point de s'effondrer. Les murs sont recouverts d'un revêtement plastique adhésif, imitation bois, qui bâille par-ci, par là, laissant apparaître le plâtre lépreux de la cloison. Le sol est tapissé d'une moquette ocre feutrée et bouffée aux mites. La pièce n'est meublée que d'un canapé et d'une vieille table basse. Des tubes de verre usagés et des fioles de plastique vides jonchent le sol et la table. La tanière d'un toxico, à première vue. Le dernier propriétaire légitime de la maison a dû vider les lieux depuis belle lurette.

Au centre de la pièce, parmi les détritus, gît le corps du père Morales. Il est couché face contre terre, un bras étendu au-dessus de la tête, l'autre restant coincé sous lui. Sous la surface de la peau, le long de son bras, courent de pâles marbrures bleu-vert. Sa main commence à se racornir et ses doigts sont recroquevillés, telles des serres desséchées. Sa tête, tournée de côté, repose sur l'oreiller noir que forme le sang coagulé dans les longs poils de la moquette. La bouche s'entrouvre sous la poussée de la langue, démesurément enflée. Sur la nuque, juste au-dessus de la ligne d'implantation des cheveux, bée une entaille profonde, longue d'une dizaine de centimètres et encroûtée de sang. Le labo a déjà délimité sur le sol la silhouette de son corps, et enveloppé ses pieds et ses mains dans des sacs de plastique. La pièce a été photographiée sous toutes les coutures, mais un appareil photo mitraille encore, dans une pièce située plus loin, à l'arrière de la maison. Je vois ricocher la lumière d'un flash sur les murs de la pièce suivante, et j'entends des bruits de pas à l'étage.

« Qui l'a retrouvé ?

– Des mômes, réplique Alphabet. Ils ont dû venir rôder dans le coin. Et la rumeur a couru dans le voisinage, jusqu'à ce que quelqu'un se décide à nous faire signe. On a retrouvé une clé à tubes dans la cuisine. Avec des cheveux et du sang dessus.

– Ah ?

– Selon les enquêteurs du service médico-légal, la mort remonterait à quatre ou cinq jours. Le responsable est dans le coin, si tu veux le voir.

– Pas la peine. Je vois.

– Mort sur le coup. Il n'a pas souffert. »

Nous laissons passer quelques battements, le temps de digérer tout ça.

« Tiens... Stu a demandé que tu le rejoignes là-haut. » Alphabet m'indique le plafond.

Le premier étage est encore plus décrépit que le rez-de-chaussée. Ici, le plafond s'est déjà écroulé par pans entiers. Au sommet de l'escalier, on aperçoit le grenier, et au-delà, le toit, qui laisse voir le ciel par l'une de ses brèches. Sous mes pieds, là où la toiture prend l'eau, le sol a la consistance d'une vieille éponge. Les relents de putréfaction reculent devant ceux, plus âcres, du moisi. La première porte que je tente d'ouvrir donne sur une salle de bains. Au-delà, de chaque côté d'un couloir exigu et sombre, se trouvent deux chambres. De la plus petite, tout au fond de la maison, me parviennent des voix.

C'est là que je découvre Stu. Bras croisés, il attend que les deux techniciens du labo aient fini d'officier. L'un d'entre eux est Bill Biner, qui s'est occupé de la Chrysler, derrière le Food King. Leurs mains et leurs visages disparaissent sous des gants de latex et des masques chirurgicaux. Ils ont installé un halogène portable au-dessus du lit, sur lequel ils se penchent tous deux, presque tête contre tête. Armé d'une pince à épiler, Bill soulève quelque chose qui me demeure invisible, tandis que son collègue lui tend un petit sac plastique.

« Elle est passée par ici, fait Stu. Tamara. »

Biner me regarde. « Exact, fait-il. Faut voir, mais j'en suis pratiquement sûr. On a prélevé des cheveux sur les oreillers, des fibres de corde autour des pieds du lit, des empreintes dont la taille pourrait correspondre, et des fragments d'adhésif d'emballage, au sol et sur le matelas.

« Ils ont commencé par l'amener ici. À deux pas de chez elle. En terrain connu. »

Stu hoche la tête.

La disparition du père Hector remonte au lendemain de l'enlèvement, le lundi – ce qui coïncide *grosso modo* avec la date de sa mort. Il a dû les retrouver, tenter d'obtenir la libération de la petite, et se faire estourbir, en prime.

« On connaît son propriétaire, à cette clé ? demandé-je.

– On s'en occupe, répond Stu. Mais ça risque de prendre un bout de temps.

– Des nouvelles de Bank ?
– Non.
– J'ai besoin de le voir.
– Sans blague...
– Et pour Naomi ?
– Ah ! fait Stu. Justement... Googie vient d'envoyer un message radio, y a dix minutes de ça. Il veut te voir immédiatement. Eh ! Il est au bureau ! » Stu a dû sortir dans le couloir pour me gueuler ces derniers mots. Je suis déjà dans l'escalier, à mi-chemin de la porte d'entrée.

« J'avais laissé un homme sur place, à la gare routière, m'explique Googie quand je déboule dans la salle de réunion. Parce que c'était une habituée du secteur – c'est bien ce qu'elle t'avait dit, sa copine ? Putain, Mack... qu'est-ce que tu fouettes !
– Désolé.
– Il a montré sa photo dans le coin, OK ? Et cet après-midi, quand le gardien de la seconde équipe est arrivé, il a confirmé l'avoir vue, hier soir. Sa dégaine lui a attiré l'œil. Elle s'est assise, a attendu un certain temps, et puis elle est allée téléphoner. Et au moment où il terminait son service, il a vu arriver une bagnole qui l'a embarquée.
– Qui c'était ?
– Il n'a pas vu le conducteur. Mais, devine... Il a vu la plaque. Plutôt tape-à-l'œil, l'immatriculation. Le genre de truc qui fait tilt... *Par T*. Une Mustang 91, appartenant à une certaine Sherry Bell, dix-neuf ans. L'adresse du fichier est celle de la mère, laquelle n'a pas vu sa fille depuis plusieurs semaines. Elle a dit qu'elle ne met pratiquement plus les pieds chez elle.
– Et Naomi est montée dans la voiture ?
– Mack, fait Googie, un ton plus bas. Cette Sherry Bell a déjà un casier. »

Je le regarde dans le blanc des yeux, qu'il a cernés et larmoyants, en me préparant au pire.

« Les Mœurs l'ont épinglée, y a cinq ou six mois, pour racolage. Elle a plaidé non coupable et obtenu un non-lieu.

– Merde ! pesté-je. Merde, merde, et remerde ! » Je ponctue chacun de mes jurons d'une grande claque sur la table, à m'en faire péter les vaisseaux.

En sortant, je tombe sur Katherine, qui semble m'attendre dans le couloir, assise sur le banc de bois.

« Je lui ai parlé, Mack, dit-elle. Cet après-midi. » Elle jette un coup d'œil circulaire pour s'assurer qu'il ne traîne aucune oreille indiscrète. « J'ai eu Sarah au téléphone », fait elle.

Je m'interdis de manifester la moindre réaction. « C'est pas le moment, répliqué-je.

– Si, ça l'est. Qu'est-ce que tu as de mieux à faire ? Tu as du nouveau ? »

Je secoue la tête.

« Alors, viens, dit-elle. Sortons d'ici. » Et comme nous enfilons le couloir en direction de l'ascenseur, elle ajoute : « Mmm... Géniale, ton eau de toilette, Mack. »

Au beau milieu de la grande esplanade bétonnée qui a nom Government Plaza, Katherine s'assied sur un banc, sous le regard de l'un des pères fondateurs de notre belle cité dont la statue, couverte de vert-de-gris, et couronnée d'un nuage de bruine, surplombe une cascade de jets d'eau. Le vent frisquet qui souffle de l'Ojibwa s'engouffre entre les immeubles du centre-ville, où son courant s'accélère, avant de débouler sur cette place où il se met à tourbillonner de plus belle. Ici, s'il y a des oreilles indiscrètes, elles ne doivent pas traîner bien longtemps...

Les immeubles du centre administratif ne sont pas le fruit d'une démarche architecturale cohérente et concertée. Ils ont poussé de bric et de broc, au fil des décennies. Certains, ceux qui datent de la fin du siècle dernier sont magnifiques, mais, en face de nous, dans l'axe est de l'esplanade, se dresse l'immeuble de l'hôtel de police, un cauchemar du modernisme utilitaire des années 50.

« Je ne pouvais prendre le moindre risque, commence Katherine, lorsque je viens m'installer près d'elle. J'ai dû m'entourer d'un maximum de précautions. Désolée, Mack.

– Pour protéger qui ? Sarah ? Les Sœurs ? Toi ?

– Pour protéger tout le monde.

– Alors, quel est ton rôle, dans tout ça ?

– J'envoie à la campagne des filles qui ont besoin de changer d'air.

– Au nez et à la barbe des institutions juridiques et sociales du district.

– Eh, oui. Tu vois, c'est le meilleur moyen de s'assurer que les choses se feront. Ça doit rester exceptionnel, mais quand on croise une fille qui répond à nos critères et qui a besoin d'un coup de main...

– Tu appelles le père Hector à la rescousse.

– C'est ce que je faisais, oui.

– Et c'est ce que tu as fait pour Jamie.

– Je n'étais pas dans le secret, à l'époque, Mack. Et j'aurais été bien incapable de faire ce qu'a fait Sarah. De monter une telle embrouille.

– Sans blague ?

– Si je te le dis...

– Quand et comment as-tu commencé à tremper dans la combine ?

– J'ai compris ce dont il retournait un an, un an et demi, après la disparition de Jamie. Toi aussi, tu aurais pu deviner. Sarah nous avait délibérément laissé des indices. Ce mot qu'elle t'a envoyé, avec ce numéro de téléphone où tu pouvais la joindre, à Indianapolis...

– Tout juste.

– À moi aussi, elle m'avait écrit. Et il m'a suffi de jeter un œil au dossier Norke. Quand il s'est fait arrêter, en 86, dans l'affaire de la fillette de South Bend, c'était là qu'il l'emmenait. Au foyer d'accueil d'Indianapolis, dont l'adresse et le téléphone figuraient dans le dossier, enfouis dans toute la paperasse. Le même numéro que celui qui nous a été communiqué par Sarah.

– Tu as donc appelé.

– Elle n'y était déjà plus, et ils ont refusé de m'en dire davantage. J'ai appelé mon copain Stamos, à Chicago, en lui demandant de remonter la piste de ces fameuses Sœurs de la Compassion. Après quoi, j'ai pris ma petite auto, et j'y suis allée. J'ai pris rendez-vous avec l'une d'entre elles, et tu sais quoi ? elle m'a convaincue. Elle n'a pas essayé de me mener en bateau. Tout ça sonnait très juste, et ça m'a plu. Évidemment, elle ne pouvait pas me révéler grand-chose, surtout sur Sarah et son histoire, mais elle m'en a dit juste assez pour que j'y voie plus clair. Et, six mois plus tard, quand j'ai eu affaire à une gamine qui avait un besoin urgent de prendre le large, je les ai rappelés. En retour, j'ai eu un coup de fil d'un certain père Hector Morales. » Elle marque une pause. « Un type remarquable, lui aussi. Peu après, Sarah m'a téléphoné. Nous avons pris rendez-vous, et je les ai revues, elle et Jamie. Seigneur, tu imagines les retrouvailles... »

La nuit tombe sur la ville.

« À quand remonte ta première rencontre avec Tamara ?

– C'était il y a quatre mois. Je l'ai ramassée dans la rue, un après-midi, aux environs de Noël. Je l'ai emmenée dîner, puis je l'ai déposée chez elle. Elle filait un mauvais coton – ça se voyait à l'œil nu. Mais elle était terrorisée par le système, tout comme sa mère. Elles s'en méfiaient comme de la peste. Je leur ai donc présenté le père Hector, et Rochelle l'a jugé digne de sa confiance. Il n'a pas immédiatement proposé d'éloigner la petite – d'ailleurs il ne collaborait que rarement avec les Sœurs de la Compassion. Ça restait très ponctuel. Il intervenait davantage en tant que conseiller. Il travaillait directement sur le terrain. Il est l'un des cofondateurs d'un refuge pour femmes battues dans le Near South. Il les a donc rencontrées, toutes les deux, ensemble et séparément. Il les a longuement écoutées. Il leur a consacré beaucoup de son temps. Ensuite, après mûre réflexion, il leur a suggéré certaines solutions. Le père Hector avait déjà aidé l'une des amies de Tamara à s'en sortir, un an ou deux auparavant. Elle en avait déjà entendu parler. Il m'a confirmé qu'elle était partante – partiellement, du moins. Elle était prête à tout plaquer. Elle s'en faisait même une joie.

« Tamara, c'est pas la mauvaise gosse, tu vois... Rien à voir avec la petite pute toxicomane standard qui traîne dans les rues. Elle, elle pouvait encore en réchapper. Ce problème de prostitution est tout récent. Ça date du mois dernier, tout au plus. C'est ce qui a poussé le père Morales à précipiter les choses. Il a estimé qu'il était grand temps de la mettre en lieu sûr. Auparavant, elle se contentait de fuguer pour aller traîner avec ses copains ou faire la fête. Elle avait sans doute eu quelques expériences sexuelles, mais rien à voir avec de la prostitution.

« Malheureusement, comme à peu près tous les gosses, elle est en conflit avec elle-même. Elle a avoué au père Hector qu'elle hésitait à partir. Ce serait perdre tous ses copains. Mais elle a quand même fini par s'y résoudre.

– Elle était vraiment d'accord ? »

Katherine hoche la tête. « Le rendez-vous était fixé. Hector devait passer la prendre le lundi matin, quand son frère et sa sœur seraient partis à l'école.

– Tiens ! Pourquoi ? Pourquoi le cacher au reste de la famille ? Il n'y avait pas de bagarre pour la garde de Tamara, que je sache ? Et sa mère était d'accord, non ?

– Bien sûr. Mais le père Morales semblait y tenir. Dieu sait dans quel pétrin elle avait pu se fourrer, avec ces histoires de prostitution. J'ai la quasi-certitude qu'elle n'aurait jamais fait de racolage comme ça, spontanément. Elle a simplement dû traîner quelques semaines de trop avec cette clique dangereuse, et elle a dû se faire forcer la main, d'une façon ou d'une autre. Par un dealer, par exemple. Par un mac, ou un petit ami un peu trop directif. Bref, quelqu'un qui aurait pu s'opposer à son départ.

– Ce qui m'a tout l'air d'être le cas. Le père Hector le connaissait-il, à ton avis ?

– Mystère.

– Il est allé droit à la planque où ils la retenaient. Quelque chose a bien dû l'y conduire. Pourquoi ne te l'a-t-il pas signalé, dès qu'il l'a su ? »

Katherine garde le silence.

« En tout cas, ceux qui l'ont kidnappée connaissaient la date du rendez-vous.

– Tamara elle-même a pu leur cracher le morceau. Ce qui ne nous aide guère...

– Mais Hector savait tout ça. »

Nous regardons la nuit descendre sur la ville. Le long des avenues, les lampadaires s'allument un à un, comme les phares des voitures et les fenêtres des immeubles. Je ne distingue plus les traits de Katherine.

« Et Bank, dans tout ça ? Qu'est-ce qu'il sait ?

– Sarah m'a dit qu'il était au courant depuis des années, selon toi. Ça, je ne l'aurais jamais soupçonné. Il avait eu vent du départ de Tamara, et il sait aussi que je collabore avec les Sœurs de la Compassion. Mais il ne m'a jamais posé la moindre question là-dessus, et, à ma connaissance, il n'en a jamais parlé à qui que ce soit. Il a dû deviner que je savais, pour Sarah et Jamie, et il en a déduit que j'étais au courant de ce qui s'est passé entre lui et Jamie. Mais il ne m'en a jamais parlé.

– Parlé de quoi ? Tu crois vraiment qu'il s'est passé quelque chose, avec la petite ?

– Pas toi ?

– Non. Enfin, peut-être... je n'en sais rien. »

Elle soupèse un instant cette possibilité, puis fait : « Pour tout te dire, Mack... je n'en sais rien, moi non plus. Rien de rien. Il y a eu une période où j'ai eu la quasi-certitude que si. Je n'ai pas décoléré pendant des mois. Je lui en ai terriblement voulu, jusqu'au jour où j'ai découvert qu'il avait entrepris un traitement. Une thérapie. Une sorte d'analyse.

– D'où tu tenais ça ?

– J'ai mes contacts dans la profession. Je leur file certains tuyaux confidentiels, et ils me renvoient l'ascenseur. J'y ai d'abord vu une preuve de sa culpabilité : pourquoi se faire soigner, s'il avait eu la conscience tranquille ? Et puis, j'y ai réfléchi à deux fois. Après en être passé par là où il est passé, n'importe qui à sa place aurait eu besoin d'un soutien psychologique. Ça ne prouvait rien.

– Que se serait-il passé, si Sarah était venue te trouver ? Avant, je veux dire ?

– Eh oui... Moi aussi, je me suis souvent posé la question. Mais nous nous connaissions à peine, à l'époque. Nous ne nous étions croisées qu'une fois ou deux, dans le service, un jour qu'elle était venue chercher quelque chose au bureau. C'est au cours de l'enquête que j'ai fait sa connaissance. C'est trop bête, mais c'est la vie. Je crois qu'elle aussi l'a beaucoup regretté par la suite. Parce que, si elle était venue me voir à temps, nous aurions pu trouver d'autres solutions ensemble. J'aurais pu intervenir, parler à Bank, faire en sorte de ne pas ébruiter la chose, limiter les dégâts. Mais voilà... Sarah a préféré faire ce qu'elle estimait devoir faire, sans rien dire à personne. Un sacré tour de force, quand on y pense. Elle a tout sacrifié. Et je sais ce qu'il lui en a coûté. Car elle l'aimait – ce qui m'a toujours laissée perplexe, vu ce dont elle le soupçonnait. Mais c'est un fait. Tu sais, Mack, tout ça a eu amplement le temps de mijoter dans ma tête – nettement plus que dans la tienne... Et réfléchis... À supposer que les soupçons de Sarah aient été fondés, on peut considérer que sa décision les a sauvés – tous les trois. »

Nous avons repris le chemin du service. « Katherine, lui dis-je. Il faut absolument que je retrouve Naomi ce soir.

– Tu as un plan ?

– Aucun. Et toi, qu'est-ce que tu comptes faire ?

– Je vais rester là, Mack. Je veille au grain. Toute la nuit, s'il le faut.

– Merci. » Elle me presse le bras, et je m'apprête à la quitter devant l'entrée principale de notre immeuble, lorsqu'il me vient une dernière question :

« Ce prêtre... est-ce qu'il t'a raconté ce qui s'est réellement passé, avec Jamie ?

– Oui », répond-elle.

36

Le père Hector Morales ne savait pas grand-chose de cette fillette, si ce n'est son âge : onze ans. Il savait tout de même à quoi elle ressemblait, grâce au portrait qu'on lui avait donné – une photo de classe, format portefeuille, datant de l'année précédente. Il s'était brièvement entretenu avec la mère, dont la détermination et la lucidité l'avaient vivement impressionné. Il avait cru comprendre qu'il s'agissait d'un cas particulièrement douloureux. Des soupçons d'abus sexuels pesaient sur le père – un flic dont il ignorait pratiquement tout.

Mais ce qu'il était à mille lieues de soupçonner, c'était ce qu'il allait déclencher en « escamotant » cette petite, dont la disparition serait à l'origine de l'une des chasses à l'homme les plus mémorables de toute l'histoire de la ville. Il ignorait que la mère comptait présenter la chose comme un kidnapping. Personne ne l'en avait averti. Les Sœurs de la Compassion elles-mêmes étaient-elles au courant ? Le père Hector n'avait jamais eu de réponse nette à cette question. Il devait découvrir par la suite que l'association avait reçu une généreuse donation de la part d'un groupe influent de l'industrie sidérurgique. Il apprit aussi que ce dossier n'avait pas emprunté les circuits sociaux habituels pour parvenir à l'association, et qu'il avait été directement présenté et appuyé par Diane Norke, du cabinet Meeks, Gasset et Hunt – une avocate qui comptait parmi les sympathisants les plus actifs de l'association, et qui leur consacrait chaque année beaucoup de son temps, de façon bénévole. Elle avait soutenu les Sœurs de la Compassion depuis l'époque où les trois premières religieuses avaient uni leurs efforts. Diane Norke avait elle-même été maltraitée dans son enfance, s'était-il laissé dire – ce qui expliquait en partie l'intérêt qu'elle portait à l'action du groupe.

Quant à son fils Alan, il lui avait maintes fois apporté son concours. Il s'était même fait arrêter, quelques années auparavant. Pour sa part, le père Hector acceptait d'avance ce genre de revers. Une arrestation dans le cadre d'une telle mission, c'était à ses yeux un honneur – mais, bien sûr, cela ne le dispensait pas de s'entourer de toutes les précautions nécessaires. Pourquoi tenter le destin ? La direction de l'association ne cessait de recommander à ses membres la plus extrême prudence.

À l'époque, le père Morales ignorait qu'Alan Norke avait emménagé en ville – et, à plus forte raison, qu'il était en étroite relation avec Sarah Arbaugh, la mère de la petite, qu'il conseillait. S'il avait eu cette information, peut-être aurait-il envisagé l'affaire sous un tout autre jour. Peut-être aurait-il pris des précautions supplémentaires, et peut-être aurait-il carrément refusé de s'en charger. Mais peut-être pas. Qui aurait pu le dire ?

Quoi qu'il en fût, le 10 juillet au matin, le père Morales se réveilla tôt, dans sa chambre du presbytère de Saint-Thomas-d'Aquin. Il jeta un coup d'œil à l'image que lui renvoyait son petit miroir, posé sur son lavabo et adossé au mur : des cheveux noirs, si drus qu'ils en devenaient vite incoiffables et qu'il devait les faire couper très souvent et très courts, une mâchoire vigoureuse, un nez plutôt large, des yeux sombres, avec de longs cils. Il se lava, se brossa les cheveux et enfila des vêtements passe-partout, avant de prendre son petit déjeuner : thé et toasts.

À neuf heures moins le quart, il roulait dans Heron Hills, en direction de ces deux ponts qui enjambent la rivière. Il évita Detwiler Place, où se trouvait la maison de la petite, bien que cela l'eût mené directement au point de rendez-vous. Il préféra prendre un itinéraire détourné, qui l'amena en bas de Riverview Street au moment même où la fillette arrivait au point convenu. Il lui sourit et lui fit signe de la main. Elle répondit d'un geste plus timide. Il consulta une dernière fois les photos pour écarter tout risque d'erreur, puis mit pied à terre et vint lui ouvrir la porte, côté passager.

« Bonjour, Jamie, dit-il.

– Bonjour, mon père », répondit-elle. On l'avait prévenue qu'il était prêtre. La mère lui avait donné son signalement, pour s'assurer qu'elle ne monterait pas dans la voiture d'un parfait inconnu.

Le père Morales inspecta les alentours. Il n'y avait pas âme qui vive. La seule maison qui fût en vue semblait déserte. Les stores de ses fenêtres étaient baissés.

Jamie hésita un instant puis décrocha le gant de base-ball qui se balançait au bout de sa batte. Cela fait, elle posa la batte par terre et cala son gant sous son bras, avant de grimper dans la voiture.

« Tu peux emmener ta batte, si tu veux. »

La fillette avait secoué la tête. Bien que sa mère n'ait pu lui donner qu'un minimum de détails, elle devait avoir deviné qu'elle ne reverrait pas son père de sitôt. Peut-être voulait-elle lui laisser une dernière trace d'elle. Une sorte de geste d'adieu. Évidemment, le père Hector ne pouvait que supposer tout cela, mais, sentant que ce geste revêtait pour l'enfant une signification particulière, il n'éleva aucune objection. Sans imaginer un seul instant l'émoi que cela provoquerait, quelques heures plus tard, il jugea cependant plus prudent de ne pas laisser traîner cet objet au bord de la route. C'était vraiment tenter le diable. Sans trop se poser de question, il ramassa la batte, fit quelques pas sur la passerelle de bois qui enjambait le petit cours d'eau, et la balança sur la rive opposée. Il n'entendit même pas le bruit qu'elle fit en atterrissant parmi les branches et cessa immédiatement d'y penser.

Ils avaient rendez-vous au parc quelques minutes plus tard avec un autre conducteur, dans un chemin creux se terminant en cul-de-sac. Comme le chauffeur avait un léger retard, Jamie partit se balader un peu, vers la rivière qui coulait à proximité. Elle s'accroupit au bord de l'eau, les yeux fixés sur le courant.

Le chauffeur, que le père Morales connaissait sous le nom de Hansen, arriva quelques instants plus tard, dans une vieille Volvo grise. Le prêtre se chargea des présentations et, posant la main sur l'épaule de la fillette, l'assura que tout irait très bien. Là-dessus, il partit en marche arrière, au volant de la voiture de la paroisse, en direction de Morton Parkway. Comme il s'arrêtait à l'embranchement avant de se faufiler dans le trafic, il jeta un dernier regard en diretion de la petite clairière. Jamie était déjà montée dans la Volvo et Hansen contournait le capot pour venir s'installer au volant, lorsqu'un jogger déboucha d'un sentier. Le prêtre remarqua le regard appuyé que lança l'homme à Hansen et à la Volvo. Le coureur ralentit sur quelques mètres, et parut les détailler un bon moment avant de passer son chemin. Hansen aussi avait vu ce type, et, soit délibérément, soit par hasard, était venu se poster à l'avant de la voiture, lui cachant la plaque d'immatriculation. Lorsque le moteur de la Volvo se mit à ronfler, Jamie sauta à terre, courut jusqu'à la rivière, et y jeta sa casquette. Hector n'aurait su donner de signification précise à son geste, mais comme elle revenait vers la voiture, il lut sur son visage une détresse si profonde et si poignante que, même s'il s'était trouvé à ses côtés, il ne lui aurait posé aucune question.

Plus tard, lorsque le coureur livra à la police son témoignage, qui devait aboutir à la découverte de la casquette de Jamie, le père Morales y réfléchit à deux fois. Il aurait suffi d'un rien – que l'amateur de jogging ait jeté un coup d'œil aux plaques de la Volvo et noté qu'elle était immatriculée en Indiana – pour que le cours des événements s'en trouve irrémédiablement infléchi. Un simple détail pouvait compromettre l'avenir même des Sœurs de la Compassion.

Il fallait donc que Dieu s'en mêle, de temps à autre, et qu'il nous accorde un moment de grâce, pour que nous puissions accomplir quelques bonnes actions. Là résidait précisément, aux yeux du père Morales, l'ultime preuve de leur valeur.

Quelques années plus tard, sans soupçonner ni les liens qui unissaient ces deux événements, ni les catastrophes qui se préparaient, le père Hector s'agenouilla sur le trottoir de King's Court, en sortant d'une maison où il venait de passer une heure avec une certaine Rochelle Shipley et sa fille Tamara – une enfant perturbée, mais que l'on pouvait encore espérer sauver. Ils avaient décidé ensemble de ne pas laisser Tamara s'embourber davantage dans ses problèmes. La petite lui avait fait bonne impression, et il avait particulièrement à cœur de l'aider.

Elle le raccompagna jusqu'à la rue, lorsqu'il quitta la maison. Elle tenait à la main le guidon de sa bicyclette, qu'elle fit rouler jusqu'au trottoir, mais au moment de l'enfourcher, elle s'aperçut que la chaîne avait sauté.

« Elle n'arrête pas, expliqua-t-elle au prêtre. Mon frère dit qu'il faudrait la changer.

– Voyons un peu ce qu'on peut faire... » fit le prêtre. Il s'agenouilla près du vélo, pour remettre la chaîne en place sur le plateau graisseux, sans se soucier de l'empreinte que laissait son index droit dans la graisse du carter. Elle y dormirait plus d'un mois, à l'abri du rebord de métal, jusqu'à ce que la bicyclette soit saisie comme pièce à conviction par la brigade criminelle de la police municipale, et consciencieusement démontée par le labo. Mais, le temps que les techniciens du service aient prélevé cette empreinte et que l'ordinateur ait établi la correspondance avec celle découverte sept ans plus tôt sur la batte de Jamie Arbaugh, l'âme du père Morales se serait déjà envolée vers son éternelle récompense.

37

Je reprends le volant, pour plonger dans un coin de la nuit qui s'étend sur la ville. Mais, ce soir, je suis seul et j'hésite, une fois de plus, sur la direction à prendre. Je commence par explorer les itinéraires de Bank. J'observe la faune des trottoirs sans y repérer de visage connu. Je m'arrête devant chez Bank en croisant les doigts, mais aucune lumière ne brille chez lui et je ne vois aucune trace de sa voiture. Tant pis – de toute façon, je n'espérais pas vraiment le trouver là.

Je finis par échouer au Denny's d'Alcore Street. J'ai un petit creux, et c'est l'une de ses cantines favorites – mais là non plus, je n'y compte pas trop.

Je tâche de mettre un peu d'ordre dans mes idées. Je pourrais me mettre en quête de Sleepy, par exemple. Il a déjà filé de sérieux tuyaux à Bank. Peut-être en a-t-il d'autres. Bank a pu lui dire quelque chose. Il pourra peut-être me donner une idée du quartier où il oriente ses recherches. Mais où trouver Sleepy ? Il se déplace beaucoup, et ne sera sans doute pas à son poste dans la rue avant plusieurs heures.

Reste Kendra, l'ex d'Abel Jackson. Je pourrais essayer de bavarder un peu avec elle...

Je repense à Bank. À ces deux premières nuits où il a écumé la ville en solo, cabossant tous ceux sur qui il parvenait à mettre la main, pour peu qu'ils puissent avoir eu vent de quelque chose. Je revois ce masque buté et menaçant qui ne le quitte jamais... un mélange de rage froide, d'intimidation et de théâtralité policière – quoique ce soit la rage qui domine très nettement, ces jours-ci. Puis ce changement de comportement radical, du jour où nous avons recommencé à patrouiller ensemble...

Posant ma fourchette, je laisse errer mon regard sur le parking du Denny's, de l'autre côté de la vitre. « Une adresse où je voulais aller jeter un œil... » a-t-il dit hier soir. Il savait que ni Tamara ni Naomi ne s'y trouvaient, mais j'ai gobé l'hameçon si vite qu'il n'a même pas eu à me demander d'y aller. Au contraire. Il a dû m'exhorter au calme, en me recommandant d'attendre le matin, de prendre une nuit de repos. S'il n'avait tenu qu'à moi, bien sûr, je serais parti sur-le-champ. Mais je serais revenu trop tôt à son gré...

Bank. La patience même.

Jusqu'à ce qu'il parvienne à m'ôter de son chemin. Et voilà pourquoi il m'a envoyé à Phillip's Landing. Pour me dévoiler la vérité, peut-être, et du moins en partie – parce qu'à un certain niveau, et par quelque curieuse fusion-distorsion du temps et des images, Tamara est devenue pour lui une seconde Jamie. Mais surtout pour se débarrasser de moi. Pour être dégagé de la mise en scène qu'il a montée à mon intention. Pour pouvoir se déchaîner à son gré sur la ville – et ce devait être à ça qu'il s'adonnait, en cet instant même. Lancer les hostilités, vider cette querelle qui s'enracinait au plus profond de lui. Régler son compte à tel ou tel misérable petit proxo, mais par-dessus tout, à cette colère et à ce sentiment d'impuissance qui le minent depuis maintenant sept ans – mais qui lui ont été inoculés, je suppose, par les Baxter eux-mêmes.

Je dois lui remettre la main dessus. Mais par où commencer ?

Reprendre la piste là où on l'a perdue, me dis-je. *C'est la procédure standard. Quand tu es paumé, reviens sur tes pas jusqu'au point où tu as perdu la piste.*

Je balance un billet de dix dollars sur la table, avant de regagner ma voiture au pas de course.

« Aaah, non ! crache Kendra en soutenant mon regard d'un œil furibond. Ça va pas recommencer ! » Elle tente de fermer sa porte, mais je l'ai bloquée en y glissant ma lampe torche.

« Trois nuits de suite ! s'exclame-t-elle. Putain ! Vous n'avez vraiment que ça à faire ? »

Je me bagarre encore un moment avec la porte qu'elle tente de refermer, en repoussant le manche de ma Maglite. Il me faut une seconde pour réagir. « *Trois* nuits de suite ?

– Ouais. Et je vous ai déjà tout dit !

– Parce qu'il est revenu hier soir, mon collègue ?

– Quoi encore ? fait-elle, renonçant provisoirement à me claquer la porte au nez. Un peu, qu'il est revenu, putain ! Quatre fois ! faites pas l'innocent !

– Je n'en étais pas sûr, fais-je. Et qu'est-ce que vous lui avez dit ? » J'ai réussi à gagner encore trois centimètres – juste assez pour glisser le pied.

« Allez vous faire voir ! Dégagez ! » Elle tente de shooter dans ma chaussure du bout de sa pantoufle en fourrure acrylique, et recommence à hurler. « Non mais, vous vous prenez pour qui, bande de fumiers ! Vous croyez que vous pouvez emmerder le monde comme ça, à n'importe quelle heure, quand ça vous prend ? »

Mon visage est à quelques centimètres du sien. J'ai réussi à passer la tête. Je donne un coup d'épaule, forçant encore un peu le passage, mais pas suffisamment pour entrer.

« Merde, à la fin ! Qu'est-ce que vous voulez ? » dit-elle. L'effort lui a arraché un grognement. Elle cède du terrain.

« Qu'est-ce que vous lui avez dit ?

– On avait passé un marché. Plus personne ne devait revenir me faire chier.

– Quoi, comme marché ?

– Il a dit de ne pas le dire, même pas aux autres flics. » Elle s'est insensiblement affaissée contre la porte. Elle commence à fatiguer.

« Et moi, je vous dis de me le dire. Vous me le dites, et je m'en vais.

– Il m'a dit de la boucler.

– Si vous refusez de me le dire, j'appelle une patrouille et on vous emmène au ballon.

– Eh, ça va pas ? J'ai rien fait !

– Qu'est-ce que vous voulez que ça me fasse ! J'ai le droit de vous coller vingt-quatre heures en garde à vue. Qu'est-ce que vous lui avez dit ?

– J'en sais rien.

– Il est passé quand, au juste ?

– Non. Je vous ai fait marcher. Il est pas revenu.

– C'est maintenant que vous mentez.

– Non !

– Si ! Vous mentez !

– Non ! » hurle-t-elle. Nous sommes nez à nez. Je capte les relents de bière dont son haleine est chargée. « Barrez-vous !

– Fermez cette porte et j'appelle immédiatement une patrouille, menacé-je.

– Sale connard !

– Qu'est-ce que vous avez raconté à Bank ? Qu'est-ce qu'il mijote, Abel – et avec qui ? Larguez-moi au moins quelque chose, Kendra, ou je vous jure que vous n'en avez pas fini avec moi. »

Elle souffle comme une forge. « Puisque je vous dis qu'il m'a dit de ne rien dire...

– Je ne lui répéterai pas. Ma parole !

– Ah ! Alors ça, ça me fait une belle jambe !

– Qu'est-ce que vous lui avez dit ? »

Et tout à coup, elle jette l'éponge. Sa colère s'envole, et avec elle les derniers vestiges de la loyauté qu'avait pu lui insuffler Bank, à coups de menaces, ou de billets de vingt – les deux, probablement. Elle n'en a plus rien à battre. Et qui lui jetterait la pierre ?

« C'était rapport à un type, dit-elle. J'ai entendu Abel l'appeler d'un drôle de nom... Style *Famille Addams*, voyez... un vieux feuilleton télé... »

Une pause. « Et ?

– Je lui ai rien dit de plus – ça, je vous jure. »

Nous sommes adossés ensemble à la porte, à bout de souffle. Nous haletons comme deux chiots épuisés. « Les vampires, là... Les monstres, vous voulez dire... les « *Munsters* » ?

– C'est ça.

– Eddie Munster. Le frère de Tamara. »

Elle me jette un bref coup d'œil. Elle capitule. Elle a craché le morceau, plus la peine de finasser davantage. Elle confirme d'un signe de tête.

« Et les autres ?

– Je sais pas leurs noms, mais ils sont un sacré paquet, eux et leurs petites salopes. Je les ai vus, un jour que j'étais venue avec Abel, et quand je lui ai demandé des explications, il a prétendu que c'était du bizness.

– Du bizness ?

– Ouais. Il voulait me faire croire qu'il allait se faire des couilles en or sur le marché du tapin. Proxo... vous parlez d'un métier d'avenir ! Et il croit que je vais les gober, ses conneries ! »

Je ne la remercie pas. Elle cesse de s'arc-bouter à la porte pour me laisser enlever mon pied.

*

« Allô, Katherine ! » Je l'ai appelée sur le portable de Bank. J'évite la radio. Je lui fais un bref topo de ce que je sais d'Abel Jackson, de son palmarès et de ce que vient de m'apprendre Kendra.

Elle me donne rendez-vous chez les Shipley, sur King's Court.

Lorsque je me gare devant la maison, tous phares éteints, je repère sa voiture. Vide. Elle est arrivée avant moi. Elle est déjà dans la place. Je descends de voiture et je dresse l'oreille dans le noir. J'ai entendu du bruit ou perçu un mouvement, du côté de la maison. Je me fige sur place. Une mince silhouette émerge de la porte de derrière et se faufile jusqu'à un buisson, près de celui où j'avais trouvé les Ponies. Puis elle s'éloigne dans la nuit.

Eddie Munster file à l'anglaise. Sans doute parce que Katherine a débarqué chez lui – et peut-être sa mère a-t-elle fait en sorte de couvrir sa fuite. M'apparaît à présent une chose qui a échappé à Katherine elle-même : Rochelle Shipley a fait marcher tout le monde. Elle était prise en tenaille entre deux urgences contradictoires et également pressantes : récupérer sa fille, sans cesser de protéger son fils. Le père Hector était au courant et compatissait. Les efforts charitables qu'il a déployés pour la couvrir sur ces deux fronts partaient sans doute d'un bon sentiment. Ils ne lui en ont pas moins coûté la vie. Ce que Rochelle ne sait sans doute pas – ou peut-être n'a-t-elle jamais osé y croire – c'est que ses deux objectifs s'excluaient mutuellement.

Quant à la télé et au fauteuil tout neufs qui trônent dans son salon et qui n'ont pas été payés avec l'argent de son compte en banque... Comment Eddie a-t-il pu lui expliquer ce soudain afflux d'argent ? Quel genre de couleuvres a-t-elle avalées pour admettre la chose ?

Eddie prend le large. Arrivé au coin de la rue, il s'assied au bord du trottoir, sous un lampadaire, ôte ses vieilles baskets qu'il troque contre une nouvelle paire de pompes. Celles qu'il vient de sortir d'un autre buisson et qu'il s'est achetées pour remplacer les Ponies, confisquées par Bank. Voilà. Maintenant, c'est un mec. Il est de la tribu. Il peut vaquer à ses petites affaires...

Je renonce à alerter Katherine – impossible sans me trahir, ou perdre Eddie de vue – et je lui emboîte le pas.

Nous laissons King's Court derrière nous pour nous enfoncer dans un dédale de ruelles et d'allées sombres. Nous suivons un moment Woodlawn Avenue, avant d'emprunter d'autres petites rues. Puis nous longeons les grillages derrière lesquels s'étale la cité Lloyd DuShane, et nous traversons une rue en direction d'un immeuble de trois étages qui fait le coin, et devant lequel Eddie s'arrête. Je reconnais l'endroit. Un foyer d'hébergement réservé aux bénéficiaires de l'aide sociale. J'y suis déjà intervenu, il y a des lustres. Un môme s'était posté sur le toit et canardait les voitures qui passaient en bas, avec une carabine à air comprimé. Les briques de la façade sont badigeonnées d'un ignoble jaune bilieux que la nuit a l'avantage de masquer.

Eddie s'est planté sur le trottoir et surveille la rue dans les deux sens. Une voiture approche, s'arrête. Il se penche vers le conducteur. La marchandise et l'argent changent de mains. Vite fait, bien fait. C'est là qu'Eddie turbine. Cet immeuble est comme qui dirait son siège social. À peine la voiture a-t-elle redémarré que la porte de la maison se referme sur lui. Il a disparu.

Je longe les deux façades qui font l'angle, en laissant traîner une oreille. Tout est calme. L'immeuble doit compter une bonne douzaine d'appartements, voire davantage, mais il n'y a personne à l'horizon... Aucun bruit de fête ou de dispute, pas le moindre tapage nocturne. Les seules bribes sonores qui filtrent jusqu'à la rue sont quelques notes de musique, provenant d'une fenêtre. Rien qui puisse attirer l'attention des flics, et encore moins leurs soupçons.

Mes doigts cherchent à tâtons le portable de Bank, fixé à ma ceinture. La radio est restée dans la voiture, et je ne connais pas le numéro de Rochelle Shipley, chez qui j'aurais pu appeler Katherine... D'un autre côté, j'hésite à demander des renforts au standard tant que je ne suis pas sûr de tenir une piste sérieuse.

Une voiture arrive. Elle se gare le long du trottoir, et il en sort un type qui met le cap sur la porte d'entrée, pianote sur l'Interphone et répond à une question. La porte s'ouvre, puis se referme sur lui.

Je mets à mon tour le cap sur la porte d'entrée, et je presse le bouton « 1A ». Puis, levant le bras, je dévisse l'ampoule qui éclaire le seuil. Pas de réponse. J'essaie 1B, puis 1C. L'Interphone réagit enfin ; la porte s'ouvre.

Je me retrouve dans un long couloir éclairé à chaque bout par une douille dont pend une ampoule nue. Ça empeste le moisi. Une bande de lino a été posée sur la moquette, sans doute pour la protéger, mais le combat semble perdu d'avance, vu l'état de la moquette en question. Je compte quatre appartements au rez-de-chaussée. À l'autre bout du couloir, j'aperçois une volée de marches qui grimpent en direction des étages supérieurs. Comme j'enfile le couloir, je vois s'entrouvrir la porte d'un appartement. Un vieil homme en robe de chambre risque un œil dehors.

Je lui brandis mon insigne sous le nez. Il referme sa porte sans demander son reste.

L'escalier est plongé dans l'ombre. J'ai ma Maglite sur moi, mais je ne l'allume pas. J'entends résonner les pas du type qui me précède. Il doit être au troisième ou au quatrième. Il frappe à une porte qui s'ouvre et se referme presque aussitôt. Au-dessus de ma tête, j'aperçois le couloir du premier, éclairé comme celui du rez-de-chaussée par des ampoules. Un bruit de voix s'élève. Quelqu'un qui pleure – ou qui rit... Le temps que je gravisse les dernières marches, le rire a fait place à un monologue rapide et surexcité, que débite une voix féminine.

« Espèce de salope ! » lance une autre voix féminine, aussitôt submergée par d'autres rires, tout aussi hystériques, puant le crack à vingt pas. J'inspecte le couloir depuis la cage d'escalier, tâchant de déterminer la provenance des voix, et j'approche à pas de loup. Je prends ma Maglite de la main gauche, j'ouvre ma veste, je dégaine mon Colt Commander 9 mm.

Soudain, comme je passe devant une porte, je sursaute, le souffle suspendu. Des couinements étouffés, un martèlement sourd. J'ouvre la porte.

C'est un long placard à balais. Dans la lueur chiche qui y filtre, je discerne trois formes entassées par terre. Trois corps – mais ils sont bien vivants. Trois types, menottés, bâillonnés et ligotés avec de l'adhésif à colis. Leurs yeux sont rivés sur moi. L'un d'eux se contorsionne et relève la tête vers moi, en grognant tout ce qu'il sait, pour me convaincre de le délivrer.

Bank est dans ces murs. Tel Spider-Man, il étend silencieusement sa toile et neutralise les méchants, un à un...

Je me prépare à poursuivre mon chemin, lorsque des pas résonnent dans l'escalier. Je me fige sur place, le temps de les laisser dépasser l'étage, puis j'approche de l'escalier et j'écoute. À nouveau, on frappe à une porte. Au quatrième, on dirait.

Du dernier appartement, là-bas, à l'autre extrémité du couloir, me parviennent des voix, toutes féminines, que je distingue aisément. Elles sont trois. « Le fils de pute ! s'exclame la première. Putain, ça craint, ce truc. Il va quand même pas faire ça !

– Ta gueule, Sherry... putain, la ferme ! » fait une autre voix.

Sherri. Sherri Bell – la reine de la « Par-T ». Une horde de diablotins aux pieds fourchus me cavale le long de l'échine. Mon poil se hérisse. Je dégaine mon Commander, cran de sûreté relevé.

« Mais qu'est-ce qu'il fout, ce con ? » fait une troisième voix. La question s'achève dans un éclat de rire hystérique.

Je jette un bref coup d'œil dans le couloir, avant de cogner la porte de la poignée de ma torche. Les rires s'éteignent aussitôt. Je m'écarte, pour éviter le judas, et j'écoute.

« Il frappe avant d'entrer, maintenant ? » fait une voix. Juste derrière la porte, une autre répond : « Je vois que dalle.

– Eh, ben... ouvre ! »

La porte s'est à peine entrouverte que je pivote sur le pied gauche. De l'autre, j'envoie un grand coup au centre du panneau de bois. À l'intérieur, la fille part à la renverse et atterrit sur le cul, au milieu du lino de la cuisine. Je braque mon arme sur elle, balayant rapidement de mon canon la pénombre du living.

« Personne ne bouge ! » lancé-je, aussi calmement que faire se peut. La télé est allumée. Deux filles me lorgnent, bouche bée, raides défoncées, assises sur un canapé fatigué. L'une d'elles tient une pipe à la main, et dans l'autre un Bic dont la flamme jaillit juste devant son visage, qu'elle éclaire. Depuis le lino de la cuisine, la troisième me lance quelques jurons bien sentis.

« Stop ! » Je pointe mon Colt sur elle. « Tu la boucles, tant que je ne te dis pas de l'ouvrir – pigé ? » Elle ne fait ni oui ni non, mais obéit.

Celle qui tient la pipe a éteint son briquet. « Qui... ? souffle-t-elle.

– Tu la boucles, j'ai dit. Pas un mot ! » Je franchis le seuil, refermant la porte derrière moi.

« Y a quelqu'un d'autre, là-dedans ? »

Elles me décochent un regard vide, mais j'entends des pas dans l'une des chambres du fond. Quelqu'un vient. Je lève mon arme en direction des pas, et je me retrouve nez à nez avec une quatrième fille.

« Papa... », fait-elle. Naomi.

« Oh ! De Dieu... » Je souffle. Je souffle. Je résiste à l'envie de m'élancer vers elle pour la serrer dans mes bras. Je résiste aux larmes qui me montent aux yeux. Je prends mon flingue de la main gauche. Elle a l'air tout aussi sidérée que moi de me trouver là. Elle a les yeux rouges, les traits un peu soufflés.

« *Papa* ? fait l'une des trois autres, depuis le living – celle qui a les mains libres. Qu'est-ce que c'est que ces conneries ?

– Boucle-la, si tu ne veux pas que je te fasse taire moi-même. »

Elle reprend son air abruti, bouche entrouverte.

« Ton nom ?

– Sherri.

– C'est toi qui as embarqué Naomi à la gare routière ?

– Ouais. D'où tu... ?

– Kidnapping. Séquestration de mineure. T'es mal barrée.

– Quoi, mal barrée ? Tout ce que j'ai fait...

– Je te dis de la boucler.
– Putain...
– Y a quelqu'un d'autre, là-bas ?
– Non. Personne.
– Qui c'est, les connards, là-haut ?
– Là-haut ?
– Dans l'appartement où ça turbine. Me dites pas que vous n'êtes pas au courant... Vous devez y bosser un peu, vous aussi, de temps en temps... ? »

Elle garde le silence. Je fais signe à ma fille de me précéder dans le couloir, et je lui emboîte le pas, laissant la porte entrebâillée pour garder un œil sur les trois Grâces.

« Il n'y a que vous quatre, dans l'appartement ? demandé-je à Naomi.
– Oui.
– Tu as vu passer quelqu'un d'autre ?
– Deux, trois mecs.
– Et est-ce qu'ils ont essayé de... – tu vois ce que je veux dire. »

Elle me regarde.

« Alors ? Ils t'ont fait quelque chose ?
– Rien, papa. J'ai pas bougé de cette chambre. Je voulais appeler à la maison, mais ils ne m'ont pas laissée. Alors, je me suis enfermée à double tour. »

J'hésite une seconde. Je voudrais mettre Naomi en lieu sûr, mais je dois commencer par retrouver Bank.

« Tu es en sécurité, dans cette chambre ? »

Elle hausse les épaules.

« Alors, le mieux, c'est que tu y retournes. Tiens, prends ça, ajouté-je en lui tendant ma Maglite. Tu t'enfermes à double tour, et si quelqu'un enfonce la porte, tu te mets sur le côté et tu lui en colles un bon coup sur la tête, de toutes tes forces. »

Nous réintégrons l'appartement. Je surveille les filles pendant que Naomi prend un verre d'eau et va aux toilettes. Dès qu'elle a regagné la chambre, je demande aux trois autres : « Où est Abel ? »

Regards vides.

« Vous avez bien compris ce qui vous arrivera si quelqu'un touche à cette gosse ? Si je vois qu'elle a le moindre truc, à mon retour – un bleu, une égratignure. Le moindre truc, pigé ? »

Pas de réponse. M'approchant de Sherri Bell, j'appuie le canon du Commander contre sa tempe, sur ses cheveux ternes et gras.

« Pigé ?

– Ouais, souffle-t-elle.

– Où est le téléphone ? »

Elle me le montre du doigt.

« Y en a un autre ?

– Non. »

Je le débranche et je l'emporte.

« Faites gaffe, les filles. Évitez tout ce qui pourrait m'énerver. Bougez pas d'ici. N'essayez pas d'entrer dans la chambre ou d'appeler à l'aide. Vous vous posez sur ce canapé, et vous restez devant cette télé, jusqu'à mon retour. C'est vu ? »

Elles finissent par hocher la tête.

« Vous vous en mordriez les doigts. Et vous pouvez me faire confiance », ajouté-je.

En rejoignant la cage d'escalier, je balance le téléphone sur les trois lascars, dans le placard à balais.

Le quatrième étage n'est éclairé que par une ampoule, qui pend au-dessus de la cage d'escalier. Le bout du couloir est plongé dans le noir. Je m'immobilise sur une des dernières marches, l'oreille tendue. J'ai senti une présence.

Soudain, quelque chose bouge. De l'obscurité émerge une forme. Une tignasse blonde. Une silhouette massive, qui me fixe. Qui a dû dévisser l'ampoule du couloir, pour mieux se fondre dans l'ombre. Et qui me fait signe de dégager, de vider les lieux, de redescendre avant de m'être fait repérer.

Je secoue la tête. Des ondes de jurons télépathiques vibrent dans le couloir. Qu'est-ce que je viens foutre ici ? De quoi je me mêle, bordel ? À travers la porte du deuxième appartement, de la musique fuse, entrecoupée de rafales de rires, masculins cette fois. J'ai toujours le Commander à la main. De l'autre, je soulève le pan de ma veste pour lui montrer son portable, à ma ceinture. Bank secoue la tête et, à nouveau, me fait signe de déguerpir.

Pas question. Je vais appeler le standard. Je vais mettre ma fille en lieu sûr et rameuter tous les flics du district.

Des voix s'élèvent soudain, juste derrière la première des portes. La poignée tourne. Je redescends d'une marche. Bank agite frénétiquement la main. *Casse-toi ! Dégage !*

C'est le moment que choisit le portable pour sonner. Ses bêlements stridents déchirent l'obscurité silencieuse du couloir. Tandis que je farfouille sous ma veste, tâtonnant désespérément pour trouver le bouton « Off », le Commander m'échappe. Le portable se remet à sonner. Je me baisse pour récupérer mon arme quand la porte s'ouvre à la volée. Il en sort deux types.

« Hey ! » crie le premier, presque un gamin. L'autre, nettement plus âgé et torse nu, se contente de me pointer son flingue au milieu du front. C'est Abel Jackson. Il ressemble au vieux face-profil que j'ai vu dans son dossier, à l'Identité judiciaire. Il s'approche de moi. Son copain se précipite pour récupérer mon Commander, et s'éloigne d'un bond. Le portable insiste une troisième fois et se décide enfin à se taire.

« Z'êtes qui, là ? » me lance Abel.

La deuxième porte s'ouvre. D'autres mômes se ruent dans le couloir. Des *homies* – la fine fleur des gangs de l'East Side. Ils se figent sur place. Leurs yeux font la navette entre moi et Abel, qui me braque toujours. Ils essayent de piger ce qui se passe, de savoir s'ils doivent intervenir. Nous attendons en chœur.

C'est alors qu'une détonation assourdissante ébranle le couloir. Celle d'un calibre .12 à canon scié. Dans une avalanche de gravats et de poussière, un pan de plafond s'abat sur le palier. Et, avec lui, le chaos. Profitant de la confusion, je dévale quelques marches pour mettre la grosse rampe métallique entre le flingue d'Abel et moi.

Mais il a fait volte-face. Il vide son chargeur vers la source de la détonation, vers Bank, par-dessus la tête de ses petits copains, pris de panique. La fenêtre du fond du couloir explose. Sur le palier, c'est la débandade. Clients et copains d'Abel foncent vers l'escalier où ils se précipitent, dans leur hâte de fuir la pluie d'emmerdes qu'ils sentent à deux doigts de leur tomber dessus. Celui qui était sorti de l'appartement avec Abel cavale en tête des fuyards, toujours cramponné à mon Commander. Deux filles émergent à présent du deuxième appartement, talonnées par le type qui m'a précédé dans l'immeuble. Il suit le mouvement, la chemise sur le bras, s'efforçant de reboutonner sa braguette.

Abel, lui, n'essaie pas de fuir. Il bat en retraite dans l'appartement, dont la porte claque. Bank fonce droit dessus et, sans l'ombre d'une hésitation, tire à bout portant dans la porte, pulvérisant la serrure et la poignée, ainsi qu'une bonne partie du panneau. La porte s'ouvre sous l'impact. Il me jette un coup d'œil.

« T'es armé ? »

Je secoue la tête.

Il dégaine son arme de service – un Colt 9 mm qui ressemble à mon Commander comme un frère – et me la balance, puis s'engouffre dans l'appartement sur les traces d'Abel. Je me retrouve seul sur le palier.

Je commence par récupérer le portable. Je compose un numéro. De l'appartement me parviennent des cris et des jurons, puis un coup de feu claque.

« Allô, le standard ? » J'ai hurlé, assourdi par les détonations. « Ici 2-21. J'ai un code 71, à l'angle de Balkan et de McKinley, quatrième étage.

– Code 71, répercute instantanément la standardiste dans son micro.

– Prévenez le capitaine Marek ! »

Je balance le téléphone et je me rue derrière Bank.

L'appartement est grand, avec une multitude de pièces, mais il y règne un noir d'encre. Pas une lampe allumée, ni dans la cuisine crasseuse, ni dans le living, à ma gauche, ni dans le couloir. J'essaie un interrupteur mural, sans succès.

Comme je m'engage dans le couloir, je trébuche sur quelque chose. Un homme. Un gosse, plutôt, comme je le constate lorsque je le retourne. Un gosse qui se faisait appeler Eddie Munster. Un gosse qui avait maqué sa sœur avec un petit casseur du North Side, un proxénète en herbe du nom d'Abel Jackson. Un gosse qui connaissait l'heure et le lieu du rendez-vous avec le prêtre et qui a vendu l'info contre le droit de dealer un peu de crack sur le territoire de cette même ordure du North Side. Un garçon qui était peut-être parvenu à se faire une petite place dans le gang, parmi ces *bangers* qu'il rêvait tant d'imiter. En leur ramenant quelques clients, pour en faire ses obligés. Pour autant que je puisse en juger, il s'est pris une balle dans les reins. Il en réchappera ou pas. Je ne peux rien pour lui.

Un coup de feu claque dans une pièce du fond. Aussitôt suivi d'un autre.

Je fais irruption dans la première chambre qui se présente, le Colt à bout de bras. On n'y voit pas grand-chose, malgré l'ampoule rouge qui pend au plafond, baignant la pièce d'une lumière écarlate. Une fille d'une quinzaine d'années est blottie dans un coin et sanglote, entortillée dans un drap.

Plus loin, dans une autre pièce, j'entends Bank crier : « Lâche-la !

– Dégage ou je la bute !

– Fiche-lui la paix, Abel. Aggrave pas ton cas.

– Casse-toi ! Ma parole que je la bute ! »

Bank est sur le seuil de la dernière chambre, le fusil épaulé. Il vise quelque chose à l'intérieur. Je m'approche.

« C'est moi... » dis-je, pour lui éviter de tourner la tête. Je glisse un œil dans la pièce. Ici, tout baigne dans le violet – cette fameuse « lumière noire », qui faisait scintiller les couleurs fluo des posters psychédéliques. Après un moment d'adaptation, je distingue une silhouette étendue sur un lit, un lit à une place, derrière lequel se recroqueville une autre silhouette, accroupie contre le mur.

Je décroche la Maglite de Bank de son ceinturon et, la gardant dans ma main gauche, je la plaque contre le canon de mon Colt, parallèle à ma ligne de tir, pour éclairer automatiquement ma cible – un truc que Bank m'a appris, il y a *x* années.

C'est Abel qui est agenouillé derrière le lit, qu'il a écarté du mur. Dans cette lumière, son visage olivâtre paraît curieusement opalescent, comme éclairé de l'intérieur. Il a le crâne presque rasé. Il est torse nu et porte un bouc. Je constate une certaine ressemblance avec le portrait-robot établi par notre graphiste, un peu plus tôt cette semaine – même si cette ressemblance m'a échappé quand j'ai eu sous les yeux les photos de l'Identité judiciaire. C'est bien lui qui a acheté les rouleaux d'adhésif au Food King.

La silhouette alongée sur le lit est celle d'une fille nue, les mains attachées à la tête du lit, au-dessus d'elle. Elle a les cheveux en bataille et la terreur lui agrandit les yeux, mais je la reconnais.

Abel a posé le canon de son revolver – un gros calibre, un .45 peut-être – sous son sein gauche.

Bank ne peut rien faire. Impossible d'atteindre Abel sans tuer du même coup Tamara.

« Laisse tomber, lui dis-je à mi-voix. C'est fini.

– Il va la tuer. Il n'en a rien à foutre.

– Arrête, Bank. Ne lui fournis pas de prétexte.

– Tiens-le en joue. Couvre-moi. »

Je sens ce qui se prépare.

« Bank. Laisse tomber.

– Partenaire... dit-il.

– Fais pas ça.

– Non ! crie Abel. Ma parole que je la bute ! »

Bank s'avance dans la pièce, lentement, vers la droite, s'écartant à la fois du lit et de la porte, la joue sur la crosse de son fusil, dont le canon reste pointé sur Abel.

« Casse-toi ! » hurle Abel. Je lui braque la Maglite dans les yeux. Son flingue fait la navette entre moi et Bank. « Dégage ! »

Bank progresse, pas à pas. Il a dû faire l'équivalent d'un mètre, un mètre cinquante, lorsqu'il s'élance soudain vers le mur du fond. Non pas vers Abel et Tamara mais, au contraire, en s'éloignant d'eux – et de moi –, dans l'espoir de détourner l'attention d'Abel et de lui faire lâcher la fille. Et ça marche.

Abel se redresse sur ses genoux en pivotant vers Bank et fait feu, presque aussitôt. Je me sens sursauter malgré moi à la vue de la flamme que crache le canon de son revolver, dans la pénombre violette. La déflagration, répercutée par les quatre murs, me sonne comme un coup de poing. Mon cerveau s'embrume ; le temps s'englue et prend comme une gelée.

Mais je découvre que mon doigt s'est appesanti, lui aussi, que j'ai fait feu, à la même seconde, au centre de la cible lumineuse posée sur le visage d'Abel. Un geste purement instinctif. Un réflexe.

Tamara hurle.

Puis tout cesse. La pesanteur, le bruit. Le silence revient dans la pièce. À travers le brouillard de bruit blanc dont les déflagrations m'ont abasourdi, je devine un hurlement de sirènes. Lointain, comme si elles étaient à des kilomètres. Mais elles doivent être déjà dans la rue.

Abel s'est écroulé derrière le lit, bizarrement tassé sur lui-même. La balle lui a arraché tout un côté du cou. Pendant quelques instants, le sang jaillit encore de sa carotide sectionnée, en un flot qui semble d'un noir de goudron, dans cette lumière. Il frissonne, émet une sorte de sifflement, puis se fige.

Tamara crie à nouveau – à des kilomètres d'ici, me semble-t-il.

« Chhh... » lui fais-je. J'ai l'impression de parler sous l'eau. « C'est fini, maintenant. C'est fini... »

Le silence revient. Et, comme de très loin, j'entends haleter Bank. J'oriente la torche sur lui. Il gît, adossé au mur contre lequel il est tombé.

Je traverse la pièce pour venir m'agenouiller près de lui.

« Mes jambes... dit-il.

– Tu es touché aux jambes ?

– Je ne les sens plus. File-moi mon flingue.

– Quoi ?
– Mon flingue ! »

Je le lui tends. Il l'attrape et entreprend de l'essuyer sur sa chemise, mais ses doigts tremblent. L'arme lui tombe des mains. Il pousse un juron.

« Qu'est-ce que t'essaies de faire ?

– Tais-toi. Écoute. C'est moi qui tenais l'arme. J'ai tiré. La petite ne verra pas la différence. Tu m'entends ?

– Bank... Qu'est-ce que ça peut faire ? » Comme je ramène ses mains sur sa poitrine, pour les empêcher de trembler, je sens du sang sourdre entre nos doigts. Beaucoup trop de sang.

Je tire un mouchoir de ma poche pour l'appliquer sur la plaie, mais il s'imbibe immédiatement. J'arrache du lit un drap crasseux que je roule en boule avant de le lui plaquer sur le ventre.

« Accroche-toi », dis-je.

Il me fait « oui » de la tête. Ses yeux restent rivés sur mon visage. Le flingue a cessé de l'intéresser.

J'ai tant de choses à lui dire. Et de questions à lui poser. Mais c'est lui qui parle :

« Tu l'as vue ? »

Je hoche la tête. « Elle est superbe. Parfaite. »

Je le regarde un moment en silence, puis : « Tu veux que je lui dise quelque chose de ta part ? »

Mais je n'ai pas refermé la bouche que je regrette ma question. Quels mots pourraient transmettre ce qu'il a à lui dire ? Son message, son cadeau, c'est Tamara Shipley. J'attends toujours sa réponse, mais inutile... je sais.

Lorsque je rentre, tard dans la nuit, je trouve ma femme et ma fille en tête à tête dans la cuisine. Elles ont dû pleurer ensemble, j'imagine. Pour les sujets, elles n'avaient que l'embarras du choix...

Googie m'a rejoint à Saint-Jérôme et m'a annoncé qu'il avait récupéré Naomi dans cette pièce où elle s'était enfermée, et qu'il s'était personnellement chargé de la ramener chez nous.

Je viens m'asseoir avec Peggy et Naomi. Nous gardons le silence. Naomi tremble encore. De ses frayeurs, sûrement, mais aussi de cette nouvelle qui est tombée juste avant que j'arrive : Bank est mort, peu après minuit.

Peggy lui prend la main.

Le lendemain, dimanche de Pâques, c'est le brouillard, le flou complet. Le téléphone sonne sans arrêt, et je prends les appels, mais à peine ai-je raccroché qu'ils me sont déjà sortis de la tête. Normalement, c'est moi qui devrais me charger de certaines des formalités et des dispositions à prendre, mais ce sera probablement Peggy qui finira par s'en occuper.

Ce que je n'oublierai pas de sitôt, en revanche, c'est le matin. J'ai beau n'avoir qu'une envie – rester au lit, ne plus me réveiller, éviter de penser ou de me souvenir –, je me lève aux aurores, avec Peggy, et nous descendons sur la pointe des pieds pour cacher les deux douzaines d'œufs que les garçons ont décorés la veille.

Nous sommes à peine recouchés que Ben débarque, les yeux luisants d'impatience, et se met à caracoler autour du lit, en nous houspillant. Vite, vite, que la chasse à l'œuf commence ! En brave grand frère, Jack joue le jeu.

Avant de leur donner le feu vert, je descends réveiller Naomi. Elle est encore un peu groggy et vaseuse, mais elle enfile sa robe de chambre et nous rejoint dans la cuisine, où ses frères, à quatre pattes par terre, n'attendent que mon signal pour se mettre à fureter dans toute la maison, en quête des œufs de Pâques.

38

Tout cela me laisse sur trop d'interrogations pour que je puisse espérer en avoir un jour le cœur net. Des interrogations qui plongent aux racines mêmes des actes et des motivations de Bank, certes, mais aussi de ces reproches que je m'adresse à moi-même.

Pourquoi avoir provoqué cette fusillade avec Abel ? Avait-il agi ainsi dans l'unique but de sauver Tamara, sans se soucier des conséquences ? Ou n'était-ce qu'un remake de l'épisode de la voiture en flammes – une réaction à son propre désespoir, à sa rage, à la honte que lui inspiraient son passé et le fait que je venais de le découvrir ?

Pourquoi m'avait-il envoyé vers Jamie ? Pour m'éloigner et pouvoir mener à sa guise sa petite croisade solitaire, ou pour me dévoiler l'ultime vérité et se décharger de son fardeau en une révélation apocalyptique ? Ou ne l'avait-il fait que pour protéger son secret – pour m'empêcher de le percer à jour au cours de mon enquête et de le révéler au reste du monde ?

Que s'était-il passé, au juste, entre Jamie et lui ? Sarah s'était-elle grossièrement trompée sur la nature de cette affection protectrice qui le poussait vers la fillette ? S'est-elle laissé aveugler par les craintes que lui inspiraient le lointain passé de Bank et ses possibles conséquences ? Les horribles expériences de son enfance avaient-elles perverti la tendresse de Bank pour Jamie ? Cet amour pour sa fille, ce besoin qu'il avait de la câliner, l'avaient-ils poussé à franchir une frontière que je l'aurais cru incapable de transgresser ? Et le fait qu'il se soit abstenu de se manifester auprès de la petite, après qu'il eut retrouvé sa piste, et cette psychothérapie qu'il avait entreprise... Que faut-il y voir ? Des preuves supplémentaires de sa culpabilité, ou tout simplement une mesure de son désespoir ?

Certains jours, je me réveille avant l'heure et, allongé à côté de Peggy, je retourne inlassablement ces questions dans ma tête. J'en déniche même parfois de nouvelles, des détails, ou des éclairages, auxquels je n'avais pas encore songé. Si je parviens à une interprétation qui me paraît satisfaisante, je la rumine pendant des jours, ragaillardi ou accablé, selon le cas, par ce qu'elle implique. Mais mes certitudes finissent toujours par s'émousser et je me retrouve les mains vides, face à mes doutes.

Les pires d'entre eux concernent la façon dont mes actes – ou, devrais-je dire, mes temporisations – ont infléchi le cours de nos vies, à moi et à Bank. Les effets de mon incapacité à agir ou à m'exprimer reviennent alors me hanter. Ces moments de flottement et d'irrésolution, ma tendance à toujours cogiter, à trop réfléchir et à agir trop peu, à regarder sans voir, à savoir sans vouloir assumer. Et cela ne se limite pas à mes relations avec Bank et Sarah ; c'est vrai de celles que j'ai avec tous mes proches – avec ma fille, en particulier.

Nul doute que Bank, grâce à sa volonté et à sa ténacité, fut à l'origine de certains de mes engagements les plus difficiles et les plus lourds de conséquences – ma décision de rester aux côtés de Gloria pour l'aider à élever Naomi, celle de m'engager dans la police, de monter en grade et jusqu'à ma participation à l'enquête sur l'affaire Tamara Shipley. Bank m'a souvent tenu lieu de conscience et d'épine dorsale.

Nul doute que la crainte que lui inspirait ce mal qu'il sentait rôder autour de nous, et la vigilance constante qu'il lui opposait, étaient justifiées. Bien plus que je n'aurais pu l'imaginer...

Je suis toujours le petit Maxie Steiner, incapable de ne pas couper les cheveux en quatre... Qu'est-ce qui faisait courir Bank ? D'où tirait-il sa force et sa fougue ? D'une vision du monde extraordinairement pénétrante et lucide, ou au contraire de ces démons qui n'ont jamais cessé de l'obséder ? Ses qualités et son tempérament, qui forçaient l'admiration, ont-ils fini par entraîner sa perte ? Et si oui, cela suffit-il à justifier ma propre approche, plus tâtonnante ? Ne pourrait-on pas, au contraire, considérer que ce sont mes hésitations qui ont été la cause de tout ? Que j'aurais pu prévenir le désastre, si j'avais davantage ressemblé à Bank ?

La réponse à toutes ces questions doit se situer quelque part entre le oui et le non, entre le noir et le blanc. Quelque part dans cet entre-deux grisâtre où nous devons continuer à vivre, nous qui lui survivons.

On enterra Bank trois jours après Pâques, par une de ces magnifiques matinées de printemps que nous réserve parfois le ciel de cette ville. La météo avait prévu des averses, mais le temps se maintint jusqu'au soir, un peu venteux peut-être, mais ensoleillé et presque chaud. Bank dépendait de la paroisse du Sacré-Cœur, située dans le centre-ville, un peu au nord de Heron Park. Après de longues palabres, le curé, qui l'avait bien connu, finit par convenir qu'il était plus logique de l'enterrer dans le quartier de notre enfance. Dans ce cimetière que l'église de Lourdes avait fait aménager, à l'angle de Liam Road et de Pawtucket Street, sur ce terrain qui avait été jadis notre Enfer vert.

Au jour dit, des cohortes de journalistes et d'équipes télé débarquèrent. Jusqu'aux chaînes nationales qui avaient délégué des correspondants. « DUEL FATAL ENTRE UN HÉROÏQUE POLICIER ET UN KIDNAPPEUR » « LE FLIC COURAGEUX SAUVE UNE JEUNE FILLE AU PRIX DE SA PROPRE VIE... » « LE HÉROS DE LA POLICE MUNICIPALE MEURT EN TUANT UN MALFAITEUR... » Malgré le côté grand-guignolesque, je crois que Bank aurait aimé... Les collègues aussi étaient venus en masse, revêtus de leur uniforme d'apparat. Il y eut un convoi funéraire de l'église au cimetière. La circulation avait été interrompue dans toutes les rues du quartier, et notre petite troupe parcourut ces cinq cents mètres, sinon en formation, du moins en bon ordre.

Tamara Shipley, qui était venue aux obsèques, fut assiégée par les photographes et les chasseurs d'interviews. Sa photo fit la une d'au moins un magazine, à ma connaissance, et fut diffusée au cours d'innombrables journaux télévisés. Elle semblait sous le choc, comme nous tous. Durant sa semaine de captivité, elle avait été violée à plusieurs reprises, mais n'avait pas subi d'autres sévices. L'entaille qu'elle s'était faite au-dessus de l'œil, le jour de son kidnapping, en se débattant lorsque ses ravisseurs l'avaient poussée de force dans la voiture, était la seule trace visible de ses épreuves.

Une semaine plus tard, lorsque tout fut terminé, Tamara fut discrètement emmenée loin de la ville par des accompagnateurs anonymes, à destination d'un foyer dont l'adresse resta secrète. Son demi-frère, Emiliano Salano, dit « Eddie Munster », survécut à sa blessure. (Incidemment, la balle qui l'avait frappé avait été tirée par Abel, au moment où il tentait d'échapper à Bank.) Eddie fut inculpé de plusieurs charges liées au rapt de sa sœur, mais le meurtre du père Morales fut attribué à Abel. Après une rapide négociation de charges, Eddie fut condamné à une peine qu'il purge toujours dans un centre de détention pour mineurs, près de Colombus. Il en sortira dans trois ans, à ses dix-huit ans révolus.

Quant au complice qui avait prêté main forte à Abel, le matin du rapt, nous n'avons jamais pu l'identifier.

Je fus longuement interrogé par les collègues sur les événements de ce fameux samedi soir et, allez savoir pourquoi, je leur mentis. C'était moi qui avais tué Abel, mais je n'encourais aucune sanction pour ça. Je n'avais tiré que pour nous défendre, moi, Bank et Tamara. Je n'avais fait que ce qu'exigeait la situation. Mais, d'emblée, je me suis laissé glisser sur cette pente qui m'entraînait à confirmer ce que tout le monde ne demandait qu'à croire : que Bank m'avait passé son fusil et avait sorti son Colt pour le duel final. Stupide, si on y réfléchit... Mais la légende m'avait rattrapé au tournant. Je n'ai pas voulu démentir cette version des faits. Dès lors, je me suis complu à décrire la scène palpitante – inventée de toutes pièces – où Bank avait fait irruption dans cette chambre, et tiré à la seconde même où Abel faisait feu. Les seules empreintes lisibles que le labo put prélever sur la crosse étaient bien celles de Bank, et mon récit prit force de fait.

Le lundi suivant, après mon interrogatoire, Stu Marek m'entraîna dans son bureau et referma la porte sur nous. Ouvrant un de ses tiroirs, il me remit une pochette de plastique scellée et étiquetée, contenant quelques fragments de plastique transparent, de peinture et de verre argenté. L'étiquette portait une date : « Juillet 1989 » et une indication de lieu : « Usine Kestler Coil ».

« D'après le rapport du labo, tout ça provient d'une lampe torche, me dit Stu. Une Maglite noire. On les a retrouvés dans l'usine, après le suicide d'Alan Norke. Le reste de la lampe n'a jamais refait surface. Ça me taraude depuis des années...

– Hmmm... dis-je, en faisant disparaître le sachet dans ma poche. Tu sais, Stu... J'ai découvert pas mal de choses sur ce qui s'est passé dans le coin.

– Est-ce que je tiens vraiment à le savoir ?

– À vue de nez, tu le sais déjà, fis-je. Depuis le début. »

Il secoua la tête avec une petite grimace, mais ses doigts se mirent à claquer. Cette nuit-là, au funérarium, dans le petit salon privé où était exposé le corps de Bank, j'ai glissé le sachet dans la poche intérieure de la veste d'uniforme dont il était revêtu.

Les spécialistes de ce genre d'estimations dénombrèrent un millier de personnes au cimetière. Tout ça me paraissait un peu excessif, un peu trop caricatural. J'avais peine à me concentrer sur quoi que ce fût. Mais de toute façon, sur quoi me serais-je concentré ? J'ai prêté une oreille distraite à ce qui s'est dit durant le service. Au cimetière, mon regard s'est échappé vers l'autre côté de la rue, vers notre école primaire, désaffectée depuis des années. On avait cloué des planches sur ses portes et ses fenêtres. Plus loin, vers le sud, s'étendent à présent des parcelles cultivées, bien entretenues, mais au-delà du ruisseau se dresse toujours ce bouquet d'arbres. Il m'a paru nettement plus petit, et bien moins luxuriant.

J'ai été pris d'une furieuse envie de planter là les foules et les grands discours, de prendre mes gamins par la main et de filer avec eux jusqu'à ce ruisseau, pour le remonter jusqu'à notre mare, qui devait toujours se trouver là, quelque part. Je m'en suis abstenu, tout en songeant que Bank l'aurait sans doute fait.

Quelques changements sont intervenus dans le service à la suite de tout ça. La direction est revenue sur sa décision de supprimer la plupart des anciennes brigades. Ils ont d'ores et déjà rétabli certaines des plus spécialisées d'entre elles, dont celle de Katherine, qui s'occupe des agressions sexuelles contre les mineurs. On murmure qu'il est question de rétablir aussi celle des homicides avec violence, ainsi que ma bonne vieille brigade des mineurs.

J'ai remonté la piste d'une certaine Angela, résidant actuellement à Akron. Angela Hall, née Watson, qui avait passé quelques mois dans une famille d'accueil, tout près de chez moi. La jolie Angela, qui m'avait inspiré mon premier amour. La glace mit un certain temps à se briser, entre nous, mais lorsque nous eûmes retrouvé une certaine cordialité, elle confirma qu'elle avait été maintes fois violée tant par Ned que par Frances, tout comme Bank. À l'époque, ils n'en avaient jamais parlé ensemble. Il y a dix ans, après un divorce qui l'avait laissée seule avec deux enfants, elle avait entrepris une psychothérapie. À l'en croire, ça lui avait fait beaucoup de bien.

À la demande d'Angela, je lançai quelques sondes dans le circuit pour retrouver la trace des Baxter. Un matin, Rick Simms, mon copain du FBI, me rappela. Ned Baxter avait été écroué dans le Michigan, au début des années 80, pour détournement de mineurs. Il n'avait fait que quelques mois de prison et était mort, trois ans plus tard, dans un hôpital de Kalamazoo. Frances avait alors déménagé et, depuis, n'était jamais réapparue dans les fichiers nationaux du crime. Rick m'a proposé de poursuivre les recherches, mais j'ai décliné son offre. Je n'avais pas la moindre envie de la revoir ou de lui parler, et je ne voulais surtout pas lui donner la petite satisfaction de se dire que quelqu'un, quelque part, se souvenait d'elle et que son passé, quoi qu'on puisse en dire, méritait d'être évoqué, tant d'années plus tard.

Je fais à présent partie des cadres. J'ai passé l'examen, cet été, et j'ai été promu au grade de sergent. Googie compte prendre sa retraite l'an prochain et, selon Stu, j'ai de bonnes chances de lui succéder – ce qui m'inspire un sentiment mitigé. Pour l'instant, je n'imagine évidemment pas de persévérer bien longtemps dans la branche, mais qui sait ? Ce sera peut-être, une fois encore, du provisoire qui dure...

Mes garçons poussent si vite que j'ai parfois peine à les voir tels qu'ils sont, et non tels que je les revois dans mes souvenirs. Naomi semble s'être bien intégrée à notre famille, ce qui ne veut pas dire que nous ayons résolu tous nos problèmes, ni supprimé toutes les tensions. Les ados sont ce qu'ils sont. Jack est plus bruyant et plus surexcité que jamais, mais il a l'air bien dans sa peau. Ben est aussi calme que moi, à son âge, en moins morose. Il sort plus souvent le nez de ses bouquins et on sent chez lui une soif de découvrir le monde que j'étais loin d'avoir. Il paraît qu'il a un succès fou dans sa classe, à l'école maternelle... Il nous a dit qu'il avait déjà reçu au moins deux demandes en mariage.

Peu après la mort de Bank, Peggy a été prise d'un regain d'intérêt pour la religion. Comme ses projets ne m'enthousiasmaient qu'à moitié, elle n'a pas insisté mais, de temps à autre, assez souvent pour créer une continuité, elle va à l'église méthodiste d'Alcore Street, où elle emmène les garçons. Ils sont inscrits à l'école du dimanche, tout comme d'ailleurs Naomi – aussi incroyable que ça puisse paraître. Elle s'est même fait des amies, dans la classe des grands.

Quand j'éprouve le besoin de m'isoler dans un coin tranquille pour réfléchir, ou juste souffler, je vais du côté de chez Bank, sur Morris Hill. Depuis chez moi, c'est à l'autre bout du parc, mais j'aime m'y promener. J'attends ces escapades avec impatience. Je m'enfonce dans le parc au-delà des tables de pique-nique, des barbecues, de l'étang du Club House et je marche en direction du premier fairway. Si le temps est au beau et qu'il y a des joueurs en action, je mets le cap au nord, puis je contourne le dixième green, vers l'est, avant de couper en direction du vieil abri. Ou alors, j'attends qu'un groupe de joueurs parte du tee, pour les suivre jusqu'au bout du premier fairway, et je traverse le golf comme ça, sur leurs talons.

Mais, d'une façon ou d'une autre, je finis par déboucher sur un bouquet d'arbres particulièrement touffus, au sommet d'un escarpement qui plonge abruptement vers la scène couverte de l'ancien théâtre de verdure, qui s'y trouve toujours. Sur le béton se succèdent et se superposent des graffitis dont le langage évolue avec chaque nouvelle vague d'artistes. Je dégringole la pente, empruntant parfois l'escalier de pierre, et parfois en sautant d'une rangée de gradins à l'autre, jusqu'à l'estrade. De jour, je n'y croise jamais âme qui vive. Les taggeurs ne sortent qu'à la nuit tombée et, pour les voir, je devrais en faire autant, mais j'ai une famille, et je ne sors plus que rarement en nocturne.

C'est donc en plein jour que je viens m'asseoir au bord de la scène, les jambes ballantes, les yeux perdus dans les arbres, l'oreille à l'affût des bruits de la ville, là-bas, à la lisière du parc : les sirènes des ambulances, qui expirent en arrivant à City Med, la rumeur du trafic sur Jackson Avenue. Et, dans ce qui m'apparaît comme une sorte d'hommage, de célébration, et peut-être même de prière, je repense à ce qui fait les héros – les failles, les faiblesses contre lesquelles ils doivent lutter, les abîmes de rage, de doute ou de honte qu'ils portent en eux et qu'ils doivent coûte que coûte combler. À ce prix exorbitant qu'il leur faut payer pour devenir ce qu'ils sont.

Je pense à nous tous, qui avons gravité autour de Bank, dans le vortex de ses manques et de ses compulsions, à Sarah, à Jamie, à mes parents, à mes garçons, à Peggy. À Naomi, qui m'a été rendue par Bank. Et je me dis que, par sa mort, il lui a restitué, ainsi qu'à toute ma famille, une part de moi-même à laquelle ils n'avaient jamais pu prétendre.

Car depuis notre enfance, il me semble avoir toujours craint de le perdre, lui, ou ce quelque chose qu'il possédait et dont je pensais avoir un besoin vital. Et, au lieu d'affronter Bank, de nommer clairement ce qui nous séparait, de le pousser dans ses retranchements – toutes choses que j'aurais dû faire, pour son bien –, je faisais l'inverse. Je suivais le mouvement. Je jouais le bon copain, sans jamais vraiment assumer le rôle d'un ami véritable. Par une cruelle ironie du sort, c'est ma lâcheté qui a fait le lit du désastre.

Je le vois aujourd'hui. Je le vois quand Naomi part bouder dans sa chambre, quand j'entends les cris des garçons ou que j'entraîne Peggy à l'étage pour quelques instants volés, pendant la journée. Et je vois ce que ça change. Je leur fais face, à présent. J'apprends à nommer des choses que j'aurais autrefois passées sous silence – que ce soit de la peur, de la déception, ou simplement de la joie. Je m'efforce de leur montrer l'importance de l'enjeu. Dire ce qu'on sait, ce qu'on ressent et ce qu'on pense. Formuler les questions qui se posent. Se dévoiler à ceux qui nous aiment. L'importance vitale de s'ouvrir à la lumière du jour.

Reste qu'il est parfois difficile d'affronter ce qu'on a vécu et ce qui nous reste à vivre. Je demande donc de l'indulgence – cette indulgence dont Bank aurait dit que c'était un luxe, parce que ça ne change pas grand-chose. Alors, par la même occasion, je demande du courage. Et, le plus souvent, je m'aperçois, comme Bank n'a pu manquer de le faire, qu'il suffisait de demander pour être exaucé.

Remerciements

J'aimerais témoigner ici ma plus profonde gratitude à Gary Cook, procureur adjoint de Lucas County, Ohio, qui m'a ouvert la porte de son service ; à Phil Kulaloski, du Toledo Police Department, qui m'a initié au fonctionnement du sien ; et à l'inspecteur Danny Navarre qui m'a fait découvrir la nuit. Un grand merci à tous trois, pour leur patience et leur générosité.

Je tiens en outre à remercier le Dr Diane Scala-Barnett, coroner adjoint de Lucas County, Ed Franks, criminologue au Toledo Police Department, et Jayne Waldron, dont j'ai utilisé une étude inédite sur les gangs et leurs tags. Je remercie de tout cœur Alexander Holden qui m'a assisté dans mes recherches d'identification des coloris de carrosserie. Merci à Paul Weeman et à Molly Behrmann, pour leurs avis éclairés. Et tout spécialement à ma femme, Lisa, qui garde en moi une foi implicite et inébranlable, même quand j'ai depuis longtemps perdu la mienne. Et, une fois de plus, toute ma gratitude à Leslie Schnur et Gail Hochman, dont le jugement, la ténacité et l'endurance n'ont pas fini de m'étonner.

Bien que ce ne soit pas strictement nécessaire, je tiens, enfin, à préciser que les situations, les personnages et les institutions décrits dans ce livre sont totalement fictifs et n'ont aucun rapport avec des circonstances, des personnes ou des institutions réelles.

Rivages/noir
Dernières parutions

André Allemand
Au cœur de l'île rouge (n° 329)
Un crime en Algérie (n° 384)

Claude Amoz
L'Ancien Crime (n° 321)
Bois-Brûlé (n° 423)

Cesare Battisti
Dernières cartouches (n° 354)

William Bayer
Labyrinthe de miroirs (n° 281)

Marc Behm
Crabe (n° 275)
Tout un roman ! (n° 327)

Bruce Benderson
Toxico (n° 306)

Abdel H. Benotman
Les Forcenés (n° 362)

Stéphanie Benson
Un meurtre de corbeaux (n° 326)
Le Dossier Lazare (n° 390)

James Carlos Blake
L'Homme aux pistolets (n° 432)

Michel Boujut
Souffler n'est pas jouer (n° 349)

Daniel Brajkovic
Chiens féroces (n° 307)

Wolfgang Brenner
Welcome Ossi ! (n° 308)

Yves Buin
Kapitza (n° 320)
Borggi (n° 373)

Edward Bunker
Les Hommes de proie (n° 344)

James Lee Burke
Le Bagnard (n° 272)

Une tache sur l'éternité (n° 293)
Dans la brume électrique avec les morts confédérés (n° 314)
La Pluie de néon (n° 339)
Dixie City (n° 371)
Le Brasier de l'ange (n° 420)

Jean-Jacques Busino
Le Bal des capons (n° 278)
La Dette du diable (n° 311)
Le Théorème de l'autre (n° 358)

Daniel Chavarría
Adiós muchachos (n° 269)
Un thé en Amazonie (n° 302)
L'Œil de Cybèle (n° 378)

Daniel Chavarría/Justo Vasco
Boomerang (n° 322)

George Chesbro
Les Cantiques de l'Archange (n° 251)
Les Bêtes du Walhalla (n° 252)
L'Odeur froide de la pierre sacrée (n° 291)
Le Second Cavalier de l'Apocalypse (n° 336)
Le Langage des cannibales (n° 368)
Veil (n° 369)
Crying Freeman (n° 403)
Le Chapiteau de la peur aux dents longues (n° 411)
Chant funèbre en rouge majeur (n° 439)

Andrew Coburn
Sans retour (n° 448)

Piero Colaprico
Kriminalbar (n° 416)

Michael Collins
Rosa la Rouge (n° 267)

Robin Cook
Bombe surprise (n° 260)
Mémoire vive (n° 374)

Peter Corris
Le Grand Plongeon (n° 394)

Hélène Couturier
Sarah (n° 341)

Jean-Paul Demure
Fin de chasse (n° 289)

Elmore Leonard
Punch Créole (n° 294)
Pronto (n° 367)
Les Chasseurs de primes (n° 391)
Beyrouth Miami (n°412)
Loin des yeux (n° 436)
Le Zoulou de l'Ouest (n° 437)

Bob Leuci
Odessa Beach (n° 290)

Ted Lewis
Plender (n° 258)
Billy Rags (n° 426)

Jean-Patrick Manchette
La Princesse du sang (n° 324)

Dominique Manotti
À nos chevaux ! (n° 330)
Kop (n° 383)

Ed McBain
Leçons de conduite (n° 413)

Marc Menonville
Walkyrie vendredi (n° 250)
Dies Irae en rouge (n° 279)

Tobie Nathan
Dieu-Dope (n° 271)

Jim Nisbet
Sous le signe du rasoir (n° 273)
Prélude à un cri (n° 399)

Jack O'Connell
Porno Palace (n° 376)

Renato Olivieri
L'Affaire Kodra (n° 402)
Fichu 15 août (n° 443)

Jean-Hugues Oppel
Ténèbre (n° 285)
Cartago (n° 346)
Chaton : trilogie (n° 418)

Abigail Padgett
Le Visage de paille (n° 265)
Oiseau de Lune (n° 334)

Hugues Pagan
Last Affair (n° 270)
L'Eau du bocal (n° 295)
Vaines Recherches (n° 338)
Dernière station avant l'autoroute (n° 356)
Tarif de groupe (n° 401)

Pierre Pelot
Natural Killer (n° 343)
Le Méchant qui danse (n° 370)
Si loin de Caïn (n° 430)

Anne Perry
Un plat qui se mange froid (n° 425)

Andrea G. Pinketts
Le Sens de la formule (n° 288)
Le Vice de l'agneau (n° 408)

Michel Quint
Le Bélier noir (n° 263)
L'Éternité sans faute (n° 359)
À l'encre rouge (n° 427)

Hugh Rae
Skinner (n° 407)

John Ridley
Ici commence l'enfer (n° 405)

Louis Sanders
Février (n° 315)
Comme des hommes (n° 366)
Un passe-temps pour âmes ignobles (n° 449)

Budd Schulberg
Sur les quais (n° 335)

Roger Simon
La Côte perdue (n° 305)

Pierre Siniac
Le Tourbillon (n° 256)
Femmes blafardes (n° 274)
L'Orchestre d'acier (n° 303)
Luj Inferman' et La Cloducque (n° 325)
De l'horrifique chez les tarés (n° 364)
Bon cauchemar les petits... (n° 389)
Ferdinaud Céline (n° 419)

Imprimé en France
Achevé d'imprimer en septembre 2002
sur les presses de l'Imprimerie Maury-Eurolivres
45300 Manchecourt
pour le compte
des Éditions Payot & Rivages
106, bd Saint-Germain - 75006 Paris

Dépôt légal : septembre 2002
N° d'imprimeur : 97246